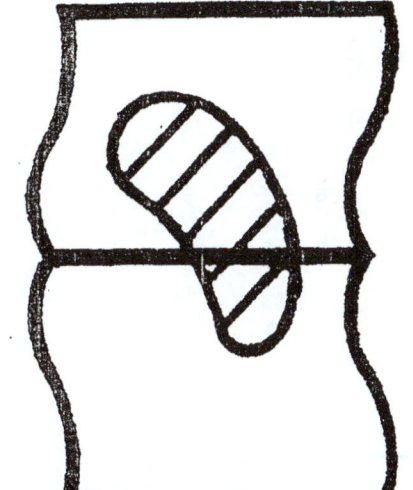

Illisibilité partielle

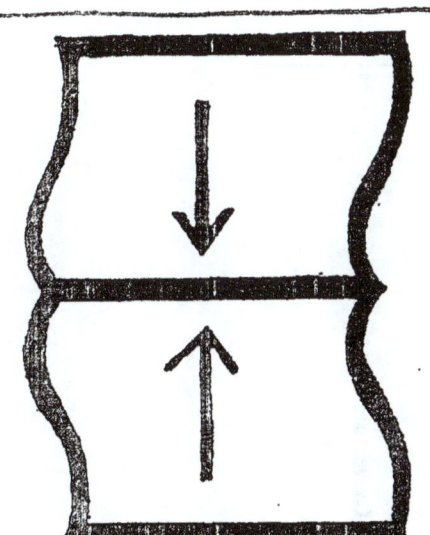

RELIURE SERREE
Absence de marges
intérieures

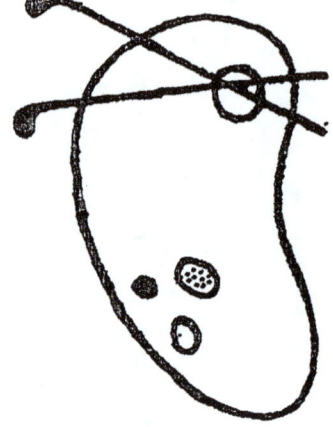

Début d'une série de documents en couleur

Couverture inférieure manquante

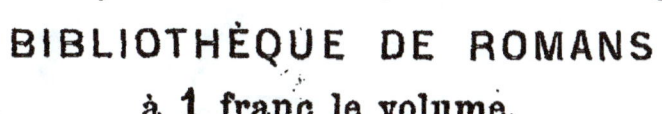

BIBLIOTHÈQUE DE ROMANS

à **1** franc le volume.

LA

PELISSE DU PENDU

PAR

FORTUNÉ DU BOISGOBEY

LABOR · IMPROBVS · OMNIA · VINCIT

PARIS

LIBRAIRIE PLON

E. PLON, NOURRIT et Cie, IMPRIMEURS-ÉDITEURS

RUE GARANCIÈRE, 10

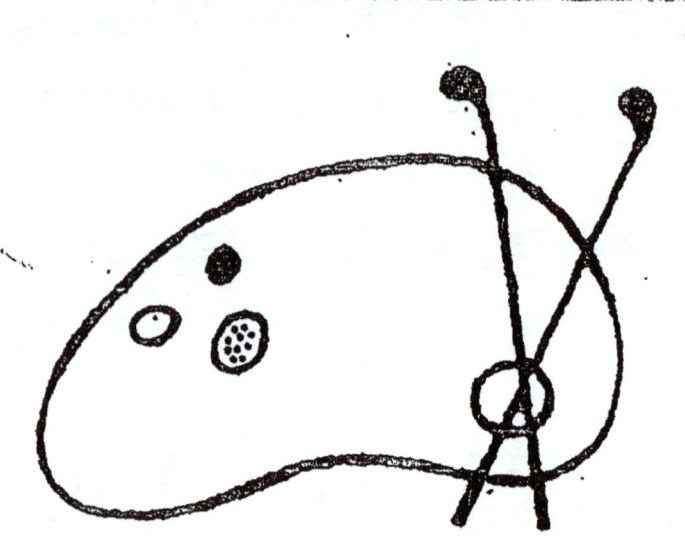

Fin d'une série de documents
en couleur

LA

PELISSE DU PENDU

PARIS. TYP. DE E. PLON, NOURRIT ET Cie, RUE GARANCIÈRE, 8.

FORTUNÉ DU BOISGOBEY

LA

PELISSE DU PENDU

PARIS

LIBRAIRIE PLON

E. PLON, NOURRIT et Cie, IMPRIMEURS-ÉDITEURS

RUE GARANCIÈRE, 10

LE CRIME DE L'OPÉRA

LA
PELISSE DU PENDU

CHAPITRE PREMIER (1)

Nointel était un garçon méthodique. La vie militaire l'avait accoutumé à faire chaque chose à son heure, et à ne rien enchevêtrer. Au régiment, après le pansage et la manœuvre, le capitaine redevenait homme du monde et même homme à succès, car dans plus d'une ville de garnison il avait laissé d'impérissables souvenirs, et on y parlait encore de ses bonnes fortunes. Depuis sa sortie du service, il avait continué à pratiquer le même système, en faisant toutefois une plus large part à l'imprévu, qui joue un si grand rôle dans l'existence parisienne. Son temps était réglé comme s'il eût été surchargé d'affaires. Il en consacrait bien les trois quarts à la flânerie intelligente, celle qui consiste à se tenir au courant de tout, sans remplir une tâche déterminée; le reste appartenait aux devoirs sociaux, aux relations amicales, et même à des liaisons plus ou moins dangereuses, mais passagères. Il n'avait pas renoncé à voyager au pays de Tendre, seulement il ne s'y attardait guère et il en revenait toujours.

L'aventure de Gaston Darcy était survenue dans un moment où son cœur se trouvait en congé de semestre. Il avait saisi avec joie l'occasion d'occuper son désœuvrement et de venir en aide au plus cher de ses amis.

(1) La *Pelisse du pendu* fait suite à la *Loge sanglante*.

Depuis quarante-huit heures, il appartenait tout entier à la défense de Berthe Lestérel; il s'y était dévoué corps et âme, il menait les recherches avec le même zèle et le même soin qu'il aurait dirigé une opération de guerre, il avait pris goût au métier, et la campagne s'annonçait bien. Le bouton de manchette trouvé par la Majoré, les récits de Mariette et les confidences de M. Crozon : autant de positions prises dont il s'agissait de tirer parti contre l'ennemi. L'ennemi, c'était la marquise de Barancos, un ennemi qu'il y avait plaisir à combattre, car il était de force à se défendre, et Nointel se faisait une fête de lutter de ruse et d'adresse avec ce séduisant adversaire, de le réduire par des manœuvres savantes, et finalement de le vaincre. Ses batteries étaient prêtes, et il ne demandait qu'à commencer le feu. Mais il pouvait disposer de quelques heures avant d'engager l'action, et il entendait les employer à sa fantaisie.

Or, il avait l'habitude d'aller, entre son déjeuner et son dîner, fumer quelques cigares a ubillard du cercle. Il aimait à y jouer et presque autant à y voir jouer, car son esprit d'observation trouvait à s'exercer en étudiant les types curieux et variés qui venaient là de quatre à six cultiver le carambolage. Il jugea qu'après avoir consacré un bon tiers de sa journée à servir la cause de l'innocence et de l'amitié, il avait bien gagné le droit de s'offrir sa récréation favorite. La marquise ne recevait qu'à cinq heures, et il n'avait pas besoin de rentrer chez lui pour s'habiller, son groom ayant ordre de lui apporter au cercle une toilette mieux appropriée à une visite d'avant-dîner que la tenue d'enterrement qu'il portait depuis le matin. Du reste, il n'espérait pas revoir le baleinier ce jour-là, car le correspondant anonyme qui troublait depuis trois mois le repos du malheureux marin lui faisait l'effet de ne pas être très-sûr de ce qu'il avançait, et il doutait que ce correspondant en vînt si vite à nommer l'amant de madame Crozon.

— D'ailleurs, se disait-il en montant l'escalier du cercle, l'amant, c'était Golymine, selon toute apparence, et Golymine est mort. Mais du diable si je devine qui est le dénonciateur. Un ennemi de ce Polonais probablement, un homme qui avait un intérêt quelconque à le faire tuer par Crozon.

Nointel se dit cela, et n'y pensa plus. C'était sa méthode quand il avait des soucis, ce qui ne lui arrivait pas souvent. Il les laissait à la porte du salon rouge, absolument comme il ôtait autrefois son sabre en entrant au mess des officiers, et quand il franchissait le seuil de la salle de billard, il se retrouvait aussi libre d'esprit et aussi gai qu'au temps où il portait sa jeune épaulette de sous-lieutenant.

La partie était déjà en pleine activité, quoiqu'il fût de bonne heure. L'hiver, l'affreux hiver de cette année, faisait des siennes; le Bois n'était pas tenable, et les plus déterminés amateurs des sports en plein air avaient été contraints de se rabattre sur des divertissements abrités. Nointel se trouva au milieu de gens qu'il connaissait et qu'il aimait à rencontrer, moins pour jouir de leur conversation que pour se moquer d'eux, quand il en trouvait l'occasion. Il y avait là le jeune financier Verpel, bien coté à la Bourse, à la Banque et dans le monde galant; le lieutenant Tréville, hussard persécuté par la dame de pique et favorisé par les dames du lac; M. Perdrigeon, homme sérieux, mais tendre, qui employait son âge mûr à protéger des débutantes et à commanditer des théâtres après avoir sacrifié sa jeunesse au commerce des huiles; l'adolescent baron de Sigolène, fraîchement débarqué du Velay, aspirant sportsman et joueur sans malice; Alfred Lenvers, un habile garçon qui se faisait trente mille livres de rente en élevant des pigeons au piquet et au bezigue chinois; M. Coulibœuf, propriétaire foncier dans le Gâtinais; le major Cocktail, Anglais de naissance, Parisien par vocation et parieur de son état; l'aimable Charmol, ancien avoué et membre du Caveau, le colonel Tartaras, trente ans de service, vingt campagnes, six b'essures et un exécrable caractère.

Simancas et Saint-Galmier manquaient à cette réunion; mais Prébord et Lolif tenaient le billard.

La partie était fort animée, car les parieurs abondaient, et les deux joueurs passaient pour être à peu près d'égale force. Pour le moment, Lolif avait l'avantage, et il venait d'exécuter, aux applaudissements de la galerie, un carambolage des plus difficiles. Il souriait d'aise, et il se préparait à profiter d'une série qu'il s'était ménagée par ce coup triomphant, lorsqu'il avisa Nointel.

— Bonjour, mon capitaine, lui cria-t-il du plus loin qu'il l'aperçut. Étiez-vous à l'enterrement de Julia? On m'a dit qu'on vous y avait vu. Moi, j'y étais; malheureusement, je n'ai pas pu aller au cimetière. J'ai été appelé à une heure chez le juge d'instruction. Il y a du nouveau, mon cher. Figurez-vous que...

— Ah çà! est-ce que vous allez encore nous réciter le Code de procédure criminelle? s'écria le lieutenant Tréville. J'en ai assez de vos histoires de témoignages et de vos découvertes. D'abord il n'y a rien qui porte la *guigne* comme de parler procès. Quand il m'arrive par hasard de lire la *Gazette des Tribunaux*, j'en ai pour vingt-quatre heures de déveine. Et j'ai parié dix louis pour vous, mon gros.

— Le lieutenant a raison, grommela le colonel Tartaras. A votre jeu, sacrebleu! à votre jeu! j'y suis de quarante francs, jeune homme.

— Ils sont gagnés, mon colonel, dit Lolif en brandissant sa queue d'un air vainqueur. Il me manque neuf points de trente. Vous allez voir comme je vais vous enlever ça.

— Je fais vingt louis contre quinze pour M. Lolif, dit le baron de Sigolène.

— Je les tiens, riposta Verpel, le banquier de l'avenir.

Et Lolif, tout fier de la confiance qu'il inspirait à un gentilhomme du Velay, se mit en devoir de la justifier en carambolant de plus belle.

Nointel était charmé des interruptions de la galerie qui l'avaient dispensé de répondre aux interpellations indiscrètes de Lolif, car il ne tenait pas du tout à apprendre aux oisifs du cercle qu'il venait d'honorer de sa présence les obsèques de madame d'Orcival. Il longea le billard sans saluer Prébord, qui, depuis la veille, aux Champs-Elysées, avait pris décidément une attitude hostile, et il alla s'asseoir tout au bout d'une des banquettes de maroquin établies contre les murs de la salle.

Lolif, surexcité peut-être par sa présence, venait de faire fausse queue, et son adversaire commençait à profiter de sa maladresse.

Le capitaine n'avait pas plus tôt pris place sur le siége haut perché où trônaient les spectateurs de ce tournoi, qu'un valet de pied vint à lui, portant une lettre sur un plateau d'argent. Nointel regarda l'adresse; elle était d'une écriture qu'il ne connaissait pas, et il décacheta nonchalamment ce pli qui ne l'intéressait guère. Il changea de note en lisant la signature du général Simancas.

— Oh! oh! dit-il tout bas, que peut avoir à me dire ce Péruvien? Voyons un peu.

« Cher monsieur, madame la marquise de Barancos me charge de vous informer qu'elle ne recevra pas aujourd'hui, mardi. Elle est très-souffrante d'une névrose qui s'est déclarée subitement hier soir. Mon ami Saint-Galmier pense que cette crise pourra se prolonger quelques jours. J'avais eu l'honneur de dîner hier avec lui chez sa noble cliente, et c'est à cette circonstance que je dois le plaisir de vous écrire. La marquise s'est souvenue que, dimanche, à l'Opéra, vous lui aviez promis une visite; elle a tenu à vous éviter un dérangement, et elle m'a prié de vous exprimer le regret qu'elle éprouve d'être forcée de fermer momentanément sa porte aux personnes qu'il lui serait le plus agréable de recevoir. Croyez, cher monsieur, aux meilleurs sentiments de votre tout dévoué serviteur. »

— Et c'est ce drôle qu'elle choisit pour m'avertir! pensa

le capitaine. Voilà un indice grave, plus grave que tous les autres. La Barancos employant Simancas comme secrétaire, et se faisant soigner par Saint-Galmier, c'est on ne peut plus significatif Il faut que les deux gredins qui la tiennent si bien aient assisté au meurtre. Et si quelqu'un débarrassait d'eux cette marquise, m'est avis qu'elle ne marchanderait pas la reconnaissance à son libérateur. Il s'agit maintenant de décider s'il vaut mieux, dans l'intérêt de mademoiselle Lestérel, prendre le parti de la dame afin de lui arracher ensuite un aveu, ou bien forcer les deux maîtres *chanteurs* à la dénoncer. Ce dernier parti est évidemment le plus pratique; mais, pour faire marcher ces coquins, il me faudrait un moyen d'action... il me faudrait posséder la preuve d'une des canailleries qu'ils ont sur la conscience. En attendant que je surprenne un de leurs secrets, je ne renonce pas à pousser ma pointe avec madame de Barancos; nous verrons bien si elle persistera longtemps à me fermer sa porte, comme le dit don Jose Simancas, qui me payera cette impertinence un jour ou l'autre.

Ce monologue fut interrompu par des exclamations poussées à propos d'un coup douteux. Lolif prétendait que sa bille avait touché la rouge. Son adversaire contestait le fait, et les parieurs opinaient dans un sens ou dans l'autre. La majorité finalement donna raison à Prébord, et Lolif, qui n'avait plus que trois points à faire pour gagner, fut condamné à laisser le champ libre à l'ennemi qui était à vingt-quatre.

— Je suis flambé, mon capitaine, dit le lieutenant Tréville en s'asseyant à côté de Nointel. Cet imbécile de Lolif va me faire perdre les dix louis que j'ai pariés pour lui, et si vous étiez arrivé cinq minutes plus tard, il gagnait haut la main. Mais aussitôt qu'il aperçoit quelqu'un à qui parler de l'affaire de la d'Orcival, il ne sait plus ce qu'il fait.

— Ma foi ! je ne devine pas pourquoi il s'est avisé de m'interpeller à ce propos-là, répondit Nointel en haussan les épaules. Je ne suis pas du tout au courant de ce qui se passe chez les commissaires de police et chez les juges d'instruction.

— Bon! mais vous êtes l'ami intime de Darcy, et Darcy a été l'amant de Julia; Lolif suppose que tout ce qui se rattache au crime de l'Opéra vous intéresse, et il n'en faut pas davantage pour qu'il manque un carambolage sûr. Regardez-moi maintenant ce Prébord. Vous allez le voir jouer la carotte. Ce bellâtre a des instincts de pilier d'estaminet. Il amuse le tapis jusqu'à ce qu'il ait trouvé une bonne série dans un coin. Tenez! il la tient. Voilà les trois billes acculées. Vingt-cinq! vingt-six! vingt-sept! vingt... non, il vient d'attraper un *contre*. Allons, j'ai encore de l'espoir... pourvu que Lolif n'ait pas une nouvelle distraction.

— Pourquoi ne jouez-vous pas vous-même au lieu de parier?

— Parce que je me fais battre par des mazettes. Je suis trop nerveux, et ces gens-là me font perdre patience. Ils sont tous plus assommants les uns que les autres. Il y a d'abord la tribu des carottiers. Prébord en tête, Verpel qui mène une partie comme une opération à terme, Lenvers qui met les morceaux de blanc dans sa poche pour empêcher son adversaire de s'en servir. Et puis les grincheux, Coulibœuf qui trouve que les lampes n'éclairent pas, et cette vieille culotte de peau de Tartaras qui se plaint qu'on fume pendant qu'il joue.

— Vous avez sir John Cocktail.

— Trop malin pour moi, ce major. D'ailleurs, il ne joue que contre le petit Sigolène, qui ne sait pas tenir sa queue, ou contre Perdrigeon, quand ledit Perdrigeon a trop bien dîné avec des figurantes.

— Et Charmol?

— Charmol? Il me corne aux oreilles les chansons qu'il élucubre pour charmer les membres du Caveau... et pour m'empêcher de caramboler. Sans compter qu'il m'étourdit avec ses tours de force. Il a toujours un pied en l'air. Il

joue tout le temps les mains derrière le dos. Il finira par
jouer avec son nez. Mais voilà Lolif qui vient de faire deux
points. Nous sommes à vingt-neuf. Encore un, et mes dix
louis sont doublés. Il faut voir ça de près, conclut le lieutenant Tréville en sautant de la banquette où il s'était juché.

Nointel le laissa partir sans regret, quoiqu'il goûtât assez
son langage pittoresque. Nointel, qui était venu là pour se
reposer l'esprit, se voyait, bien malgré lui, rejeté dans les
réflexions sérieuses par la lettre de Simancas. Il l'avait
mise dans sa poche, cette lettre, mais il ne pouvait pas s'empêcher d'y penser et d'en tirer des conséquences.

— Allons, mon garçon, cria Tréville à Lolif, penché sur
le billard, tâchons d'avoir de l'œil et du sang-froid. Le coup
est simple et facile. Prenez-moi la bille en tête et un peu
à gauche... pas trop d'effet... du moelleux.

— Dites-moi, Lolif, demanda tout à coup Prébord, est-
ce vrai ce qu'on m'a raconté... que la cabotine qui a tué
la d'Orcival va être mise en liberté?

La question avait été lancée par Prébord juste au moment
où son adversaire poussait le coup, longuement visé, qui
allait lui assurer le gain de la partie. Et cette question
toucha si bien le cœur de Lolif que la bille de Lolif ne
toucha pas la rouge. La passion du reportage fit dévier le
bras du joueur, qui manqua honteusement le plus élémen-
taire des carambolages.

Cette faute lourde provoqua de bruyantes exclamations
de la galerie, mais Prébord laissa crier les parieurs et com-
pléta ses trente points en trois coups de queue.

— Sacrebleu! dit le colonel, en regardant d'un air furieux
l'infortuné Lolif, vous l'avez donc fait exprès? Il fallait me
prévenir que vous étiez nerveux comme une femme. Je
n'aurais pas perdu quarante francs.

— Lolif a joué comme un fiacre, cria Tréville, mais
Prébord ne devait pas lui parler. Ça ne se fait pas, ces
choses-là.

— Encore s'il n'avait fait que me parler, murmura

piteusement le vaincu; mais m'adresser une question pareille... à moi qui connais l'affaire Lestérel dans ses moindres détails et qui sais parfaitement qu'on n'a pas relâché la prévenue...

— Non, ça ne se fait pas, reprit le lieutenant. Et, en bonne justice, on devrait annuler la partie.

— Je m'y oppose, dit Verpel qui avait parié pour Prébord. Il n'est pas écrit dans la règle du billard qu'on jouera à la muette.

. Sigolène, mon bon, vous me devez vingt louis.

— Il ne s'agit pas ici de la règle. Il s'agit de décider s'il est permis de déranger un joueur au moment où il envoie son coup. L'interroger à brûle-pourpoint sur un sujet qui l'intéresse, c'est absolument comme si on le heurtait. Je m'en rapporte au capitaine Nointel.

— Moi aussi, appuya Tartaras. Que pensez-vous du cas?

— Ma foi! mon colonel, je pense que le règlement ne l'ayant pas prévu, M. Prébord a le droit de prétendre qu'il a gagné. Reste la question de loyauté, qui peut être appréciée de plusieurs façons.

— Qu'entendez-vous par ces paroles? demanda Prébord, très-pâle.

— Tout ce qu'il vous plaira, répondit Nointel, en le regardant fixement.

— Messieurs! messieurs! s'écria Lolif, qui était né conciliateur, prenez-vous-en à moi, je vous en prie... Prébord n'avait pas de mauvaise intention... et je serais désolé d'être la cause d'une querelle..., j'aimerais mieux prendre à mon compte tous les paris que j'ai fait perdre.

— Rassurez-vous, mon cher, les choses en resteront là, dit le capitaine en souriant dédaigneusement.

Le bellâtre, en effet, n'avait pas l'air de vouloir les pousser plus loin. Il s'était replié sur un petit groupe d'amis qui tenaient pour lui et qui ne demandaient qu'à enterrer l'affaire. Il n'entrait pas dans les plans de Nointel de donner une suite à ce commencement de querelle. L'heure n'était pas venue d'en finir avec Prébord en le mettant au pied du mur. Il suffisait au capitaine d'avoir montré publiquement le cas qu'il faisait de ce personnage, et il n'ajouta pas un mot à la leçon qu'il venait de lui donner.

Lolif, du reste, ne lui laissa pas le temps de changer de résolution. Sans demander une revanche que son adversaire ne lui offrait pas, il s'empara de Nointel, il l'accapara, il finit par l'entraîner dans un petit fumoir qui communiquait avec la salle de billard, et Nointel se laissa faire, quoiqu'il lui en coutât beaucoup de renoncer au repos qu'il s'était promis de goûter pendant quelques heures. Il prévoyait bien que Lolif ne l'emmenait que pour lui parler du crime de l'Opéra, et il s'attendait à recevoir une averse de nouvelles insignifiantes; mais il se résignait, par amitié pour Darcy, à subir encore une fois ce bavardage. On trouve quelquefois des perles dans les huîtres et des indications précieuses dans les discours d'un sot.

— Mon cher, lui dit le reporter par vocation, je me demande où Prébord a pu entendre dire que mademoiselle Lestérel a été mise en liberté.

— Nulle part, cher ami, répliqua le capitaine. Ce propos n'était à autre fin que de vous troubler et de vous faire manquer votre carambolage.

— C'est bien possible... Prébord a une façon de jouer qui ne me va pas; mais il n'est pas question de ça. Je sais que vous vous intérressez au grand procès qui se prépare et qui passionnera tout Paris.

— Moi! oh! très-peu, je vous assure. C'est à peine si je lis les journaux.

— Vous ne pouvez pas y être indifférent, ne fût-ce qu'à cause de votre ami Darcy, qui doit désirer ardemment que le meurtre de madame d'Orcival ne reste pas impuni. Eh bien, quoiqu'il soit le propre neveu du juge d'instruction, je suis certain qu'il n'est pas si bien informé que moi.

— Je le crois. Son oncle a refusé péremptoirement de lui

dire un seul mot de ce qui se passe dans son cabinet.

— Et son oncle a eu raison. C'est un magistrat de la vieille roche que M. Roger Darcy. Il connaît ses devoirs, et rien ne l'y ferait manquer. Mais, moi, je ne suis pas lié comme lui pas un serment. Je me suis tu scrupuleusement, jusqu'à ce qu'il ait reçu ma déposition; maintenant que j'ai déposé, je suis libre de me renseigner et de dire à mes amis ce que j'ai appris.

— Absolument libre.

— Eh bien, mon cher Nointel, je n'ai pas perdu mon temps, car l'instruction n'a plus de secrets pour moi. Je me suis mis en relation avec quelqu'un que je ne vous nommerai pas, parce que je lui ai promis une discrétion inviolable...

— En échange de ses indiscrétions.

— Mais oui. Vous comprenez que, si on savait qu'il me donne des renseignements, il perdrait sa place. Je ne veux pas faire du tort à un père de famille, et puis il ne me dirait plus rien, et j'aurais dépensé mon argent inutilement. Vous vous doutez bien que les confidences de cet employé ne sont pas gratuites, et elles m'ont déjà coûté gros.

— Il s'agit de savoir si elles valent ce qu'elles vous ont coûté.

— Vous allez en juger. Voici ce qui s'est passé depuis dimanche, jour par jour. Hier, lundi, dans la matinée, perquisition au domicile de mademoiselle Lestérel. On y a découvert un fragment de lettre où madame d'Orcival lui donnait rendez-vous au bal de l'Opéra.

— A quelle heure? demanda Nointel, qui n'avait pas vu Darcy depuis la veille.

— Mon homme ne me l'a pas dit, et je n'ai pas pensé à le lui demander. L'heure, du reste, n'importe guère. Il suffit qu'il soit prouvé que la prévenue est allée au bal.

— C'est juste, dit le capitaine qui pensait tout le contraire, mais qui voyait que, sur ce point, il n'y avait rien à tirer de Lolif.

— Or, il est prouvé qu'elle y est allée. Hier, dans l'après-midi, elle a été interrogée, et elle a persévéré dans son système, qui consiste à ne pas répondre.

— Pas mauvais, le système. Le silence est d'or, dit le proverbe.

— Le proverbe a tort, pour cette fois. Songez que, devant l'évidence des faits, le silence équivaut à un aveu.

— Allons donc! Il est toujours temps de parler, et en ne répondant pas on ne risque pas de s'enferrer. Si j'étais accusé, je ne dirai pas un mot dans le cabinet du juge. Je n'ouvrirais la bouche qu'en présence des jurés.

— Mademoiselle Lestérel est de votre avis, car jusqu'à présent M. Darcy n'a rien obtenu, ni confession, ni explication; mais les faits parlent. Elle aurait pu soutenir qu'elle n'était pas allée au rendez-vous donné par Julia d'Orcival. Malheureusement pour elle, hier, un commissaire très-intelligent a eu l'idée de feuilleter le registre des objets perdus et déposés à la Préfecture. Il a vu, inscrits sur ce registre, un domino et un loup trouvés sur la voie publique dans la nuit de samedi à dimanche. M. Roger Darcy a été prévenu immédiatement; il a donné des ordres, et on a opéré avec une célérité merveilleuse. Le soir même, on découvrait la marchande à la toilette qui avait vendu les objets, vendu, pas loué, remarquez bien. Elle les a reconnus tout de suite. Le domino n'était pas neuf, et il y avait une reprise au capuchon. Ce matin, à neuf heures, on l'a confrontée avec la prévenue, qu'elle a reconnue aussi de la façon la plus formelle.

— Et la prévenue a nié?

— Non. Elle s'est contentée de pleurer. Elle ne pouvait pas nier. La marchande lui a rappelé toutes les circonstances de l'achat qui a été fait dans la journée du samedi. Il n'y a plus maintenant l'ombre d'un doute sur la présence de mademoiselle Lestérel au bal de l'Opéra.

— Le fait est qu'elle n'a certainement pas acheté un domino et un loup pour aller donner une leçon de chant.

— Et si elle les a achetés au lieu de les louer, c'est qu'elle avait l'intention de ne pas les rapporter et de s'en défaire.

— S'en défaire, comment?

— En les jetant par la portière du fiacre qui l'a ramenée du bal. On n'a pas encore découvert ce fiacre, mais on le cherche.

— Et où a-t-on ramassé cette défroque?

— Ah! voilà. Deux sergents de ville qui faisaient leur ronde de nuit l'ont trouvée sur le boulevard de la Villette, au coin de la rue du Buisson-Saint-Louis. C'est curieux, n'est-ce pas?

— Dites que c'est inexplicable. Si cette demoiselle Lestérel a tué Julia, elle devait avoir hâte de rentrer chez elle après l'avoir tuée. Que diable allait-elle faire du côté de Belleville?

— C'est une ruse pour dépister les recherches.

— Elle prévoyait donc qu'on l'arrêterait dès le lendemain. Il eût été beaucoup plus simple de regagner tranquillement son domicile, d'ôter son domino dans le fiacre, si elle craignait d'être vue par son portier, et d'aller le lendemain soir jeter ledit domino quelque part... dans la Seine, dans un terrain vague, ou même au coin d'une borne.

— Mon cher, les criminels ne font pas des raisonnements si compliqués. Elle était pressée de se débarrasser d'un costume compromettant, elle ne voulait pas le semer dans son quartier...

— Et elle est allée le semer à l'autre bout de Paris. Quoi que vous en disiez, ce n'est pas naturel du tout, et, si j'étais à la place de M. Roger Darcy, j'ouvrirais une enquête sur les relations que mademoiselle Lestérel pouvait avoir dans les parages de la Villette ou des Buttes-Chaumont.

— C'est ce qu'il fera, n'en doutez pas. Mais convenez que je vous ai appris du nouveau. Darcy va être bien content quand vous lui direz que, dès à présent, la condamnation est certaine.

— Crétin! pensait Nointel en regardant Lolif qui se rengorgeait.

Et il lui demanda d'un air indifférent :

— Savez-vous l'heure qu'il était quand les sergents de ville ont fait cette trouvaille?

— Ma foi! non, je n'ai pas pensé à m'en informer. Mais le juge d'instruction doit le savoir. Il n'omet rien, je vous assure. Les détails les plus insignifiants sont recueillis par lui avec beaucoup de soin.

— Eh bien, tâchez donc de vous renseigner sur ce point. et faites-moi le plaisir de me dire ce que vous aurez appris,

— Ah! ah! vous prenez goût au métier qui me passionne, à ce que je vois. Bravo! mon cher. Pratiquez-le un peu, et vous reconnaîtrez que rien n'est plus amusant.

— Ça dépend des goûts, dit le capitaine en feignant d'étouffer un bâillement. Moi, je n'aime pas les problèmes. C'était bon du temps où je me préparais à Saint-Cyr. Je vous écoute volontiers, quand vous parlez de ces choses-là, parce que vous en parlez bien; mais, au bout d'un quart d'heure, j'en ai assez. Retournons au billard, mon cher. J'éprouve le besoin de m'étendre sur une banquette et d'y sommeiller au doux bruit des carambolages.

Lolif soupira , car il avait espéré un instant que Nointel allait partager sa *toquade*; mais le compliment fit passer le refus de collaborer.

Nointel, en rentrant dans la salle , se disait :

— Ce nigaud ne se doute pas qu'il vient de m'indiquer le point le plus intéressant à vérifier. S'il était moins de trois heures du matin quand les sergents de ville ont trouvé le domino, mademoiselle Lestérel serait sauvée, puisqu'il est prouvé que le domino lui appartient et que Julia a été tuée à trois heures. Je me renseignerai moi-même, si Lolif ne me renseigne pas.

Et il s'apprêtait, en attendant , à jouir d'un repos qu'il avait bien gagné. La marquise ne recevait pas , à ce que prétendait Simancas, et tout en se promettant de forcer plus tard cette consigne, le capitaine se félicitait de pouvoir disposer de sa soirée à sa guise. Il méditait de dîner au cercle et d'aller ensuite où sa fantaisie le conduirait, à moins que Darcy ne se montrât et ne le mît en réquisition pour quelque corvée relative à la grande affaire.

La partie avait repris. Le jeune baron de Sigolène, hardi, mais déveinard, jouait la décompte en seize contre le major Cocktail, qui lui laissait régulièrement faire douze points, et enfilait alors une série victorieuse de seize carambolages. Tréville, par patriotisme, s'obstinait à parier pour le gentilhomme du Vélay et perdait avec entrain contre Alfred Lenvers qui, n'ayant pas de préjugés sur les nationalités, soutenait l'Angleterre, en attendant qu'il se présentât un pigeon à plumer au piquet. Le colonel Tartaras rageait dans un coin. Il n'avait pas encore digéré le coup de Lolif. Coulibœuf racontait à Perdrigeon qu'un jour, au cercle d'Orléans, il avait carambolé soixante-dix-neuf fois d'affilée, et Perdrigeon, qui ne l'écoutait pas, lui demandait des nouvelles d'une Déjazet de province, en représentation, pour le moment, dans les départements du Centre. Prébord et Verpel avaient disparu. Le doux Charmol, chansonnier du Caveau, les avait suivis.

Lolif, encore tout honteux de sa récente bévue, se glissa timidement derrière les joueurs, et Nointel, après avoir choisi une place propice à la rêverie, s'établit dans une posture commode, et alluma un excellent cigare. Il n'en avait pas tiré trois bouffées, que l'imprévu se présenta sous la forme d'un domestique du Cercle, portant sur un plateau, non pas une lettre cette fois, mais une carte de visite.

Le capitaine la prit et y lut le nom de Crozon.

— Déjà! pensa-t-il. Le dénonciateur anonyme lui a donc désigné l'amant de sa femme? Voilà qui vaut la peine que je me dérange.

— La personne est là? demanda-t-il au valet de chambre

— Elle attend monsieur au parloir... c'est-à-dire, il y a deux personnes, répondit le domestique.

— Comment, deux? Vous ne m'apportez qu'une carte.

— Ce monsieur est accompagné d'un... d'un homme.

— C'est bien; dites que je viens, reprit le capitaine assez surpris.

Et il quitta, non sans regret, la banquette où il était si bien.

— Qui diable ce baleinier m'a-t-il amené? pensait-il en traversant lentement la salle de billard. Un homme, dans le langage des laquais, cela signifie un individu mal vêtu. Est-ce que Crozon, ayant découvert que sa femme l'a trompé avec un maroufle, aurait eu l'idée baroque de traîner ici le susdit maroufle à seule fin de le châtier en ma présence? Avec cet enragé, on peut s'attendre à tout. C'est égal, il aurait pu mieux choisir son temps. Je me délectais à ne penser à rien. Enfin! il était écrit qu'aujourd'hui on ne me laisserait pas tranquille.

Le parloir était situé à l'autre bout des appartements du cercle, et, en passant par le salon rouge, Nointel aperçut Prébord, en conférence avec Verpel et Charmol.

— Aurait-il, par hasard, l'intention de m'envoyer des témoins? se dit Nointel. Ma foi! je n'en serais pas fâché. Un duel me dérangerait un peu dans ce moment-ci, mais j'aurais tant de plaisir à donner un coup d'épée à ce fat que je ne refuserais pas la partie.

Il affecta de marcher à petits pas et de se retourner plusieurs fois, pour faire comprendre à ce trio qu'une rencontre serait facile à régler. Mais le beau brun et ses deux amis firent semblant de ne pas l'apercevoir, et il eut la sagesse de ne pas les provoquer. Il méprisait de tels adversaires, et d'ailleurs il lui tardait de savoir quelle nouvelle apportait M. Crozon.

Il trouva le beau-frère de Berthe, planté tout droit au milieu du parloir, le chapeau sur la tête, le visage enflammé, l'œil sombre, les traits contractés : l'air et l'attitude d'un homme que la colère transporte et qui s'efforce de se contenir. Derrière ce mari malheureux, se tenait un grand flandrin, maigre et osseux comme un

Yankee, portant la barbe et les moustaches en brosse, et paraissant fort embarrassé de sa personne. Ce singulier personnage était vêtu d'une redingote vert olive, d'un pantalon de gros drap bleu et d'un gilet jaune en poil de chèvre.

— Qu'est-ce que c'est que cet oiseau-là? se demandait le capitaine. Il ressemble à un trappeur de l'Arkansas, et il est habillé comme Nonancourt, dans le *Chapeau de paille d'Italie*.

— M. Bernache, premier maître mécanicien à bord de l'*Étoile polaire* que je commande, dit le baleinier d'une voix rauque, et avec un geste d'automate.

En toute autre occasion, Nointel aurait ri de bon cœur de cette façon de présenter quelqu'un en lui donnant du revers de la main à travers la poitrine; mais il sentit que la situation était sérieuse, et il répondit avec un flegme parfait :

— Je suis charmé de faire la connaissance de M. Bernache. Veuillez m'expliquer, mon cher Crozon, ce que je puis pour son service... et pour le vôtre.

— Vous ne devinez pas? lui demanda le marin, en le foudroyant du regard.

— Non, sur ma parole.

— Monsieur est mon témoin.

— Ah! très-bien. Je comprends. Vous avez reçu la lettre que vous attendiez. Vous savez maintenant à qui vous en prendre, vous allez vous battre, et vous avez choisi pour vous assister sur le terrain un camarade éprouvé, qui a navigué avec vous. Je ne puis que vous féliciter de ce choix, et je ne vous en veux pas du tout de m'avoir préféré monsieur, qui vous connaît plus que moi et qui vous représentera beaucoup mieux.

Nointel croyait être fort habile en parlant ainsi. Il craignait que Crozon n'eût l'idée de lui adjoindre ce mécanicien comme second témoin, et il prenait les devants pour éviter la ridicule corvée dont il pensait être menacé. Il ne s'attendait guère à être interpellé comme il le fut aussitôt.

— Ne faites donc pas semblant de ne pas comprendre, lui cria le baleinier. C'est avec vous que je veux me battre, et j'ai amené Bernache pour que nous en finissions tout de suite. Vous devez avoir ici des amis. Envoyez-en chercher un, et partons. Nous irons où vous voudrez. J'ai en bas, dans un fiacre, des épées, des pistolets et des sabres.

Le capitaine tombait de son haut, mais il commençait à entrevoir la vérité, et il ne se troubla point :

— Pourquoi voulez-vous donc vous battre avec moi? demanda-t-il tranquillement.

Crozon tressaillit et dit entre ses dents :

— Vous raillez. Il vous en coûtera cher.

— Je ne raille pas. Je n'ai jamais été plus sérieux, et je vous prie de répondre à la question que je viens de vous adresser.

— Vous m'y forcez. Vous tenez à m'entendre proclamer ce que vous savez fort bien. Soit! c'est un outrage de plus, mais je réglerai tous mes comptes à la fois, car je veux vous tuer, entendez-vous?

— Parfaitement; mais pourquoi?

— Parce que vous avez été l'amant de ma femme.

Nointel reçut cette extravagante déclaration avec autant de calme qu'il recevait autrefois les obus lancés par les canons Krupp. Un autre se serait récrié et aurait essayé de se justifier. Il s'y prit d'une façon toute différente, et il fit bien.

— Si je vous affirmais que ce n'est pas vrai, vous ne me croiriez pas, je suppose, dit-il sans s'émouvoir.

— Non, et je vous engage à vous épargner la peine de mentir. Comment voulez-vous que je vous croie? Vous m'avez déclaré vous-même, il n'y a pas deux heures, qu'en pareil cas un galant homme niait toujours.

— Je l'ai dit et je le répète. Mais vous admettez aussi qu'un galant homme peut avoir été accusé faussement.

— Non. Personne n'a intérêt à vous désigner comme ayant été l'amant de ma femme.

— Qu'en savez-vous? J'ai des ennemis, et je m'en connais un entre autres qui est très-capable d'avoir imaginé ce moyen de se débarrasser de moi, sans exposer sa personne. Remarquez, je vous prie, que je ne proteste pas, que je ne discute pas, et même que je ne refuse pas de vous rendre raison.

— C'est tout ce qu'il me faut. Marchons.

— Tout à l'heure. Veuillez me laisser achever. Je ne serai pas long.

Vous avez reçu, à ce que je vois, une nouvelle lettre du drôle qui ne cesse depuis trois mois de dénoncer votre femme, et cette fois il a plu à ce drôle de me désigner à votre vengeance. J'ai le droit de vous demander si cette lettre est signée, et, si elle l'est, je puis exiger que vous m'accompagniez chez son auteur, afin de me mettre à même de le forcer à avouer en votre présence qu'il m'a lâchement calomnié. Je l'y forcerai, je vous en réponds, et je lui ferai avaler son épître, s'il refuse le duel à mort que je lui proposerai.

— La lettre n'est pas signée.

— Très-bien! Alors, je ne peux m'en prendre qu'à vous, qui ajoutez foi à une accusation anonyme portée contre moi par un vil coquin. Et si vous ne me cherchiez pas querelle, c'est moi qui vous demanderais satisfaction, car vous m'insultez en supposant que je vous ai trompé, vous qui avez été mon camarade, et presque mon ami.

— Ces trahisons-là sont très-bien vues dans le monde où vous vivez.

— Cela se peut, mais ce qu'on ne tolérerait dans aucun monde, c'est le procédé dont j'aurais usé aujourd'hui en vous faisant raconter vos infortunes de ménage si je les avais causées. Me croire capable d'une action si basse, c'est m'insulter, je vous le répète, et je ne tolère pas les insultes. Donc, nous allons nous battre.

— À la bonne heure! trouvez vite un témoin et partons.

— Pardon! je n'ai pas fini. Je tiens absolument à vous dire, avant de vous suivre sur le terrain, ce que je compte faire après la rencontre. Vous allez m'objecter que je ne ferai rien du tout, attendu que vous êtes certain de me tuer. Eh bien, je vous affirme que vous ne me tuerez pas. Vous êtes d'une jolie force à toutes les armes, mais je suis plus fort que vous.

— Nous verrons bien, dit le marin avec impatience.

— Vous le verrez, en effet. Je vous blesserai, et quand je vous aurai blessé, pour vous apprendre à me soupçonner d'une vilenie, je prendrai la peine de vous prouver que l'accusation que vous avez admise si légèrement était absurde, et que non-seulement je n'ai jamais été l'amant de votre femme, mais que je ne l'ai jamais vue.

Maintenant, j'ai tout dit et je suis prêt à vous suivre partout où il vous plaira de me conduire. Permettez-moi seulement d'aller prendre chez lui un ami que je tiens à avoir pour témoin, par la raison qu'il est inutile d'ébruiter cette affaire, et que je suis sûr de sa discrétion.

Le baleinier semblait hésiter un peu. La péroraison du capitaine avait fait sur lui une certaine impression, mais il n'était pas homme à reculer après s'être tant avancé, et il fit signe à Bernache de le suivre. Le maître mécanicien ne payait pas de mine et n'avait pas l'élocution facile, mais il ne manquait pas de bon sens, et il risqua une observation fort sage.

— Moi, à ta place, mon vieux Crozon, dit-il timidement, avant d'aller me cogner avec monsieur, qui n'a pas plus peur que toi, ça se voit bien, je lui demanderais de faire avant le coup de torchon ce qu'il te propose de faire après.

— Qu'est-ce tu me chantes là, toi? grommela le loup de mer.

— Elle est bien facile à comprendre, ma chanson. Monsieur déclare qu'il n'a jamais vu ni connu ta femme, et je

mettrais ma main au feu qu'il ne ment pas. Mais, puisque
tu refuses de croire à la parole d'un officier, pourquoi ne
le pries-tu pas de te montrer qu'il dit la vérité?

— Je suis curieux de savoir comment il s'y prendrait,
dit Crozon, en haussant les épaules.

— Parbleu! il me semble que c'est bien simple, répondit le judicieux mécanicien. Ta femme ne sait rien de ce
qui se passe, n'est-ce pas? Tu ne lui as jamais parlé de
monsieur?

—Non. Ensuite?

— Et elle est chez toi, malade... hors d'état de sortir.
Par conséquent, elle n'a pu te suivre...

— Non, cent fois non.

— Eh bien, il me semble que si nous allions la voir tous
les trois, et si tu lui disais que monsieur est un camarade
à toi, tu connaîtrais bien à sa figure si...

— Pardon, monsieur, interrompit Nointel; je ne sais si
votre proposition serait agréée par M. Crozon, mais moi je
refuse absolument de me soumettre à une épreuve de ce
genre. Je trouve au-dessous de ma dignité de jouer une
comédie qui d'ailleurs n'amènerait pas le résultat que vous
espérez. Madame Crozon n'éprouverait aucune émotion en
me voyant, puisque je lui suis absolument inconnu; mais
M. Crozon pourrait croire qu'elle a dissimulé ses impressions. Ce n'est pas par de tels moyens que je me propose
de le convaincre... lorsque je lui aurai donné la leçon qu'il
mérite.

Le capitaine avait manœuvré avec une habileté rare, et
il avait calculé d'avance la portée de ses discours qui ten-
daient tous à calmer un furieux et qui semblaient être
débités tout exprès pour l'exaspérer davantage. Le capitaine connaissait les jaloux, pour les avoir pratiqués, et il
s'était dit que plus il prendrait de haut l'accusation portée
contre lui par cet affolé, plus il aurait de chances de le
ramener à la raison. Le pis qui pût lui arriver, c'était d'être
forcé d'aller sur le terrain, et cette rencontre ne l'effrayait

pas, car il se croyait à peu près certain de mettre Crozon hors de combat, et par conséquent hors d'état de tuer sa femme. Il se demandait même s'il ne valait pas mieux que l'affaire finît ainsi.

Mais, pendant qu'il parlait, un revirement s'opérait dans les idées du mari, qui commençait à réfléchir. Il hésita longtemps, ce mari malheureux; il lui en coûtait de faire un pas en arrière, et pourtant il était frappé du calme et de la fermeté que montrait Nointel. Enfin il s'écria :

— Vous ne voulez pas du moyen de Bernache... vous prétendez que vous en avez un autre pour me prouver que je vous accuse à tort. Dites-le donc, votre moyen.

— A quoi bon? Vous ne l'admettriez pas.

— Dites toujours.

— Non. J'aime mieux me battre.

— Parce que vous savez bien que vous ne me convaincriez pas.

— Je vous convaincrais parfaitement. Mais pour cela, il me faudrait peut-être du temps, et vous n'avez pas l'air d'être disposé à attendre. Moi, je n'y tiens pas non plus. Finissons-en. Avez-vous une voiture en bas?

— Du temps? Comment, du temps? Expliquez-vous.

— Vous le voulez? soit! mais avouez que j'y mets de la complaisance. Eh bien, si vous étiez de sang-froid, je vous proposerais de me montrer la lettre anonyme que vous venez de recevoir. Vous m'avez offert tantôt de me faire voir les autres, les anciennes. Vous pouvez bien me faire voir celle-là.

— Sans doute, et quand vous l'aurez vue?

— Quand je l'aurai vue, il arrivera de deux choses l'une : ou je reconnaîtrai l'écriture de votre aimable correspondant, et, dans ce cas, nous irons ensemble, sans perdre une minute, le forcer à confesser qu'il en a menti; ou je ne la reconnaîtrai pas tout de suite, et alors j'ouvrirai une enquête, et cette enquête aboutira, j'en suis sûr, à la découverte du coupable. C'est un de mes ennemis intimes qui a fait cela, et je n'en ai que trois ou quatre. Je me ferais fort de trouver l'auteur de la lettre parmi ces trois ou quatre, mais ce serait trop long. N'en parlons plus.

Crozon hésita encore un peu, puis il tira brusquement un papier de sa poche, et il le tendit à Nointel, qui éprouva, en y jetant les yeux, la sensation la plus vive qu'il eût ressentie depuis la mort de Julia d'Orcival.

Les écritures n'ont pas toujours un caractère particulier qui saute aux yeux tout d'abord. Par exemple, les cursives usitées dans le commerce se ressemblent toutes; les anglaises allongées aussi, ces anglaises que les jeunes filles apprennent au pensionnat. Mais celle de la lettre anonyme était très-grosse, très-espacée et très-régulière, une écriture du bon vieux temps. Nointel n'eut qu'à la regarder pour constater qu'elle ne lui était pas inconnue; seulement, il ne se rappelait pas encore où ni quand il l'avait vue.

— Eh bien? lui demanda Crozon.

— Eh bien, répondit-il sans se départir de son calme, je ne puis pas vous nommer immédiatement l'auteur de cette lettre, mais je suis à peu près certain que je saurai bientôt de qui elle est, surtout si vous permettez que je la lise.

— Lisez... lisez tout haut. Je n'ai pas de secrets pour Bernache.

Le capitaine prit le papier que Crozon lui tendait et lut lentement, posément, comme un homme qui se recueille pour rassembler ses souvenirs.

La lettre était ainsi conçue :

« L'ami qui vous écrit regrette de ne pas être encore en mesure de vous apprendre où se trouve l'enfant dont votre femme est accouchée secrètement, il y a six semaines. Cet enfant a été confié par elle à une nourrice qui a changé de domicile au moment où celui qui la cherche pour vous rendre service était sur le point de la découvrir. La mère a sans doute eu vent des recherches, et elle s'est arrangée de façon à les empêcher d'aboutir. La nourrice a été avertie, et elle a su se dérober. Mais on est sûr qu'elle n'a pas quitté Paris, et on la trouvera. »

— Convenez, dit Nointel, convenez que s'il dit la vérité, votre correspondant est un sinistre coquin. Dénoncer une femme coupable, c'est lâche, c'est ignoble; mais enfin il peut prétendre que son devoir l'oblige à éclairer un ami trompé. Rien ne l'oblige à vous livrer l'enfant. S'il connaît votre caractère, il doit penser que vous le tuerez, ce pauvre petit être qui est assurément fort innocent. Il tient donc à vous pousser à commettre un crime.

— Faites-moi grâce de vos réflexions, interrompit le baleinier, plus ému qu'il ne voulait le paraître.

— Si tel est le but que se propose cet homme, reprit le capitaine, cet homme mériterait d'être envoyé au bagne, et je me chargerais volontiers de lui faciliter le voyage de Nouméa. Mais je crois qu'il se vante, je crois qu'il ment. Il n'a pas trouvé l'enfant, parce que l'enfant n'existe pas. Il a inventé cette histoire à seule fin de vous entretenir dans un état d'irritation dont il compte bien tirer parti. Quels sont ses projets? Je n'en sais rien encore, mais je soupçonne qu'il veut vous employer à le débarrasser de quelqu'un qui le gêne.

— Lisez! mais lisez donc!

— M'y voici :

« En attendant qu'il puisse vous montrer la preuve vivante de la trahison de votre femme, l'ami tient aujourd'hui la promesse qu'il vous a faite de vous désigner l'amant, ou plutôt les amants, car il y en a eu deux. »

— S'il continue, il finira par en découvrir une douzaine, dit railleusement Nointel.

Et, comme il vit que ce commentaire n'était pas du goût de Crozon, il reprit :

« Le premier, celui qui l'a détournée de ses devoirs, et qui a été le père de cet enfant, était un aventurier polonais, nommé Wenceslas Golymine. Cet homme prétendait être noble, et s'attribuait le titre de comte. Il vivait dans le grand monde et il dépensait beaucoup d'argent, mais il n'a jamais été qu'un chevalier d'industrie. »

A ce passage, le capitaine s'arrêta court, non parce que l'indication l'étonnait — il avait toujours pensé que les lettres rendues par Julia à mademoiselle Lestérel étaient du pendu — mais parce que la mémoire, aidée par cette indication, lui revenait tout à coup. Il se souvenait que l'écriture, cette belle écriture du dix-huitième siècle, était précisément celle du billet qu'il avait reçu un quart d'heure auparavant, du billet où don Jose Simancas l'informait que la marquise de Barancos ne recevait pas ce jour-là.

Il avait en poche la pièce de comparaison, et un autre que lui n'aurait pas manqué de l'exhiber et de signaler au mari une similitude qui ne laissait aucun doute sur la véritable personnalité du dénonciateur anonyme. Mais Nointel, en cette occurrence, montra un sang-froid et une présence d'esprit extraordinaires. Il ne lui fallut qu'une seconde pour envisager toutes les conséquences d'une déclaration immédiate : Crozon se lançant aussitôt à la poursuite du Péruvien, le sommant de fournir des preuves, en un mot, cassant les vitres, pataugeant brutalement à travers les combinaisons du capitaine, le tout au détriment du succès de l'enquête si bien commencée. Il ne lui fallut qu'une seconde pour se dire que mieux valait cent fois garder pour lui seul le secret de cette découverte qui lui fournissait justement un moyen d'action sur Simancas, tenir ce gredin sous la menace de dévoiler ses manœuvres honteuses, puis, quand le moment serait venu d'en finir avec lui, le livrer au bras séculier de Crozon, en démontrant à ce mari peu commode que son correspondant n'était qu'un vil calomniateur. Et il eut la force de se taire, de sourire et de s'écrier :

— Parbleu ! le drôle qui vous écrit a d'excellentes raisons pour dénoncer le comte Golymine. Ce personnage ne peut plus le démentir, car il s'est suicidé la semaine dernière.

— Oui, la veille de mon arrivée à Paris, dit le baleinier, et le lendemain, ma femme a eu une attaque de nerfs en apprenant qu'il était mort. Continuez, je vous prie.

Nointel se disait :

— Je crois que j'aurai de la peine à lui persuader que madame Crozon est immaculée, mais ce n'est pas là que j'en veux venir.

Et il se remit à lire :

« Le soi-disant comte Golymine a été obligé, il y a quelques mois, de quitter la France pour fuir ses créanciers, et ses relations avec votre femme ont cessé à cette époque. Elles ne se sont pas renouées lorsqu'il est rentré à Paris, où il vient de finir, comme finissent tous ses pareils, en se donnant volontairement la mort.

— Comme finissent tous ses pareils ! pensait Nointel ; écrite par cet escroc d'outre-mer, la phrase est un chef-d'œuvre.

— Lisez jusqu'au bout, tonna le marin.

— Très-volontiers, répondit doucement le capitaine.

« Elles ne se sont pas renouées parce que votre femme avait pris un autre amant.

— Bon ! je commence à comprendre.

« Cet amant a mis autant de soin à cacher sa liaison que le Polonais en avait mis à afficher la sienne.

— Bien trouvé, cela !

« L'ami qui vous écrit...

Il tient à sa formule.

« L'ami qui vous écrit a eu beaucoup de peine à la découvrir.

— Je le crois aisément.

« Cependant, il y est parvenu, et maintenant il est sûr de son fait.

— Je suis curieux de savoir comment il s'y est pris pour acquérir cette certitude... Mais il ne s'explique pas sur ce point.

« Il s'empresse donc de vous nommer l'homme qui vous

déshonoré. C'est un ancien officier de cavalerie. Il a quitté le service pour mener une vie scandaleuse. Il fait profession de séduire les femmes mariées, et il se plaît à porter le trouble dans les ménages. »

— Voilà un portrait bien ressemblant! s'écria Nointel. Si c'est de moi qu'il s'agit, comme je n'en doute pas, je déclare que votre anonyme est un imbécile. Mais voyons la fin.

« Ce lovelace s'appelle Henri Nointel. Il habite rue d'Anjou, 125, et il va tous les jours, dans l'après-midi, au Cercle de...

— Il tient essentiellement à ce que vous m'extermini ez sans perdre un instant. Je suis surpris qu'il ne vous indique pas aussi le moyen de m'assassiner sans courir aucun risque. Mais, non... il se borne à la jolie appréciation que voici :

« Le sieur Nointel est universellement haï et méprisé. Celui qui délivrera de cet homme le monde parisien aura l'approbation de tous les honnêtes gens. On ne trouverait pas de juges pour le condamner. »

— Hé! hé! cette conclusion ressemble fort à une excitation au meurtre. Est-ce tout? Non. Il y a un *post-scriptum* :

« Les recherches se poursuivent. Dès que le nouveau domicile de la nourrice sera connu, l'ami vous avertira. Sa tâche alors sera remplie, et il se fera connaître. »

— Bon! cette, fois c'est complet, et je suis fixé. Voici la lettre, mon cher, dit froidement le capitaine en présentant au marin le papier accusateur.

— Essayez donc au moins de vous justifier, s'écria Crozon.

— Je m'en garderai bien. Si vous êtes aveuglé par la jalousie au point de prendre au sérieux de pareilles absurdités, vous qui connaissez mon caractère, pour avoir vécu dans mon intimité à un âge où on ne dissimule rien, si vous ajoutez foi à de si stupides calomnies, tout ce que je pourrais vous dire ne servirait à rien. J'aime mieux vous répéter que je suis à vos ordres. Battons-nous, puisque vous le voulez. J'espère que vous ne me tuerez pas. J'espère même que plus tard vous reviendrez de vos préventions et que vous songerez alors à châtier le misérable qui, sous prétexte de vous rendre service, vous insulte à chaque ligne de cet odieux billet. « Votre femme a eu un amant », il n'a que ces mots-là au bout de sa plume. Et, je vous le jure, si j'étais marié et qu'un homme m'écrivît de ce style, je n'aurais pas de repos que je ne l'eusse éventré.

— Nommez-le-moi donc alors, dit le baleinier, un peu ébranlé par ce simple discours.

— Je vous le nommerai, soyez tranquille; je vous le nommerai avant qu'il vous ait indiqué l'endroit où on cache ce prétendu enfant qui n'est pas né.

— Pourquoi ne le nommez-vous pas maintenant, si vous avez reconnu son écriture?

— Je ne l'ai pas reconnue, dit hardiment Nointel, mais je suis détesté par des gens qui ne m'ont jamais écrit. Je les connais fort bien, ces gens-là. J'en soupçonne deux ou trois, et je trouverai le moyen de me procurer quelques lignes de leur main. Pour cela, je n'aurai même pas besoin de comparer les pièces. Les caractères que vous venez de me montrer sont imprimés dans ma mémoire. Seulement, je vous préviens que je ne vous laisserai pas la satisfaction de traiter ce pleutre comme il le mérite. Je me réserve le plaisir de le crosser d'abord, et de l'embrocher ensuite, si tant est qu'on puisse l'amener sur le terrain.

Mais je m'amuse à faire des projets, et nous perdons un temps précieux. Les jours sont très-courts au mois de février, et, pour peu que nous prolongions cette causerie, nous allons être obligés de remettre notre affaire à demain.

— Il est déjà trop tard. On n'y verrait pas clair pour se couper la gorge, se hâta de dire le maître mécanicien. D'ailleurs, je suis d'avis que ça ne presse pas tant que ça.

— Comment! grommela Crozon, toi aussi, Bernache! tu te mets contre moi.

— Je ne me mets pas contre toi, mais je trouve que monsieur dit des choses très-sensées. D'abord, un homme qui dénonce quelqu'un sans signer est un failli gars. Et on voit bien ce qu'il veut, ce chien-là. Il a une rancune contre M. Nointel, et il compte que tu le tueras. Il aura entendu dire que tu es rageur, et que tu tires bien toutes les armes. Et il lui tarde que tu t'alignes, car il a soin de te dire où tu trouveras monsieur, l'endroit, l'heure, et tout.

— Oh! il connaît mes habitudes, dit en riant le capitaine. Il savait que je serais ici de quatre à cinq. Par exemple, il ne savait pas que je vous y avais donné rendez-vous éventuellement, car il ne se doute guère que nous sommes d'anciens camarades. Sa combinaison pèche en ce point. Et c'est tout naturel. Le coquin ne pouvait pas deviner qu'il y a treize ans j'étais embarqué avec vous sur le *Jérémie*. C'est parce qu'il ignorait cette particularité de ma vie militaire qu'il s'est risqué à nous tendre ce piége à tous les deux.

Nointel parlait d'un air si dégagé, son ton était si franc, son langage si clair, que l'intraitable baleinier entra, malgré lui, dans la voie des réflexions sages. Il regardait alternativement le capitaine et l'ami Bernache. On devinait sans peine ce qui se passait dans sa tête. Après un assez long silence, il dit brusquement :

— Nointel, voulez-vous me donner votre parole d'honneur que vous n'avez jamais vu ma femme?

Nointel resta froid comme la mer de glace, et répondit, en pesant ses mots :

— Mon cher Crozon, si vous aviez commencé par me demander ma parole, je vous l'aurais donnée bien volontiers. Nous n'en sommes plus là. Voilà une demi-heure que vous m'accusez de très-vilaines choses et que vous doutez de ma sincérité. J'ai supporté de vous ce que je n'aurais supporté de personne. Mais vous trouverez bon que je n'obéisse pas à une sommation de jurer. Vous pourriez ne pas croire à ma parole d'honneur, et, ce faisant, vous m'offenseriez gravement. Je préfère ne pas m'exposer à ce malheur. Souvenez-vous aussi que vous regrettez d'avoir ajouté foi à un serment fait dans une circonstance identique...

2.

— Par ma belle-sœur! Ce n'est pas du tout la même chose. Les femmes ne se font pas scrupule de jurer à faux. Mais vous, Nointel, je vous tiens pour un homme d'honneur, et si vous vouliez...

— Oui, mais je ne veux pas.

— Eh bien, s'écria le marin, convaincu par tant de fermeté, affirmez-moi seulement que ce n'est pas vrai, que vous n'êtes pas...

— L'amant de madame Crozon. Mais, mon cher, depuis que je suis entré ici, je ne fais pas autre chose, dit Nointel, en éclatant de rire.

Cette fois, le baleinier était vaincu. Le sang lui monta au visage, les larmes lui vinrent aux yeux, ses lèvres tremblèrent, et il finit par tendre à Nointel, qui la serra, sa large main, en disant d'une voix étranglée :

— Je vous ai soupçonné. J'étais fou. Il ne faut pas m'en vouloir. Je suis si malheureux.

— Enfin! s'écria le capitaine, je vous retrouve tel que je vous ai connu jadis. Moi, vous en vouloir, mon cher Crozon! Ah! parbleu! non. Je vous plains trop pour vous garder rancune. Et j'ai déjà oublié tout ce qui vient de se passer ici. Il n'y a qu'une chose dont je me souviens... l'écriture de ce gredin qui a failli me mettre face à face avec un vieux camarade, une épée ou un pistolet au poing. Et je vous réponds qu'il payera cher cette canaillerie.

— Voulez-vous sa lettre pour vous aider à le trouver?

Nointel mourait d'envie de dire : oui. Cette lettre serait devenue entre ses mains une arme terrible contre Simancas; mais il se contint, car il sentait la nécessité de ne pas aller trop vite avec ce mari ombrageux, et il répondit vivement :

— Merci de ne plus vous défier de moi. Mais conservez la lettre. Je vous la demanderai quand j'aurai trouvé mon drôle, ou plutôt je vous prierai d'assister à l'explication que j'aurai avec lui et de lui mettre vous-même sous le nez la preuve de son infamie.

Permettez-moi maintenant de remercier aussi M. Bernache. C'est en partie à son intervention que je dois de ne pas m'être coupé la gorge avec un vieil ami. Je le prie de croire que je suis désormais son obligé et qu'il peut compter sur moi en toute occasion.

Le mécanicien balbutia quelques mots polis, mais Nointel n'avait pas besoin qu'il s'expliquât plus clairement. Il voyait bien que les plus vives sympathies de ce brave homme lui étaient acquises à jamais. Et la conquête de M. Bernache n'était point à dédaigner, car il exerçait une certaine influence sur Crozon, et le capitaine n'en avait pas fini avec le baleinier. Il tenait au contraire à le voir souvent, dans l'intérêt de mademoiselle Lestérel et de sa malheureuse sœur, qui restaient exposées, l'une aux violences de son mari, l'autre aux incartades de son beau-frère. Crozon, momentanément calmé, pouvait d'un instant à l'autre être pris d'un nouvel accès de fureur, motivé par une nouvelle dénonciation. Il pouvait aussi se lancer dans quelque démarche imprudente et aggraver involontairement les charges qui pesaient encore sur Berthe. Nointel était bien décidé à ne pas le lâcher, et il commença sans plus tarder à le *travailler;* ce fut le mot qui lui vint à l'esprit, et ce mot exprimait très-bien ses intentions.

— Mon cher camarade, reprit-il, du ton le plus affectueux, puisqu'il ne reste plus de nuages entre nous, je puis bien vous parler à cœur ouvert. Mon sentiment est que vous avez été victime d'une abominable machination. Ce drôle qui vous a écrit s'est fait un jeu d'empoisonner votre existence et celle de madame Crozon.

— Pourquoi? demanda le baleinier, dont le front redevint sombre. Je n'ai pas d'ennemis... à Paris surtout.

— C'est-à-dire que vous ne vous en connaissez pas. Mais on a souvent des ennemis cachés. D'ailleurs, cet homme a peut-être quelque motif de haine contre madame Crozon. Il y a de par le monde des lâches qui se vengent d'une femme, parce qu'elle a dédaigné leurs hommages.

— Si ç'eût été le cas, Mathilde m'aurait désigné ce misé
rable. Sa justification était toute trouvée.

— Vous ne songez pas qu'en le désignant elle vous obli-
gerait à vous battre avec lui. Une honnête femme n'expose
pas, même pour se défendre d'une accusation injuste, la
vie d'un mari qu'elle aime.

— Qu'elle aime! répéta le marin en secouant la tête.

— Mais, reprit Nointel, sans relever cette expression
d'un doute qu'il partageait, ce n'est pas ainsi que j'envi-
sage la situation. L'anonyme, à mon avis, n'en veut ni à
vous, ni à madame Crozon, mais il en veut à d'autres.

— A qui donc?

— A moi, d'abord. Il est évident que je le gêne et que
n'étant probablement pas de force à me supprimer lui-
même, il a imaginé de me faire supprimer par vous, mon
cher Crozon.

— C'est possible, mais... ce n'est pas vous seul qu'il
accuse.

— Non, et c'est précisément pour cela que je suis presque
sûr de ce que j'avance. Si vous voulez bien m'écouter avec
attention, vous allez voir comme tout s'enchaîne logi-
quement.

L'autre, c'est le comte Golymine. J'ai connu de vue et
de réputation ce Polonais, et je tiens à vous dire en passant
qu'étant donné la vie qu'il menait, il est à peu près impossible qu'il ait jamais rencontré madame Crozon. Il vivait
dans un monde interlope où, en revanche, il a dû se lier
avec plusieurs gredins très-capables d'écrire des lettres
anonymes, et de cent autres infamies. Supposez qu'un de
ces gredins ait eu intérêt à se défaire d'un complice dangereux, un complice qui était Golymine. Supposez encore
que ce gredin soit un étranger; c'est très-possible, puisque
Golymine n'était pas Français. Tous les aventuriers exotiques forment entre eux une sorte de franc-maçonnerie
Et si le susdit coquin était Américain, par exemple, il a
pu vous rencontrer au Brésil, au Mexique, au Pérou, en

Californie, ou tout au moins, entendre parler de vous dans ces pays-là. Or, partout où on vous connaît, vous avez la réputation d'être un homme qui n'a pas froid aux yeux, comme vous dites, vous autres marins. On sait que vous n'êtes pas d'humeur à supporter un outrage, que vous vous êtes battu souvent et que vous avez toujours tué ou blessé vos adversaires. On sait encore... ne vous fâchez pas si je vous dis vos vérités... on sait que vous avez un caractère très-violent, et qu'il vous est arrivé quelquefois d'agir avant de réfléchir.

Crozon fit un mouvement, mais il ne dit mot. Évidemment, il s'avouait à lui-même que l'appréciation du capitaine était juste.

— Sur ces indications, reprit Nointel, mon drôle a bâti un plan ingénieux. Il a pensé qu'en dénonçant le Polonais, il ferait de vous une manière d'exécuteur des hautes... non, des basses... œuvres; que, n'écoutant que votre colère, vous iriez, sans vous renseigner, sans admettre aucune explication, attaquer le soi-disant comte, et que vous le tueriez net, soit en duel, soit autrement. C'était précisément ce qu'il voulait, et, pour atteindre son but, peu lui importait de calomnier une femme.

— C'est un roman que vous me racontez là, dit le mari d'un air assez incrédule. Un complice du Polonais... complice de quoi? Ce Polonais était donc chef de brigands...

— Je ne jurerais pas que non, et je suis certain qu'il avait une foule de méfaits sur la conscience.

— Et il se trouve que ce complice me connaît! qu'il sait que je suis marié! Vous supposez trop de choses. Et puis, pourquoi n'aurait-il pas commencé par me désigner ce Golymine? Pourquoi aurait-il attendu, pour me le nommer, que je fusse de retour à Paris et que Golymine fût mort?

L'objection avait bien quelque valeur, mais elle n'embarrassa pas un instant le capitaine.

— C'est bien simple, dit-il. Il n'a pas dénoncé le Polonais dans la première lettre que vous avez reçue à San-Fran-

cisco, parce que vous auriez pu, avant de rentrer en France,
écrire à un ami pour le prier de s'informer, et parce que
cet ami n'aurait pas manqué de vous répondre que l'accusation n'avait pas le sens commun. L'aimable gueux qui
vous a tendu le traquenard vous ménageait ce coup pour
votre arrivée. Il comptait sur les effets de la surprise et de
la colère, et il ne voulait pas vous laisser le temps de la
réflexion.

Examinons maintenant les faits qui ont suivi, et vous
allez voir que tout s'explique à merveille. Par un hasard
singulier — la vie en est pleine, de ces hasards-là —
Golymine se suicide, notez ce point, chez une femme
entretenue qu'il adorait, car il s'est tué parce qu'elle refusait de le suivre à l'étranger. Nouvelle preuve que ce personnage ne s'occupait pas de madame Crozon. Voilà donc
Golymine mort. Votre coquin de correspondant n'a plus
rien à craindre de lui. Que fait-il alors? Vous êtes arrivé
à Paris... quel jour?

— Le mardi.

— Et le Polonais s'était pendu le lundi. C'est bien cela.
L'anonyme a dû être informé de votre arrivée qu'il épiait
très-certainement. Cependant, il reste jusqu'au samedi
sans vous écrire. Il se recueille, il se demande quel parti
il pourrait tirer de ses ignobles combinaisons. La machine
est montée, elle ne broiera plus Golymine, puisque Golymine
est mort. Mais elle peut servir à un autre usage. Votre
chenapan se dit qu'il y a sur le pavé de Paris un autre
homme qui le gêne presque autant que Golymine le gênait,
et qu'il pourra se défaire de cet homme en vous lançant
contre lui. Il tergiverse encore un peu, il entretient votre
colère avec cette ridicule histoire d'enfant, à laquelle,
permettez-moi de vous le dire, mon cher Crozon, vous
n'auriez pas dû vous laisser prendre. Il vous laisse pendant
trois jours cuire dans votre jus, passez-moi l'expression;
M. de Bismark nous l'a appliquée à nous autres Parisiens.
Et enfin, quand il croit que l'heure est venue de faire

éclater l'orage, il me dénonce, moi, qui suis l'homme gênant numéro deux, et il a bien soin de vous dire que vous me trouverez aujourd'hui au cercle de quatre à cinq. Il a choisi un jour où il sait que j'y serai. Il a prévu tout ce qui allait se passer : votre visite immédiate, un duel rendu inévitable par une violence de votre part. Il sait d'ailleurs que je ne suis pas très-patient.

Et vous voyez, mon cher camarade, que les calculs de ce misérable étaient justes. S'il savait que nous sommes en ce moment réunis en conférence avec l'honorable M. Bernache, votre témoin, il se frotterait les mains et il rirait dans sa barbe.

Heureusement, il n'a pas deviné que nous nous connaissions de longue date, et que nous nous expliquerions avant de nous battre.

— On ne peut pas mieux parler, dit avec enthousiasme le brave mécanicien, que Nointel venait de complimenter adroitement. Crozon, mon vieux, tu n'as plus qu'une chose à faire, c'est d'embrasser le capitaine d'abord, et ta femme ensuite.

Crozon était évidemment touché, mais il n'était pas encore convaincu, et il y parut bien à sa réponse :

— Oui, murmura-t-il, tout cela se peut... je ne demande pas mieux que de vous croire... et pourtant il y a encore dans votre raisonnement des points que je ne comprends pas. Expliquez-moi pourquoi la lettre dénonce Golymine. Il est mort... Le scélérat qui l'a écrite n'avait plus rien à craindre de ce Polonais. A quoi bon parler de lui ? Et puisqu'il vous accuse, vous qui êtes vivant, vous dont il veut se défaire, pourquoi ne vous accuse-t-il pas aussi d'être le père de l'enfant ?

— Parce que l'accusation serait trop absurde, parce qu'elle ne s'accorderait pas avec cette invention d'enfant caché chez une nourrice qu'on traque dans Paris et qui s'en va de domicile en domicile pour échapper à l'espion qui la cherche Voyons, de bonne foi, admettez-vous que si j'étais le père, je n'aurais pas mieux pris mes précautions? J'ai assez de fortune pour mettre en sûreté, en province ou à l'étranger, un fils adultérin, si par malheur j'en avais un. J'aurais même eu assez de cœur pour l'élever chez moi. Et l'anonyme sait que je vis au grand jour, que je n'ai jamais caché mes faiblesses. Aussi a-t-il attribué cette paternité à Golymine, qui n'est plus là pour s'en défendre. Mais l'enfant n'existe pas et n'a jamais existé. Ce conte n'a été imaginé que pour vous exaspérer davantage, je vous l'ai déjà dit.

Vous pourriez me demander aussi pourquoi votre correspondant ne m'a pas mis en scène tout d'abord. Rien ne l'empêchait de vous écrire à San-Francisco que madame Crozon avait eu deux amants au lieu d'un. Vous étiez certes bien capable d'en tuer deux. Mais, voilà : cet homme, il y a trois mois, ne s'occupait pas encore de moi. La haine qu'il me porte a une origine toute récente.

— Vous le connaissez donc ! s'écria le baleinier.

— Je crois le connaître, mais je n'ai pas encore une certitude absolue. Il ne m'a jamais écrit. Il faut donc que je me procure quelques lignes de son écriture, et cela demande un certain temps, car j'ai peu d'occasions de le rencontrer. Dans un cas comme celui-ci, il ne faut rien brusquer, afin d'éviter les fausses démarches. Accordez-moi un délai et laissez-moi manœuvrer à ma guise. Je suis sûr de réussir, et je forcerai ce vilain monsieur à confesser devant vous qu'il en a menti.

Crozon se taisait. On lisait sur son visage qu'il hésitait encore entre le doute et la confiance. Ce fut la confiance qui l'emporta.

— Eh bien ! dit-il brusquement, prenez cette lettre. Il vaut mieux que vous l'ayez en poche pour convaincre ce bandit aussitôt que vous aurez une preuve. Je m'en rapporte à vous pour agir vite. Le jour où vous me démontrerez qu'il a calomnié ma femme, vous me rendrez la vie.

Cette fois, Nointel ne se fit pas prier pour accepter le

papier que le marin lui offrait, car il sentait que l'offre était faite sans arrière-pensée. Il serra la prose de don José Simancas dans son portefeuille qui devenait un magasin de pièces à conviction, car il contenait déjà le bouton de manchette trouvé par madame Majoré, et pour reconnaître le procédé de M. Crozon, il lui dit :

— Maintenant, mon cher camarade, que tous les malentendus sont éclaircis, je puis bien accepter, si elle vous agrée, la proposition que M. Bernache m'a faite dans un moment où je n'étais pas disposé à me soumettre à des épreuves, par esprit de conciliation. Vous plaît-il de me présenter à madame Crozon? Je suis prêt à vous accompagner chez elle.

Le marin pâlit, mais c'était de joie. Nointel allait au-devant d'un désir que le jaloux, presque réconcilié, n'osait pas exprimer, mais qui lui tenait fort au cœur, car il répondit d'une voix émue :

— Merci. Vous êtes un brave homme. Vous avez deviné que je n'étais pas encore tout à fait guéri. Venez.

A vrai dire, Nointel se serait fort bien passé d'aller voir madame Crozon, et s'il avait offert au marin de lui fournir cette preuve d'innocence, c'était par esprit de charité, car une présentation faite dans de pareilles conditions ne lui souriait pas du tout. Mais il prenait en pitié les souffrances de ce pauvre jaloux et surtout celles de sa malheureuse femme. Il se disait qu'après cette épreuve décisive, le baleinier se calmerait définitivement et qu'il renoncerait à l'idée féroce de massacrer la mère et l'enfant. Et puis, il pensait qu'un jour pourrait venir où l'ami de Gaston Darcy se féliciterait d'avoir ses entrées chez la sœur de Berthe Lestérel. Il espérait y apprendre par la suite des choses qu'il ignorait, y recueillir de nouveaux renseignements qui l'aideraient à défendre la touchante prisonnière de Saint-Lazare. Mais que de précautions à prendre, que de ménagements à garder pour servir la cause de la cadette sans nuire à l'aînée! Le capitaine ne se dissimulait point les difficultés de cette situation nouvelle, et il les abordait gaiement. La diplomatie ne l'effrayait pas plus que la guerre.

Crozon, lui, n'avait pas l'esprit si dégagé des préoccupations sombres. Il était à peu près dans l'état d'un homme tombé à l'eau qui vient de prendre pied tout à coup au moment où la respiration allait lui manquer. Il se sentait soulagé, mais il n'était pas encore bien sûr de son point d'appui, et il craignait de retomber au fond. Cependant, il se reprenait à espérer, et il commençait à entrevoir la possibilité d'un dénoûment heureux, et comme ce furieux était, en dépit de ses travers, un excellent homme, il lui tardait de pouvoir embrasser sa femme et son ancien camarade, suivant le conseil que venait de lui donner un peu prématurément l'ami Bernache.

Il était au comble de la joie, ce brave Bernache, et il bénissait du plus profond de son cœur le capitaine qui avait si victorieusement prêché la paix.

Et, en vérité, il eût été difficile de mieux plaider que ne l'avait fait Nointel. Bien des avocats auraient envié sa dialectique serrée et ses procédés adroits. Ce n'était pas du métier, c'était du tact, de la connaissance du cœur humain, autant de qualités qu'on acquiert ailleurs qu'au barreau, et qui ne sont pas très-rares chez les militaires intelligents. Il avait eu d'autant plus de mérite à discourir si habilement qu'il ne pensait qu'une partie de ce qu'il disait.

Ainsi, il était sincère en affirmant que le correspondant anonyme dénonçait des ennemis dont il avait intérêt à se défaire par la main du baleinier. Sur ce point, il ne lui restait plus de doutes, depuis qu'il savait que le dénonciateur était Simancas. Mais il parlait contre sa propre conviction quand il soutenait que madame Crozon n'avait jamais manqué à ses devoirs, car il pensait, au contraire, qu'elle avait été la maîtresse du Polonais et qu'un enfant était résulté de cette liaison. C'était là le côté faible de la défense, et le capitaine-avocat avait fait un prodige en obtenant du mari-juge un acquittement provisoire.

Mais ce succès n'était rien au prix de celui qu'il venait de remporter en se faisant remettre, sans la demander, la lettre de don Jose. Il le tenait maintenant, ce Péruvien scélérat, et il se promettait de ne pas le ménager. Il apercevait tous les fils de la trame ourdie par le drôle qui avait d'abord prémédité de faire tuer Golymine par M. Crozon, et qui, delivré tout à coup de Golymine, s'était retourné contre Nointel, parce qu'il voulait empêcher Nointel de s'introduire chez la marquise. Ce coquin considérait madame de Barancos comme une mine d'or qu'il voulait exploiter à son profit, et il ne tolérait pas qu'un étranger vînt gêner ses travaux en rôdant autour de son filon.

— L'affaire était bien montée, se disait le capitaine en descendant l'escalier du cercle entre le baleinier et le mécanicien. Simancas m'a écrit que la marquise ne recevait pas aujourd'hui, parce qu'il voulait que Crozon me trouvât au cercle. A l'heure qu'il est, il se congratule d'avoir si finement manœuvré, et il espère bien apprendre demain que j'ai emboursé un bon coup d'épée, un coup définitif. Il ne se doute pas qu'il vient de me fournir un moyen de l'exterminer, et il ne s'attend guère au réveil que je lui réserve.

Un fiacre attendait à la porte, le fiacre qui devait conduire sur le terrain les deux adversaires et leurs témoins. Nointel ne put s'empêcher de sourire en y montant, car il y trouva tout un arsenal, une boîte de pistolets, une paire de fleurets démouchetés et deux sabres d'une longueur démesurée.

— Diable! dit-il au marin qui prit place à côté de lui, je vois que l'un de nous deux n'en serait pas revenu. Franchement, mon cher, nous avons bien fait de nous expliquer. Mourir de la main d'un camarade, c'eût été trop dur. Et nous aurons une bien meilleure occasion d'en découdre quand j'aurai découvert le gueux qui vous a écrit. Nous le tuerons, hein?

— C'est moi qui le tuerai, grommela Crozon.

— Ou moi. J'ai autant de droits que vous à la satisfaction d'envoyer ce chenapan dans l'autre monde. Si vous voulez, nous tirerons au sort à qui se battra... en admettant qu'il consente à se battre, car ce dénonciateur doit être un lâche.

— S'il refuse, je lui brûlerai la cervelle.

— Hum! il ne l'aurait pas volé, mais il y a la Cour d'assises.

Nointel regretta vite d'avoir lâché ce mot, car la figure de M. Crozon changea subitement. Il se reprit à penser à sa belle-sœur qu'il avait un peu oubliée.

— Oui, dit-il d'un air sombre, la Cour d'assises où on envoie les drôlesses qui assassinent. Berthe Lestérel y passera bientôt comme accusée, et ma femme y sera appelée comme témoin. Toute la France saura que Jacques Crozon a épousé la sœur d'une coquine.

Ce revirement fut si soudain que le capitaine, pris au dépourvu, resta en défaut pour la première fois. Il ne trouva rien à répondre, et le marin en arriva vite à s'exalter en parlant de ce malheur de famille.

— Ah! tenez, Nointel, s'écria-t-il, quand je pense à ce qu'a fait cette misérable fille, toutes mes colères et tous mes soupçons me reviennent... non, pas tous, je crois qu'on vous a calomnié, vous... mais je me dis que Mathilde et Berthe sont du même sang... et qu'elles ont dû faillir toutes les deux... c'est pour cela qu'elles se soutenaient entre elles... La femme que Berthe a tuée avait été la maîtresse de ce Polonais... c'est vous qui me l'avez dit.

— Oh! oh! pensa le capitaine, il brûle, l'animal. Si je ne m'en mêle pas, il va tout deviner.

— Et cette scène que j'ai vue de mes yeux, reprit Crozon en s'animant de plus en plus; ma femme prise d'une attaque lorsque sa sœur lisait dans le journal le récit du suicide...

— Le récit d'un suicide peut provoquer une crise chez

une femme nerveuse, interrompit Nointel. Et, vraiment, mon cher, je trouve que vous vous montez l'imagination pour bien peu de chose. S'il fallait attacher de l'importance à tous les événements de la vie et en tirer des rapprochements, des conclusions, on finirait par devenir fou. Vous venez de voir par vous-même que les apparences sont souvent trompeuses. Vous m'accusiez tout à l'heure, vous ne m'accusez plus maintenant; à plus forte raison, il ne faut pas prendre au sérieux des coïncidences fortuites. Mais puisque vous me parlez de la maladie de madame Crozon, permettez-moi de vous demander comment vous comptez me présenter. Bien entendu, je ferai tout ce qu'il vous plaira. Encore faut-il, je pense, ménager une femme souffrante et ne pas la soumettre à l'épreuve d'une espèce de coup de théâtre qui d'ailleurs irait contre votre but.

Crozon ne dit mot. Il ruminait ses doutes. Mais l'obligeant Bernache vint au secours du capitaine.

— Ma foi! s'écria ce brave homme, en s'adressant à son ami, à ta place, je dirais tout bonnement à ma femme : Voilà le capitaine Nointel, que j'ai connu autrefois quand j'étais second à bord du *Jérémie* et que je viens de retrouver à Paris C'est un bon garçon. J'espère que nous le verrons souvent, et je te le présente. A quoi bon inventer des histoires? La vérité vaut toujours mieux, et tu sauras tout aussi bien à quoi t'en tenir, puisque tu veux absolument essayer de ce moyen-là. Moi, je m'en serais rapporté à la déclaration de monsieur.

— Je ne doute pas de lui, dit vivement Crozon. Mais Nointel me comprendra, j'en suis sûr... j'ai besoin d'amener chez moi un ami qui me soutienne et qui me conseille... vous n'êtes pas mariés, vous autres... vous n'êtes pas jaloux... vous ne savez pas ce que c'est que de vivre seul avec une femme qu'on adore et qu'on soupçonne. Je passe dix fois par jour de l'amour à la rage. Il y a des moments où je me retiens, pour ne pas tomber aux genoux de Mathilde. Il y en a d'autres où il me prend des envies de lui

tordre le cou. Je reste des heures entières à ia regarder
sans lui parler... elle, elle passe tout son temps à pleurer.
Ça va changer... il faut que ça change... mais je sens que
je ne suis pas encore assez sûr de moi... ni d'elle... tandis
que si j'avais là un homme pour m'encourager par des
mots... des mots comme Nointel sait en trouver... je crois
que je me guérirais vite. Toi, Bernache, tu m'es dévoué
comme un frère, mais tu as passé les trois quarts de ta vie
dans la chambre de chauffe d'un navire, et ce n'est pas là
qu'on apprend à connaître les femmes... ni à bien parler...
tu essayerais de me calmer, et tout ce que tu me dirais ne
ferait que m'exaspérer.

— C'est bien possible, dit Bernache avec un bon rire. Je
n'entends pas grand'chose à toutes ces finesses-là... au lieu
que le capitaine...

— Le capitaine est tout à votre service, mon cher Crozon,
interrompit Nointel. Et je suis ravi de voir que vous avez
pleine confiance en moi. M. Bernache a raison. Présentez-
moi comme un ancien ami. Je suis le vôtre dans toute la
force du terme, et je vous le prouverai. Permettez-moi
cependant de vous dire que je ne saurais m'imposer à
madame Crozon, et qu'avant de revenir chez vous, je voudrais être certain que mes visites lui agréent. Elle est
malade, m'avez-vous dit?

— Oui... cependant, aujourd'hui, elle va mieux. Elle
venait de se lever quand je suis sorti.

— Vous lui demanderez, j'espère, si elle désire me recevoir.

— Oh! elle ne refusera pas. Depuis que sa sœur est
arrêtée, elle n'exprime plus de volonté. C'est à peine si je
peux lui arracher une parole.

— Pauvre femme! que ne donnerais-je pas pour lui
apporter quelque jour une bonne nouvelle... et il n'est pas
impossible que cela m'arrive... je vous ai dit tantôt que je
connaissais le juge d'instruction qui est chargé de l'affaire
de mademoiselle Lestérel... c'est un excellent homme, et je

sais qu'il s'intéresse à l'accusée... qu'il serait heureux de
la trouver innocente... je le verrai, et si les choses chan-
geaient de face, j'en serais informé.

— Elles ne changeront pas. Berthe est coupable, murmura le marin. Mieux vaut ne pas parler d'elle à Mathilde.

— Assurément, tant qu'il n'y aura rien de nouveau.
Mais la voiture s'arrête; est-ce que nous sommes arrivés?

Nointel dit cela le plus naturellement du monde, quoiqu'il sût que le baleinier demeurait rue Caumartin. Darcy
le lui avait appris. Mais, comme il était déjà dans le fiacre
lorsque Crozon avait donné l'adresse au cocher, il n'était
pas censé la connaître, et il ne négligea pas de jouer cette
petite comédie, destinée à confirmer le jaloux dans ses
bonnes dispositions.

— Oui, répondit Crozon. Je demeure ici... au quatrième...
Vous devez être mieux logé que moi... Bernache, mon garçon, tu vas remporter chez toi toutes ces ferrailles.

Bernache comprit que son ami désirait se priver de sa
compagnie et, comme il était fort discret de son naturel,
il s'empressa de prendre congé du capitaine qui lui octroya
de bon cœur une forte poignée de main.

— Jolie corvée qu'il m'impose là, ce loup marin, se
disait Nointel en montant l'escalier, à côté de Crozon. Et
il faudra encore que je revienne souvent pour maintenir la
bonne harmonie dans son ménage. Je finirai par être obligé
de jouer à la brisque avec lui. O Gaston! si tu savais ce
que mon amitié pour toi va me coûter !

La porte de l'appartement fut ouverte par une bonne
que le capitaine regarda avec un certain intérêt; il savait
qu'elle avait été appelée devant le juge, le jour de l'arrestation de mademoiselle Lestérel, et il n'était pas fâché
d'étudier un peu la physionomie de cette subalterne qui
devait jouer un rôle dans le procès. Mais Crozon ne lui
laissa pas le temps de l'examiner. Il l'introduisit dans le
salon meublé en velours d'Utrecht où Darcy avait été reçu

naguère, et le capitaine se trouva tout à coup en présence de madame Crozon, étendue sur une chaise longue.

Il pensa que le mari avait prémédité de brusquer ainsi l'entrevue, et il ne se trompait peut-être pas. Mais l'épreuve tourna en sa faveur, et tout se passa fort bien. La malade montra, en le voyant, quelque surprise, parce qu'elle ne s'attendait pas à l'apparition subite d'un étranger; mais son attitude fut si naturelle que la physionomie du jaloux exprima aussitôt la satisfaction la plus vive. Peu s'en fallut qu'il ne sautât au cou de Nointel, et, dans l'excès de sa joie, il oublia tout à la fois la recommandation qu'il venait d'adresser à son ancien camarade, et ses préventions contre Berthe.

Après l'avoir nommé et présenté à sa femme qui resta assez froide, il ajouta :

— Ma chère Mathilde, je suis sûr que tu accueilleras bien mon ami Nointel, quand il reviendra nous voir, car il connaît le juge d'instruction Darcy, et il pourra te donner quelquefois des nouvelles de ta sœur.

Emporté par une sorte d'enthousiasme, le jaloux rassuré avait lancé une phrase qui troubla beaucoup Nointel et madame Crozon.

Le capitaine avait tout prévu, excepté cette déclaration, et il n'était pas du tout préparé à s'expliquer devant la sœur de mademoiselle Lestérel sur ses relations avec le juge d'instruction. Cependant, il fit assez bonne contenance. Il avait pris, en entrant, l'air gracieux d'un visiteur qu'on va présenter à une femme; il prit l'air grave d'un homme qu'on oblige à aborder un sujet pénible. Mais il ne se déconcerta point.

Madame Crozon montra beaucoup moins de sang-froid. Depuis l'arrestation de Berthe, c'était la première fois que le terrible marin parlait d'elle avec douceur. Lui qui la maudissait chaque jour, il semblait maintenant s'intéresser à la prisonnière. Il souriait à sa femme, et la pauvre malade, accoutumée à lui voir une mine menaçante, se demandait quelle pouvait être la cause de cette transfiguration subite. Elle ignorait ce qui venait de se passer entre Crozon et Nointel, mais elle savait que le juge était l'oncle de ce M. Darcy que Berthe lui avait amené et qui s'était offert à la protéger contre les fureurs de son mari. Quelque chose lui disait que l'ami de l'oncle devait être aussi l'ami du neveu, et que ce capitaine dont elle n'avait jamais entendu parler était disposé, comme Gaston, à défendre les faibles. Mais elle sentait si bien le péril de sa situation qu'elle n'osait risquer ni un mot ni un geste. Ses yeux seuls parlaient. Elle regardait attentivement Nointel et Crozon, pour tâcher de surprendre sur leurs figures le secret de leurs véritables intentions.

Nointel devina les angoisses de la femme soupçonnée qui redoutait de tomber dans un piège, et il fit de son mieux pour la rassurer.

— Madame, lui dit-il avec cet accent de franchise qui avait déjà persuadé le baleinier, je connais, en effet, M. Roger Darcy, et je suis surtout très-lié avec son neveu. Je n'ose vous promettre que mes relations avec le juge me permettront d'être utile à mademoiselle Lestérel, mais je puis vous assurer que Gaston Darcy et moi, nous nous intéressons vivement à elle, et qu'il n'est rien que nous ne fassions pour vous la rendre.

Ce début eut pour effet d'inspirer de la confiance à madame Crozon. Ses traits se détendirent, des larmes de joie coulèrent sur ses joues pâles, et ses lèvres murmurèrent un remercîment.

Le capitaine l'observait tout en parlant. Il l'étudiait, et, comme il était physionomiste, il arriva vite à démêler les sentiments qui gonflaient ce cœur navré, à comprendre ce caractère faible et tendre; il entrevit l'histoire de cette orpheline, mariée à un homme qu'elle n'aimait pas, qu'elle ne pouvait pas aimer, luttant d'abord contre les entraînements d'une nature ardente, contre les dangers de l'isolement, reportant sur sa sœur toute son affection, une

3.

affection exaltée que son mari n'avait pas su lui inspirer, et succombant enfin, à la suite d'un de ces hasards de la vie parisienne qui rapprochent deux êtres dont l'un semble avoir été créé et mis au monde tout exprès pour faire le malheur de l'autre. Elle avait dû résister longtemps aux séductions de ce Golymine, et, une fois la faute commise, se laisser aller au courant de la passion, en fermant les yeux pour ne pas voir l'abîme vers lequel ce courant la poussait. Puis le réveil était venu, un réveil effroyable, le réveil au fond du précipice. Abandonnée par son amant, frappée dans la personne de Berthe, elle n'espérait plus rien, elle n'attendait que la mort, et si elle tremblait encore, certes ce n'était pas pour elle-même.

— L'enfant existe, se disait Nointel, mademoiselle Lestérel sait qu'il existe; c'est peut-être pour le sauver qu'elle s'est compromise, et c'est certainement pour ravoir les lettres de madame Crozon qu'elle est allée au bal de l'Opéra. Madame Crozon ne peut pas ignorer que Berthe s'est sacrifiée, et elle se trouve dans cette affreuse alternative de laisser condamner sa sœur ou de livrer son enfant à la vengeance de ce mari qui est très-capable de le tuer Avec une situation comme celle-là, un drame aurait cent représentations au boulevard. Et c'est sur moi que retombe le soin d'arranger un dénoûment qui satisfasse tout le monde. Agréable tâche, en vérité! Ayez donc des amis! Que le diable emporte Darcy qui s'est fourré dans cette impasse!

Il faut pourtant que je l'en tire, et je n'ai qu'un moyen, c'est de prouver que la Barancos a tué Julia. Quand le juge la tiendra, il lâchera mademoiselle Lestérel, sans exiger qu'elle lui dise ce qu'elle allait faire dans la loge, et surtout sans mettre en cause le ménage Crozon. C'est contre la marquise qu'il faut agir pour sauver les deux sœurs, et, puisque le loup de mer est apaisé momentanément, je n'ai plus rien à faire ici.

— Mon ami, dit chaleureusement le marin, je vous

remercie de venir en aide à ma belle-sœur. J'ai pu croire qu'elle était coupable, mais je serais bien heureux qu'elle fût innocente, et, grâce à vous, je ne désespère plus de la revoir. Vous faites des miracles... la joie vient de rentrer dans ma maison... et c'est vous qui l'y avez ramenée.

Nointel pensa aussitôt :

— Voilà un homme qui meurt d'envie de se jeter aux pieds de sa femme et de lui demander pardon. Ces maris sont tous les mêmes. C'est déjà un joli résultat que j'ai obtenu là, mais je ne tiens pas du tout à assister à la réconciliation des époux, et je vais sonner la retraite.

Mon cher, reprit-il tout haut, c'est moi qui suis votre obligé puisque vous avez bien voulu me présenter à madame Crozon, et j'espère qu'elle me permettra de revenir vous voir souvent, mais elle est souffrante, et je vais prendre congé d'elle en la suppliant de croire que je suis entièrement à son service et au vôtre.

Il ne se trompait pas. Le baleinier avait hâte de conclure une paix conjugale, et ces traités-là se signent sans témoins. Il n'essaya point de retenir son ami. En revanche, madame Crozon retrouva la parole pour exprimer un vœu qu'elle n'avait pas encore osé formuler.

— Monsieur, dit-elle avec effort, je serai éternellement reconnaissante à mon mari qui vous a amené et à vous qui avez la bonté de vous intéresser à ma malheureuse sœur. Puisque vous voulez bien prendre sa défense, peut-être consentirez-vous à faire parvenir à son juge une prière...

— Quelle qu'elle soit, madame, vous pouvez compter que mon ami Darcy se chargera de la transmettre à son oncle, interrompit gracieusement le capitaine.

— Je ne demande pas une chose impossible. Je sais que la justice doit suivre son cours, et que Berthe doit rester à sa disposition tant qu'il ne sera pas démontré qu'elle est innocente. Mais ne dépend-il pas du magistrat qui dirige l'instruction de la faire mettre en liberté... provisoirement?... On m'a dit que la loi le lui permettait.

— Oui, en effet, la liberté sous caution... je n'avais pas songé à cela, et Darcy non plus.

— Ma sœur ne chercherait pas à fuir. Elle se soumettrait à toutes les surveillances qu'on lui imposerait... et si Dieu ne permettait pas que son innocence éclatât, elle n'en serait pas moins jugée quand le moment sera venu, mais elle ne passerait pas de longs jours en prison; elle ne souffrirait pas un martyre inutile. Je pourrais la voir chaque jour, la soutenir pendant la cruelle épreuve qu'elle va traverser...

Madame Crozon s'arrêta court. Elle s'était aperçue que son mari fronçait le sourcil, et la voix lui manqua. Nointel, qui devinait tout, se hâta de répondre de façon à étouffer, dans leur germe, les soupçons renaissants de l'incorrigible jaloux.

— Madame, dit-il doucement, je doute que M. Roger Darcy consente à faire ce que vous désirez, ce que je désire autant que vous, ce que nous désirons tous. S'il ne s'agissait pas d'un meurtre... mais l'affaire est si grave! Je puis du moins vous promettre que la demande sera présentée et chaudement appuyée.

Puis, sans laisser à la jeune femme le temps d'insister, il la salua, et il sortit avec le marin qui lui prit amicalement le bras pour le reconduire, et qui, à peine arrivé dans l'antichambre, se mit à la serrer contre sa poitrine, en criant :

— Nointel, j'étais fou... vous m'avez rendu la raison... je vous devrai mon bonheur... entre nous maintenant, ce sera à la vie, à la mort.

— Alors, vous ne me soupçonnez plus, dit gaiement Nointel, qui eut beaucoup de peine à se dégager de cette furieuse étreinte.

— Je ne soupçonne plus personne... tenez! quand je pense que j'ai failli me battre avec vous... que je voulais tuer Mathilde... j'ai honte d'avoir ajouté foi aux calomnies d'un misérable.

— Que je vais chercher sans perdre une minute et que je découvrirai, je vous en réponds.

— Ah! je le tuerai.

— Nous le tuerons, c'est entendu. Au revoir, mon cher Crozon; je compte sur votre prochaine visite, et je ne vous ferai pas attendre la mienne.

Sur cette promesse, le capitaine échangea une dernière et vigoureuse poignée de main avec le baleinier et se précipita dans l'escalier.

— Ouf! murmurait-il en se sauvant, quel sacrifice je viens de faire à l'amitié! Me voilà passé pacificateur de ménages. C'était bien la peine de rester garçon. Mais que de choses j'ai apprises depuis une heure! J'y vois presque clair dans toutes les obscurités que ce bon Lolif cherche vainement à percer depuis trois jours. Et je commence à être à peu près sûr que mademoiselle Berthe n'a sur la conscience ni amant, ni coup de couteau. Les lettres étaient de sa sœur, ce n'est plus douteux pour moi. Et s'il était prouvé que le domino a été trouvé sur le boulevard extérieur avant trois heures du matin, je ne vois pas pourquoi l'oncle Roger refuserait la mise en liberté provisoire. Crozon n'a pas l'air de se soucier beaucoup de revoir la prévenue, mais madame Crozon y tient énormément. Pourquoi y tient-elle tant que cela? Elle aime sa sœur, je le sais bien, mais la réapparition de cette sœur lui créera beaucoup d'embarras, et n'empêchera peut-être pas l'affaire d'aboutir à la Cour d'assises; des embarras dangereux, car le mari ne manquera pas d'interroger Berthe, il lui demandera des explications, il ne se contentera pas de celles que la pauvre fille lui donnera, et, comme il est tenace, il pourrait bien finir par lui arracher quelque parole compromettante pour la sœur aînée.

Nointel se posait ces questions au beau milieu de la rue Caumartin, et, à son air, les passants devaient le prendre pour un amoureux bayant aux étoiles.

— J'y suis! s'écria-t-il en se frappant le front, ni plus

ni moins qu'un poëte qui vient de trouver une rime longtemps cherchée. La mère n'a plus de nouvelle de l'enfant,
depuis que mademoiselle Lestérel est sous clef. Mademoiselle Lestérel seule sait où est la nourrice. Peut-être a-t-elle
poussé le dévouement jusqu'à dire que l'enfant était à elle.
Dans tous les cas, elle s'est bien gardée de donner l'adresse
de madame Crozon; le mari était de retour, et cette nourrice aurait pu faire la sottise de venir au domicile conju-
gal. De sorte que maintenant les communications sont
interrompues. Cependant, comment se fait-il que mademoiselle Berthe n'ait pas dit à sa sœur où elle a mis cet enfant?

Ici Nointel fit une nouvelle pause. Il perdait la piste.
Mais son esprit sagace la retrouva bientôt.

— Eh! oui, reprit-il, après avoir examiné une idée qui
lui était venue tout à coup, l'aventure s'arrange très-bien
ainsi... madame Crozon savait que son jaloux cherchait le
malheureux petit bâtard. Elle était surveillée de près. Elle
a prié Berthe de se charger du déménagement de l'enfant.
Et Berthe a opéré ce déménagement dans la nuit du samedi.
Elle a été arrêtée le dimanche avant d'avoir pu voir sa
sœur. Voilà l'emploi de cette fameuse nuit expliqué du
même coup... et le silence obstiné de la prévenue aussi;
car, pour se justifier, il faudrait qu'elle dénonçât la conduite de madame Crozon. Il ne reste plus qu'à trouver la
nourrice... et elle doit demeurer dans les parages de Belleville, puisque c'est de ce côté-là qu'on a ramassé le
domino. Parbleu! je la dénicherai...

Le capitaine s'arrêta encore pour donner audience aux
réflexions qui naissaient les unes des autres. Et la fin de
cette méditation fut qu'il lâcha un gros juron suivi de ces
mots :

— Triple sot que je suis! je l'ai eue sous la main et je
l'ai laissée partir. C'est la grosse femme qui m'a accosté au
Père-Lachaise pour me demander si mademoiselle Lestérel
était en prison. Elle m'a dit qu'elle habitait tout près du
cimetière, et elle a bien l'encolure d'une nourrice. Je me

souviens même que j'en ai fait la remarque. Comment la rattraper maintenant? Courir Belleville et ses alentours? J'ai d'autres chiens à fouetter... Simancas, par exemple. Elle a ma carte... par bonheur, je la lui ai remise et je lui ai dit que j'étais en mesure d'être utile à l'incarcérée... elle ne manque pas de finesse, la commère, car elle a inventé pour me dérouter une histoire de blanchissage... peut-être se décidera-t-elle un jour ou l'autre à venir me trouver... ne fût-ce que pour toucher son dû... au bout du mois.

Eh bien, j'attendrai, conclut Nointel, et en attendant je ne manquerai pas de besogne, car il ne suffira pas de démontrer tout ce que je viens de découvrir, à force de raisonnements... quelle belle chose que la logique !... L'oncle Roger est un juge exigeant. Il lui faut une coupable, et c'est moi qui la lui amènerai. Je sais où elle est, mais je ne peux pas encore aller la prendre dans son hôtel. Et puis, j'ai un compte à régler avec un gredin que je vais forcer à me servir de limier pour chasser la marquise. Allons! mon siége est fait maintenant.

Sus au Simancas!

Il y avait bien dix minutes que Nointel monologuait ainsi sur le pavé boueux de la rue Caumartin, mais il n'avait pas perdu son temps, car un plan de campagne complet venait de jaillir de son cerveau.

Il tira sa montre, et il vit qu'il était à peine cinq heures. Crozon avait fait irruption au cercle bien avant l'instant du rendez-vous. La conférence au parloir et la visite à madame Crozon n'avaient pas été longues. Avant d'aller dîner pour achever une journée si bien remplie, Nointel avait encore le temps de commencer ses opérations.

— Où trouverai-je mon Simancas? se demanda-t-il d'abord. Il ne mettra pas les pieds au cercle, tant qu'il n'aura pas de nouvelles du duel préparé par ses soins. Il sait qu'il m'y rencontrerait, et il ne se soucie pas de me donner des explications sur la prétendue indisposition de madame de Barancos; et ces explications, il espère que je

ne les lui demanderai jamais, car il compte que le baleinier me tuera demain.. Je suis à peu près sûr qu'à cette
heure il est chez la marquise, mais ce n'est pas sur ce
terrain-là que je veux le rencontrer. Il faut pourtant que
j'attaque immédiatement. Je me sens un entrain de tous les
diables. Ce serait dommage de n'en pas profiter.

Ce jour-là était décidément pour Nointel le jour aux
idées, car il lui en vint encore une au moment où il tournait l'angle de la rue Saint-Lazare.

Il se souvint que Saint-Galmier demeurait tout près de
là, rue d'Isly, et qu'il donnait des consultations de cinq à
sept. Tout le cercle savait cela, le docteur ne se faisant pas
faute de le dire bien haut, chaque fois qu'il y venait. Et
cette réclame parlée ne lui réussissait pas trop mal, car
bien des gens le prenaient pour un médecin sérieux. Le
major Cocktail prétendait même avoir été guéri par lui
d'une névrose de l'estomac, due à un usage trop fréquent
des liqueurs fortes, et le major Cocktail n'était certes pas
un naïf.

Nointel ne croyait ni à la science, ni à la clientèle de ce
praticien du Canada, mais il supposait qu'on le trouvait
chez lui à l'heure où il était censé recevoir ses malades,
et il s'achemina, sans tarder, vers la rue d'Isly. Saint-Galmier devait être associé à toutes les intrigues de Simancas,
Saint-Galmier devait posséder comme Simancas le secret
de la marquise, car il était avec lui, pendant cette mémorable nuit du bal de l'Opéra. Décidé à aborder immédiatement l'ennemi, le capitaine résolut, puisque le chef se
dérobait, de tomber d'abord sur le lieutenant qui se trouvait à sa portée. Ce n'était que peloter en attendant partie,
mais il pensait que cette première escarmouche lui ferait
la main avant d'engager la bataille.

Saint-Galmier occupait tout le premier étage d'une belle
maison neuve, et à la façon dont le portier lui répondit,
Nointel vit tout de suite que le docteur était bien noté
dans l'esprit de ce représentant du propriétaire. Cela ne le

surprit pas, car il savait que les gredins d'une certaine
catégorie payent exactement leur terme et ne marchandent
pas les gratifications aux subalternes. Ce qui l'étonna
davantage, ce fut de voir que ce gradué de Québec avait
des pratiques. On prenait des numéros pour être reçu dans
son cabinet, des numéros que distribuait un nègre en
livrée rouge et verte. Ce nègre semblait destiné à battre
la grosse caisse sur la voiture d'un charlatan, mais il faut
bien passer quelques fantaisies de mauvais goût à un
savant exotique, et d'ailleurs l'appartement avait bon air.
Rien n'y sentait l'opérateur.

Nointel fut introduit dans un salon d'attente, sévèrement
meublé. Bahuts en vieux chêne, tenture de papier imitant
le cuir; au milieu, une grande table chargée d'albums,
armoires en faux Boule dans les encoignures, tapis d'Au-
busson, vaste cheminée avec un bon feu de bois, tableaux
anciens de maîtres inconnus, fauteuils en tapisserie, imi-
tation de Beauvais. Pas de vulgarités. La classique gravure
qui représente Hippocrate refusant les présents d'Artaxercès
brillait par son absence.

. Et ce salon n'était pas vide, tant s'en fallait. Seulement,
il n'y avait que des femmes. Saint-Galmier cultivait la
spécialité des névroses, et le sexe fort est beaucoup moins
nerveux que l'autre. La névrose prend des formes variées
et sert à une foule d'usages. La névrose est commode. On
peut en user partout, même en voyage. Elle n'enlaidit pas.
Et puis, le nom est joli. C'est une maladie qu'on avoue
dans le monde et qui n'empêche pas d'y aller. Mais, pour
bien établir qu'on la possède, il faut avoir l'air de la soigner, et rien n'est plus facile. Saint-Galmier se chargeait
de la traiter au goût des personnes. Il prescrivait le régime
qui plaisait le mieux à la consultante, et, par ce procédé
extramédical, il obtenait des résultats très-satisfaisants.
C'était ce qu'il appelait sa méthode diététique, et ses
clientes s'en trouvaient à merveille. Nointel vit là des
grasses, des maigres, des blondes, des brunes, des jeunes,

des vieilles qui paraissaient être en voie de guérison, car elles causaient modes et nouvelles du jour : toutes fort élégantes d'ailleurs ; le célèbre docteur ne donnait de conseils qu'aux riches et se faisait payer fort cher.

— Il ne manque à cette réunion de folles que la marquise de Barancos, se dit le capitaine en s'asseyant modestement dans le coin le plus obscur du salon. Du diable si je me doutais que cet aide de camp civil d'un général péruvien exerçait pour tout de bon la médecine. Je découvre un Saint-Galmier que je ne soupçonnais pas. A moins que ces dames ne soient de simples figurantes, louées à l'heure. Parbleu ! ce serait drôle... mais ce n'est pas probable. Il y a toujours à Paris une clientèle féminine pour les marchands d'orviétan qui viennent de l'étranger. Saint-Galmier a compris qu'il lui fallait une enseigne pour qu'on ne pût pas l'accuser de vivre uniquement de malfaisances, et il a choisi une profession qui lui laisse beaucoup de liberté et qui lui rapporte beaucoup d'argent. Le drôle est aussi fort que Simancas, et le voilà médecin en titre de la marquise. Mais je vais déranger un peu ses combinaisons. Il ne s'attend guère à me voir dans son cabinet, et il s'attend moins encore à la botte que je vais lui pousser pour commencer.

L'entrée de Nointel avait produit une certaine sensation parmi les nerveuses. Sans doute elles n'étaient point accoutumées à rencontrer chez leur docteur préféré des cavaliers si bien tournés. Les conversations cessèrent, les mains qui feuilletaient les albums s'arrêtèrent, et les yeux se tournèrent tous vers le beau capitaine. Mais il fit mine de ne pas s'apercevoir qu'on le regardait. Il ne venait pas là pour chercher des bonnes fortunes, et d'ailleurs les clientes de Saint-Galmier ne le tentaient pas du tout.

Il eut bientôt le plaisir de constater que les consultations n'étaient pas longues. Il ne se passait pas dix minutes sans que la porte du cabinet s'ouvrît discrètement, et sans que le docteur se montrât sur le seuil ; mais Nointel était si

bien établi au fond d'une encoignure que Saint-Galmier
ne pouvait pas l'apercevoir, car le salon était assez faible-
ment éclairé par des lampes recouvertes d'abat-jour. A
chaque apparition de l'illustre praticien, une de ces dames se
levait, appelée par un geste gracieux, et pénétrait dans le
sanctuaire qui avait deux issues. On ne la revoyait plus,
et, après un peu de temps, une autre lui succédait. Chacune
passait à son rang, sans contestation et sans bruit, car
Saint-Galmier ne recevait que des personnes bien élevées,
et son nègre ne distribuait des numéros que pour la
forme.

Nointel était arrivé le dernier, mais son tour ne pouvait
guère tarder à venir, et il l'attendait en rêvant à une chose
qui le préoccupait depuis la veille et à laquelle il n'avait
pas encore eu le temps de penser sérieusement. Saint-Galmier et Simancas vivaient dans la plus étroite intimité,
ce n'était pas douteux. Ils avaient eu des intérêts communs
avec Golymine, ce n'était pas douteux non plus. Quels
intérêts, et sur quoi se fondait cette union qui avait sur-
vécu au Polonais? A quelle œuvre ténébreuse avaient travaillé ensemble ces trois aventuriers? S'étaient-ils toujours
bornés à exploiter des secrets féminins, ou existait-il entre
eux des liens créés par des complicités plus graves? La
dernière de ces deux suppositions semblait improbable,
et pourtant Nointel ne la rejetait pas absolument, car il
avait fort mauvaise opinion de toute cette bande étrangère.

Pendant qu'il réfléchissait ainsi, le salon se vidait rapidement. Il n'y restait plus qu'une petite personne, rondelette et fraîche comme une rose, qui n'avait pas du tout
la mine d'une femme tourmentée par les nerfs, quoiqu'elle
s'agitât beaucoup sur son fauteuil. Le capitaine pensa
qu'elle venait demander au docteur une recette pour se
faire maigrir, et il s'amusait à l'examiner à la dérobée,
lorsqu'il entendit dans l'antichambre des voix d'hommes,
celle du nègre probablement, et une autre plus forte et
plus rauque. C'était le bruit, facile à reconnaître, d'une

altercation, et dans cet appartement, silencieux comme une église, ce tapage faisait un effet singulier. La dame grasse écoutait d'un air scandalisé. Tout à coup, la porte fut ouverte violemment, et un individu se rua dans le salon en criant au valet de couleur :

— Je te dis que j'entrerai, espèce de mal blanchi. J'en ai assez de poser dans la rue, et je veux voir le patron. Je suis malade, je viens le consulter.

Le nègre n'osa pas poursuivre cet étrange client, qui alla se camper à cheval sur une chaise, à l'autre bout du salon, sans regarder personne. C'était un grand gaillard vêtu comme un ouvrier endimanché, coiffé d'un chapeau mou qui paraissait être vissé sur sa tête, et affligé d'une figure patibulaire : nez rouge, bouche avachie par l'usage continuel de la pipe, teint terreux. Un vrai type de rôdeur de barrières.

— Oh! oh! pensa le capitaine, Saint-Galmier a de jolies connaissances. Il ne dira pas que ce chenapan a une névrose. C'est un homme qui a des affaires à régler avec lui. Quelles affaires? Je serais curieux de le savoir... et je le saurai. Il faut que je le sache... dussé-je entrer en conversation avec ce goujat.

La dame s'était prudemment rapprochée de la porte, et aussitôt que cette porte fut entre-bâillée par le docteur, elle s'y précipita avec une telle impétuosité que Saint-Galmier n'eut pas le temps d'envisager le nouveau client qui venait de lui arriver. Nointel était invisible dans son coin et s'y tint coi, si bien que le Canadien n'eut aucun soupçon de sa présence.

L'homme n'avait pas fait de tentative pour passer avant la consultante obèse, mais il jurait entre ses dents, il se balançait sur sa chaise comme un ours en cage, et il finit par se lever pour aller s'embusquer à l'entrée du cabinet.

— Bon! se dit Nointel, la scène promet d'être amusante et instructive. Je n'en perdrai pas un mot. Décidément, je suis en veine aujourd'hui. Tout m'arrive à point. Je vais franchir du premier coup le mur de la vie privée de ce cher Saint-Galmier.

Et il se tapit du mieux qu'il put dans son angle. La place était excellente pour voir sans être vu, et le client au nez rouge ne paraissait pas s'être aperçu qu'il y avait là quelqu'un. Il piétinait d'impatience et il poussait de temps en temps des grognements sourds.

— Il a soif, pensa le capitaine qui connaissait ce tic d'ivrogne, il a soif, et il vient sommer Saint-Galmier de lui donner de quoi s'humecter le gosier.

La cliente joufflue n'abusa pas des instants du docteur, car, au bout de quatre minutes, celui-ci vint jeter un coup d'œil dans le salon où il s'attendait sans doute à ne plus trouver personne; mais, au moment où il soulevait la portière de reps brun, sa face réjouie se trouva nez à nez avec celle du visiteur à la trogne rubiconde, et le dialogue suivant s'engagea aussitôt, sur le mode majeur :

— Comment! c'est encore vous! Qu'est-ce que vous venez faire ici? Je vous ai défendu de vous y présenter aux heures où je reçois.

— Possible, mais je ne peux pas vous mettre la main dessus depuis deux jours, et je n'ai plus le sou. Pour lors, comme je ne vis pas de l'air du temps, je me suis dit : En avant les grands moyens! Je vais chercher ma paye.

— Et moi, je suis chargé de vous dire qu'on n'a plus besoin de vous. Avant-hier, vous avez touché une gratification; ce sera la dernière.

— La dernière! as-tu fini, bouffi! La dernière! ah *ben*, c'est ça qui serait drôle. Alors, je me serais esquinté le tempérament à trimer la nuit dans les rues, j'aurais risqué vingt fois d'attraper un mauvais coup d'un bourgeois pas commode... y en a pas beaucoup; mais y en a... et tout ça pour que vous veniez me donner mon congé, sans crier gare. Un *larbin* a droit à ses huit jours, quand on le *colle* dehors. Moi, je veux mes huit mois... à cent cinquante *balles* par semaine... et ça n'est pas trop.

— Vous êtes fou.

— Non, et la preuve, c'est que si vous ne *casquez* pas, j'irai conter ma petite affaire au commissaire du quartier. Ça m'est égal d'aller où vous savez, si nous sommes trois pour faire le voyage ensemble. Vous êtes *rigolo*, le général du Pérou aussi. Je ne m'embêterai pas pendant la traversée.

— Voulez-vous bien vous taire, malheureux! on peut vous entendre.

— Je m'en bats l'œil. *Aboulez*, ou je crie plus fort.

— Êtes-vous sûr que nous ne sommes pas seuls ici? reprit le docteur en s'avançant jusqu'au milieu du salon.

— Bonjour, mon cher, dit Nointel qui surgit tout à coup.

Saint-Galmier faillit tomber à la renverse, mais il eut encore la présence d'esprit de revenir à l'homme, de lui glisser quelques louis dans la main et de le pousser vers la porte de l'antichambre en lui disant :

— Revenez demain, mon ami, demain matin... je vous donnerai une ordonnance... ce soir, je suis pressé, et il faut que je reçoive monsieur.

Le réclamant, aussi surpris que lui, ne tenait pas sans doute à continuer devant un témoin cette conversation édifiante. Il se laissa mettre dehors, et le capitaine resta seul avec le docteur.

— Je vous dérange peut-être, dit Nointel. Figurez-vous que je suis là depuis une demi-heure, et que je m'étais endormi au coin de votre cheminée. Au milieu d'une demi-douzaine de jolies femmes, c'est impardonnable, mais il fait si chaud dans ce salon! La voix de votre client m'a réveillé en sursaut.

— Quoi! vraiment, vous dormiez? balbutia Saint-Galmier en cherchant à reprendre son aplomb.

— Mon Dieu! oui. Je n'ai jamais de ma vie pu faire antichambre sans me laisser gagner par le sommeil : deux fois dans ma vie j'ai eu une audience du ministre de la guerre; deux fois je me suis mis à ronfler dans le salon d'attente de Son Excellence, et j'ai laissé passer mon tour. Cette infirmité-là m'a fait manquer ma carrière. Mais qu'est-ce qu'il avait donc, votre client? Il ne paraissait pas content.

— C'est un pauvre diable que je soigne pour rien et qui se fâche parce que je lui prescris un régime qu'il ne veut pas suivre. Je lui prêche la sobriété, et il n'entend pas de cette oreille-là. Tous ces alcoolisés sont les mêmes.

— Alcoolisés! comme on invente de jolis mots maintenant! Au 8e hussards nous aurions dit : tous ces ivrognes. Alors, votre malade a un faible pour les liqueurs fortes? Il m'a semblé, en effet, qu'il parlait de boire.

— Ah! vous avez entendu ce qu'il disait?

— Quelques mots seulement... qui m'ont paru très-incohérents... plus le sou... boire... traîner la nuit dans les rues... Je n'y ai rien compris, et je n'ai pas cherché à comprendre.

— Ce malheureux est à moitié fou. Il a de plus une névrose de l'estomac, et je désespère de le guérir. Mais vous, mon cher capitaine, est-ce que vous auriez besoin de mes soins?

— Moi, docteur? Non, Dieu merci! J'ai le cerveau en bon état, et quant à l'estomac... vous m'avez vu fonctionner dimanche à la Maison-d'Or. Ce pâté de rouges-gorges était mémorable. Vous devriez bien me donner la recette.

— Serait-ce pour me la demander que vous m'avez fait l'honneur de venir chez moi?

— Pas précisément. Je viens pour avoir avec vous une petite explication.

— Tout ce que vous voudrez. Prenez donc la peine d'entrer dans mon cabinet, l'heure de ma consultation n'est pas encore tout à fait écoulée, et si nous restions ici, nous courrions le risque d'être dérangés.

— Par l'alcoolisé?

— Non; par une cliente attardée. Vous n'imaginez pas à quel point les femmes sont inexactes.

Le cabinet était vaste et moins éclairé encore que le salon. D'épaisses tentures de drap vert y amortissaient le son de la voix. Il eût été difficile de rêver un endroit plus propice aux confidences. Un médecin est un confesseur, et Saint-Galmier, qui pratiquait religieusement cette règle professionnelle, ferma la porte au verrou après avoir introduit Nointel. Il le fit asseoir ensuite tout près de lui, et il lui dit de son air le plus gracieux :

— Me voici tout prêt à vous fournir le renseignement dont vous avez besoin. Excusez-moi de ne pas vous offrir un cigare. Vous comprenez... je ne reçois guère ici que des femmes nerveuses... extranerveuses même... l'odeur du tabac les ferait tomber en syncope. C'est bien d'un renseignement qu'il s'agit ?

— J'avais dit : une explication, mais je ne tiens pas à mon mot. Je tiens seulement à savoir pourquoi vous êtes allé, mardi dernier, il y a juste huit jours, faire une visite à Julia d'Orcival, en son hôtel du boulevard Malesherbes.

Le docteur eut un léger tressaillement qui n'échappa point à l'œil attentif du capitaine.

— Je suis indiscret, n'est-ce pas ? reprit Nointel.

— Nullement, nullement, répondit Saint-Galmier, avec une parfaite courtoisie. Permettez-moi de rassembler mes souvenirs. C'était, dites-vous, mardi dernier ?

— Oui, le lendemain de la mort du comte Golymine

— En effet, je me souviens maintenant. Eh bien, mais c'est très-simple. Je suis allé chez cette pauvre femme parce qu'elle m'avait fait appeler pour me consulter.

— Elle était donc malade ?

— Oh ! rien de grave. Une légère névrose de... oui, de la face. Ce suicide avait produit sur elle une impression très-vive : la secousse avait déterminé des accidents nerveux...

— Et comme elle savait que vous êtes le premier médecin du monde pour soigner les nerfs surexcités, elle s'est

dressée à vous. Rien de plus naturel. Vous ne la connaissiez pas avant cette visite?

— Pas autrement que de vue.

— Et depuis, vous n'êtes pas retourné chez elle?

— Mon Dieu, non. C'eût été tout à fait inutile. Le traitement que j'avais prescrit a guéri la malade en vingt-
quatre heures. Et je regrette amèrement d'avoir réussi
trop vite à la débarrasser d'une incommodité qui, si elle
se fût prolongée, l'eût empêchée sans aucun doute d'aller
à ce bal de l'Opéra, où la mort l'attendait.

— Que voulez-vous, docteur! C'était écrit là-haut sur le
grand rouleau. Quand la fatalité s'en mêle, il n'y a rien à
faire. La destinée de Julia était de finir au bal masqué. La
vôtre est peut-être de m'aider à découvrir la scélérate personne qui l'a tuée.

— Moi! mais je n'en sais pas plus que vous sur ce triste
sujet, dit Saint-Galmier avec une vivacité qui fit sourire
le capitaine. J'étais à l'Opéra avec Simancas, dans une
loge contiguë à celle de madame d'Orcival, mais nous
n'avons absolument rien vu. Le juge d'instruction a cru
devoir nous faire appeler hier : nous lui avons déclaré
qu'à notre grand regret, nous n'étions pas en mesure de le
renseigner.

— Je conçois cela; mais peut-être pourrez-vous me dire,
à moi qui ne suis pas juge d'instruction, pour quel motif,
lorsque vous êtes allé mardi dernier chez Julia, vous vous
êtes présenté de la part de mon ami Gaston Darcy.

La botte était droite autant qu'imprévue, et le docteur fut pris hors de garde. Il rougit jusqu'aux oreilles, et
il répondit d'une voix étranglée :

— C'est une erreur... vous êtes mal informé, capitaine.

— Parfaitement informé, au contraire. Vous avez dit à
Julia, qui ne vous avait pas fait appeler, par l'excellente
raison qu'elle n'était pas malade, vous lui avez dit que
Darcy vous envoyait prendre de ses nouvelles. Vous avez
ajouté que vous étiez l'ami intime du même Darcy. Et,

pardonnez ma franchise, ces deux affirmations étaient... inexactes.

— Je proteste, balbutia Saint-Galmier en s'agitant sur son fauteuil; madame d'Orcival n'a pas pu vous raconter cela.

— Non, car je ne l'ai pas vue, mais j'ai vu sa femme de chambre.

— Sa femme de chambre, répéta machinalement le docteur qui commençait à perdre la tête.

— Oui, une certaine Mariette, une fille très-intelligente, ma foi! Elle est venue chez Gaston Darcy, hier matin... vous entendez que je précise... je me trouvais là, et elle a dit devant moi tout ce que je viens de vous redire. Vous me ferez, je suppose, l'honneur de me croire.

— Je vous crois, mon cher capitaine, mais... cette femme a pu inventer...

— Elle n'a aucun intérêt à mentir. Du reste, si vous contestiez ses affirmations, il y a un moyen bien simple de vider le débat, c'est de vous mettre en présence. Je vais aller la chercher, vous vous expliquerez, et...

— C'est inutile... ses propos ne valent pas la peine que je les réfute... et j'espère que vous voudrez bien vous en rapporter à moi.

— Je vois que vous ne comprenez pas la situation, dit froidement Nointel. S'il ne s'agissait que de savoir qui de vous ou de cette soubrette a altéré la vérité, je ne me serais pas dérangé. Vos affaires ne sont pas les miennes, et il m'importe fort peu que vous vous soyez introduit chez la d'Orcival sous un prétexte ou sous un autre. Mais mon ami Darcy n'est pas dans le même cas que moi. Il trouve mauvais que vous vous soyez servi de son nom sans son autorisation; il est blessé de l'usage que vous en avez fait, et vous devinez sans doute que c'est lui qui m'envoie.

Ce dernier coup désarçonna tout à fait Saint-Galmier. L'infortuné praticien n'était pas belliqueux, et la perspective d'un duel l'effrayait considérablement. A tout prix, il voulait éviter la bataille, et il cherchait un moyen de satisfaire Darcy sans exposer sa peau.

— Donc, reprit le capitaine, je vous prie de me désigner, séance tenante, un de vos amis, afin que nous puissions arrêter ensemble les conditions de la rencontre. Darcy désire que tout soit terminé d'ici à vingt-quatre heures. S'il vous plaisait de choisir le général Simancas, je m'entendrais facilement avec lui, et nous irions très-vite.

Pendant que Nointel parlait ainsi, le docteur avait déjà trouvé un biais pour se tirer du mauvais pas où il s'était mis.

— Jamais, s'écria-t-il, jamais je ne me battrai avec M. Darcy qui m'inspire la plus vive sympathie. J'aime mieux convenir que j'ai eu tort d'user de son nom.

— Pardon ! cela ne suffit pas. Il faudrait encore m'apprendre pourquoi vous en avez usé, ou plutôt abusé.

— Vous l'exigez ? Eh bien, quoi qu'il en coûte à mon amour-propre médical de vous faire cet aveu, sachez que je désirais depuis longtemps compter madame d'Orcival au nombre de mes clientes; elle avait de très-belles relations, et elle pouvait m'être fort utile pour me lancer dans un monde où les névroses sont très-fréquentes. Malheureusement, je ne la connaissais pas et je n'osais pas demander à M. Darcy de me présenter. Quand j'ai appris qu'elle venait de rompre avec lui, j'ai eu la fâcheuse idée d'essayer d'une supercherie qui me semblait innocente. J'ai été doublement puni de mon imprudence, car je n'ai pas obtenu mes entrées chez la dame, et j'ai offensé un homme que je tiens en grande estime. Veuillez lui dire que je suis désolé de ce qui s'est passé, et que je le prie d'accepter mes excuses.

— C'est quelque chose, mais ce n'est pas assez. Darcy vous demandera des excuses écrites.

— Je les écrirai sous votre dictée, si vous jugez que ce soit nécessaire pour effacer toute trace de mésintelligence entre votre ami et moi.

En ce moment, le docteur imitait les marins qui jettent une partie de la cargaison à l'eau pour alléger le navire battu par la tempête, et le sacrifice de son honneur ne lui coûtait guère, pour éviter de dire la vérité sur le motif de sa visite à Julia. Il aurait accepté bien d'autres humiliations, plutôt que de livrer le secret de ses anciennes relations avec Golymine. Mais il se trompait en croyant qu'il en serait quitte à si bon marché.

Nointel pensait :

— La platitude de ce drôle passe tout ce que j'imaginais, et je ne tirerai rien de lui par les moyens détournés. Il ment avec un aplomb superlatif et une désinvolture étonnante. Pour l'abattre, pour le mettre sous mes pieds, il faut que je frappe plus fort.

— C'est dit, n'est-ce pas, capitaine? reprit Saint-Galmier; je ferai amende honorable, sous telle forme qu'il vous plaira, et vous vous chargerez de me remettre dans les bonnes grâces de M. Darcy.

— Non pas, répliqua Nointel. Darcy se contentera de la lettre que vous allez lui écrire, Darcy ne vous forcera point à vous battre, — ce serait trop difficile, — il gardera même le silence sur cette affaire, qui, si elle venait à s'ébruiter, nuirait beaucoup à votre clientèle... et à votre considération, mais ne vous flattez pas qu'il l'oubliera. Entre nous, docteur, je crois qu'il ne vous saluera plus.

— Quoi! il attacherait tant d'importance à une légèreté de ma part! Je ne me consolerai jamais d'avoir perdu, par ma faute, des relations dont je m'honorais. J'espère que, du moins, vous, cher monsieur, vous ne me tiendrez pas rigueur.

Le capitaine, au lieu de répondre, se leva et se mit à se promener dans le cabinet, en sifflant l'air de la *Casquette.* Saint-Galmier, surpris et inquiet, se leva aussi et essaya d'une diversion.

— Vous regardez cette Madeleine au désert, dit-il en montrant une grande toile qui faisait vis-à-vis au buste

d'Hippocrate, père de la médecine. C'est une belle œuvre,
quoiqu'elle ne soit pas signée. On l'attribue au Carrache.
Une de mes clientes m'en fit cadeau l'année dernière

— Pour vous remercier de l'avoir guérie d'une névrose.
Ah! c'est une agréable profession que la vôtre, et je conçois que vous teniez à l'exercer. Mais, dites-moi, est-ce
que Simancas les soigne aussi, les névroses?

— Simancas! comment?... je ne comprends pas.

— Je vous demande cela parce que votre alcoolisé de
tout à l'heure avait l'air de le connaître.

— Vous plaisantez, capitaine.

— Pas du tout. Ce client récalcitrant parlait d'un Péruvien. Or, il n'y a pas beaucoup de Péruviens à Paris. Je
me rappelle même très-bien ce qu'il disait en maugréant
contre vous et contre ce Péruvien qui ne peut être que
votre ami Simancas. Il disait : On me renvoie, on me
casse aux gages, mais ça ne se passera pas comme ça.
J'irai trouver le commissaire, et je lui raconterai tout.

— Il est impossible que vous ayez entendu cela... et
d'ailleurs ce sont des paroles qui n'ont pas de sens...

— Mais si, mais si. L'aimable ivrogne a tenu encore
d'autres discours. Il a ajouté qu'on l'enverrait sans doute
au delà des mers, mais qu'il n'irait pas tout seul. Il prétend
que vous serez trois à faire la traversée.

— Vous savez bien que cet homme est fou, s'écria Saint-
Galmier qui verdissait à vue d'œil.

— S'il l'est, je vous conseille de le faire enfermer le plus
tôt possible, dit tranquillement Nointel. Si vous laissez
ce gaillard-là en liberté...

Tiens! on frappe. Est-ce que ce serait lui qui revient par les
petites entrées?

Le docteur tressaillit, et courut à la porte intérieure,
probablement dans l'intention de la fermer au verrou.

On venait d'y frapper trois coups espacés d'une certaine
façon.

Il arriva trop tard. La porte s'ouvrit, et le général

4

Simancas entra d'un pas discret dans le cabinet de son ami.

Saint-Galmier aurait donné toute sa clientèle pour sortir de la pénible situation où il se trouvait, et en toute autre circonstance, l'arrivée d'un auxiliaire lui eût été fort agréable, mais précisément Simancas venait d'être mis en cause par Nointel, et sa présence ne pouvait que compliquer les choses. Aussi le malheureux docteur fit-il triste mine au Péruvien.

Cette apparition imprévue comblait, au contraire, les vœux de Nointel. Tenir les deux coquins en tête-à-tête, et en même temps, c'était une bonne fortune qu'il n'espérait pas et dont il s'apprêta aussitôt à profiter. Le moment était venu d'en finir avec eux d'un seul coup, mais il lui fallait opter entre un des deux partis qui s'étaient déjà présentés à son esprit : ou les forcer à confesser ce qu'ils savaient sur les faits et gestes de la marquise pendant la nuit du bal de l'Opéra, ou se borner à leur interdire de remettre les pieds chez elle. Le sage capitaine pensa qu'avant de se décider il fallait leur prouver qu'ils étaient à sa merci. Avec Saint-Galmier, la chose était déjà à peu près faite. Il s'agissait maintenant d'attaquer vigoureusement Simancas qui paraissait assez déconcerté. Le drôle ne s'attendait guère à rencontrer chez son complice l'homme dont il cherchait depuis deux jours à se défaire d'une façon radicale.

— Bonjour, général, lui dit Nointel sans lui tendre la main, je suis fort aise de vous voir. Vous avez eu l'obligeance de m'écrire pour m'éviter une course inutile. Je tiens à vous remercier de cette délicate attention.

— Je n'ai fait que m'acquitter d'un devoir, répondit Simancas avec un embarras visible. C'est la marquise de Barancos qui m'a prié expressément de vous prévenir qu'elle ne recevait pas.

— Et vous vous êtes empressé de lui obéir. Rien de plus naturel. Alors, elle est très-souffrante, cette chère marquise?

— Oui, très-souffrante. Je viens chercher de sa part Saint-Galmier, qui n'a pas son pareil pour traiter...

— Les névroses, c'est connu. Quand j'en aurai une, je m'adresserai à lui. Vous croyez peut-être que vous m'avez surpris au moment où je lui demandais une consultation. Non, nous causions tout bonnement d'une visite qu'il a faite la semaine dernière à cette pauvre Julia. Et vous arrivez à propos, car vous y êtes allé aussi, chez Julia; vous y êtes allé le même jour que le docteur.

— Moi? je vous jure que...

— Ne jurez pas. J'ai vu la femme de chambre qui vous a introduits tous les deux, l'un après l'autre. Il paraît que ce cher Saint-Galmier venait offrir ses services à madame d'Orcival, et que vous veniez, vous, lui demander certains renseignements sur votre ami Golymine.

— Mais, capitaine, je proteste, je...

— Encore! C'est tout à fait inutile. Je suis parfaitement informé, et nous reviendrons tout à l'heure sur ce sujet, mais ce n'est pas de cela qu'il s'agit en ce moment.

— De quoi s'agit-il donc? dit Simancas en tâchant de prendre un air digne. On croirait que vous vous préparez à me faire subir un interrogatoire.

— On ne se tromperait pas.

— Monsieur! permettez-moi de vous dire que le ton que vous prenez avec moi est inexplicable.

— Je vais vous l'expliquer. Connaissez-vous un homme qui commande un navire baleinier du Havre... un homme qui s'appelle Jacques Crozon?

Simancas recula comme s'il eût été frappé d'un coup de poing dans la poitrine, et n'eut pas la force d'articuler une dénégation.

— Jacques Crozon est marié, reprit Nointel; il vient de rentrer à Paris après une campagne de deux ans, et pendant qu'il était en mer, sa femme est devenue la maîtresse de ce Golymine. Il paraît même qu'elle a eu un enfant de lui.

— Je ne sais pas pourquoi vous me racontez cette histoire.

— Vraiment? Vous m'étonnez. Eh bien, apprenez qu'il s'est trouvé un misérable pour dénoncer à Jacques Crozon la conduite de sa femme, et que ce misérable était intimement lié avec Golymine. C'est ignoble, n'est-ce pas, général?

Le Péruvien ne répondit que par un grognement étouffé, et Nointel continua tranquillement :

— Pourquoi ce coquin trahissait-il ainsi son ami? Je l'ignore, et cela m'importe fort peu. Mais ce qui me touche davantage, c'est que Golymine étant mort, l'auteur des lettres anonymes a imaginé d'écrire au mari que j'avais été aussi l'amant de la femme, que j'avais succédé au Polonais. Bien entendu, c'était un mensonge infâme, et le résultat de ce mensonge devait être un duel à mort entre Jacques Crozon et votre serviteur. Une manière comme une autre de se débarrasser de moi, Crozon passant pour être un tireur de première force.

Que pensez-vous, général, de cette combinaison?

— Je pense, grommela Simancas, je pense qu'elle n'a jamais existé que dans votre imagination.

— Vous vous trompez. J'ai des preuves. Le dénonciateur ne se doutait pas que je connaissais Crozon depuis douze ans... Qu'avez-vous donc, général? Cela vous surprend. Vous ne supposiez pas qu'un ex-officier de hussards eût jamais rencontré un capitaine de la marine marchande. Rien n'est plus vrai pourtant, et mon vieil ami Crozon est venu me montrer la lettre qu'il a reçue. Nous nous sommes expliqués, et je n'ai eu aucune peine à lui démontrer qu'on m'avait odieusement calomnié. Il m'a chargé de découvrir le calomniateur, et il se propose de le tuer dès que je l'aurai découvert. Il ne plaisante pas, ce brave baleinier, et il a la main dure. Il ne s'est jamais battu sans tuer son homme. Et si, par hasard, il manquait cet indigne adversaire, je suis là pour le reprendre, et je vous réponds qu'il n'en reviendra pas.

— Ce sera bien fait, dit le général en cherchant à prendre un air indifférent.

— C'est votre avis? Alors, vous ne m'en voudrez pas si je procure à mon ami Crozon la satisfaction de vous envoyer dans l'autre monde.

— Comment! que signifie...

— Cela signifie que le dénonciateur, c'est vous, dit Nointel en regardant Simancas entre les deux yeux.

— Capitaine! cette plaisanterie...

— Voulez-vous que je vous montre votre dernière lettre? Je l'ai dans une de mes poches, et dans l'autre il y a un revolver chargé. Je ne vous conseille pas d'essayer à vous deux de me la reprendre de force. Et je vous engage aussi à ne plus nier, car j'ai la preuve que cette lettre est de votre écriture, puisque vous avez commis la sottise de m'envoyer une pièce de comparaison.

— Fort bien, monsieur. Je suis à vos ordres, dit le Péruvien qui sentait la nécessité de payer d'audace.

— Bon! vous avouez alors?

— Je n'avoue rien, mais...

— Ne jouons pas sur les mots, je vous prie. Vous consentez à nous rendre raison, parce que vous ne pouvez pas faire autrement. Mais je suppose que, s'il nous plaisait de ne pas user de notre droit, vous ne réclameriez pas contre notre décision.

— Il est certain qu'il me serait pénible de me battre contre un homme que j'estime.

— Et qui ne vous estime pas. Eh bien, il dépend de vous d'éviter cette dure nécessité, et d'éviter en même temps des mésaventures d'un autre genre, des mésaventures que votre ami Saint-Galmier redoute énormément.

Les deux associés échangèrent un regard rapide, et Simancas lut dans les yeux du docteur qu'il fallait saisir avec empressement l'occasion qui s'offrait de capituler.

— Vous avez un arrangement à me proposer? demanda le général.

— Une trêve. Veuillez m'écouter. Je suis certain que vous avez eu tous les deux avec Golymine des complicités dont je ne tiens pas essentiellement à connaître l'objet. Vous saviez qu'il était l'amant de madame Crozon, et vous vouliez le faire tuer par le mari, parce que vous craigniez qu'il ne vous trahît.

— Et quand cela serait? s'écria impudemment Simancas. Nous avions conspiré ensemble au Pérou, et Golymine aurait vendu nos secrets à nos ennemis politiques.

— Je crois que la politique n'a rien à faire ici, mais peu m'importe, et, quoi qu'il en soit, ce n'était pas pour la même raison que vous vouliez vous débarrasser de moi. La raison, la voici. Vous venez de vous introduire chez madame de Barancos. Par quel moyen? Je ne m'en inquiète pas, mais je vois très-bien que vous vous proposez d'exploiter la marquise. Elle est fort riche, sa maison est bonne, et vous tenez à y régner sans partage. Or, vous avez appris que madame de Barancos avait l'intention de me recevoir et même de me recevoir souvent. Vous vous êtes dit que je vous gênerais beaucoup, et vous avez imaginé de me livrer au terrible Crozon qui devait m'expédier dans les vingt-quatre heures.

— Je vous assure, monsieur, que vous vous méprenez. Madame de Barancos m'a favorablement accueilli, c'est vrai, mais je n'ai pas la prétention de...

— Assez! je suis sûr de ce que je dis, et voici les conditions auxquelles je consens à ne vous dénoncer ni à Crozon, ni... à d'autres. Si vous les acceptez, je tairai tout ce que je sais, et, en apparence, je vivrai avec vous sur le même pied que par le passé. Je veux d'abord avoir mes entrées chez la marquise. Le congé que j'ai reçu aujourd'hui de sa part venait de vous, j'en suis certain, et je le tiens pour non avenu. Je prétends même être invité par elle, et cela d'ici à deux jours, être invité à un dîner, à un bal, à une chasse, en un mot, prendre pied dans son intimité. Rassurez-vous. Ce n'est pas son argent que je vise, et je ne chercherai pas à vous faire chasser de son hôtel.

— Madame de Barancos ne demande pas mieux que de vous voir souvent, monsieur, et je n'aurai pas besoin d'user de l'influence que vous m'attribuez pour...

— Premier point, reprit le capitaine, sans daigner répondre à cette protestation. Second point : j'entends qu'à dater de ce jour vous cessiez de dénoncer la femme de Jacques Crozon. A la première lettre anonyme que son mari recevrait, j'en finirais avec vous, et vous savez que j'ai plusieurs manières d'en finir. Ainsi, pas une ligne, pas un mot, pas une démarche. Je veux que mon ami Crozon croie qu'il a été victime d'une odieuse mystification.

— Ç'en était une sans doute, murmura timidement Simancas.

— Non, ce n'en était pas une, vous le savez fort bien, et j'arrive à ma dernière condition. Il y a un enfant. Où est-il?

— Sur mon honneur, je n'en sais rien.

— Laissez votre honneur en repos, et répondez-moi catégoriquement. Où madame Crozon est-elle accouchée?

— Chez une sage-femme qui demeure tout en haut de la butte Montmartre, rue des Rosiers, je crois.

— A qui l'enfant a-t-il été remis?

— A une nourrice qu'on a cherchée longtemps et dont on a perdu la trace au moment où on allait la découvrir.

— Samedi dernier, n'est-ce pas?

— Non, dimanche... on avait appris enfin qu'elle habitait rue de Maubeuge, tout en haut de la rue... au numéro 249... on s'y est présenté... elle avait déménagé la veille avec son nourrisson... elle était en garni... elle n'a pas dit où elle allait... et on ne l'a pas retrouvée.

— Son nom?

— La femme Monnier... un faux nom, très-probablement.

— Cela me suffit, dit Nointel, qui voyait bien à la net-

teté des réponses de Simancas que le coquin n'en savait
pas plus long et qu'il ne mentait pas. Maintenant, le marché
est conclu, je suppose. Comme arrhes, j'attends une lettre
d'invitation de madame de Barancos. Quand elle me recevra, je ne lui parlerai pas de celle qu'il vous a plu de
m'écrire pour me fermer sa porte, et je ne m'occuperai
pas plus de vous que si vous n'existiez pas... à moins que
vous ne violiez nos conventions, auquel cas je serais sans
pitié. La marquise me plaît infiniment, mais elle ne me
tournera pas la tête au point de me faire perdre la
mémoire. J'ai tout dit. Par où sort-on d'ici, docteur?

Saint-Galmier s'empressa d'ouvrir la porte du salon, et
le capitaine s'en alla en lui jetant cet adieu :

— A propos, je vous recommande de soigner votre alcoolisé. C'est un brutal et un bavard qui pourrait bien vous
ouer un mauvais tour.

Le docteur ne souffla mot. Il reconduisit Nointel jusqu'à
l'antichambre où le nègre en livrée attendait les clients, et
il revint en toute hâte trouver Simancas pour conférer sur
les événements.

Nointel ne se sentait pas de joie, et quand il se retrouva
dans la rue, il prit un plaisir extrême à allumer un cigare,
un plaisir que connaissent seuls les travailleurs qui entendent sonner l'heure du repos après une journée laborieuse.
Il s'achemina vers la rue d'Anjou d'un pas allègre, le cœur
léger et l'esprit dispos, ravi du début de sa campagne et
tout prêt à poursuivre ses premiers succès.

— Voilà de bonne besogne, se disait-il, et si Darcy n'est
pas content, c'est qu'il sera trop difficile. Je tiens la clef de
la position, puisque je tiens les deux gredins qui tiennent
la marquise. Et je ne leur ai pas livré mon secret, je ne
leur ai pas dit un mot du crime de l'Opéra. Ils croient que
je suis amoureux de la Barancos, peut-être que je veux
l'épouser, et que j'ai profité de ce que j'avais barre sur eux,
pour me faire rouvrir à deux battants les portes de son
hôtel. Ils me feront une guerre sourde, je le sais, mais ils

n'oseront pas m'attaquer en face. Si j'avais cassé les vitres, si je les avais forcés à dénoncer la marquise, ou si j'avais forcé la marquise à les chasser, j'aurais gâté les affaires de Berthe. C'eût été frapper le grand coup trop tôt. Je n'ai pas encore assez de preuves. J'en aurai dans huit jours ou dans un mois, mais j'en aurai, et, en attendant, j'ai assuré la tranquillité du ménage Crozon, je sais ce que l'innocente Lestérel a fait de sa nuit de bal, je suis sur la trace de la nourrice, et un de ces jours, je pourrai apprendre à la mère que l'enfant se porte bien. Ma parole d'honneur, on donne le prix Monthyon à des gens qui le méritent moins que moi.

Oui, mais il faut cultiver notre jardin, disait Candide, et notre jardin, c'est la marquise.

CHAPITRE II

Huit jours se sont passés, un siècle pour ceux qui espèrent et pour ceux qui souffrent.

Gaston Darcy espère; Berthe Lestérel souffre.

Berthe est toujours au secret, dans sa prison. Elle prie, elle pleure, elle regarde le lambeau de ciel qu'elle peut à peine apercevoir à travers les grilles de sa fenêtre, et elle songe à sa douce vie d'autrefois, sa vie de jeune fille, violemment bouleversée. Elle pense à sa sœur qui mourra de douleur, si son mari ne la tue pas; elle pense à madame Cambry, à sa protectrice, qu'elle aimait tant et qui maintenant la renie peut-être parce qu'elle la croit coupable; elle pense à Gaston qui lui a juré un amour éternel et qui sans doute l'a déjà oubliée. Les heures s'écoulent, lentes, monotones, sans apporter à la pauvre recluse un souvenir amical, un souhait bienveillant, rien, pas même une nouvelle de ce monde où elle ne rentrera plus. Cette cellule aux murs blanchis, c'est la tombe. Pas un bruit du dehors n'y pénètre, pas un rayon de soleil. Quand la porte s'ouvre, Berthe ne voit apparaître au fond du corridor sombre que les sœurs de Marie-Joseph, en longs vêtements de laine, voilées de noir et de bleu, marchant du pas silencieux des fantômes. Trois fois on est venu l'appeler pour la conduire au Palais de justice, et l'horrible voyage en voiture cellulaire ne lui a pas été épargné; trois fois elle s'est assise dans le cabinet du juge, toujours grave, toujours impassible. Elle a été interrogée poliment, froidement, et elle n'a répondu que par des larmes. Trois fois elle est revenue désespérée. Elle se sent perdue, et elle n'attend plus rien de la justice des hommes. Elle n'a plus foi qu'en Dieu qui lit dans les cœurs.

Gaston Darcy endure un autre supplice, le supplice de l'attente, les angoisses de l'incertitude. Il a rompu avec son existence habituelle, il a pris le monde en horreur, il fuit les distractions, il se complaît dans les joies amères de l'isolement. Il ne voit que son oncle, madame Cambry et Nointel.

Son oncle l'accueille, le plaint, et reste impénétrable.

Madame Cambry prend part à ses peines, elle se désole avec lui, elle jure que Berthe n'est pas coupable et qu'elle ne se lassera jamais de la défendre; elle a été jusqu'à proclamer qu'elle ne se marierait pas tant que sa jeune amie serait sous le coup de cette affreuse accusation. Cependant son mariage avec M. Roger Darcy est décidé, et M. Roger Darcy la presse de le conclure, car le sévère magistrat a fini par s'éprendre très-vivement de la charmante veuve, et il n'en est plus à souhaiter que son neveu se charge seul de perpétuer le nom de la famille. Mais madame Cambry ne peut rien contre les convictions du juge, madame Cambry n'obtiendra pas de son futur mari qu'il décide contre sa conscience en signant l'ordre de remettre en liberté mademoiselle Lestérel.

Reste Nointel. Nointel est plus dévoué, plus ardent que jamais; il affirme à son ami qu'il ne perd pas un instant, qu'il poursuit lentement et sûrement son enquête, qu'il recueille chaque jour des informations nouvelles, que toutes ces informations sont favorables à Berthe, qu'il réunit ces preuves éparses ou plutôt ces commencements de preuves, et qu'il sera bientôt en mesure de démontrer l'innocence complète de la jeune fille; mais il a déclaré nettement que, pour réussir, il fallait qu'il agît seul. Et, comme Gaston se récriait contre l'inaction à laquelle Nointel voulait le condamner, Nointel l'a supplié de le laisser faire à sa guise, sans s'abstenir pour cela de travailler, lui aussi, à l'œuvre difficile de la réhabilitation de mademoiselle Lestérel.

Pressé de s'expliquer sur les résultats acquis, le capitaine s'est obstiné à répondre que tout allait bien, et que, pour le moment, il lui était impossible d'en dire davantage.

De sa rencontre avec le baleinier, de sa visite à madame Crozon, de ses conventions avec les deux coquins d'outremer, il n'a pas soufflé mot. Il redoutait les entraînements irréfléchis qui emportent les amoureux au delà des limites de la prudence. Ses batteries étaient dressées, et il craignait que Gaston ne vînt gêner son tir. Et Gaston, qui n'appréciait pas les causes de cette extrême réserve, avait fini par lui savoir mauvais gré de sa discrétion. Gaston en était presque venu à croire que Nointel l'abandonnait, que Nointel colorait d'un prétexte plus ou moins plausible une défection impardonnable. Depuis quelques jours, Gaston vivait solitaire et sombre, maudissant les hommes, broyant du noir, doutant de tout, même de l'amitié, n'attendant plus rien de l'avenir.

Et cependant, ce soir-là, un mercredi, vers onze heures, Gaston s'habillait pour aller au bal.

Il avait reçu, à la fin de la semaine précédente, une invitation de madame la marquise de Barancos à une grande soirée dansante, et certes le carton armorié qui figurait à la glace de son cabinet de toilette n'aurait pas suffi à lui persuader d'assister à une fête pendant que Berthe Lestérel pleurait au fond d'une prison. Mais, le matin même, deux lettres lui étaient arrivées par la poste, deux lettres qui l'avaient immédiatement tiré de sa torpeur.

L'une était de Nointel, et elle ne contenait que ces trois lignes :

« Viens ce soir au bal de madame de Barancos. Tu m'y trouveras. J'ai pris pied dans la place. Tout va très-bien. Nous touchons au but. Viens. Il le faut. »

Gaston n'avait pas trouvé ce billet beaucoup plus clair que les récentes conversations du capitaine. Mais il ne pouvait guère négliger une recommandation aussi formelle, et il était à peu près décidé à se rendre à l'invitation de la marquise, lorsqu'il décacheta l'autre lettre, qui était de son oncle et qui disait ceci :

« Mon cher Gaston, j'accompagne ce soir madame Cambry au bal que donne la marquise de Barancos. C'est la première fois que madame Cambry consent à sortir, depuis qu'il est survenu un malheur qui te touche vivement et qui l'a beaucoup affectée. Tu sais que mon mariage avec elle est décidé. Sa rentrée dans le monde sera presque un événement. Viens à cette fête. Je serai d'autant plus aise de t'y rencontrer que toute ma journée sera occupée au Palais par l'affaire que j'instruis, et que je n'aurai pas le loisir de passer chez toi. Il vaut mieux, d'ailleurs, que madame Cambry te dise elle-même une nouvelle que j'aurais eu grand plaisir à t'apporter si j'étais libre de mon temps. Je compte que nous te verrons cette nuit, et je suis certain que tu ne regretteras pas d'être sorti de la retraite où tu te confines au grand chagrin de ton oncle affectionné. »

La lecture de cette lettre avait réveillé dans le cœur de l'amoureux Gaston des espérances endormies. Cette nouvelle, que madame Cambry tenait à lui apprendre, concernait certainement Berthe, et, si elle eût été mauvaise, l'oncle Roger n'aurait pas eu hâte d'en faire part à son neveu. Avait-il enfin reconnu l'innocence de la pauvre prisonnière, ou bien s'agissait-il seulement d'une découverte heureuse, d'un indice tout récemment recueilli, qui permettait de croire à la possibilité d'un acquittement?

Il y avait une phrase inquiétante :

« L'affaire *que j'instruis* », écrivait le magistrat, qui savait la valeur des mots et qui ne se serait pas servi de l'indicatif présent, si l'instruction eût été abandonnée. Et pourtant Gaston ne pouvait guère admettre que M. Roger Darcy attachât tant d'importance à l'informer d'un fait relativement insignifiant. Le billet de Nointel, d'autre part, était pressant. Aussi Gaston avait-il accepté l'invitation de la marquise, quoiqu'il lui semblât bien dur d'aller au bal avec la mort dans l'âme. Et, à force de réfléchir aux chances que lui offrait cette soirée, il en était arrivé à se dire qu'il ne fallait pas faire les choses à demi, que le mieux était d'apporter à la fête un visage riant, de danser avec madame Cambry, de valser avec madame de Barancos; en un mot, d'accepter toutes les conséquences de la corvée qu'il se résignait à subir.

Pour se préparer, il avait passé la journée au coin de son feu, il avait dîné légèrement, il s'était endormi après son dîner, il s'était réveillé plus frais et plus lucide après une sieste de deux heures, et il avait procédé à sa toilette avec un soin tout particulier. Les deuils du cœur ne sont pas de mise au bal, et le meilleur moyen de servir la cause de Berthe, c'était de ne pas laisser voir que les infortunes de Berthe le désespéraient.

Il venait de chausser les souliers vernis découverts, de passer le gilet à deux boutons et la cravate blanche dégageant le cou, d'endosser l'habit noir à grands revers, fleuri d'une rose thé à la boutonnière; il s'était muni des deux paires de gants et des deux mouchoirs de rigueur, et il tenait déjà à la main le claque doublé de satin. Son valet de chambre l'aida à revêtir le vaste ulster, indispensable préservatif contre le froid de la sortie. Le coupé était attelé. Gaston y monta un peu après minuit, et dix minutes après, son cocher prenait la file à trois cents pas de l'hôtel de Barancos.

La fête de la marquise était de celles qui occupent pendant toute une semaine les journaux du *high life* et dont la description fait, comme on dit, le tour de la presse. Les gens les plus haut placés dans toutes les hiérarchies parisiennes tenaient à s'y montrer, et beaucoup de personnages d'une moindre importance n'en étaient pas exclus, madame de Barancos, en sa qualité d'étrangère, ayant cru devoir étendre ses invitations un peu plus qu'il n'est d'usage dans le très-grand monde. Aussi, à l'heure où il est de bon ton d'arriver, la queue des équipages commençait-elle à l'angle de la rue de Courcelles.

Il gelait. Un tapis de neige durcie recouvrait les chemins de la grande ville et les roues glissaient sans bruit sur les pavés capitonnés par l'hiver. Les heureux du monde passaient entre deux haies de pauvres diables accourus là pour se réchauffer au spectacle de ce luxe ambulant, pour regarder à travers les glaces des voitures armoriées les femmes blotties sur des coussins de soie, pour contempler de loin la façade étincelante de l'hôtel, pour oublier un instant la faim, le froid, la mansarde sans lumière et sans feu. Et plus d'un enviait le sort de ce jeune, beau et riche garçon qui avait nom Gaston Darcy, et qui n'appréciait guère en ce moment ce bonheur d'aller au bal dans un coupé bien chaud, traîné par un beau cheval.

La princière habitation de la marquise touchait au parc Monceau. Les fenêtres resplendissaient des feux de mille bougies, et les harmonies de l'orchestre, amorties par les tentures, passaient dans l'air sec de la nuit comme les vibrations lointaines d'une harpe éolienne. Après avoir franchi la grille dorée, les équipages tournaient au trot cadencé de leurs attelages de hautes allures, et venaient s'arrêter devant un majestueux perron chargé de plantes exotiques. Les invités pouvaient croire qu'ils débarquaient à la Havane, car toutes les fleurs tropicales brillaient dans le vestibule, spacieux comme une serre. A l'entrée de ce jardin d'hiver, se dressaient deux statues en onyx — des esclaves nubiens portant des torchères d'argent — et d'un buisson de camélias, surgissait un ours colossal, un ours empaillé en Russie où il avait dû dévorer beaucoup de mougiks.

Darcy mit pied à terre au milieu d'une armée de valets de pied, en livrée amarante et or, donna un coup d'œil à une magnifique glace de Venise pour s'assurer que sa tenue n'avait souffert aucun dérangement pendant le court trajet de la rue Montaigne à l'avenue Ruysdaël, et fit, avec l'aisance d'un homme du monde, son entrée dans un premier salon où se tenait debout, pour recevoir ses invités, l'incomparable marquise de Barancos.

Elle portait une ravissante toilette : robe de satin blanc, couverte de grappes de fleurs rouges, agrafée aux manches avec de gros nœuds de saphirs, trois rangs de perles au cou, un bandeau de diamants au front, boucles de brillants aux souliers mignons qui chaussaient ses pieds, les plus jolis du monde. Et ce soir-là, elle était en beauté. Ses yeux rayonnaient, sa bouche s'épanouissait, sa peau veloutée avait cette coloration chaude qui double d'éclat aux lumières. A l'expression inquiète qui assombrissait par instants son visage, le soir de la représentation du *Prophète*, avait succédé un air joyeux et fier. On devinait que cette créole était heureuse de vivre, d'être riche, d'être belle. Les femmes qui aiment ont souvent de ces airs-là.

Darcy, en la voyant si triomphante, eut un serrement de cœur. Il lui semblait impossible que la main qu'elle lui tendait gracieusement eût frappé Julia d'Orcival, que le franc sourire qui éclairait ses traits charmants cachât un remords. Et il savait que, pour que Berthe fût innocente, il fallait que madame de Barancos fût coupable.

Il la salua pourtant aussi correctement que possible, mais il eut à peine le courage de bourdonner une de ces phrases inintelligibles qui forment l'accompagnement obligé du salut d'arrivée. Elle ne lui laissa pas le temps d'achever ses banalités.

— Vous êtes mille fois aimable d'être venu, lui dit-elle avec grâce, car je sais que vous vous être cloîtré depuis notre rencontre à l'Opéra. Et puisque votre neuvaine est finie, j'espère que vous ne vous ennuierez pas chez moi. Votre ami, M. Nointel, est ici.

Gaston s'inclina et céda la place à deux Américaines éblouissantes qui s'avançaient avec un frou-frou de soie et un cliquetis de pierreries. Il passa, et il entra dans la salle de bal où on dansait déjà.

C'était un ravissant assemblage de tentures brochées, de meubles dorés, de plantes rares et de femmes élégantes, un bouquet de beautés, un feu d'artifice de couleur. Mais Darcy

ne prit pas grand plaisir à admirer ce délicieux tableau. Il
cherchait Nointel, et il l'aperçut causant au milieu d'un
petit groupe où figurait l'inévitable Lolif. Le joindre n'était
pas facile, car les quadrilles lui barraient le passage. Il y
parvint cependant, et Nointel, en le voyant, s'empressa de
planter là les indifférents pour s'accrocher au bras de son
ami et pour l'entraîner dans un coin.

— Mon cher, dit joyeusement le capitaine, tu as bien fait
de venir. Je te ménage une surprise à la fin de la soirée.

— Quelle surprise? demanda vivement Darcy.

— Cher ami, répondit Nointel en riant, si je te le disais
maintenant, ce ne serait plus une surprise quand le moment
sera venu de m'expliquer. Tu ne perdras rien pour attendre,
et afin de t'aider à prendre patience, je vais te raconter
une foule de choses qui t'intéresseront.

— Il n'y en a qu'une qui m'intéresse.

— C'est bien de celle-là que je vais te parler... indirecte-
ment. Mais avoue que tu m'en veux de ne pas êtes venu te
voir depuis quelques jours.

— Oh! je sais que ma compagnie n'est pas gaie.

— C'est cela; tu es vexé. Parions que tu m'accuses de
légèreté et même d'indifférence. Eh bien, je te jure que
tu as tort. Je n'ai été occupé que de toi, c'est-à-dire de
mademoiselle Lestérel. Et j'ai plus fait pour elle en une
semaine que je n'aurais fait en un mois, si nous avions
travaillé de concert.

— Qu'as-tu donc fait?

— D'abord, j'ai acquis la certitude qu'elle est innocente;
ah! mais là! complétement innocente. Non-seulement ce
n'est pas elle qui a tué Julia, mais ce n'est pas elle qui a
écrit les lettres compromettantes qu'elle est allée chercher
au bal de l'Opéra.

— Elle y est donc allée?

— Oui, c'est un fait acquis. Mais elle y est allée, comme
nous le supposions, par dévouement... un dévouement
sublime, mon cher. Les lettres étaient de sa sœur; pour

les ravoir, elle a risqué sa réputation; et maintenant qu'elle
est accusée d'un crime qu'elle n'a pas commis, elle aime
mieux passer en Cour d'assises que de confesser la vérité.
Elle se laissera condamner plutôt que de trahir le secret de
madame Crozon. Elle n'aurait qu'un mot à dire pour se
justifier, mais ce mot coûterait la vie à une femme qui lui
a servi de mère, et ce mot, elle ne le dira pas.

— Dis-le donc pour elle! Si tu peux prouver cela, qu'at-
tends-tu pour la sauver? Pourquoi ne cours-tu pas chez
son juge? Il va venir ici. Refuseras-tu de lui apprendre ce
que tu prétends savoir?

— Absolument. Ce serait une fausse démarche, et les
fausses démarches sont toujours nuisibles. Il se pourrait
qu'il désapprouvât ce que je fais pour contrecarrer l'accusation et qu'il me priât poliment de me tenir en repos. Je
ne veux pas me brouiller avec lui, et je tiens à conserver
ma liberté d'action.

— Je ne te comprends plus, dit tristement Darcy.

— Il n'est pas nécessaire que tu me comprennes, répliqua
Nointel avec un calme parfait. Tu peux me soupçonner de
manquer de zèle, mais, à coup sûr, tu ne suspectes pas
mes intentions. Eh bien, laisse-moi manœuvrer comme je
l'entends. Je te donne ma parole d'honneur qu'à très-bref
délai, je t'expliquerai tous mes actes, et je suis certain que
tu les approuveras.

— Tu oublies que, pendant que tu prépares des combinaisons savantes, mademoiselle Lestérel est en prison.

— Je n'oublie rien, et pour te prouver que je pense à sa
situation, je puis, dès à présent, t'apprendre que son innocence éclatera peut-être d'ici à vingt-quatre heures, et que
je ne serai pas tout à fait étranger à ce résultat.

— Comment éclatera-t-elle? Parle donc!... à moins que
tu ne prennes plaisir à me torturer.

— Il s'agit d'un point à établir, un point sur lequel je me
suis permis d'attirer l'attention de M. Roger Darcy qui n'y
avait pas attaché d'abord assez d'importance.

— Quoi! tu as vu mon oncle!

— Non pas. J'ai prié quelqu'un de voir un témoin qui a déjà été entendu, et d'engager ce témoin à déposer de nouveau et à préciser cette fois sa déposition. Cela a dû être fait hier ou avant-hier, et si, comme je l'espère, le témoignage a été favorable à la prévenue, elle est sauvée. L'alibi est démontré.

Le cœur de Darcy battait à l'étouffer. Il se rappelait la lettre de son oncle, et il se demandait si ce n'était pas là cette bonne nouvelle que devait lui annoncer madame Cambry; mais il gardait encore rancune au capitaine, et il trouva bon d'imiter vis-à-vis de lui la discrétion exagérée qu'il lui reprochait. Au lieu de lui confier ses espérances, il se borna à lui répondre :

— Ce serait trop beau. Je n'y compte pas.

— Il ne faut jamais compter sur rien, reprit tranquillement Nointel. Et si nous manquons ce succès, je vais exécuter mon plan, qui est simple et pratique. Mon plan, tu le sais, consiste à convaincre la Barancos d'avoir poignardé de sa jolie main la pauvre Julia. Si elle est coupable, mademoiselle Lestérel ne l'est pas. C'est clair, et cela vaut tous les alibis du monde. Or, je tiens Simancas et Saint-Galmier. Je connais les coquineries de ces deux drôles qui se sont implantés chez la marquise et qui voulaient m'empêcher d'y entrer. J'y suis, tu le vois, et j'y resterai jusqu'à ce que je possède son secret. Les bandits transatlantiques ont baissé pavillon, et je les ferai mettre à la porte quand il me plaira. Je tolère provisoirement leur présence pour des raisons à moi connues, mais il n'est pas impossible que cette nuit même, j'arrache un aveu à la Barancos. C'est à cause de cela que je t'ai prié de venir.

— Toujours des énigmes, murmura Gaston.

— Des énigmes dont tu auras le mot, si tu as le courage de ne pas aller te coucher avant l'heure du cotillon.

— Je comprends de moins en moins.

— Raison de plus pour rester. Je conçois que tu n'aies

pas le cœur à la danse, mais le quadrille n'est pas obliga-
toire, et, pour te désennuyer, tu auras la conversation de
ton oncle qui ne peut manquer d'être intéressante. Il t'apprendra peut-être du nouveau et, dans tous les cas, il te
parlera de son mariage qui est décidé. Quatre-vingt mille
livres de rente que tu perds. Je ne te blâme pas. J'aurais,
je le crains, agi comme toi. Rien ne vaut l'indépendance.
Et en vertu de cet axiome, tu m'excuseras de te quitter.
Madame de Barancos va bientôt avoir fini de recevoir son
monde, et toute maîtresse de maison qu'elle est, elle ne
donnera pas sa part de sauterie. C'est une valseuse enragée.
Elle préférerait peut-être la cachucha, mais les castagnettes
sont mal portées, et elle n'est pas Espagnole au point
d'exécuter en public un pas national. Elle se rattrape sur
la valse, et je compte valser avec elle tant que je pourrai,
sans parler du cotillon qui m'est promis. C'est au cotillon
que je frapperai le grand coup, et, si tu m'en crois, tu
m'attendras jusqu'à ce que cet exercice final soit terminé.

— Je ne te promets rien.

— Soit! mais tu resteras, car moi je te promets de
revenir avec toi, dans ton coupé, et de te rendre un compte
exact et circonstancié de mes opérations. Plus d'énigmes,
plus de cachotteries; tu sauras tout. Est-ce dit?

— Oui, mais...

— Cela me suffit, et je vais à mes affaires. Gare-toi de
Lolif, qui cherche quelqu'un à ennuyer, et si Saint-Galmier ou Simancas t'abordent, sois poli tout juste et *coupe-
les* impitoyablement.

— Tu n'as pas besoin de me recommander cela. Ces deux
gredins me répugnent.

— Ah! il y a aussi Prébord, qui a réussi à s'introduire
ici, malgré l'affront que madame de Barancos lui a fait
l'autre jour aux Champs-Élysées. Je pense qu'il filera doux
devant toi, mais évite-le. L'heure n'est pas venue de lui
chercher noise. Sur ce, cher ami, je vais... Ah! parbleu! tu
ne resteras pas longtemps sans avoir à qui parler. Voici

M. Roger Darcy donnant le bras à madame Cambry. Elle est un peu pâle, mais comme elle est jolie! Et son futur a rajeuni de dix ans. L'oncle à succession s'est transformé en jeune premier. Adieu l'héritage! Avant qu'il soit long-temps, tu auras une demi-douzaine de petits cousins et de petites cousines. Et c'est toi qui l'as voulu. Au revoir, après le cotillon. Je cours me mettre aux ordres de la marquise.

Ayant dit, le capitaine laissa son ami réfléchir et se perdit dans la foule qui encombrait la salle.

L'orchestre s'était tu; le quadrille venait de finir, et les cavaliers reconduisaient leurs danseuses. Au même moment, d'autres couples nouvellement arrivés faisaient leur entrée, et de ces deux courants contraires, il résultait une cer-taine confusion qui se produit presque toujours à chaque entr'acte d'un grand bal. Gaston chercha des yeux son oncle et ne l'aperçut point. Il lui fallut fendre les groupes pour le rejoindre, et il eut beaucoup de peine à y par-venir. Après de longues manœuvres, il le découvrit enfin debout devant madame Cambry qui venait de s'asseoir et qui était déjà fort entourée. Sa beauté attirait les hommes, comme la lumière attire les papillons. On faisait cercle devant sa chaise; elle avait fort à faire pour inscrire sur son carnet toutes les valses sollicitées par les jeunes et pour répondre aux compliments des amis plus mûrs qui la félicitaient discrètement sur son prochain mariage. M. Roger Darcy recevait force poignées de main et se tirait en homme d'esprit d'une situation assez délicate à son âge, la situation de futur agréé, déclaré, escortant la jeune femme qu'il va épouser: l'école des maris avant la cérémonie.

Gaston ne se souciait pas de se mêler à ces courtisans plus ou moins sincères; il avait à dire à la charmante veuve toute autre chose que des fadeurs, et il attendit, pour s'approcher d'elle, que l'essaim des galants se fût envolé. Et, en attendant, il se mit à la regarder de loin, dans l'espoir de lire sur son doux visage la nouvelle qu'elle avait à lui annoncer. Il n'y lut rien du tout. Une femme au bal cache ses tristesses sous des sourires; les joues pâlies par les chagrins se colorent, les yeux qui ont pleuré étincellent. Impossible de deviner si le cœur est de la fête ou si la joie qu'on a affichée n'est qu'un masque. Gaston ne vit qu'une chose, c'est que madame Cambry était ravissante.

Elle avait adopté une mode nouvelle qui sied à merveille aux blondes cendrées, quand elles ont la peau très-blanche. Elle était entièrement habillée de satin noir. Sa robe, très-serrée aux hanches, faisait admirablement valoir sa taille souple et ronde. Pas de blanc, pas d'agréments de couleur sur ce fond sombre. Rien que des fleurs clair-semées, des fleurs d'une seule espèce, d'énormes pensées d'un violet bleu, que le jardinier qui les a créées a appelées des *yeux Dagmar,* parce qu'elles rappellent la nuance extraordinaire des yeux d'une adorable princesse.

C'était le deuil, un deuil de bal. La belle veuve aurait pu avoir la mort dans l'âme et s'habiller ainsi pour mener ses douleurs dans le monde.

Elle n'avait pas mis de diamants, quoiqu'elle en eût de superbes, des diamants de famille que ses aïeules avaient portés. L'unique bijou dont elle s'était parée se cachait sous un bouquet de jasmin qu'il fixait au corsage tout près de l'épaule : un petit serpent de rubis dont on ne voyait que les yeux.

— Elle aime Berthe, elle la défend, pensait Gaston. Que de femmes à sa place auraient renié la pauvre orpheline injustement accusée! Et qui sait si, à force de plaider sa cause auprès de mon oncle, elle n'a pas réussi à la sauver?

Il lui tardait de l'aborder, et il maudissait les empressés qui l'accablaient de saluts et probablement d'invitations.

— On va danser. Elle doit être déjà engagée pour toute la nuit, et Dieu sait quand je pourrai lui parler, se disait-il avec inquiétude. Mon oncle est là, mais je préférerais ne pas m'adresser à lui.

Enfin, il y eut une éclaircie. L'orchestre préludait déjà, et les notes isolées des instruments qui cherchaient l'accord rappelaient les cavaliers dispersés dans la salle. Le cercle se rompit, et Gaston put s'approcher. Justement, M. Roger Darcy venait d'être accaparé par un magistrat de ses amis, et il ne voyait pas son neveu. La veuve l'aperçut au premier pas qu'il fit vers elle, et sa figure changea d'expression. Elle l'appela d'un signe imperceptible, quoiqu'elle fût encore assiégée par le joli lieutenant Tréville, qui insistait pour obtenir une valse, fût-ce la treizième. Et Gaston ne se fit pas prier pour venir couper court aux galantes obsessions de cet aimable hussard.

— Je vous cherchais, dit madame Cambry en lui tendant le bout de ses doigts effilés.

Tréville comprit qu'il était de trop, et battit en retraite, après avoir adressé à la veuve un salut ponctué d'un sourire expressif et un bonsoir amical à Darcy, son camarade de cercle.

— C'est moi qui vous cherchais, madame, murmura Gaston, et je vous supplie de m'excuser d'avoir tant tardé à me présenter. Jugez de mon impatience. Vous étiez si entourée que je ne pouvais pas approcher, moi qui ne suis venu que pour vous...

— Pour elle et pour moi, n'est-ce pas? Je regrette de ne pas vous avoir rencontré plus tôt. Je ne me serais pas engagée, et maintenant je vais être obligée de vous quitter quand nous avons tant de choses à nous dire. Mais je vous ai gardé un quadrille. Ne vous éloignez pas.

— Je n'aurai garde, et je ne saurais trop vous remercier.

— C'est votre oncle qu'il faut remercier. Lui seul a tout fait. Mais j'entends le prélude d'une valse que j'ai promise. Je vous laisse à M. Roger qui vous dira...

— Ce que j'aimerais cent fois mieux apprendre de votre bouche, interrompit Gaston, ému au point d'oublier qu'il est malséant de couper la parole à une femme.

Madame Cambry se pencha à son oreille et lui dit à demi-voix :

— Je suis bien heureuse. Demain, Berthe nous sera rendue.

— Demain ! s'écria Gaston ; ai-je bien entendu ? Demain elle sera libre !

— L'ordre a été signé ce matin, murmura madame Cambry. Votre oncle vous dira le reste. En ce moment, voyez, je ne m'appartiens plus.

Le valseur favorisé accourait, un beau jeune substitut, tout fier de l'honneur que lui faisait la future madame Darcy. Elle prit son bras et se laissa entraîner.

— Libre ! murmura Gaston. Ah ! je n'espérais pas ce bonheur, et c'est à peine si j'y puis croire. Et on jurerait que madame Cambry n'y croit pas non plus. Elle m'a annoncé cette joie d'un ton presque triste. Et pourtant elle l'a dit... l'ordre est signé. Ah ! il me tarde d'interroger mon oncle.

L'oncle était à deux pas, et il avait fort bien vu son neveu, mais, par malheur, il était engagé dans une conversation des plus sérieuses avec un grave collègue, et Gaston ne pouvait guère se jeter à la traverse d'un entretien sur l'inamovibilité de la magistrature. Il dut se borner à lancer des regards suppliants à M. Roger Darcy, qui lui fit signe de l'attendre, et force lui fut de se réfugier dans une embrasure de fenêtre pour laisser le champ libre aux tournoyantes évolutions de la valse.

Vingt couples, entraînés par un excellent orchestre, tourbillonnaient avec furie sur le parquet ciré. Il y avait là des étrangères qui passaient comme des comètes échevelées. Le beau Prébord emportait dans l'espace une grande Américaine brune qui avait du feu dans les yeux et une boutique de joaillier sur les épaules. Le petit baron de Sigolène conduisait plus sagement une toute jeune Espagnole, pâle comme la lune, quelque arrière-cousine de la marquise. Tréville, renvoyé par la belle veuve à une quatorzième mazurke, se consolait en berçant une Russe aux yeux verts, qui s'appuyait sur lui avec une nonchalance tout asiatique. Et Saint-Galmier, le quadragénaire Saint-Galmier, faisait tourner sur place la cliente rondelette qu'il soignait d'une névrose. La valse rentrait dans sa méthode diététique.

Retenue par ses devoirs de maîtresse de maison, la marquise ne valsait pas, et Nointel était allé la rejoindre dans le premier salon.

Gaston n'avait d'yeux que pour son oncle, et son émotion fut vive quand il le vit se séparer du magistrat qui causait avec lui et s'approcher de la fenêtre. M. Roger Darcy souriait. C'était de bon augure.

— Eh bien, dit-il, tu dois être content, car je suppose que madame Cambry t'a annoncé la grande nouvelle.

— Oui, répondit le neveu, tout palpitant d'espoir et d'inquiétude, madame Cambry m'a assuré que, demain matin, mademoiselle Lestérel sortirait de prison.

— C'est parfaitement vrai.

— Ah! vous me rendez la vie. Je savais bien qu'elle n'était pas coupable. Enfin, son innocence a éclaté! Cette odieuse accusation a été mise à néant... il n'en restera plus de trace, et maintenant...

— Pardon! madame Cambry ne t'a pas dit autre chose?

— Non.

— Les femmes les plus intelligentes manquent de précision dans l'esprit. Elle aurait bien dû compléter sa nouvelle.

— Nous avons à peine échangé quelques mots. On est venu la chercher pour la valse.

— Que tu t'es laissé souffler par un alerte substitut. C'était à toi d'ouvrir le bal avec ta future tante, mais je te pardonne. Les amoureux ne savent ce qu'ils font. Et je suppose que tu es toujours amoureux.

— Plus que jamais, et j'espère que maintenant vous ne désapprouverez pas la résolution que j'ai prise d'épouser...

— Une prévenue. Mais si, je la désapprouve très-fort. Pourquoi veux-tu que je change de sentiment, puisqu'au fond la situation n'a pas changé?

— Je ne vous comprends pas, mon oncle. Vous venez de me dire vous-même que mademoiselle Lestérel va être mise en liberté...

— Provisoire. Voilà le mot que madame Cambry aurait dû ajouter pour ne pas te donner une fausse joie. Il est vrai que, toi, tu aurais bien dû le deviner.

— Provisoire... comment?... que signifie?...

— Sous caution, pour parler plus correctement. Cela t'étonne. Tu as donc oublié ton code d'instruction criminelle? Je m'en doutais un peu.

— Quoi! ce n'est pas d'une ordonnance de non-lieu qu'il s'agit! Vous n'abandonnez pas cette affaire, alors que tout démontre...

— Fais-moi le plaisir de te calmer et de m'écouter. Je veux bien t'expliquer les motifs de la décision à laquelle je me suis arrêté, après avoir beaucoup hésité, je te le déclare. Tu sais où en était l'instruction. J'ai la preuve que mademoiselle Lestérel était au bal de l'Opéra, qu'elle est entrée plusieurs fois dans la loge de Julia d'Orcival. Elle-même ne le nie pas. Son silence obstiné, ses larmes équivalent à un aveu. Qu'elle ne soit pas restée toute la nuit au bal, je l'admets. Il est même à peu près certain qu'elle est allée ailleurs. Où? Elle refuse de le dire, et ce refus m'est infiniment suspect. Je te le signale en passant, parce qu'il doit te toucher à un autre point de vue que moi. Je ne te parle pas du poignard japonais qui lui appartient, des lettres brûlées, du fragment de billet qu'on a retrouvé dans sa cheminée. Tu connais tout cela et tu conviendras que mon devoir était et est encore d'instruire l'affaire, jusqu'à ce qu'elle soit éclaircie.

Mais il vient de se produire un incident que tu ne connais pas et qui a un peu modifié la situation. Dans la nuit du samedi au dimanche, la nuit du bal, deux sergents de ville qui faisaient leur ronde ont trouvé sur le boulevard de la Villette, au coin de la rue du Buisson-Saint-Louis, un domino et un loup. Ces objets ont été reconnus formel-

lement par une marchande à la toilette qui les a vendus à
mademoiselle Lestérel. C'est une preuve de plus que la
prévenue est allée au bal... et ailleurs, comme je te le
disais tout à l'heure.

— Boulevard de la Villette! répéta Gaston. C'est bien
extraordinaire.

— Très-extraordinaire, en effet; mais ce qui ne l'est
pas moins, c'est ce que je vais t'apprendre. Les deux sergents de ville que j'ai interrogés avaient déposé d'abord
qu'ils avaient fait cette trouvaille à une heure très-avancée
de la nuit, sans préciser autrement, et je m'en étais tenu
à cette déclaration, qui s'accordait fort bien avec les
hypothèses de l'accusation. Avant-hier, l'un de ces gar-
diens de la paix a demandé à compléter sa déposition, et
je l'ai fait appeler dans mon cabinet. Or, il est venu me
dire que, depuis son premier interrogatoire, il s'était rappelé que, peu de temps après avoir ramassé le domino, il
avait entendu sonner trois heures à une des églises de
Belleville.

— Eh bien? demanda Gaston qui ne devinait pas où son
oncle voulait en venir.

— Eh bien, répondit M. Roger Darcy d'un air presque
goguenard, c'est à cette circonstance que tu devras de
revoir mademoiselle Lestérel. Et il faut que tu aies bien
peu de pénétration dans l'esprit pour ne pas avoir déjà
aperçu la raison suffisante de la mesure que je viens de
prendre. Tu n'as décidément pas de vocation pour la magistrature. Réfléchis un peu, et tu te diras que le crime ayant
été commis à trois heures par une femme en domino,
cette femme ne pouvait pas être celle qui a jeté son domino
dans la rue avant trois heures.

— C'est l'évidence même, et, en présence d'une preuve
aussi concluante, je m'étonne qu'il vous reste encore des
doutes, et que vous ne fassiez pas relâcher définitivement
mademoiselle Lestérel.

— Pas si concluante que tu le prétends, la preuve.

D'abord, je suis très-frappé de ce fait que le témoin ne s'est rappelé qu'au bout de cinq à six jours le fait si important qu'il m'a déclaré. Ce retour tardif de mémoire est dû aux suggestions d'une personne étrangère à la cause.

Gaston pensait :

— C'est Nointel qui a fait cela. Et moi qui l'accusais de tiédeur... de négligence !

— Je dois dire, reprit le juge, que je me suis renseigné sur la moralité de ce sergent de ville, et que j'ai appris qu'il était fort bien noté. Ses chefs le croient incapable d'altérer la vérité et de s'être laissé gagner par une gratification. Il affirme que c'est en causant de l'affaire dans un café avec un inconnu qu'il s'est souvenu de cette circonstance de l'heure sonnée par l'horloge de l'église Saint-Georges, une église nouvellement bâtie, rue de Pluebla. Cet inconnu lui a fait remarquer, assure-t-il, que le juge devait tenir à être informé de ce détail et l'a engagé à me demander une audience.

— Donc, tout s'explique de la façon la plus naturelle.

— Hum ! il faudrait encore savoir si ce donneur de conseils n'est pas intéressé dans la question. Si c'était, par exemple, un ami de la prévenue, il y aurait encore quelque chose à élucider de ce côté-là. Mais enfin, je tiens le fait pour établi. Malheureusement, ce fait est en contradiction avec plusieurs autres, tout aussi avérés. Pour qu'il innocentât complétement et définitivement mademoiselle Lestérel, il faudrait encore démontrer...

— Quoi ? s'écria Gaston, qui piétinait d'impatience.

— Mais, par exemple, que la prévenue n'a pas changé de costume en route, qu'elle n'est pas entrée deux fois à l'Opéra, qu'entre ses deux visites, elle n'a pas été faire à Belleville un voyage dont la cause reste à déterminer, et qu'au cours de ce voyage, elle ne s'est pas débarrassée de son domino pour en revêtir un autre...

— Mais c'est abs... non, c'est inadmissible.

— Tu as failli me dire une impertinence, et tu oublies

que la lettre de Julia donnait rendez-vous à mademoiselle Lestérel, à deux heures et demie. Il n'est pas du tout inadmissible que mademoiselle Lestérel ait été exacte. Quant à sa première apparition dans la loge, vers minuit et demi, elle peut s'expliquer de plus d'une façon.

— D'autres femmes qu'elle y sont entrées.

— Tu supposes cela, et c'est évidemment le système que le défenseur mettra en avant lorsque l'affaire viendra aux assises.

— Aux assises ! vous pensez donc...

— Que la prévenue sera renvoyée devant le jury. C'est très-probable. Cependant, ce n'est pas certain. Je ne nie pas *à priori* qu'une autre femme, ou même, si tu veux, d'autres femmes aient été reçues de minuit à trois heures par Julia. Mais jusqu'à présent, tout semble prouver le contraire. Le principal témoin sur ce point est l'ouvreuse. Or, cette femme est à moitié folle. C'est une espèce de madame Cardinal qui a deux filles marcheuses à l'Opéra et la tête farcie d'imaginations ridicules. Elle a été jusqu'à prétendre que le crime a été commis par ce M. Lolif que tu connais et qui n'est qu'un sot inoffensif. Bref, je ne puis rien tirer de clair d'une extravagante que mon greffier a toutes les peines du monde à suivre quand elle se met à divaguer. De ce côté encore, les obscurités abondent.

— Vous en convenez, et cependant vous persistez à soutenir l'accusation, dit Gaston avec amertume.

— Je ne soutiens rien du tout. Je ne suis pas le ministère public. Et j'ai fait pour la prévenue tout ce que je pouvais faire, plus que je ne devais peut-être, répondit sévèrement le magistrat. Il y a des doutes, je le reconnais, et le fait du domino retrouvé avant trois heures constitue une présomption très-favorable à mademoiselle Lestérel. Je me suis appuyé sur ce fait pour prendre une mesure qui a été bien rarement appliquée dans une affaire criminelle de cette gravité, mais qui me paraît humaine et équitable. J'instruis, je ne juge pas. Ce sont les jurés qui jugent. C'est pour cela qu'on les a inventés. Mais je puis, sans clore l'instruction, épargner à une jeune fille intéressante des rigueurs inutiles. J'ai donc, après en avoir référé à qui de droit, signé l'ordre de la mettre en liberté sous caution. Cette caution a été versée aujourd'hui, et je n'ai aucune raison pour te cacher que c'est madame Cambry qui l'a fournie.

— Je l'avais deviné. Elle la croit innocente, et elle est si bonne !

— A ne te rien céler, j'aurais préféré qu'elle ne se mêlât pas de cette affaire, car enfin elle sera bientôt ma femme, et il n'est pas d'usage que les prévenues soit cautionnées par la future du juge qui a leur affaire entre les mains. Mais elle a fortement insisté, et puis, après tout, nous ne sommes pas encore mariés. Elle est libre de ses actions. D'ailleurs, je ne vois pas à qui mademoiselle Lestére aurait pu demander ce service.

— A moi.

— L'inconvénient eût été le même, puisque tu es mon neveu. Et, de plus, ton intervention aurait pu nuire à la prévenue. Elle aurait donné lieu à une foule de commentaires défavorables. La sœur ne pouvait rien faire sans l'autorisation de son mari, qui n'est pas bien disposé pour mademoiselle Lestérel. Je l'ai fait appeler, ce mari. Il a reconnu le poignard, mais il ne sait rien de l'affaire. Sa femme, qui est malade, a été interrogée chez elle en vertu d'une commission rogatoire. Elle ne m'a rien appris non plus.

— Mais... la suite, mon oncle ? Quelle va être la situation de mademoiselle Lestérel après sa sortie de prison ?

— Mademoiselle Lestérel restera à ma disposition, et je te préviens qu'elle sera l'objet d'une surveillance discrète, mais attentive.

— Du moins, je pourrai la voir ?

— Si elle y consent, oui. Je t'engage cependant à être très-réservé dans tes rapports avec elle. Madame Cambry aussi la verra, et je l'ai priée d'y mettre beaucoup de prudence.

— Et comment finira cette triste liberté?

— Il arrivera de deux choses l'une : ou l'enquête que je vais poursuivre n'aboutira à aucune découverte nouvelle, et alors, quand je jugerai qu'il n'y a plus rien à espérer, je transmettrai le dossier de mademoiselle Lestérel à la chambre des mises en accusation, qui renverra très-probablement la prévenue devant la cour d'assises; ou, au contraire, je trouverai une autre coupable... il m'en faut une, car Julie Berthier a été tuée par une femme...

— Par une femme qui est ici, s'écria Gaston.

— Comment, par une femme qui est ici? demanda M. Roger Darcy, en lançant à son neveu un regard de juge d'instruction, un de ces regards qui lisent dans les yeux et qui fouillent les consciences. Deviens-tu fou, ou bien te moques-tu de moi?

Le dernier accord de l'orchestre expirait, les valseurs s'arrêtaient, et on voyait poindre au milieu des couples enchevêtrés le substitut haletant qui ramenait madame Cambry.

Au même moment, la marquise apparaissait radieuse à l'entrée de la salle de bal, et s'avançait entourée d'un cortège d'adorateurs, au premier rang desquels brillait Nointel, jeune, fier, souriant, cambrant sa taille et relevant les pointes de ses moustaches.

Gaston, qui allait prononcer le nom de madame de Barancos, se rappela, en apercevant son ami, que l'heure n'était pas venue, et que le lieu eût été mal choisi pour dénoncer une si grande dame.

— Je voulais dire : qui est peut-être ici, murmura-t-il d'un air embarrassé.

L'oncle sourit et lui dit paternellement :

— Mon cher Gaston, tu n'es vraiment pas assez sérieux, et je crains bien que tu ne sois pas d'un grand secours à mademoiselle Lestérel. Tu t'es mis en tête, je le parierais, une foule d'idées saugrenues. Tu t'imagines que Julie Berthier a été tuée par une femme du monde et que tu vas découvrir cette femme par des moyens de comédie. Tu fais du roman, au lieu de suivre pas à pas la réalité. Ce n'est pas en courant après des chimères que tu me démontreras l'innocence de ta protégée.

Oui, je te le répète, il est possible à la rigueur qu'elle soit victime d'une méprise, qu'une autre soit entrée dans la loge; mais cette autre, ce n'est pas dans ce salon qu'il faut la chercher. La d'Orcival avait des amies, des rivales. Ce côté de sa vie n'a pas été suffisamment élucidé, j'en conviens. Les témoignages manquent. Provoque-les, si tu peux, mais, crois-moi, ne soupçonne plus les marquises... car c'est la marquise que tu regardais tout à l'heure, quand tu as lâché cette énormité.

Et maintenant souffre que je te quitte pour aller reprendre mon rôle de futur mari. Madame Cambry ne t'a-t-elle pas promis un quadrille? En dansant avec elle, tu pourras lui demander son avis sur le meilleur moyen de voir mademoiselle Lestérel sans la compromettre. Et je t'engage à te conformer à ses recommandations, car elle est de bon conseil.

Gaston mourait d'envie de répondre : Suivez-le donc, son avis. Si vous la consultiez, elle vous conseillerait de rendre une ordonnance de non-lieu. Mais il savait bien que cette verte réplique ne produirait aucun effet sur ce juge incoercible, et il se tut.

L'oncle Roger se rapprocha de madame Cambry qui revenait plus charmante après cette valse ailée, cette valse dont les tourbillons emportent la mélancolie, comme le vent disperse les cendres d'un incendie. Et le neveu, blessé au cœur par la ruine d'une espérance prématurément conçue, s'en alla vers Nointel qu'il lui tardait de rejoindre pour lui confier ses chagrins, mêlés d'un peu de joie. Berthe allait être libre. Il allait la revoir. Mais qu'était ce semblant de bonheur au prix des dangers qui la menaçaient encore ? La revoir ! Et puis, la perdre ensuite pour toujours. La seule pensée de cet avenir le faisait frissonner, et il se reprenait à accuser de légèreté son ami le capitaine qui paradait en ce moment devant la Barancos et qui perdait son temps à préparer des piéges où elle ne tomberait jamais.

Il manœuvra pourtant de façon à suivre de loin la superbe marquise. Elle s'en allait, passant la revue de ses invitées et distribuant à la ronde des sourires et des mots gracieux, nuancés avec un parfait discernement, suivant l'âge ou la qualité. Une reine ne se serait pas mieux acquittée de cette distribution de gracieusetés obligatoires. On voyait bien qu'elle avait naguère gouverné à la Havane.

Gaston observa qu'elle comblait madame Cambry et même M. Roger Darcy, quoiqu'elle les connût fort peu. Elle les avait souvent rencontrés dans le monde, mais c'était la première fois qu'elle les recevait chez elle. Ils fuyaient les grandes fêtes, et il avait fallu une circonstance particulière pour que madame Cambry se décidât à se produire devant le tout-Paris qui recherche les raouts cosmopolites. Son mariage était décidé depuis peu de jours, et elle avait saisi volontiers cette occasion pour donner une sorte de consécration officielle à un projet qui allait se réaliser à bref délai. Mais on eût dit qu'elle se sentait un peu déplacée parmi ces étrangères à fracas qui formaient le fond de la société habituelle de la marquise. Et quoiqu'il y fît très-bonne figure, le juge d'instruction avait un peu l'air de penser ce que disait le doge de Gênes à Versailles : « Ce qui m'étonne le plus ici, c'est de m'y voir. » Un nuage passa sur le front de madame Cambry, lorsque madame de Barancos s'arrêta devant elle pour la remercier d'être venue et pour la complimenter en termes exquis.

— On jurerait qu'elle soupçonne que Berthe doit son malheur à cette femme, pensait Gaston Darcy.

Mais le nuage passa vite, les compliments furent rendus

avec une courtoisie fine, et pendant quelques instants les hommes purent jouir d'un tableau fait à souhait pour le plaisir des yeux : les deux plus ravissantes femmes de ce bal où brillaient toutes les merveilles des deux mondes, échangeant de doux propos et se faisant vis-à-vis, comme pour mieux mettre en lumière le contraste de leurs deux beautés : l'éclatante Espagnole au teint doré, aux regards de feu; la Parisienne au charme doux et pénétrant comme l'odeur du thé. Un rubis et une perle.

Gaston bénissait la perle autant qu'il l'admirait, et Nointel avait bien l'air d'adorer le rubis. Cependant, dès qu'il aperçut Darcy, il s'arrangea pour laisser passer la marquise et sa cour, et il l'aborda en lui disant tout bas :

— Eh bien, as-tu causé avec ton oncle?

— Oui, répondit mélancoliquement Gaston. Mademoiselle Lestérel va être mise en liberté sous caution... une justice provisoire !

— Bon! mon brave sergent de ville a parlé.

— Quoi ! tu sais...

— C'est moi qui lui ai soufflé de compléter sa déposition. Diras-tu encore que je néglige tes affaires?

— Non... non... et je te demande pardon de ma sotte humeur. Tu m'as rendu un service immense. Sans toi, elle serait restée en prison. Qui sait, hélas ! si elle n'y rentrera pas?

— Jamais. C'est moi qui t'en réponds. Et ce que j'ai fait déjà te garantit ce que je ferai encore.

— Mon oncle vient de me déclarer que des preuves de ce genre ne lui suffiraient pas. Son dernier mot a été : Un crime a été commis. Il l'a été par une femme. Il me faut une coupable.

— On la lui fournira, dit gaiement le capitaine. A propos, présente-moi donc à M. Roger Darcy et à madame Cambry. Tu ne trouveras jamais une meilleure occasion, et, pour le succès de mes futures opérations, il importe que je les connaisse tous les deux. Pas un mot de l'affaire, bien en-

tendu. Après la présentation, nous irons faire un tour au
buffet. Je meurs de soif. J'ai diné au cercle où on a le tort
de saler effroyablement la cuisine. C'est Lenvers et Cocktail
qui sont chargés ce mois-ci de la surveillance de la table.
Je suis sûr que le fournisseur des vins leur fait une remise
pour qu'ils oussent à boire.

— Viens, interrompit Gaston, que les considérations
gastronomiques ne touchaient guère. Si nous tardons, mon
oncle sera accaparé par un sénateur que je vois se diriger
sournoisement de ce côté, et madame Cambry s'envolera
au bras d'un danseur.

— Tu as raison, il ne faut pas manquer le coche. Commençons par ton oncle.

On les attendait. Le juge avait deviné que son neveu
allait lui amener cet ami qu'il s'étonnait un peu de ne pas
connaître, et la belle veuve pressentait que cet élégant
cavalier qui causait avec Gaston Darcy désirait lui être
présenté.

L'accueil de l'oncle fut cordial. Il trouva un mot aimable
sur le passé militaire du capitaine, et il reprocha gracieusement à Gaston d'avoir tant tardé à le mettre en relation avec M. Nointel.

Madame Cambry ne se montra pas moins gracieuse, et
comme elle avait des yeux qui parlaient, Nointel comprit
très-bien qu'elle avait deviné en lui un défenseur de sa
chère protégée, Berthe Lestérel. Aussi ne le laissa-t-elle
point prendre congé sans lui faire promettre de venir à
ses samedis, et le capitaine s'engagea avec enthousiasme à
s'y montrer assidu.

L'orchestre, qui annonçait un quadrille, abrégea l'entretien, et Nointel se hâta d'entraîner son ami vers des régions
plus calmes.

L'hôtel était si vaste qu'on pouvait s'isoler sans trop de
peine, en dépit de la foule. Ainsi, le buffet était placé au
bout d'une immense galerie pleine de fleurs et d'arbustes
un véritable jardin d'hiver, avec des allées et des massifs

de verdure. Les passants n'y manquaient pas, car il y
avait chez madame de Barancos beaucoup de *gentlemen*
américains, et le buffet était pour ces messieurs une attrac-
tion de premier ordre. Mais il n'était pas trop malaisé de
les éviter et de causer librement.

— Mon cher, dit le capitaine, je t'ai promis une surprise
pour la fin du bal. Tu l'auras, car mes affaires avec la marquise vont à merveille. Je suis sûr qu'elle dansera le cotillon avec moi, et c'est le grand point.

— Me diras-tu enfin...

— Rien, sinon que j'ai été assez heureux pour trouver
du premier coup le compliment qui devait lui plaire le
mieux, le compliment exact, pas banal, celui qui vise un
détail de toilette particulier, un effet inventé par elle. J'ai
avisé immédiatement les nœuds de diamants qu'elle porte
sur ses souliers de satin... une mode qu'elle veut faire
prendre... je me suis extasié sur le bon goût de cette trouvaille et, par la même occasion, sur les pieds, qui sont
ravissants. Elle était aux anges. J'avais touché la corde
sensible... et j'en ai plus d'une à mon arc... je suis si content que je parle la langue du *Tintamarre*... elle adore la
valse, cette Havanaise, et elle m'en a promis une, sans
compter les tours du cotillon. Or, dans ces cas-là, je possède un procédé spécial pour faire rendre à la valse tout ce
qu'elle peut donner. J'ai une façon de plier les jarrets et
de multiplier les petits pas à reculons... tu verras. Quand
madame de Barancos en aura tâté, elle ne demandera qu'à
recommencer.

— Et où espères-tu en venir avec tes séductions?

— Tu me le demandes? Eh! parbleu! à amener notre
marquise au point où je veux qu'elle soit pour lancer mon
coup de foudre. Si elle n'était pas émue par des prépara-
tions savantes, elle serait de force à garder son sang-froid
quand je démasquerai tout à coup ma batterie. Mais je ne
crains pas cela. Son cœur bat déjà la charge, et elle ne pense
pas plus à Julia d'Orcival qu'à feu le marquis de Barancos.

— Tu crois qu'elle t'aime?

— Non, pas encore. Mais elle a du goût pour moi, un goût très-vif, et elle m'aimerait si je voulais. Pourquoi pas? Elle a bien aimé Golymine. Mais je ne veux pas. Je ne travaille que pour toi, et j'ai du mérite à m'en tenir là, car en vérité elle est adorable. J'avais des préjugés contre les Espagnoles. Je commence à les perdre. Celle-là vous a un feu, une franchise de langage, une liberté d'allures! on jurerait qu'elle n'a jamais menti de sa vie, et on voit bien que sa volonté ne connaît pas d'obstacles... particularité de caractère qui explique le coup de couteau donné à Julia. Je n'aime que les femmes douces, un peu esclaves... eh bien, mon cher, je ne voudrais pas jouer longtemps à ce jeu-là avec cette marquise. Je finirais par me brûler comme un sot au feu de ses grands yeux. Et déjà, il y a des moments où je regrette de m'être lancé à l'assaut. J'ai peur de n'en pas revenir. Mais par bonheur, l'engagement sera court. La nuit ne se passera pas sans que je sache à quoi m'en tenir, et si la Barancos est coupable, je ne serai pas encore assez pris pour avoir des remords de l'envoyer là où elle a parfaitement laissé aller mademoiselle Lestérel.

— Que Dieu t'entende! soupira Darcy.

— Il m'entendra. Les moyens sont scabreux, mais la cause est juste. Maintenant, changeons de sujet. Nous arrivons au buffet, et j'aperçois Saint-Galmier qui assiège une galantine aux truffes. Où est donc Simancas? Ah! le voilà qui remorque une duègue castillane, une corvée que lui aura imposée la marquise. Tu vas voir comme je vais traiter ces deux drôles.

Il était splendide, ce buffet servi par une escouade de maîtres d'hôtel, majestueux et solennels comme des ministres. Et les mets solides ou légers qui le chargeaient n'avaient point été apportés tout faits dans la voiture d'un fournisseur à la mode. La vieille argenterie de famille brillait sur les dressoirs étagés, et les armes des Barancos s'étalaient jusque sur les seaux où gelait le vin de Champagne.

— Bonsoir, mon capitaine, dit obséquieusement Saint-Galmier; voulez-vous ma place.

— Merci, je veux une place, mais pas la vôtre, répondit sèchement Nointel. Et puis je vous prie de ne pas m'appeler : mon capitaine. Nous n'avons jamais servi dans le même régiment, que je sache.

— Non, sans doute, reprit le docteur sans se déconcerter, mais nous servons tous les deux madame la marquise de Barancos.

— Pas de la même façon, docteur. Dites-moi donc comment se porte votre alcoolisé de l'autre jour?

— Mon alcoolisé! répéta le docteur, tout effaré; je ne sais pas ce que vous voulez dire.

— Comment! reprit Nointel en ricanant, vous avez déjà oublié cet aimable client, celui qui parlait de faire un voyage au long cours avec vous et votre ami Simancas?

— Ah! oui, je me souviens... mais je... je ne l'ai pas revu.

— Bon! vous lui aurez donné une ordonnance qui l'aura satisfait. Continuez à le bien soigner, docteur, je vous le conseille.

Saint-Galmier fila doux et s'éloigna du buffet, juste au moment où Simancas s'en approchait.

Il avait l'oreille basse, l'illustre général péruvien, et il montra peu d'empressement à entrer en conversation avec le capitaine. Peut-être avait-il entendu des fragments du dialogue et redoutait-il de recevoir des éclaboussures.

Nointel lui tourna le dos sans le saluer, se fit servir quelques verres de rœderer frappé, et emmena Darcy qui, pendant cette petite scène, n'avait ouvert la bouche ni pour boire ni pour parler.

— Mon cher, dit le capitaine, tu t'étonnes de me voir traiter ces gens-là comme je ne traiterais pas mes laquais... Si j'avais des laquais. Tu penses peut-être que je ferais bien de les ménager, puisque je compte me servir d'eux pour démasquer madame de Barancos. Eh bien, tu te trompes. Je puis les traiter comme il me plaît, car il ne tient qu'à moi de les envoyer au bagne. Ils le savent, et ils sont résignés à avaler toutes les couleuvres, à supporter toutes les humiliations que je leur infligerai.

— Au bagne ! répéta Gaston. Est-ce que tu aurais découvert qu'ils ont trempé dans le crime de l'Opéra... qu'ils étaient les complices de la marquise ?

— Non. Si j'avais découvert cela, je les aurais déjà dénoncés. Malheureusement, j'ai la conviction qu'ils n'ont fait qu'assister au meurtre et qu'ils n'y sont pour rien. Le mot : assister est même trop fort. Ils ont simplement, je crois, reconnu la marquise, et s'ils ne l'ont pas vue, ils l'ont entendue tuer Julia. Mais les drôles ont d'autres méfaits sur la conscience. Ils ont été, avec feu Golymine, les chefs d'une bande de voleurs. J'en ai la preuve, ou peu s'en faut. Tu ne t'attendais pas à celle-là, hein ?

— C'est singulier. Je me rappelle maintenant que, le lendemain de la mort de Golymine, mon oncle m'a montré une note de police où il était dit qu'on avait autrefois soupçonné ce Polonais de diriger une association de coquins bien posés dans le monde.

— La note indiquait-elle le but de cette association ?

— Autant qu'il m'en souvient, il y était question d'attaques nocturnes dans les rues de Paris.

— D'attaques exécutées par des brigands subalternes, sur des indications données par des gens bien posés, n'est-ce pas ?

— Oui, c'est bien cela. Ils arrêtaient de préférence les personnes riches qui circulent la nuit avec des valeurs en poche.

— Comme, par exemple, les joueurs heureux à la sortie d'un cercle. Personne n'était mieux placé que Simanças et Saint-Galmier pour désigner les gagnants du nôtre. Ils assistaient à toutes les parties, sans s'y mêler, et ils avaient toujours soin de sortir un peu avant la fin. Parbleu ! mon cher, tu viens d'élucider le seul point sur lequel je n'étais pas encore absolument fixé, celui de savoir à quelles œuvres criminelles ils employaient le chenapan que j'ai surpris l'autre jour chez Saint-Galmier, réclamant son salaire et menaçant de forcer le docteur et le général à faire avec lui le voyage de Nouméa. J'y suis maintenant, c'est ce chenapan qui a dépouillé, il y a un mois, le petit Charnas, lequel portait sur lui dix-sept mille francs gagnés au baccarat.

— Et qui m'a volé aussi, moi, une nuit, douze billets de mille dans mon portefeuille.

— Vraiment ? Tu ne m'avais pas dit cela.

— C'est qu'il n'y avait pas de quoi s'en vanter. Je me suis laissé dévaliser si bêtement ! L'homme m'a sauté à la gorge au coin de la rue du Colysée, et m'a presque étranglé avant que je pusse me mettre en défense.

— Le reconnaîtrais-tu, si on te le montrait ?

— Ma foi ! non. J'ai eu à peine le temps de l'entrevoir, j'ai perdu immédiatement la respiration, et quand je suis revenu à moi, il avait décampé. Mais je me souviens d'une circonstance assez significative. Simancas m'avait vu gagner cet argent. Il est sorti du cercle en même temps que moi, et après m'avoir adressé diverses questions tendant, je crois, à s'assurer que je n'avais pas d'armes, il est parti en voiture du côté de la Madeleine.

— Et tu as été attaqué rue du Colysée. Son détrousseur à gages l'attendait quelque part. Il sera allé le rejoindre et lui donner ses instructions, en lui décrivant ta personne. Voilà qui est clair, et, le cas échéant, ta déposition nous sera fort utile. Pourras-tu préciser la date ?

— Oh ! parfaitement. C'est la nuit où j'ai rencontré mademoiselle Lestérel à l'entrée de la rue Royale. Je venais de la quitter quand j'ai été attaqué.

— La nuit où Golymine s'est pendu, alors ?

— Oui, je venais de rompre avec Julia lorsque je suis entré au Cercle.

— Très-bien. Je lis dans le jeu de mes drôles comme si je tenais leurs cartes. Ils ont renoncé aux opérations nocturnes, aussitôt qu'ils ont cru avoir en main une affaire plus productive et plus sûre, l'exploitation de la marquise, et ils ont congédié leur opérateur qui n'est pas content. Je le retrouverai, quand il le faudra, ce brave galérien. Décidément, Simancas et Saint-Galmier sont à moi, pieds et poings liés.

— Que ne les obliges-tu donc sans délai à dénoncer la marquise?

— C'est la seule chose que je n'obtiendrais pas d'eux en ce moment. Comprends donc que, s'ils dénonçaient la marquise, ils tueraient la poule aux œufs d'or. Sans compter que la marquise doit en savoir long sur leur compte et qu'elle pourrait bien les dénoncer à son tour. Tandis que, plus tard, lorsque j'aurai amené, moi, madame de Barancos à avouer, lorsqu'elle ne pourra plus leur être bonne à rien, ils n'auront plus de motifs pour refuser de témoigner contre elle. C'est alors que je les forcerai ou plutôt qu'on les forcera de parler, car j'irai trouver ton oncle, je lui dirai tout, je viderai mon sac, et je lui passerai la main.

— Amener la marquise à avouer! Tu te flattes que tu y réussiras?

— Mon Dieu! oui. Ce sera moins difficile que tu ne le penses. Mais ne me demande pas de plus amples explications. Je te promets, encore une fois, que tu les auras bientôt. Fais-moi seulement crédit jusqu'à la fin du cotillon.

— Toujours ce cotillon, murmura Darcy. Enfin, soit! J'attendrai et même je vais te quitter, car madame Cambry m'a promis un quadrille, et je ne veux pas manquer cette occasion d'apprendre ce qu'elle compte faire quand mademoiselle Lestérel sera libre. La recevra-t-elle, comme par le passé? J'en doute.

— Moi aussi, j'en doute. Ton oncle a voix au chapitre, et il ne sera probablement pas d'avis que la future madame

Darcy vive dans la familiarité d'une personne qu'il persiste à croire coupable, puisqu'il ne rend pas d'ordonnance de non-lieu.

— C'est vrai, mais il confesse qu'il a des doutes. Il va même jusqu'à admettre que plusieurs femmes ont pu entrer dans la loge.

— Oh! oh! c'est un grand point. Il vient à nous tout doucement.

— Et, à ce propos, il se plaint de ne pouvoir rien tirer de madame Majoré, une folle, dit-il, qui divague au lieu de répondre quand on l'interroge.

— Le fait est que la respectable mère d'Ismérie et de Paméla n'est pas toujours très-lucide. Et il faudra qu'un de ces soirs j'aille faire un tour au foyer de la danse, car nous allons avoir besoin d'elle. C'est sur elle que reposera le succès d'une épreuve à laquelle il y aura peut-être lieu de soumettre madame la marquise... et mademoiselle Lestérel.

— Une épreuve?

— Oui. Pourquoi le juge d'instruction ne ferait-il pas répéter devant lui la scène du bal? Pourquoi n'ordonnerait-il pas que madame de Barancos et mademoiselle Lestérel prendront le domino et le masque, et seront présentées sous ce costume à l'ouvreuse qui les a introduites dans la loge? Elles n'ont ni la même taille, ni la même tournure, que diable! et, si écervelée que soit la Majoré, elle pourra peut-être dire, en les voyant à côté l'une de l'autre, quelle est celle des deux qui est entrée la dernière.

— Ton idée est lumineuse, et je vais...

— La soumettre à ton oncle? Tu n'y penses pas. Il faut attendre que madame de Barancos soit en cause. N'allons pas plus vite que les violons, mon cher. Et, à propos de violons, j'entends les premières mesures d'une contredanse. Tu ferais bien d'aller voir si ce n'est pas celle que madame Cambry t'a réservée. Pendant ce temps-là, je rentrerai dans l'orbite de la marquise. J'entends me constituer jusqu'au lever de l'aurore le satellite de cet astre.

Darcy pensa que son ami avait raison. Leur causerie les avait ramenés à l'entrée de la salle de bal. Ils se séparèrent sur le seuil, Nointel pour se rapprocher de madame de Barancos, qu'il venait d'apercevoir donnant un ordre à son majordome, et Gaston pour se glisser du côté où se tenait madame Cambry.

Il fit bien, car la charmante veuve l'appelait d'un signe de tête et d'un sourire.

— Je n'ai pas d'invitation pour cette fois, lui dit-elle; j'ai fait en sorte de n'en pas avoir. Soyez mon cavalier.

Et comme il se répandait en actions de grâces :

— Ne me remerciez pas, reprit-elle. C'est un sacrifice que je vous impose en vous obligeant à danser, quand notre amie souffre encore toutes les angoisses de l'incertitude. Et moi-même je ne suis venue que pour ne pas désobliger M. Roger Darcy. Mais Berthe nous pardonnera de figurer à un quadrille, car nous ne parlerons que d'elle.

— Mademoiselle Lestérel vous bénira, madame, et moi, je voudrais pouvoir vous prouver toute la reconnaissance dont je suis pénétré, s'écria Gaston.

— Prouvez-la-moi d'abord en trouvant un vis-à-vis, dit gaiement l'aimable veuve, car je suis sûre que vous avez négligé de prendre cette précaution indispensable.

Gaston, en effet, n'y avait pas pensé, et il serait resté dans un embarras assez ridicule si, à sa grande surprise, il n'eût avisé le capitaine donnant le bras à madame de Barancos, et s'avançant vers lui dans l'intention évidente de lui offrir ce qu'il cherchait.

— Comme c'est gracieux à vous, madame, de venir à notre secours! dit la marquise à madame Cambry. M. Nointel m'entraîne, et je manque à tous mes devoirs de maîtresse de maison pour lui être agréable. Le quadrille devrait m'être interdit tant que des oubliées restent sur leurs chaises, mais je n'ai pas su résister, et je ne regrette pas ma faiblesse, puisque je vais avoir le plaisir de figurer en face de la personne que j'aurais choisie entre toutes, si j'avais le droit de choisir.

Madame Cambry répondit dans cette langue gracieuse que les femmes du vrai monde parlent si bien, même lorsqu'elles ne pensent pas un mot de ce qu'elles disent, et les deux couples prirent place.

Gaston était ému, ou plutôt agité. Le voisinage de madame de Barancos le gênait et le troublait. Il admirait, sans le lui envier, le sang-froid de son ami qui se montrait ravi de danser avec une femme véhémentement soupçonnée d'avoir tué Julia d'Orcival, et il pensait que ce vis-à-vis allait contrarier un peu ses projets de causerie intime avec madame Cambry.

Sa future tante ne partageait pas ce sentiment, car elle lui dit aussitôt :

— Madame de Barancos est véritablement charmante. On m'avait dit tant de mal d'elle que j'ai hésité à accepter son invitation. Je vérifie une fois de plus qu'on a grand tort de s'en rapporter aux bruits qui courent dans le monde. Elle passe pour excentrique, parce qu'elle n'est pas banale, et pour coquette, parce qu'elle est franche. Je suis sûre que votre ami, M. Nointel, lui plaît, et je lui sais gré de ne pas cacher la préférence qu'elle lui accorde sur tant de fats et d'ambitieux qui la courtisent par vanité ou pour sa fortune.

— Je ne sais s'il lui plaît, murmura Gaston, mais je ne crois pas qu'elle lui plaise.

— Vraiment ? C'est dommage. M. Nointel est fort bien, et, en l'épousant, il ferait un magnifique mariage. Mais parlons du vôtre; que vous a dit votre oncle pendant que je valsais?

Gaston n'eut pas le temps de répondre. L'orchestre donna le signal, et l'amoureux dut, bon gré, mal gré, exécuter les manœuvres de la première figure du quadrille.

En évoluant autour de sa danseuse, il s'aperçut que la marquise parlait de lui avec le capitaine, et peut-être de

madame Cambry, car elle les regardait beaucoup et elle
souriait en les regardant. Son sourire était bienveillant,
et certes Nointel ne disait pas de mal de son ami, et pourtant Darcy se sentit presque blessé d'être le sujet de leur
entretien. Aussi, pour chasser cette impression, s'empressa-t-il, au premier instant de repos, de répondre à la
protectrice de Berthe :

— Mon oncle croyait sans doute m'apprendre une heureuse nouvelle, et il m'a brisé le cœur. J'espérais qu'il avait
renoncé à cette injuste accusation, et il y persiste. Mademoiselle Lestérel a été mise en liberté, par humanité,
et non parce qu'on a reconnu son innocence. Que faut-il
donc, grand Dieu, pour qu'on la reconnaisse !

— On la reconnaîtra, n'en doutez pas. M. Roger est
magistrat avant tout : il craint d'agir à la légère; mais la
conviction commence à se faire dans son esprit; elle se
fera... j'y aiderai... et quand elle sera faite, il abandonnera
l'affaire.

— Pas avant d'avoir trouvé la femme qui a commis le
crime. Il lui faut une coupable.

— Il vous a dit cela?

— Ce sont ses propres expressions.

— Mais cette femme, il ne la trouvera jamais... elle a pu
s'échapper du bal... elle saura se cacher... et il serait
inique de retenir une jeune fille innocente, jusqu'à ce que
la mort d'une courtisane soit vengée.

— Pardon! reprit madame Cambry, qui se rappela un peu
tard que Gaston avait été l'amant de Julia d'Orcival et
que cette épithète appliquée à son ancienne maîtresse
devait lui sembler dure; je veux dire que l'honneur et la
liberté de Berthe ne peuvent pas dépendre du résultat des
recherches entreprises pour découvrir la vraie coupable.

La seconde figure du quadrille commençait, et Darcy
dut marcher en cadence, au lieu de continuer l'entretien.
Il s'y résigna, et il se prit à songer au mot que la belle
veuve venait de laisser échapper. Sans qu'il s'expliquât

trop pourquoi, ce mot lui rappelait la célèbre phrase lancée par un révolutionnaire d'autrefois, à propos des mas-
sacres de septembre : « Le sang qui vient de couler était-i
donc si pur ? » Et il se disait tout bas :

— Les femmes qui n'ont jamais failli sont impitoyable
pour les pécheresses.

Tout en s'acquittant de ses fonctions de cavalier, il se
remit à observer la marquise et le capitaine. Ils ne riaient
plus. Ils causaient à voix basse et ils échangeaient parfois
un regard rapide. Évidemment, Nointel faisait des progrès
dans les bonnes grâces de madame de Barancos. Et Darcy
se demandait comment son ami pourrait, sans cesser d'être
un galant homme, livrer à la justice une femme dont il
allait se faire aimer.

— Ce serait indigne, et il ne descendra jamais à une
action si basse, pensait-il. Je suis fou de compter sur lui.
Et qui sait s'il ne se laissera pas prendre à son propre
piége, s'il ne s'amourachera pas de cette Espagnole qu'il
prétend séduire ?

Les évolutions dansantes s'arrêtèrent, et madame Cambry continua d'une voix émue :

— Non, cela ne sera pas. On ne rend pas la liberté à
une accusée pour la lui ravir ensuite. M. Roger Darcy
est humain autant que juste ; il n'aura pas la cruauté
de retirer ce qu'il a donné. S'il n'avait pas pensé que
l'innocence de Berthe finirait par être démontrée, il
n'aurait pas ouvert à cette pauvre enfant les portes de
la prison.

— Je voudrais partager vos espérances, madame, murmura Gaston, mais le langage que mon oncle m'a tenu a
été si net...

— Comptez-vous donc pour rien mon influence ? dit doucement la charmante veuve. Pensez-vous que je sois restée
étrangère à la mesure qui vient d'être prise ?

— Oh ! je sais combien vous êtes bonne, je sais que vous
êtes un ange, que...

— Non, je ne suis qu'une femme, mais je crois que M. Darcy a pour moi beaucoup d'estime, je me flatte même que je lui inspire un sentiment plus vif, et je lui rends toute l'estime et toute l'affection qu'il me porte. Il me serait trop pénible qu'il me refusât la première grâce que je lui demanderai, et il ne voudra pas me causer ce chagrin. D'ailleurs, ce n'est pas une grâce que je réclame, c'est justice. Berthe n'est pas coupable, je suis prête à le jurer devant Dieu.

Et comme Gaston, qui connaissait le caractère de son oncle, ne paraissait pas convaincu, madame Cambry ajouta en souriant :

— Et puis, j'emploierai, s'il le faut, les grands moyens. Je déclarerai à M. Roger que je ne serai jamais sa femme, tant qu'il n'aura pas signé une ordonnance de non-lieu et abandonné complétement cette désespérante affaire. Et il l'abandonnera, car, à la poursuivre, il perdrait son repos et sa réputation de magistrat. Vous épouserez Berthe, et, ce jour-là, j'espère que vous me pardonnerez de devenir... votre tante.

L'insupportable orchestre annonça la troisième figure, et il fallut encore partir. Cette fois, les mouvements du quadrille firent que Gaston se trouva très-rapproché de la marquise ; il fut même obligé de lui donner la main, et il n'y prit aucun plaisir. Il arriva aussi qu'il saisit au vol ces mots lancés par Nointel :

— Croyez-vous en vérité, madame, que le général ait conspiré au Pérou ?

Et la réponse de madame de Barancos :

— Je ne connais pas son histoire et n'ai nulle envie de la connaître.

Puis la chaîne se rompit ; Gaston revint à sa place et à sa conversation avec madame Cambry.

— Si vous saviez combien j'ai été heureux d'apprendre que vous allez épouser mon oncle, lui dit-il. Vous me faites, j'espère, l'honneur de croire que les questions d'argent me touchent peu. Je n'ai jamais songé un seul instant à hériter d'une fortune qui ne doit pas me revenir et dont je puis me passer. Je ne perds donc rien à ce mariage et j'y gagne une amie... permettez-moi de me servir de ce mot... une amie qui plaidera auprès de son mari la cause de ma femme.

— Et qui la gagnera, je vous le jure. Vous me comblez de joie en m'apprenant que vous n'avez pas changé d'idée. Je savais bien que vous étiez un noble cœur, mais les préjugés ont tant de force que je tremblais pour le bonheur de Berthe.

— Son bonheur ! vous croyez donc qu'elle m'aime !

— Si elle vous aime ! En douteriez-vous ? N'avez-vous donc jamais remarqué le trouble où la jetait votre présence ? Je l'avais deviné, moi, qu'elle vous aimait, bien avant cette dernière et triste soirée où vous l'accompagniez au piano pendant qu'elle chantait l'air de Martini... *Chagrins d'amour...*

— *Durent toute la vie,* soupira Darcy. Les paroles ont raison.

— Non, elles ont tort. Vos chagrins ont été cruels. Ils vont finir. Vous serez heureux, si vous savez l'être. Oserai-je vous demander comment vous comptez vivre après votre mariage ?

— Êtes-vous certaine qu'il se fera, ce mariage ? Pendant cette soirée, dont vous venez d'évoquer le douloureux souvenir, mademoiselle Lestérel m'a déclaré qu'elle n'y consentirait jamais.

— Alors, elle se défiait encore de la sincérité de vos sentiments. Elle est fière et ombrageuse, parce qu'elle a souffert, parce qu'elle est pauvre. Elle craignait de ne vous avoir inspiré qu'un caprice ; elle ne se flattait pas d'être aimée comme elle veut l'être, comme elle mérite de l'être. Et plus était vive et profonde la passion que vous lui avez inspirée, plus elle se condamnait à la cacher. Maintenant l'épreuve est faite. L'homme assez courageux pour défendre une jeune fille dans le malheur est digne d'épouser celle qu'il a sauvée. Vous épouserez Berthe, et si je vous demandais tout à l'heure ce que vous feriez après l'avoir épousée, c'est que, dans les premiers temps surtout, vous aurez contre vous l'opinion du monde, c'est que vous aurez besoin d'appui. Eh bien, ma maison vous sera ouverte, je tenais à vous le dire.

— Quoi! mon oncle consentirait...

— C'est encore une condition que je poserai avant de prononcer le : oui qui me liera pour toujours. Et je réponds qu'elle sera acceptée. Nous recevrons notre neveu et notre nièce. M. Roger Darcy a l'esprit trop élevé pour se laisser influencer par les propos des sots. Je vous ouvrirai à deux battants les portes de notre maison. Vous et Berthe ferez le reste.

— Oh! madame, comment avons-nous pu mériter une si généreuse protection?

— Vous voulez le savoir? demanda madame Cambry. Eh bien, vous la devez à la violence, à la sincérité de l'amour qui vous enflamme tous les deux. Il m'a touchée, cet amour, parce que je l'ai vu naître et grandir, parce que je suis certaine que chacun de vous lui sacrifierait tout. Nous autres femmes, nous lisons dans les cœurs. Berthe vous aime à mourir... on n'aime ainsi qu'une fois en sa vie...

Ah! mon Dieu! s'écria madame Cambry, voyez donc!... notre vis-à-vis a suivi l'orchestre, et nous, nous sommes en retard d'une vingtaine de mesures. Votre ami vous fait des signes désespérés. Hâtons-nous de nous mettre à l'unisson. Si nous manquions la figure, la marquise s'imaginerait que vous faites la cour à votre tante.

Gaston s'inquiétait fort peu de ce que la marquise pensait de ses distractions, mais il s'exécuta... faute de pouvoir s'en dispenser, car la causerie l'intéressait beaucoup, et toute cette stratégie dansante l'agaçait considérablement. Elle prit fin après les marches et les contre-marches prescrites, et comme le quadrille touchait à son terme, Darcy profita du dernier entr'acte pour s'informer d'une façon plus positive des intentions de madame Cambry.

— Ainsi, dit-il, demain, mademoiselle Lestérel sera libre... elle va rentrer sans doute dans son appartement de la rue de Ponthieu?

— Oui; je voulais la loger provisoirement chez moi. Votre oncle m'a priée de n'en rien faire, et, en y réfléchissant, j'ai trouvé qu'il avait raison. Je verrai donc Berthe chez elle, je la verrai chaque jour, et je lui conseillerai de vous recevoir.

— Je n'osais pas vous le demander... et je ne sais si elle y consentira.

— Vous la jugez mal. Elle comprendra parfaitement que la situation est changée, et qu'en refusant de se rencontrer avec vous, elle dépasserait la mesure des réserves que l'usage impose à une jeune fille. Peut-être cependant me priera-t-elle d'assister à vos entrevues.

— Et je joindrai mes prières aux siennes. Songez-vous, madame, à la vie qui va lui être faite? Mon oncle vous a-t-il dit qu'elle serait soumise à une surveillance incessante?

— Oui, mais cette surveillance sera discrète, et Berthe ne la redoute pas. Berthe, je suppose, ne sortira guère que pour voir sa sœur. Et puis, j'ai un projet que je vais vous confier. Vous savez que si M. Roger Darcy n'abandonne pas l'accusation, c'est surtout parce que notre amie refuse d'expliquer l'emploi de son temps pendant la nuit du bal de l'Opéra. J'entrevois le motif très-honorable de ce silence obstiné, et je veux la confesser. J'obtiendrai certainement d'elle un récit qu'elle ne consentirait jamais à faire au juge d'instruction, et quand elle m'aura tout dit, j'agirai pour le mieux. Peut-être la déciderai-je à me permettre de répéter à M. Roger Darcy une partie des circonstances qu'elle m'aura confiées. Peut-être parviendrai-je à la justifier sans compromettre personne.

— Soyez bénie, madame, dit Gaston, car il n'y a que vous qui puissiez la sauver, et vous la sauverez.

L'orchestre couvrit sa voix en l'appelant à une dernière promenade cadencée qui ne fut pas longue, et bientôt l'accord final invita les cavaliers à reconduire leurs danseuses.

— Je vous écrirai demain pour vous dire à quelle heure vous pourrez vous présenter rue de Ponthieu, murmura madame Cambry en regagnant sa place au bras de Gaston. Nous ne nous reverrons sans doute pas ce soir, car je suis fort engagée, et je me propose de partir bien avant le cotillon. A demain donc et comptez sur moi.

Darcy, en saluant pour prendre congé de la belle et bonne veuve, avait les yeux humides, et il la remercia d'un regard reconnaissant qui en disait plus que de longues phrases. La provision d'espérance qu'il emportait allait l'aider à patienter jusqu'à la fin du bal, mais il lui tardait d'être seul avec ses pensées. Il venait de s'acquitter, en dansant un quadrille, de la dette que contracte tacitement envers la maîtresse de la maison tout jeune homme qui accepte une invitation de bal. Il avait donc gagné le droit de s'exempter des corvées et de fuir la compagnie des indifférents et des importuns, en se cantonnant dans quelque coin bien choisi. Il ne tenait même pas à rejoindre le capitaine qui n'avait encore rien de nouveau à lui apprendre et qui d'ailleurs devait être fort affairé.

Un massif de fleurs et d'arbustes placé à l'entrée de la galerie du buffet lui offrit un asile commode. Il s'y établit et il n'en bougea plus. De ce refuge, il voyait tout ce qui se passait dans le salon immense, et s'il avait eu l'esprit plus libre, il aurait pu se distraire à regarder le changeant tableau du bal et à récolter des observations amusantes.

Il y avait là des originaux venus de toutes le parties du monde et les types parisiens les plus variés : gommeux lorgnant dédaigneusement, politiciens gonflés de leur importance, jeunes coureurs de dot en quête d'une héritière oubliée sur sa chaise, désœuvrés encombrant les portes et guettant un nouveau venu pour s'accrocher à son bras, valseurs prétentieux cherchant des attitudes, grandes coquettes exhibant leurs épaules et les modes de demain, ingénues s'exerçant à reconnaître les bons partis sans lever les yeux, mères surveillant leurs couvées, l'invariable personnel qu'on retrouve dans toutes les fêtes, comme on revoit les mêmes comparses dans toutes les pièces d'un théâtre.

L'Espagne, la Russie et l'Amérique brochaient sur le tout, mais les autres pays étaient représentés aussi. On aurait pu étudier là toutes les races humaines et on y médisait de la maîtresse de la maison dans toutes les langues.

Les valses succédaient aux mazurkes, entrecoupées par de rares quadrilles, et madame de Barancos n'en manquait pas une. Darcy ne la perdait pas de vue, et il suivait aussi le manége de Nointel qui la serrait de près. Il eut même une fois un agréable spectacle : le capitaine enlevant la marquise de haute lutte, Prébord essayant de les suivre et criant : C'était ma valse ! Il vit aussi madame Cambry partir, comme elle le lui avait annoncé, au bras du juge qui, certes, en ce moment-là, ne pensait pas du tout à l'instruction. Il vit les gourmands s'acheminer sournoisement vers la salle où le souper était dressé parmi les buissons de camélias, sur de petites tables de six couverts. Il vit la foule s'éclaircir peu à peu, le cercle de la danse s'élargir. Il vit les teints se bistrer, les fleurs se faner sur les épaules haletantes.

L'heure approchait où la marquise, sentant que le moment psychologique était arrivé, allait donner le signal du cotillon qui exalte les intrépides et ranime les défaillants. On faisait déjà des préparatifs significatifs. On accouplait deux par deux les chaises dorées. Des zélés disparaissaient sur un signe de la maîtresse de la maison, et revenaient chargés d'accessoires baroques. Chaque cava-

lier se mettait à la recherche de l'aimable personne qui
avait consenti à lier son sort au sien pour une heure ou
deux. Debout, au milieu du salon, madame de Barancos
donnait des ordres à ses aides de camp qui se multipliaient
pour la satisfaire.

Darcy avait assez de pratique pour comprendre les
arrangements préparatoires de cet exercice compliqué. Il
reconnut bien vite que Prébord venait d'être promu au
grade important de conducteur, et que la marquise avait
choisi Nointel comme *partner* attitré pour toute la durée
du cotillon.

— Que va-t-il faire? se demandait Darcy en observant
son ami qui conduisait la marquise à une place, évidemment choisie par lui avec intention, très-loin de l'orchestre, qui aurait gêné la causerie, et tout au bout du cercle,
dans un angle où il devait être facile de s'isoler. Quel est
ce grand coup qu'il veut frapper, et comment va-t-il s'y
prendre pour foudroyer madame de Barancos? Je n'y
compte guère, et je fais beaucoup plus de fond sur les promesses de madame Cambry que sur les siennes. Mais je
voudrais bien savoir à quel moment et dans quelle figure
il va intercaler son effet.

Ce n'était pas facile à deviner, car le cotillon comporte
les épisodes les plus variés, et le chorégraphe ingénieux
qui l'inventa s'est plu à laisser une grande latitude à la
fantaisie du couple dirigeant. En quoi il a fait preuve de
génie, car aucune danse réglée à l'avance ne peut, comme
celle-là, contenter tous les goûts. Le cotillon sert à coter
la beauté et aussi la dot des demoiselles à marier; on n'a
qu'à compter les tours de valse qu'on lui a demandés pendant cette épreuve dansante pour savoir ce que vaut une
jeune personne. Il permet aussi aux cavaliers qui ne s'y
adonnent pas pour le bon motif de poser hardiment leur
candidature auprès des dames. Il leur procure le plus long
et le plus commode des tête-à-tête, et il est certain qu'à
trois heures du matin, une femme écoute quelquefois sans

trop se fâcher des choses qu'on n'oserait pas lui dire à trois heures de l'après-midi.

Et puis, le cotillon aide ceux qui le conduisent magistralement à se pousser dans le monde. Un bon conducteur de cotillon est un oiseau rare que choient à l'envi les maîtresses de maison et qui profite d'une foule de revenants-bons. Il est vrai qu'il les gagne bien, car il lui faut veiller à tout, montrer de l'imagination, du coup d'œil, et du tact, sans parler du jarret qui doit être infatigable.

Prébord était né conducteur, et il devait à ses talents bien connus d'avoir été désigné pour ces importantes fonctions par madame de Barancos, qui ne l'aimait guère. Et, comme il avait toujours quelque visée conquérante, il s'était arrangé pour qu'on lui adjoignît, en qualité de conductrice, une jeune fille dont le père avait récolté un million de dollars en vendant du lard salé.

D'autres couples, connus de Gaston Darcy, figuraient parmi ceux qui allaient évoluer sous la direction du don Juan brun. Tréville en était, et Sigolène, et Verpel, et Lolif; toute la jeunesse du cercle. Saint-Galmier, quoiqu'il raffolât de la danse, s'était prudemment abstenu. Il redoutait les coups de boutoir de Nointel. Quant à Simancas, sa grandeur l'attachait au rivage. On ne cotillonne plus quand on a été général au Pérou.

La marquise était radieuse. Débarrassée de ses devoirs de maîtresse de maison, elle ne pensait plus qu'au plaisir. Un sous-lieutenant n'est pas plus gai quand il dépose le harnais après avoir été de semaine. Elle allait enfin pouvoir s'amuser comme une pensionnaire au premier bal où on la conduit après sa sortie du couvent, et même beaucoup plus, car une pensionnaire se croit obligée de baisser les yeux et de répondre par monosyllabes aux cavaliers qui lui parlent de la chaleur et du parquet glissant, tandis que madame de Barancos regardait hardiment le capitaine et causait avec ce brillant *partner* de tout et de quelques

autres choses encore. Elle passait de la raillerie au sentiment, de la mélancolie douce à la gaieté exubérante, des
remarques sur les toilettes aux tirades passionnées. Sa
conversation bondissait comme une Andalouse qui danse
le boléro. Et Nointel, ravi, lui donnait la réplique avec
une parfaite désinvolture. Il comptait beaucoup sur les
caprices du dialogue pour en venir à ses fins.

— Pourquoi miss Anna Smithson, notre conductrice,
a-t-elle mis une robe toute brodée de plumes de paon?
disait la marquise en riant sous son éventail. Ne trouvez-
vous pas que le paon est un oiseau bête?

— C'est peut-être une allusion à son associé, Prébord.
Voyez comme il fait la roue. Elle a de beaux yeux, cette
Californienne.

— Les beaux yeux de la cassette. Elle aura cinq millions,
et elle traitera son mari comme un nègre. Il faut que je
m'amuse à lui faire épouser ce M. Prébord. Il m'a longtemps fatiguée de ses hommages. Ce sera ma vengeance.

— Une vengeance dont il vous saura gré.

— Oui, cet homme doit être à genoux devant l'argent.
Quel malheur pour une femme d'être riche!

— Quand elle est laide, mais lorsqu'elle est belle...
comme vous...

— Elle souffre davantage encore, car elle ne sait jamais
si on l'aime pour elle-même. Elle soupçonne tous ses
amoureux. Au moins, la laide est fixée.

— Alors, vous voudriez être pauvre?

— Si j'étais sûre d'être aimée, oui, cent fois oui. Tenez!
voulez-vous savoir ce que je rêve?

La conductrice donna le signal en frappant ses mains
l'une contre l'autre — un usage des harems transplanté
dans le monde parisien — et Nointel ne fut pas renseigné
sur le rêve de la marquise, car Prébord vint la chercher
pour la première figure qui avait été choisie tout exprès
pour mettre en lumière la reine de la fête.

Elle est classique, cette figure, et on devait l'exécuter

dans les cours d'amour aux beaux temps de la chevalerie. La dame assise au milieu du cercle, son pied posé sur un coussin de soie, les cavaliers venant tour à tour fléchir le genou devant elle, jusqu'à ce qu'elle désigne le préféré en avançant le coussin. Quand le pied est joli, il fait alors un effet irrésistible, et le pied de madame de Barancos était adorable.

Nointel passa un des premiers et ne fut pas choisi. Le choix, à une première épreuve, eût été trop significatif. La marquise avança le coussin pour le petit baron de Sigolène qui eut l'honneur très-envié de faire un tour de valse avec elle. Et l'attentif Prébord commanda aussitôt un nouvel exercice qui rendit la liberté à madame de Barancos.

Il désigna cette fois une Russe aux yeux changeants comme la mer, et il lui amena Tréville et Verpel afin qu'elle imposât à chacun d'eux un nom d'animal. La Moscovite, qui avait un faible pour les bêtes de son pays, appela Tréville : élan, et Verpel : renard bleu, les amena devant l'Américaine à la robe paon, et la pria de choisir. Miss Anna Smithson, ayant du goût pour les belles fourrures, choisit le renard bleu, et fut obligée de valser avec Verpel qui lui déplaisait fort.

— Elle aimerait bien mieux l'autre, dit madame de Barancos à Nointel quand ils se retrouvèrent assis, côte à côte. Tant pis pour elle. Pourquoi n'a-t-elle pas deviné que ce joli officier était l'élan? Moi, si je tenais à confier ma taille au bras d'un des cavaliers qu'on me présente, je suis sûre que je devinerais comment on l'a nommé.

— Auriez-vous le don de seconde vue? demanda en riant le capitaine. Si vous l'aviez, je me sauverais.

— Pourquoi?

— Parce que vous liriez dans ma pensée, et qu'après avoir lu, vous me fermeriez votre porte à tout jamais.

— Vous me détestez donc? Qu'importe? Je vous pardonnerais de me haïr. Ne hait pas qui veut. La haine, c'est une passion, et il n'y a que les forts qui ont des passions.

— Mais si vous découvriez au fond, tout au fond de mon cœur, le sentiment qui est le contraire de la haine ?

— Le seul sentiment que je ne vous pardonnerais pas, c'est l'indifférence. Exécrer ou adorer, je n'admets pas de milieu entre ces deux extrêmes.

— Ni moi non plus, et, entre les deux, mon choix est fait, dit Nointel en regardant madame de Barancos avec ses grands yeux clairs.

Elle ne baissa pas les siens et elle lui dit sans rougir :

— Alors, vous m'adorez ?

— Que faut-il faire pour vous le prouver ?

— Devinez, répondit la marquise en riant d'un rire nerveux. Le cotillon a été inventé pour deviner. Tenez ! Écoutez M. Prébord qui conduit deux femmes à ce jeune homme blond et qui lui dit : Rose ou réséda, laquelle préférez-vous ? Le blondin choisit le réséda... une fleur incolore.

— Pas si incolore que lui, murmura le capitaine, qui ne voulait pas encore lancer une déclaration décisive.

Il craignait d'être interrompu par un ordre de la conductrice l'appelant à exécuter la *ronde*, les *petits rubans* ou le *verre d'eau*, et il se doutait que madame de Barancos avait tourné court après un mot imprudent, parce qu'elle ne se souciait pas non plus d'enchevêtrer l'amour et les figures du cotillon.

— Il est de votre cercle, n'est-ce pas? reprit-elle pour ramener le dialogue à un diapason tempéré. Il me semble me rappeler qu'il m'a été présenté autrefois par M. Prébord.

— Cela devait être. Il y a entre eux des affinités électives. Saviez-vous que ce Lolif — il s'appelle Lolif — a acquis récemment une sorte de célébrité? Tous les journaux ont cité son nom.

— A quel propos? demanda la marquise en lorgnant du coin de l'œil le *reporter* par vocation.

— C'est lui qui, l'autre nuit, au bal de l'Opéra...

— Eh bien?

— C'est lui qui a découvert dans une loge le corps de Julia d'Orcival assassinée.

Le capitaine avait scandé sa phrase tout exprès pour qu'elle portât mieux, et il ne manqua pas son effet.

Madame de Barancos pâlit et se mit à s'éventer par petits coups saccadés.

— Ah! vraiment! dit-elle avec assez de sang-froid. Pourquoi regardez-vous mon éventail avec tant d'attention? Il ne vient pas du Japon, je vous le jure.

— Quoi! vous vous rappelez les circonstances de ce crime bizarre!

— Oui. Je m'intéresse à cette jeune fille qu'on a arrêtée. Savez-vous ce qu'il est advenu d'elle?

— On m'a dit ce soir qu'elle allait être mise en liberté, faute de preuves suffisantes.

— J'en suis ravie, car je ne puis croire qu'elle soit coupable. Il y a là un mystère qui ne s'éclaircira jamais.

— Oh! en France, la justice éclaircit tout. M. Roger Darcy qui vient de partir se fait fort de découvrir tôt ou tard la vérité. Vous savez qu'il est chargé de l'affaire.

— Non... je l'ignorais. Alors, il est sur la trace de... de la femme... car c'est une femme, à ce qu'il paraît.

— Oui; seulement, il en est venu plusieurs dans la loge de Julia.

— Ah! on est sûr de cela?

— Très-sûr. Et on les cherche. On les trouvera, n'en doutez pas. Moi, je parierais que le crime a été commis par une femme du meilleur monde.

— Qui vous fait penser cela?

— Une femme galante n'aurait jamais eu le courage de frapper. Ces demoiselles n'ont pas de passions violentes. Leurs jalousies et leurs colères ne vont jamais jusqu'au meurtre. Il n'y a que les grandes dames qui aiment assez énergiquement pous assassiner une rivale.

— Vous êtes lugubre. Parlons d'autre chose. Aussi bien, voici notre conducteur qui m'apporte une tête en carton. On va exécuter les *grotesques*. C'est d'une gaieté folle, et j'y veux figurer pour me donner le plaisir de coiffer votre M. Lolif.

— Oui, pensait Noitel en suivant des yeux madame de Barancos qui était allée se placer au milieu du cercle, oui, ce sera très-gai, mais le cotillon finira mal pour vous, marquise. J'avais encore quelques doutes. Je n'en ai plus l'ombre. Elle est très-forte, mais elle s'est trahie quand je lui ai dit que le juge d'instruction cherchait la coupable dans les salons. Il ne me reste plus qu'à tenter l'épreuve décisive, et je vois parfaitement comment elle va tourner. La dame va être atterrée... Si elle allait s'évanouir! cela dérangerait un peu mon plan. Mais non... elle a un aplomb d'enfer, elle recevra le coup sans faiblir. Et alors... nous aurons une explication... orageuse. Je ferai mes conditions... elle les acceptera... Allons! moi aussi, je vais avoir besoin d'énergie, car elle me plaît énormément. Mais il le faut. C'est dommage. Quelle adorable maîtresse j'aurais eue là!

La figure s'achevait au milieu des rires qui saluaient les mascarades ridicules imposées par les dames aux infortunés cavaliers. Prébord avait dû faire trois tours de valse, affublé d'un nez colossal, et Lolif étouffait sous une tête d'âne.

Nointel seul fut épargné, et la marquise, tout à fait remise d'une émotion passagère, regagna sa place à côté de lui. Il se garda bien de reprendre l'entretien où il l'avait laissé. Il tenait à ne pas effaroucher davantage madame de Barancos. Et, comme elle ne tenait pas non plus à revenir sur le crime de l'Opéra, elle se mit à lui parler d'une surprise qu'elle réservait à ses invitées.

On exécutait la figure des chapeaux, qui est double. D'abord, les dames déposent dans le couvre-chef masculin un objet à elles appartenant; l'éventail ou le mouchoir sont les plus usités. Chaque cavalier en tire un au hasard et valse avec la propriétaire du gage. C'était fait.

Puis, c'est l'inverse. Les messieurs sont chargés de distribuer aux valseuses des brimborions féminins, et d'ordinaire ces menus cadeaux, fournis par la maîtresse de la maison, n'enrichissent pas celles qui les reçoivent. Mais la marquise n'était pas Castillane à demi, et elle avait suivi une mode qui a fait son apparition cet hiver dans le très-haut monde. Les brimborions étaient de vrais et beaux bijoux, bagues, bracelets, broches et le reste.

Nointel avait été averti, et c'était sur ce divertissement princier qu'il comptait pour produire, lui aussi, sa surprise.

Pendant que madame de Barancos allait à la rencontre de son majordome qui apportait un chapeau tout plein de richesses, le capitaine tira sournoisement de sa poche le bouton de manchette à lui confié par la digne épouse de M. Majoré.

Le moment décisif approchait, et Gaston Darcy, qui l'attendait avec impatience, ne le voyait pas venir, quoique, du fond du massif où il s'était embusqué, il eût suivi très-attentivement toutes les évolutions de l'interminable cotillon. La gaieté de Nointel l'affligeait, les airs dégagés de la marquise l'irritaient, et peu s'en fallut que, pour se soustraire à ce supplice, il ne partît sans attendre son ami.

Le capitaine avait fini par l'apercevoir et le prenait en pitié, mais il ne dépendait pas de lui d'abréger ses angoisses. Il n'osait même pas lui faire un signe, de peur d'éveiller la défiance de madame de Barancos.

Elle s'avança au milieu du cercle formé par les dames qui frémissaient d'aise, car elles avaient deviné la surprise; elle s'avança portant toute une joaillerie dans un chapeau, qu'elle remit gracieusement à miss Anna Smithson, conductrice du cotillon, laquelle, de par l'autorité que lui conféraient ses fonctions, devait remettre successivement ce chapeau à chacun des cavaliers, qui allaient être chargés à tour de rôle de distribuer des joyaux aux valseuses de leur choix. Puis elle revint à Nointel qui ne la perdait pas de vue et qui se demandait comment il allait procéder pour frapper son grand coup. Il cherchait sa mise en scène, et il était assez embarrassé, car il ne se rappelait plus très-bien comment on exécutait la figure.

— Voyez donc briller les yeux des femmes, dit à demi-voix la marquise. Elles sont riches, pourtant, toutes celles qui sont là. Eh bien, je crois en vérité que, si je faisais jeter sur le parquet toutes les verroteries que contient ce chapeau, elles se battraient pour les ramasser.

— Parions que vous vous donneriez volontiers ce divertissement et que vous y prendriez un très-vif plaisir, répondit en riant le capitaine.

— Peut-être.

— Savez-vous que vous avez des fantaisies d'impératrice romaine?

— Cela tient à ce que j'ai vécu dans un pays où j'avais des esclaves.

— Vous en avez encore.

— Vous, par exemple, n'est-ce pas? Quel sot compliment vous me faites là! Heureusement, ce n'est qu'un compliment, et vous ne pensez pas un mot de ce que vous dites. Je vous mépriserais, si vous étiez mon esclave.

— M'aimeriez-vous si j'étais votre maître?

— Oui, dit hardiment madame de Barancos, car je n'aurai jamais d'autre maître que l'homme que j'aimerai. Assez de marivaudage. Votre tour va venir. J'espère bien que vous n'allez pas me donner un des bijoux que j'ai achetés pour mes invitées. Ce serait du plus mauvais goût.

— Je m'en garderai bien. Mais je ne me résigne pas à me priver d'un tour de valse avec vous.

— Comment ferez-vous pour l'obtenir? Pas de bijou, pas de valse; c'est la règle du cotillon. Voyez plutôt M. Pré-bord. Il tient le chapeau, et il en tire un bracelet qu'il attache galamment au bras de miss Anna Smithson, et miss Anna se pâme en recevant ce cadeau. Il l'épousera, je vous le garantis. Le bracelet est un à-compte sur la corbeille. Imitez ce fat ambitieux. Passez une bague en brillants au doigt d'une des héritières qui sont ici... Tenez! cette fille blonde et blanche, là-bas... elle ressemble à une tour d'ivoire... et elle a un million de dot.

— Je ne suis pas à marier, et je tiens beaucoup plus à mon tour de valse qu'à un million. Si je vous donnais...

— Quoi?

— Un bijou qui m'appartient. Il faudra bien alors que vous valsiez avec moi.

— Quelle folie! murmura la marquise en rougissant.

— L'objet n'est pas gros. Je vous présenterai d'abord un joyau quelconque, pris dans le chapeau. Vous l'y remettrez, afin de n'en pas priver ces dames, et ensuite, je vous offrirai le mien...

— Un souvenir de vous. . le souvenir forcé.

— Non, car rien ne vous oblige à l'accepter. Je n'exige que ma valse.

— Vous avez des idées étranges.

— J'ai horreur de tout ce qui est banal. Et vous?

Madame de Barancos ne répondit pas. Elle regardait fixement le capitaine, et ses yeux exprimaient tant de choses qu'il était tout à fait inutile qu'elle parlât.

Cependant, le chapeau inépuisable passait de main en main. Lolif l'avait reçu et s'avançait, la bouche en cœur, vers une valseuse rondelette qui l'avait charmé, la ci-devant valseuse de Saint-Galmier, la cliente du médecin des névroses. Avec la gravité souriante d'un préfet distribuant des médailles de sauvetage, Lolif la décora d'une broche en perles et roula avec elle autour du salon. Le parquet gémissait sous le poids de ce couple bien assorti, et les femmes riaient sous leur éventail.

Personne ne s'était encore adressé à la marquise. Prébord avait transmis la consigne à ces messieurs, et ces dames approuvaient beaucoup le désintéressement de madame de Barancos qui ne voulait pas leur faire tort d'un seul bijou. Mais depuis huit jours, Prébord n'adressait plus la parole à Nointel, et, par conséquent, Nointel était fort à l'aise pour violer un ordre qu'il n'avait pas reçu officiellement.

— Voyons, se disait-il, mon tour va venir. Il s'agit de bien manœuvrer. Comment montrer à la marquise, sans qu'on le voie, le bouton accusateur? Je regrette de ne pas avoir pris de leçons de prestidigitation. On devrait bien nous enseigner l'escamotage au collége. Bah! je m'en tirerai, quoique ce ne soit pas facile. Au lieu de prendre le chapeau quand on me l'apportera, j'y puiserai avec ma main droite un bijou que j'offrirai à madame de Barancos et qu'elle refusera noblement. Ma pièce à conviction est cachée dans ma main gauche. Après le refus, je demanderai mon tour de valse qui me sera accordé, j'en suis sûr. Personne ne réclamera contre cette infraction aux usages, et le chapeau sera remporté avec accompagnement de murmures flatteurs.

Alors, j'entoure de mon bras droit la taille souple de la divine Espagnole, je lui fais exécuter sur place un demi-tour de façon à la forcer de tourner le dos à l'assistance, et ma main gauche, en cherchant la sienne, s'ouvre pour lui montrer le bouton de manchette. Elle regardera, car elle s'attend à une galanterie originale. Je l'ai avertie tout exprès. Et d'ailleurs, s'il le faut, j'exagérerai le mouvement pour qu'elle voie de plus près la fameuse initiale, le B majuscule qui la condamne. Elle la reconnaît, elle se trouble. Il y a un temps d'arrêt dont je profite pour empocher l'objet. Diable! je n'ai pas envie de le lui laisser; je ne pourrais plus l'envoyer au juge d'instruction. Il ne me resterait que le témoignage de madame Majoré, un témoignage qui manque d'autorité. La marquise comprend que, si elle hésite, on va nous remarquer. Elle se laisse entraîner, nous partons, le tour s'achève, je la ramène à sa place et... nous causons.

Lolif avait fini de valser. Miss Anna s'en vint tout droit apporter le chapeau au capitaine, qui exécuta de point en point le plan auquel il s'était arrêté.

Peu s'en fallut qu'on n'applaudît quand madame de Barancos remit à une toute jeune fille fraîchement sortie du couvent des Oiseaux le bijou que Nointel lui présentait. Il n'avait pas prévu cette manœuvre de la dernière heure, mais il ne perdit point la tête, et il se tira en homme d'esprit du piége tendu par la malicieuse marquise. L'ami Tréville se trouvait à sa portée. Il le lança sur la pensionnaire et il revint à la noble veuve qui, n'ayant plus de prétexte pour se dérober, abandonna sa taille au bras droit du capitaine. L'instant était venu. L'ami de Gaston tenait le bouton dans sa main gauche, entre le pouce et l'index; il le montra, et la marquise pâlit.

— Vous l'avez porté, murmura-t-elle, je le prends.

Et, d'un geste rapide comme la pensée, elle le cueillit au vol et le fit disparaître dans son corsage.

Ce fut si vite fait que personne n'y vit rien et que Nointel n'eut pas le temps de s'y opposer. Et il lui fallut bien exécuter ce tour de valse si instamment sollicité; l'exécuter, sans réclamer contre l'enlèvement du bijou accusateur. On ne cause pas en valsant, et surtout on ne cause pas de choses sérieuses. Il enrageait de tout son cœur.

— Nous nous expliquerons tout à l'heure, pensait-il pour se consoler de sa déconvenue.

Il comptait sans la marquise. Au lieu de regagner sa place après le tournoiement réglementaire, elle se dégagea doucement, et, laissant là son valseur, elle s'avança vers la conductrice. Chacun comprit qu'elle allait lui demander de vouloir bien clore les évolutions du cotillon. C'était son droit de maîtresse de maison, et personne ne trouva mauvais qu'elle l'exerçât, car l'heure du souper avait sonné, et toutes les valseuses étaient comblées de joyaux. Il en restait encore quelques-uns dans le chapeau. Madame de Barancos les distribua elle-même aux moins favorisées, et s'assit au milieu du cercle pour recevoir, selon l'usage, les salutations des couples qui passèrent successivement devant elle, en s'inclinant.

Tout le monde était ravi, excepté Nointel. Il eut, de plus, le crève-cœur de voir, après le défilé, la marquise prendre le bras d'un personnage chamarré de cordons et constellé de plaques, un grand d'Espagne qui devait être de sa parenté et qui se trouva là tout à point pour la conduire au souper annoncé par le majordonne. Le capitaine n'obtint d'elle qu'un regard, mais quel regard! Le soleil des Antilles y avait mis sa flamme. Il la laissa s'éloigner. Le moyen de la retenir? Au bal on ne peut ni réclamer, ni innover. Le cérémonial est là. Il faut s'y conformer. Mal en avait pris d'ailleurs à Nointel d'y introduire une variante.

— Allons! pensait-il mélancoliquement, je me suis laissé battre comme un enfant. Je n'ai pas su garder mon gage. J'avais tout prévu, excepté ce coup d'audace. Me voilà désarmé. C'était bien la peine de me faire remettre ce bouton par la Majoré, pour me le laisser escamoter à la première exhibition. Et c'est moi-même qui ai fourni à la Barancos un prétexte pour me l'enlever. J'ai joué l'amoureux excentrique... j'ai parlé d'un souvenir que je voulais lui faire accepter de force... elle a saisi le joint... et le bouton de manchette. Ah! c'est une comédienne incomparable. Quand elle m'a dit de sa voix chaude : « Vous l'avez porté, je le prends », on aurait juré qu'elle était folle de moi.

Si c'était vrai, pourtant? Si elle m'aimait? Ce coup d'œil qu'elle m'a lancé en partant... j'en ai eu comme un éblouissement. Oui, mais alors, ce ne serait donc pas elle qui a tué Julia... et c'est elle, j'en suis sûr... elle a pâli quand je lui ai montré le bijou. Et puis, l'un n'empêche pas l'autre. Elle a bien pu poignarder la d'Orcival et s'éprendre ensuite de ma personne. Ce serait complet, et du diable si je sais comment je m'en tirerais. Si je lui prouvais qu'elle est coupable, elle me répondrait : Je t'adore.

Et pourtant je ne veux pas abandonner la partie. Je tiendrai bon, quand ce ne serait que pour voir comment elle la jouera, et je suis engagé d'honneur à aller jusqu'au bout. Darcy compte sur moi.

Pauvre Darcy! que lui dire? Rien, ma foi! Il ne savait pas ce que j'allais tenter au cotillon. Pourquoi lui apprendrais-je que la tentative n'a pas réussi, puisque je veux recommencer? Je serai plus heureux une autre fois, et alors il sera temps de lui faire des confidences. D'ailleurs, mademoiselle Lestérel va sortir de prison. Elle l'aidera à patienter. Bon! le voici. Il va vouloir m'emmener. Au fait, je n'ai plus rien à faire ici. La marquise a choisi les soupeurs de sa table, et je n'en suis pas. Mais elle m'a invité à chasser chez elle, en Normandie. C'est là seulement que je rouvrirai les opérations.

Darcy, en effet, s'avançait pour rejoindre son ami. La foule lui avait d'abord barré le passage, et il avait été obligé d'attendre qu'elle se fût écoulée. Nointel alla à sa rencontre, l'entraîna vers la sortie et lui dit, en s'efforçant de prendre un air gai :

— Mon cher, elle m'a glissé entre les doigts. Elle a esquivé l'épreuve. J'ai cotillonné pour rien.

— Je m'en doutais, murmura Darcy, en haussant les épaules.

— Cela signifie que tu n'as jamais cru au succès de mes combinaisons.

— Que j'y aie cru ou non, elles ont avorté.

— Momentanément; mais je te jure que tu aurais tort de désespérer.

— Je ne désespère pas depuis que j'ai causé avec madame Cambry.

— Elle t'a promis son appui?

— Oui.

— C'est le meilleur que tu puisses avoir auprès de ton oncle. Ne le néglige pas. Moi, qui n'ai pas d'influence sur M. Roger Darcy, je travaillerai pour toi chez la marquise.

— Alors tu persistes à penser qu'elle est coupable?

— Je persiste.

— Pourquoi donc me caches-tu la vérité? Pourquoi ne me dis-tu pas franchement ce qui s'est passé entre cette femme et toi, au moment où tu as valsé avec elle? J'ai vu.

— Qu'as-tu vu?

— Qu'elle a pâli et qu'elle a pris un objet que tu tenais à la main. En es-tu à lui glisser des billets doux?

Nointel réfléchit un instant, et dit à Darcy en le regardant bien en face :

— Tu me soupçonnes. Tu as tort. Je ne puis rien te dire ce soir, sinon qu'en effet j'ai eu avec la Barancos une petite scène préparatoire. La scène finale se jouera très-prochainement, et dès qu'elle sera jouée, tu sauras tout. Un drame comme celui que je machine a plusieurs actes, et les situations se retournent plus d'une fois. As-tu vu la *Tour de Nesle?*

Darcy fit un geste d'impatience.

— Oui, tu as dû la voir, dans ta jeunesse. Eh bien, figure-toi que je suis Buridan, que la Barancos est Marguerite de Bourgogne, et pense à la fameuse phrase : A toi la première manche, Marguerite. A moi la seconde.

Sur cette phrase, la toile tombe, si j'ai bonne mémoire. Allons-nous-en

CHAPITRE III

A qui n'est-il pas arrivé de se demander où va la femme qui passe comme un oiseau passe dans l'air, la femme qu'on admire au vol et qu'on ne reverra plus? Quand elle est à pied, on a la ressource de la suivre, et de caresser, en la suivant, mille chimères, jusqu'au moment où elle entre prosaïquement dans une boutique, ou dans une maison à panonceaux, chez sa modiste, ou chez son avoué. Mais quand elle est en voiture, c'est l'étoile filante qui brille une seconde et qui disparaît. Où vont les étoiles filantes? Les astronomes prétendent qu'ils le savent, et les poëtes les laissent dire. Les poëtes ont plus tôt fait d'inventer un roman. Ils imaginent que le vulgaire fiacre où ils ont aperçu une taille fine et un doux visage emporte précisément leur bonheur, le bonheur rêvé, la maîtresse idéale, celle qu'on désire toujours et qu'on ne rencontre jamais, et ils en ont pour trois mois à se griser du souvenir d'une vision.

A neuf heures du matin, en hiver, dans le faubourg Saint-Denis, les poëtes sont rares, mais les passants abondent, et, parmi ceux qui allaient à leurs affaires, le lendemain du bal de la marquise, plus d'un se retournait pour regarder une jeune fille blottie au fond d'une victoria découverte. Elle avait relevé sa voilette, et elle aspirait à pleins poumons l'air frais d'une des seules belles journées que le ciel ait accordées à la terre vers la fin de cet affreux hiver. La brise matinale fouettait ses joues roses et soulevait les boucles de ses cheveux mal rangés sous une capote brune. Ses grands yeux regardaient les maisons, les enseignes, les étalages, les ouvrières courant à l'atelier, les charretiers conduisant les lourds camions, les gamins filant comme des rats entre les jambes des chevaux, les moineaux picorant sur la chaussée et s'envolant par bandes. Elle tendait l'oreille aux cris des cochers, aux chants cadencés des vendeurs ambulants, aux voix prochaines, aux roulements lointains. On eût dit qu'elle assistait pour la première fois au spectacle mouvant de la grande ville, et qu'elle prenait plaisir à s'enivrer de lumière et de bruit.

D'où venait-elle? Où allait-elle?

— Une provinciale fraîchement débarquée par le chemin de fer du Nord; plus de beauté que de bagages, disaient les vieux Parisiens qui remarquaient un petit paquet posé à ses pieds dans la voiture.

— En voilà une qui s'est levée de bonne heure pour déjeuner avec son amoureux, ricanaient les marchandes des quatre saisons.

Mais nul ne devinait que cette charmante voyageuse sortait d'une prison.

Berthe Lestérel avait été réveillée à l'aube par la supérieure des Sœurs de Marie-Joseph qui lui avait annoncé, en l'embrassant, qu'elle allait être mise en liberté, et Berthe Lestérel avait failli s'évanouir de joie en recevant cette nouvelle inespérée. Un peu plus tard, comme elle achevait de remercier Dieu à genoux, le directeur était venu lui expliquer avec ménagement que cette liberté qu'on allait lui rendre n'était que provisoire, qu'il n'y avait pas d'ordonnance de non-lieu, et que, par conséquent, elle restait à la disposition de la justice. La pauvre enfant avait pleuré à chaudes larmes, et peu s'en était fallu qu'elle ne refusât de profiter d'une si triste faveur. La vie qui attendait hors de la prison une prévenue relâchée par pitié n'était-elle pas plus amère encore que la vie de la cellule? Mais elle n'avait pas le choix. L'ordre était formel. Elle dut subir les formalités de la levée d'écrou, reprendre le peu d'argent qu'elle avait au greffe, le linge et les vêtements envoyés par un amie anonyme dont elle devinait le nom, dire adieu aux reli-

gieuses qui l'avaient consolée, pendant sa réclusion, et
partir en voiture, une voiture de place qu'un gardien était
allé chercher, et qu'il avait eu soin de choisir découverte
pour des raisons que Berthe devina en voyant un homme
de mauvaise mine monter dans un fiacre à la porte de la
prison, au moment où elle en sortait.

Elle allait être surveillée, on le lui avait laissé entendre.
La surveillance commençait.

Alors elle résolut de supplier le juge de revenir sur sa
décision, et de la renvoyer à la maison d'arrêt, s'il ne con-
sentait pas à la délivrer de cet espionnage incessant qu'on
prétendait lui imposer. Elle ne voulait pas de la liberté à
ce prix. Qu'en eût-elle fait? Comment rentrer dans ce
petit appartement de la rue de Ponthieu où elle avait vécu
si calme et si honorée, comment y rentrer suivie par un
agent de police qui allait monter la garde devant sa maison?
C'était la honte en permanence, et Berthe, qui s'était
sacrifiée sans hésiter et sans se plaindre, Berthe, qui était
résignée à donner sa vie, ne se sentait pas le courage de
supporter cette humiliation de tous les instants.

Et puis que devenir? Elle sortait du *secret* le plus rigou-
reux. Savait-elle s'il lui restait une amie? Savait-elle seulement si son beau-frère lui permettrait de voir sa sœur?
Quel accueil lui réservait le monde qui ne pardonne pas à
une femme d'avoir été accusée, alors même que l'innocence de cette femme a été reconnue? Toutes les portes ne
devaient-elles pas se fermer devant une malheureuse, renvoyée de Saint-Lazare par grâce et menacée d'y rentrer?
Au bout de cette trève qu'on lui accordait, il y avait la
misère, le désespoir, les heures sombres où le fantôme du
suicide hante la pauvre âme désolée.

Et Berthe se faisait conduire au Palais de justice où elle
pensait rencontrer M. Roger Darcy, qui seul avait le pouvoir de décider de son sort.

Elle savourait pourtant cette heure de liberté que Dieu
lui envoyait; elle se reprenait à vivre; sa jeunesse éclatait,

son sang remontait à son visage; elle respirait les souffles encore indécis du printemps, elle regardait avec une joie enfantine les nuages emportés par le vent, elle cherchait dans l'azur pâle du ciel une hirondelle absente, elle trouvait les passants beaux, et il lui semblait que Paris était en fête.

Ce fut comme un enchantement jusqu'au boulevard du Palais, où elle descendit, à la profonde stupéfaction de l'agent qui la suivait. D'ordinaire, ce n'est pas là que vont les prisonniers qu'on relâche.

Un planton qu'elle interrogea la renvoya à un huissier qui lui apprit que M. Roger Darcy n'était pas à son cabinet et qu'il n'y viendrait pas de toute la journée. Elle n'osa pas lui demander où il demeurait, et elle revint fort déçue à sa voiture, que le policier ne perdait pas de vue. Elle pensa alors à aller trouver la seule protectrice qui lui restât peut-être. Elle ignorait que madame Cambry eût fourni la caution fixée par le juge, elle ignorait même que la loi exigeât cette caution, mais elle savait, ou du moins elle supposait que madame Cambry s'était occupée d'elle, et elle espérait que madame Cambry, qui connaissait M. Roger Darcy, consentirait à la recevoir et à se charger de lui transmettre sa prière.

— Avenue d'Eylau, dit-elle au cocher.

L'agent n'était pas loin. Il entendit et il fit la grimace, mais il avait l'ordre de suivre sans intervenir; il lui fallut bien remonter dans son fiacre et aller là où il plairait à la jeune fille de le mener. Jamais il n'avait vu de surveillée se comporter de la sorte.

Le voyage qui n'amusait pas cet homme fut charmant des grands marronniers des Tuileries, et les ramiers roucoulaient déjà sur les hautes branches.

Les Champs-Élysées étaient pleins de lumière et de bruit. Des *babys* roses jouaient dans les quinconces. Des bandes de jeunes Anglaises aux cheveux flottants descendaient vers Paris, le nez au vent, et d'élégants cavaliers montaient l'avenue au grand trot. La vie était partout, et Berthe ferma les yeux en pensant à la cellule noire et froide où elle aspirait à rentrer. Mais le cœur lui battit bien fort quand, après avoir parcouru la moitié de l'avenue d'Eylau, elle aperçut l'hôtel de madame Cambry.

Le hasard fit qu'à la porte de la grille flânait le valet de chambre, un vieux serviteur qui connaissait fort bien mademoiselle Lestérel et qui ne parut pas trop surpris de la voir. Évidemment, il avait entendu des bouts de conversation entre sa maîtresse et M. Roger Darcy, et il savait que la jeune fille allait quitter la prison. En domestique bien appris, il la reçut poliment et il lui dit que madame était sortie de grand matin, en fiacre — double infraction à ses habitudes — qu'elle devait être allée à quelque messe mortuaire, car elle avait mis des vêtements de deuil, mais qu'elle rentrerait certainement avant midi. Il ne se permit d'ailleurs aucune question, et il proposa à mademoiselle Lestérel d'annoncer à madame Cambry sa prochaine visite. Il ne lui proposa pas d'attendre, et Berthe n'osa pas le demander. Elle se contenta de répondre qu'elle reviendrait dans une heure.

Intimidé sans doute par la belle apparence de l'hôtel, l'agent avait fait arrêter son fiacre assez loin de la grille, et mademoiselle Lestérel ne songeait plus à lui quand elle dit à son cocher de la mener au bois de Boulogne. Il hésita un peu, ce cocher, car cette voyageuse prise à Saint-Lazare ne lui inspirait pas une confiance entière, mais, après réflexion, il pensa qu'elle devait être solvable, puisque la livrée lui parlait avec déférence. Il fouetta son cheval, et la victoria partit, toujours suivie de loin par l'autre voiture, celle qui portait le policier.

Pourquoi Berthe allait-elle au Bois? Elle-même n'aurait su le dire. Elle allait où la poussait cette fièvre de liberté, ce besoin d'air et d'espace qui fait que l'oiseau auquel on vient d'ouvrir la porte de sa cage s'envole à tire-d'aile et

fuit tout droit devant lui. Elle oubliait peu à peu les douleurs du passé, les angoisses du présent, les incertitudes
de l'avenir. Il lui semblait déjà qu'elle était à cent lieues
de la prison. Elle se berçait dans un rêve, et il lui semblait
que ce rêve ne finirait jamais.

Il finit à la porte Dauphine. Là, elle croisa des cavaliers
et des amazones, qui sourirent en la regardant.

C'était l'heure où les amateurs sérieux de l'équitation
viennent prendre régulièrement le plaisir de la promenade.
Ceux-là ne se montrent guère au Bois l'après-midi, car
ils ne cavalcadent pas pour parader devant les demoiselles
qui font le tour du lac de trois à cinq ou de quatre à sept,
suivant les saisons. Et comme, par hasard, la matinée était
belle, toutes les variétés de sportsmen s'y rencontraient.

Il y avait des chasseurs à courre qui s'en allaient au
Jardin d'acclimatation voir des chiens courants à vendre,
des passionnés pour la haute école en quête d'une allée
large où ils pussent faire exécuter à leurs montures des
changements de pied en plein galop, des flâneurs équestres
tournant, retournant et saluant à tout bout de champ des
cavaliers par hygiène, trottant en vertu d'une ordonnance
de leur médecin.

Il y avait aussi de nombreux échantillons du sexe faible.
De belles dames, bien montées, bien accompagnées, bien
en selle, le corps droit, la main régulièrement placée, les
coudes en arrière pour faire valoir le buste, maniant avec
aisance des juments de demi-sang; des écuyères de l'avenir, escortées par un professeur chargé de leur inculquer
les vrais principes; des escadrons d'étrangères galopant à
fond de train et passant comme des volées d'étourneaux à
travers les paisibles groupes conjugaux arpentant le Bois
au petit pas de deux poneys, vieux amis d'écurie, qui se
caressent en marchant côte à côte.

Berthe, effarouchée, pria le cocher de prendre un chemin
moins fréquenté, et le cocher s'engagea dans l'allée des
fortifications, fort à la mode jadis et fort déserte à présent.

8.

Il se réjouissait même de gagner une heure ou deux sans fatiguer sa bête; sa main laissait flotter les ênes, et ses yeux se fermaient peu à peu.

L'agent commençait à se demander comment cette promenade allait finir, et il n'était pas content; mais il suivait toujours, à trente pas.

La victoria s'en allait rasant le taillis, et le cheval abandonné à lui-même s'arrêtait de temps à autre pour brouter un brin d'herbe sur le talus. Il finit par rencontrer une place où le gazon poussait plus dru, et il s'arrêta tout à fait.

Le cocher, mollement bercé, s'était endormi, et mademoiselle Lestérel ne songeait point à troubler son repos. Elle regardait deux pinsons qui voletaient autour d'un buisson d'aubépine, où ils commençaient à bâtir leur nid, et elle pensait au temps heureux où elle courait les bois de Saint-Mandé avec ses compagnes du pensionnat. Elle se souvenait d'une couvée de petits merles, abandonnés par leur mère, qu'elle avait nourris jusqu'à ce qu'ils fussent en état de voler, et qui venaient manger dans sa main quand elle les appelait. L'envie lui prit de descendre et d'entrer dans ce carré, de froisser des feuilles mortes, d'accrocher sa robe aux ronces, de heurter ses petits pieds aux angles des souches, comme elle le faisait quand elle était enfant.

Elle allait sauter à terre, lorsqu'elle entendit sous bois le pas d'un cheval. Un cavalier arrivait lentement par un sentier qui traversait le taillis. Berthe ne pensa qu'à l'éviter. Les pas se rapprochaient. Les pinsons s'enfuirent.

— Marchez, dit-elle au cocher.

Mais le cocher avait le sommeil dur, et il ne bougea point. Avant qu'elle eût le temps de l'appeler plus fort, le cavalier apparut au bord de l'allée.

Elle le reconnut, et elle poussa un cri de surprise.

Gaston Darcy était devant elle, Gaston Darcy pâle d'émotion et de joie, car il l'avait reconnue.

— Vous! s'écria-t-il en poussant son cheval pour venir se placer à côté de la victoria; vous ici!

— Je ne prévoyais pas que je vous y rencontrerais, murmura mademoiselle Lestérel d'une voix étouffée.

— Enfin, je vous revois! vous êtes libre!

— Libre? Regardez.

Elle lui montra l'agent qui était sorti de son fiacre et qui s'avançait à petits pas.

Gaston comprit et se lança vers cet homme qui, en se voyant chargé à fond par un cavalier, sauta prudemment le fossé et se plaça au bord du taillis.

— Pourquoi suivez-vous cette voiture? lui demanda-t-il d'un air menaçant.

— Parce que j'en ai reçu l'ordre. Je veux bien vous l'apprendre, quoique ça ne vous regarde pas.

— Vous avez reçu l'ordre de surveiller cette dame; vous n'avez pas reçu l'ordre de surveiller ceux qui lui parlent, ni d'écouter ce qu'elle dit. Je le sais. Je suis le neveu de M. Roger Darcy, juge d'instruction. Voici ma carte.

L'agent prit avec une certaine hésitation le morceau de carton que Gaston lui tendait, et le nom qu'il y lut produisit son effet.

— On m'a chargé de *filer* le fiacre, grommela-t-il. Je ne fais que mon devoir, et je le ferais quand même vous seriez le président de la République. Mais vous pouvez causer avec la demoiselle si ça vous fait plaisir. Je mettrai la chose sur mon rapport, et puis v'là tout.

Gaston comprit vite qu'il était inutile de discuter une consigne et revint à mademoiselle Lestérel.

— Monsieur, lui dit-elle, je vous supplie d'aller trouver M. Roger Darcy et de lui demander de m'autoriser à rester en prison, jusqu'à ce que mon sort soit décidé.

— Quoi! s'écria Gaston, vous voulez...

— La prison vaut mieux que la liberté qu'on m'accorde. Je viens du Palais de justice. Je n'y ai pas rencontré M. Darcy, malheureusement, car, sans doute, il eût écouté

ma prière... alors, je suis allée chez madame Cambry.
J'espérais qu'elle ne me refuserait pas de parler pour moi.
Elle était sortie... son valet de chambre m'a dit de revenir
dans une heure. C'est alors que j'ai eu l'idée de me faire
conduire ici pour attendre qu'elle fût de retour...

— Vous le regrettez !

— Oui... je ne devrais pas me montrer, je le sais. Je
devrais fuir le monde. Mais je n'ai pas pu résister à la tentation. Il y a si longtemps que je n'ai vu le soleil, et peut-
être ne le reverrai-je plus.

— Aussi, vous n'avez pas pensé à ceux qui vous aiment?

— Ceux qui m'aiment! où sont-ils? on peut encore me
plaindre; on ne peut plus m'aimer.

— Moi, je vous aimais, vous le savez, et mes sentiments
n'ont pas changé. Je n'ai jamais cru à l'odieuse accusation
qui a pesé sur vous, et pour vous prouver que je n'y ai
jamais cru, je vous supplie encore de consentir à être ma
femme.

Vous ne répondez pas... vous êtes choquée de m'entendre tenir ce langage... ici... devant l'agent qui vous
espionne... devant le cocher qui vous conduit. Que m'im-
portent ces hommes? Je voudrais que tous ceux qui me
connaissent fussent là pour m'écouter. Ce que je viens de
vous dire, je suis prêt à le répéter en présence de madame
Cambry, qui m'approuvera, car elle souhaite ce mariage
presque aussi ardemment que moi.

— Madame Cambry! s'écria Berthe. Non... c'est impossible. Je sais qu'elle ne m'a pas oubliée, mais elle ne doit
pas désirer...

— Elle veut que vous deveniez sa nièce !

— Sa nièce?

— Oui, son mariage avec mon oncle est décidé, et elle
lui a déclaré qu'elle ne l'épouserait pas tant que vous ne
seriez pas complétement libre, tant que l'ordonnance de
non-lieu ne serait pas rendue.

A ces mots, mademoiselle Lestérel fondit en larmes Elle

avait réussi d'abord à se contenir, mais son émotion éclatait enfin.

— Et c'est au moment où mon cœur déborde de joie, où nous touchons au terme de nos malheurs, c'est à ce moment que vous songez à retourner en prison! Vous n'avez donc pas pitié de moi qui ne vis plus depuis que je vous ai perdue? Oh! je devine ce que vous allez me dire. Vous ne voulez pas accepter l'humiliation qu'on vous impose. Elle va cesser, n'en doutez pas. Madame Cambry obtiendra qu'elle cesse. Mon oncle n'a pas entendu que vous seriez gardée à vue. Les ordres qu'il a donnés ont été mal compris, j'en suis sûr. Il les modifiera. Il va les modifier aujourd'hui même.

— Si je pouvais espérer cela...

— Je vous le promets. Hier encore... cette nuit... il m'a parlé d'une surveillance discrète. Il ne veut pas, il ne peut pas vouloir que vous soyez suivie pas à pas; qu'un agent s'établisse à la porte de votre maison...

— C'est parce que je craignais cela que je n'y suis pas rentrée.

— Il faut que vous y rentriez, car vous allez y recevoir la visite de madame Cambry. Mon oncle sait qu'elle va venir vous voir. Croyez-vous donc qu'il souffrirait qu'elle mît le pied chez vous, si elle devait rencontrer sur son passage des gens de police?

— Quoi! madame Cambry vous a dit...

— Qu'elle vous verrait aujourd'hui. Oui, certes. Vous venez de m'apprendre qu'elle est sortie. Qui sait si ce n'est pas chez vous qu'elle est allée?

— Oh! mon Dieu, murmura mademoiselle Lestérel, et moi qui osais à peine me présenter à son hôtel!

— Vous avez en elle une amie, plus qu'une amie, une sœur.

— Une sœur! répéta tristement Berthe, qui pensait à madame Crozon.

— Oui, une sœur, à laquelle vous pouvez tout confier.

Vous ne craignez pas qu'elle vous trahisse, et moi, je vous jure qu'elle vous servira avec un dévouement sans bornes.

Et maintenant, me permettrez-vous de me joindre à elle pour vous défendre, me permettrez-vous de l'accompagner quand elle viendra?

— Je voudrais... oui, je voudrais d'abord la voir seule, balbutia la jeune fille.

— Je vous comprends, mademoiselle, s'écria Gaston, et avant tout, je vais vous délivrer d'une persécution intolérable. Je cours chez mon oncle; je vais lui demander d'écrire sur-le-champ pour qu'on éloigne cet agent. Ayez le courage d'aller rue de Ponthieu. Peut-être y trouverez-vous madame Cambry. Je vais passer devant son hôtel, et si elle est de retour...

— Mieux vaut en effet que je ne m'y présente pas. Je me remets à vous, monsieur, qui m'avez rendu un peu d'espérance. Je suivrai votre conseil, et vous pouvez dire à ma généreuse protectrice que je l'attendrai chez moi.

Berthe avait deviné ce que Darcy n'osait pas lui avouer. Elle sentait que la future femme du juge d'instruction ne pouvait guère la recevoir, et elle était décidée à supporter l'épreuve qui l'effrayait tant. Les sympathies qu'elle retrouvait relevaient son énergie. Elle se reprenait à vouloir lutter contre les fatalités qui l'accablaient, et elle ne dédaignait plus la demi-liberté qu'on lui accordait.

Gaston, lui, comprit que cette scène avait assez duré. Un amoureux est fort mal placé à cheval pour exprimer ce qu'il ressent, et la présence du cocher le gênait très-fort, quoi qu'il en dît, sans parler de l'agent qui était aussi un témoin assez incommode. Il lui tardait d'ailleurs d'obtenir de son oncle un adoucissement aux mesures de précaution qu'on avait cru devoir prendre contre une jeune fille qui ne songeait pas à fuir. Et il n'attendait pour partir qu'un mot de Berthe, un mot qui le payât de ses souffrances.

Mademoiselle Lestérel ne le prononça pas, mais elle lui

tendit la main. Il la prit, cette main, et il la couvrit de
baisers si ardents que la jeune fille la retira bien vite.

— Comptez sur moi, dit-il, en éperonnant son cheval
qui partit à fond de train.

Berthe le suivit des yeux jusqu'à ce qu'il eût disparu au
tournant de l'allée des fortifications, et, dominant son
émotion, elle dit au cocher, qui était resté fort indifférent
à ce qu'on disait derrière lui, de la mener rue de Ponthieu.
Il maugréa bien un peu, mais il partit.

L'agent remonta en fiacre. Il s'apercevait qu'il avait
affaire à une prévenue exceptionnelle, et il suivit de moins
près.

La victoria n'allait pas vite, et le voyage dura bien près
d'une heure, plus de temps qu'il n'en avait fallu à Darcy
pour aller rue Rougemont, en passant par l'avenue d'Eylau.

En arrivant à la porte de sa maison, mademoiselle Lestérel vit avec plaisir l'espion passer outre, descendre de
voiture à cinquante pas plus loin et entrer dans la boutique d'un marchand de vin; entrer n'est pas précisément
le mot, car il se tint sur le seuil. Il surveillait toujours,
mais il commençait à y mettre des formes.

Il y eut bien quelques exclamations dans la loge, quand
on vit apparaître la locataire absente; mais elle avait toujours été si bonne et si affable avec les petites gens, qu'on
ne lui fit pas mauvais accueil, et qu'on ne lui adressa pas
trop de questions. Le portier, qui était fort bavard, lui ra-
conta, avec force détails, que le jour même de l'arrestation,
une dame était venue dans un bel équipage demander
mademoiselle Lestérel; Berthe, qui, à cette description,
reconnut madame Cambry, ne manqua pas de dire que
cette dame allait probablement se présenter encore, et de
recommander qu'on la laissât monter. Elle reconquit ainsi
du premier coup, par un heureux hasard, la considération
du concierge. Il poussa l'obligeance jusqu'à se charger du
paquet que sa locataire rapportait et jusqu'à se déranger
pour lui ouvrir l'appartement où personne n'était entré

depuis la perquisition qu'y avait faite M. Roger Darcy.

La pauvre Berthe pleura en revoyant ce modeste logis où elle avait passé de si heureux jours. Tout y sentait déjà l'abandon. Une épaisse couche de poussière couvrait les meubles. Les fleurs qu'elle cultivait dans une jardinière étaient mortes. Le piano était ouvert, et Berthe pâlit en reconnaissant sur le pupitre le cahier de musique où était gravé l'air de Martini, le dernier qu'elle eût chanté avec Gaston. Elle l'avait répété souvent, depuis la soirée de madame Cambry, cet air tristement prophétique, et elle le retrouvait là comme un avertissement que Dieu lui envoyait pour la préparer à de nouveaux malheurs.

Elle n'eut pas le temps de s'arrêter à cette pensée décourageante, car on sonna; elle courut ouvrir, et madame Cambry se jeta dans ses bras.

Ce fut pendant quelques instants un échange de baisers et de mots entrecoupés. Mademoiselle Lestérel suffoquait d'émotion, et la belle veuve était presque aussi émue qu'elle.

— Vous voilà donc! dit-elle affectueusement. Ah! je suis bien heureuse de vous revoir, car je n'ai pas cessé un seul instant de penser à vous.

— Je sais que vous m'avez défendue, protégée, murmura Berthe, je sais que je vous dois tout.

— Vous ne me devez rien. Vous êtes innocente, j'en suis sûre. Comment ne me serais-je pas efforcée de plaider votre cause! Dieu a permis que je la gagnasse. Vous êtes sauvée.

— Hélas! je n'ose le croire. On m'a rendu la liberté par pitié... parce que M. Roger Darcy est bon, et parce que vous avez intercédé pour moi... On peut me la retirer demain.

— Non, car nous prouverons que vous n'êtes pas coupable.

— Comment le prouver, tant qu'on n'aura pas trouvé la femme qui a commis cet horrible meurtre?

— Et qu'importe qu'on la trouve? N'y a-t-il pas des crimes qui restent impunis? La justice frappera-t-elle une innocente parce qu'elle n'aura pas su découvrir la vraie coupable? Non, ce serait une iniquité. Justifiez vous, Berthe Cela suffira.

— Me justifier! que puis-je dire que je n'aie déjà dit? Les apparences m'accusent.

— Pas toutes, dit vivement madame Cambry. Vous ne savez pas ce qui s'est passé depuis quelques jours; vous ne savez pas à quelle circonstance heureuse vous devez d'être sortie de prison.

— Non... je ne sais rien.

— Venez, je vais vous l'apprendre, reprit la veuve en attirant Berthe vers un canapé où elle la fit asseoir près d'elle. Mais, auparavant, permettez-moi de vous parler à cœur ouvert. Oui, les apparences vous accusent, oui, votre silence obstiné a faussé les convictions de M. Darcy. Vous avez de graves raisons pour vous taire, j'en suis persuadée, et si les aveux que vous feriez devaient compromettre une autre personne, je ne vous blâme pas de les retenir. Mais je vous défendrais mieux si je savais ce que vous avez caché à votre juge.

Berthe, je suis votre meilleure amie. Berthe, vous avez confiance en moi, n'est-il pas vrai? Eh bien, pourquoi ne me diriez-vous pas toute la vérité?

— J'ai dit tout ce que je pouvais dire, murmura mademoiselle Lestérel.

— Tout ce que vous pouviez dire à un juge d'instruction, et je m'explique fort bien que vous ayez refusé d'en dire davantage. Un juge est un homme, et il y a des choses que nous ne confions jamais à un homme, cet homme fût-il notre meilleur ami. Mais, moi, ma chère enfant, je ne suis pas un magistrat, je suis une femme, et en ma qualité de femme, je comprends toutes les faiblesses, je les excuse, je suis prête à les défendre. Avouez-moi les vôtres, comme vous les avoueriez à votre avocat, si, ce qu'à

Dieu ne plaise, cette absurde accusation avait des suites.

— Je n'ai pas eu de faiblesses, dit Berthe en relevant la tête.

— Je le crois. Je me suis mal exprimée, et je vais préciser. On vous impute le meurtre commis sur... sur cette femme. C'est insensé. Pourquoi l'auriez-vous tuée? Vous la connaissiez à peine, et vous n'aviez contre elle aucun grief. Si on vous a soupçonnée, c'est que l'arme dont le meurtrier s'est servi vous appartient.

— Je ne l'ai jamais nié.

— Non, mais vous niez que vous soyez allée au bal de l'Opéra, ou, du moins, quand on vous interroge sur ce point, vous refusez de répondre. Vous ne voulez pas mentir, et vous vous taisez. Et cependant, vous y êtes allée, c'est l'évidence même.

Mademoiselle Lestérel ne répondit pas. Elle pleurait.

— Je vous en supplie, ma chère Berthe, continua madame Cambry d'une voix émue, ne supposez pas que je veuille vous arracher vos secrets pour les livrer à M. Darcy. Je vais l'épouser, je l'estime, je l'aime, mais je le mépriserais et je me mépriserais moi-même s'il eût osé me charger de vous faire parler et si j'avais accepté cette vilaine mission.

— Cette pensée est bien loin de moi, madame, je vous le jure.

— Eh bien, puisque vous reconnaissez que je vous suis loyalement dévouée, ne me traitez pas comme si j'étais votre ennemie, ou votre juge. Confessez-moi la vérité. Ai-je besoin d'ajouter que, si je tiens à la connaître, c'est afin de mieux servir vos intérêts, c'est afin de pouvoir affirmer à M. Darcy que vous êtes innocente? Peut-être craignez-vous de me compromettre vis-à-vis de lui; peut-être craignez-vous qu'il ne me somme d'expliquer mon affirmation, et qu'il ne tire du silence que je lui opposerai de nouvelles inductions contre vous. Si vous redoutez cela, vous vous trompez. M. Darcy est magistrat, mais c'est un galant homme. Il n'exigera rien de moi, et il tiendra grand compte de mon opinion. Peut-être aussi ne savez-vous pas que ses pouvoirs sont illimités, qu'un juge d'instruction n'obéit qu'à sa conscience, et que s'il était convaincu que vous n'êtes pas coupable, il pourrait, de son propre mouvement, et sans en référer à personne, rendre une ordonnance de non-lieu.

— Je sais que je lui dois d'avoir été mise en liberté pour quelques jours.

— Mais vous ignorez pourquoi il a pris cette mesure. Eh bien, ma chère Berthe, je vais vous l'apprendre, car je veux vous montrer à quel point M. Darcy est juste, avec quel scrupule il remplit les délicates fonctions qu'il exerce. Vous avez été informée que le domino et le masque dont vous vous êtes servie ont été trouvés dans la rue, et reconnus par la marchande à la toilette qui vous les a vendus.

— On m'a confrontée, en effet, avec cette femme...

— Et vous n'avez pas démenti ses affirmations. Vous vous êtes bornée à vous taire, comme vous l'avez toujours fait. M. Darcy n'a vu là qu'une preuve de plus de votre présence au bal. Mais, peu de jours après, l'homme qui avait rapporté le domino et le loup, — un sergent de ville, je crois, — est venu déclarer qu'il les avait trouvés avant trois heures du matin. Or, il paraît que cette femme a été tuée à trois heures. M. Darcy n'a pas hésité à reconnaître que c'était là un indice en votre faveur, et que votre innocence, à laquelle il ne croyait plus, pouvait encore être démontrée. Et, pour vous épargner des rigueurs inutiles, il a signé immédiatement l'ordre auquel je dois le bonheur de vous revoir.

— Ainsi, dit mademoiselle Lestérel, très-émue, M. Darcy admet maintenant qu'il ne me serait pas impossible de me justifier.

— Il l'admet si bien qu'il n'attend qu'un mot de vous pour prendre une mesure définitive, un mot qui explique l'emploi de votre temps, pendant cette fatale nuit. Ce mot qu'il vous en coûte tant de prononcer devant lui, dites-le-moi, Berthe, confiez-moi tout, et je vous jure encore une fois que, sans livrer votre secret, je persuaderai M. Darcy.

— Me jurez-vous aussi qu'un autre... que personne au monde ne saura ce que je vous révélerai ?

— Je vous le jure. Ni M. Roger Darcy, ni M. Gaston Darcy n'obtiendront de moi la plus petite confidence. Je ne vous trahirai pas... pas plus que vous ne me trahiriez si j'avais une faute à me reprocher et si je vous avouais cette faute.

Mademoiselle Lestérel hésitait, et ce fut d'une voix entrecoupée qu'elle répondit :

— Je voudrais parler. Je n'en ai pas la force.

Madame Cambry lui prit les mains, les serra dans les siennes, et lui dit doucement :

— Voulez-vous que je vous pose des questions, pour vous épargner l'embarras d'un récit long et pénible ?

— Oui, balbutia la jeune fille, ce sera mieux ainsi; si vous ne m'interrogez pas, je ne pourrai pas rassembler mes souvenirs.

— Je commence donc, reprit la compatissante veuve. Cette femme vous avait écrit, n'est-ce pas ? On a trouvé ici un fragment du billet qu'elle vous a adressé.

— C'est vrai... elle m'a écrit.

— Quelques jours avant le bal.. un mardi ?

— Je crois que oui.

— Par la poste ?

— Non, c'est sa femme de chambre qui m'a apporté le billet.

— En effet, elle l'a déclaré et elle a ajouté qu'après l'avoir lu, vous aviez répondu : Dites que j'irai.

— C'est exact.

— Et sa maîtresse vous donnait rendez-vous à deux heures et demie. On a trouvé cette indication sur le morceau de papier qui a échappé au feu où vous l'aviez jeté.

— Oui... mais...

— Il s'agissait de lettres que cette femme avait en sa possession et qu'elle vous proposait de vous rendre.

— Qui vous fait croire cela? demanda Berthe avec agitation.

— Je l'ai deviné. Une jeune fille pure et fière n'aurait pas consenti à s'aboucher avec une femme galante, s'il ne s'était agi de sauver l'honneur d'une personne qui lui était chère. Je n'ai jamais pensé et je n'admettrai jamais que les lettres fussent de vous. M. Darcy a pu le supposer, parce qu'il lui semblait étrange que, pour une négociation de ce genre, on se fût adressé à un intermédiaire. Mais celle qui les a écrites était sans doute hors d'état d'aller les chercher.

Oh! je ne vous demande pas de qui elles sont, dit vivement madame Cambry pour répondre à un geste de Berthe. Il me suffit de savoir que, si vous êtes allée au bal, c'était, comme je l'ai toujous cru, pour accomplir un acte de dévouement. Et vous y êtes allée, n'est-il pas vrai?

Mademoiselle Lestérel fit un signe affirmatif.

— En sortant de chez moi?

— Oui.

— Vers minuit, alors. Mais vous n'étiez pas habillée pour le bal masqué?

— J'avais une robe noire. Le domino et le loup que j'avais achetés étaient dans le fiacre qui m'avait amenée et qui m'attendait à la porte de votre hôtel.

— Et vous les avez mis pendant le trajet. Le rendez-vous était fixé à deux heures et demie. Vous n'êtes donc pas allée directement à l'Opéra?

— Si. Un incident était survenu au dernier moment, un incident qui m'obligeait à passer une partie de la nuit dans un quartier éloigné, répondit Berthe d'une voix défaillante. Il s'agissait de sauver l'honneur... la vie de la même personne...

— Celle que les lettres compromettaient?

— Oui.

— Alors, cette femme qui s'est présentée de la part de votre sœur malade...

— Venait m'annoncer qu'un grand danger menaçait la personne, et que je n'avais pas une minute à perdre pour y parer. Je le prévoyais depuis quelques jours, ce danger, et j'avais donné des instructions pour qu'on pût m'avertir à tout instant, s'il devenait imminent. Je ne m'absentais jamais sans dire où j'allais.

— Cela m'explique très-bien pourquoi on est venu vous chercher chez moi, mais... pardonnez-moi d'insister... cela ne m'explique pas ce que vous avez fait après m'avoir quittée...

— Vous allez le comprendre, madame. Le péril était partout. Je voulais rapporter les lettres que madame d'Orcival me menaçait d'envoyer, si je ne venais pas les chercher, à...

— A un ennemi... peu importe son nom... à un ennemi de l'amie que vous cherchiez à sauver.

— Et je voulais aussi courir... là où on m'appelait et où ma présence allait être nécessaire pendant plusieurs heures. Alors j'ai pensé que mon entretien avec madame d'Orcival serait très-court, qu'elle arriverait peut-être dans sa loge, dès le commencement du bal, que, si je l'y rencontrais, je pourrais reprendre les lettres et aller ensuite...

— Où vous êtes allée, interrompit madame Cambry, qui semblait s'efforcer délicatement d'épargner à Berthe des aveux inutiles à sa défense et embarrassants, puisqu'ils auraient mis en cause une autre femme. Voulez-vous me permettre maintenant de vous demander à quel moment vous êtes entrée dans la salle?

— A minuit et demi, je crois.

— Vous êtes allée tout droit à la loge de cette d'Orcival. Vous l'y avez trouvée seule?

— Oui.

— Elle ne vous a pas reproché d'avoir devancé l'heure du rendez-vous ?

— Si, d'abord. Elle m'a même dit de dures paroles... elle m'a fait cruellement sentir qu'elle tenait entre ses mains l'honneur de... d'une de mes amies. Puis elle s'est radoucie. Elle m'a rendu les lettres, et elle m'a pressée de partir, parce qu'elle attendait une autre personne.

— Elle vous a dit cela ! Vous en êtes sûre !

— Très-sûre, madame, et c'était la vérité, car j'ai bien vu qu'il lui tardait de me renvoyer.

— Mais cette personne... elle ne vous l'a pas nommée... elle ne vous a pas dit pourquoi elle allait venir ?

— Non, répondit Berthe, un peu surprise de l'insistance que mettait madame Cambry à l'interroger sur ce point.

— Comprenez le but de mes questions, reprit la veuve ; s'il était prouvé qu'une femme est venue après vous dans la loge, et on le prouvera certainement, on ne pourrait plus douter que le meurtre eût été commis par cette femme. En sortant, vous ne l'avez pas rencontrée... à la porte de la loge ?

— Non, madame, je n'ai remarqué personne ; j'avais hâte de partir. Je me suis précipitée hors de la salle, j'ai pris une voiture, et je me suis fait conduire...

— A l'autre bout de Paris. Et, en route, vous vous êtes débarrassée de votre domino et de votre loup, vous les avez jetés par la portière du fiacre...

— Oui ; je ne voulais pas conserver chez moi ces preuves de ma visite à madame d'Orcival, au bal masqué.

— Il est fort heureux que vous ayez eu cette idée. On les a ramassés avant trois heures... donc vous n'étiez plus à l'Opéra lorsque... car vous n'y êtes pas retournée, n'est-ce pas ?

— Qu'y serais-je allée faire ? J'avais les lettres.

— Et vous les avez brûlées, en rentrant chez vous, vers quatre heures

— Oui.

Madame Cambry avait écouté les réponses de Berthe avec une attention émue, et elle les jugea si satisfaisantes qu'elle embrassa la jeune fille sur les deux joues en lui disant :

— Merci d'avoir eu foi en moi. Maintenant, je puis vous assurer que vous êtes sauvée.

— Vous m'avez promis que vous ne diriez rien à M. Darcy, s'écria Berthe.

— Rien de ce qu'il faut lui taire pour ne pas compromettre l'amie à laquelle vous vous êtes sacrifiée, non, certes. Mais je pourrai lui jurer que vous êtes innocente, et il me croira... Il faudra bien qu'il me croie.

— Dieu le veuille, madame. Si M. Darcy exigeait des aveux, que je suis résolue à ne pas lui faire, je me résignerais à subir mon sort plutôt que de parler.

— Je vous approuverais, dit madame Cambry d'un ton ferme. Si vous parliez, le devoir de M. Darcy serait de faire rechercher la personne pour laquelle vous vous êtes dévouée, et il est probable qu'il la trouverait. Mieux vaut qu'il devine à peu près la vérité. Il pourra alors se contenter des preuves morales qui sont toutes en votre faveur, et que la découverte du domino, trouvé avant trois heures sur le boulevard de la Villette, complète de la façon la plus heureuse. En l'état des choses, il me paraît impossible qu'il n'abandonne pas l'affaire, alors même qu'il lui resterait des doutes sur votre innocence.

Mais, ajouta-t-elle, après une courte pause, il y a un détail dont nous avons à peine parlé et qui a cependant une grande importance...

— Lequel, madame ?

— Ce poignard... qu'on a trouvé dans la loge... il est à vous ?

— Oui, répondit tristement mademoiselle Lestérel, ce poignard m'appartenait. Je l'ai reconnu dès que M. Darcy me l'a montré. Comment ne l'aurais-je pas reconnu ? Il n'y en a peut-être pas un pareil dans tout Paris. Mon beau-frère, qui me l'a donné, l'a rapporté du Japon.

— Vous le portiez quand vous êtes venue chez moi, m'a-t-on dit?

— Oui, madame; je l'ai montré à M. Gaston Darcy.

— Je ne l'ai pas remarqué. Alors vous l'aviez quand vous êtes arrivée au bal.

— Malheureusement. Je ne prévoyais pas qu'il servirait à...

— Et vous l'avez perdu?

— Non. Je le tenais à la main quand je suis entrée dans la loge. Il a attiré l'attention de madame d'Orcival. Elle l'a pris, elle l'a examiné, et elle m'a dit en riant que je lui devais bien une récompense pour le service qu'elle rendait à... mon amie.

— Et elle vous a demandé de le lui donner?

— Oui, je ne pouvais pas le lui refuser. J'étais trop heureuse d'avoir les lettres.

— Quelle étrange fatalité! Cette malheureuse a préparé elle-même sa mort tragique en se faisant remettre par vous l'arme qui devait la frapper. Qui sait si la vue de ce poignard n'a pas inspiré l'idée du meurtre à la femme qui l'a tuée? Ne voyez-vous pas la scène? Cette femme n'a rien prémédité, elle ne songe pas à commettre un crime, mais une querelle s'engage, une querelle violente. Madame d'Orcival, après l'avoir insultée, la menace avec ce couteau... la femme, emportée par la colère, le lui arrache des mains, et alors...

— Mon Dieu! interrompit Berthe, je me souviens maintenant que Julia m'a dit, en tirant le poignard de sa gaîne: Je vais avoir tout à l'heure un entretien orageux. S'il prenait envie à la personne qui va venir de me faire un mauvais parti, cet éventail me servirait à me défendre.

Et elle jouait avec l'arme meurtrière... elle essayait la pointe sur sa main gantée... Ah! c'est horrible!

— Oui, c'est horrible, murmura en frissonnant madame

9.

Cambry. Si vous aviez répété ces paroles à M. Darcy, l'instruction aurait tourné tout autrement. Mais pour les répéter, il aurait fallu...

— Convenir que j'avais vu Julia, et M. Darcy m'aurait demandé de prouver que j'étais sortie de la loge presque aussitôt après y être entrée. Pour prouver cela, il aurait fallu lui dire où j'étais allée... et, même à présent, si je lui avouais la vérité, il exigerait encore des explications que je ne veux pas lui donner. Je me tairai.

— Et peut-être aurez-vous raison. Le silence vaut mieux qu'une justification incomplète. Dans le doute où l'ont jeté tant d'incertitudes, M. Darcy ne tiendra compte que du fait qui vous innocente... un fait que je lui rappellerai souvent. Le domino trouvé avant trois heures du matin vous sauvera. Vous vous tairez, ma chère Berthe; je me chargerai de parler pour vous.

Et maintenant, ajouta madame Cambry après avoir un peu hésité, permettez-moi de vous adresser une question... à laquelle vous pouvez répondre, je crois, sans compromettre votre amie. Je ne vous ai pas demandé de qui étaient les lettres que madame d'Orcival vous a rendues, mais je vous demande si vous savez à qui elles étaient adressées.

Mademoiselle Lestérel rougit beaucoup.

— Je le sais, répondit-elle avec embarras, mais je vous supplie de me dispenser de vous l'apprendre. C'est un secret qui ne m'appartient pas. J'ai brûlé les lettres. Je veux oublier le nom de celui qui les a reçues.

— Vous connaissiez donc cet homme?

— Non, madame. Je l'ai vu... on me l'a montré... je ne lui ai jamais parlé.

— C'est singulier... mais j'y pense, comment se fait-il qu'il se tienne à l'écart? Il est impossible qu'il ignore ce qui se passe. Il a été, sinon la cause, du moins l'occasion d'un meurtre, il sait qu'une jeune fille est accusée de ce meurtre... et il n'intervient pas, alors que son intervention pourrait la sauver... il se cache.

— Il est mort.

Madame Cambry tressaillit et retint une exclamation qui allait lui échapper. Puis, d'une voix émue :

— Je comprends tout, dit-elle. Je m'explique comment madame d'Orcival possédait ces lettres. Peu de jours avant le bal où elle a été tuée, les journaux ont raconté qu'un étranger venait de se suicider chez elle. Les lettres qui vous ont coûté si cher étaient du...

— Par pitié, madame, ne le nommez pas, s'écria mademoiselle Lestérel. Ma malheureuse amie a tant souffert par lui... ce nom me rappelle de si cruels souvenirs que je ne puis l'entendre prononcer sans que mon cœur se serre.

— Calmez-vous, ma chère Berthe, je ne le prononcerai pas. A Dieu ne plaise que je veuille vous affliger.

Il y eut un silence. La jeune fille baissait la tête, et madame Cambry hésitait visiblement à la questionner encore.

— Un mot, dit-elle enfin, un seul. A quelle époque remonte la liaison du... de cet homme avec la personne qui vous est chère ?

— Cette liaison avait commencé il y a un an; elle a pris fin il y a quelques mois, répondit Berthe, un peu étonnée.

— C'est dans votre intérêt que je vous demande cela. Je suis votre avocat. Il faut que je sache tout. Mais j'en sais assez déjà pour gagner la cause que je vais plaider auprès de M. Darcy. Parlons de vous, de votre avenir.

— Mon avenir! quel avenir puis-je attendre? Je n'aurais plus qu'à mourir si votre amitié ne me rattachait encore à la vie. Et rien ne me rendra ce que j'ai perdu.

— Vous n'avez pas perdu l'amour de M. Gaston Darcy. Ses sentiments n'ont pas changé. Votre malheur n'a fait que les rendre plus vifs. Il est résolu à vous épouser, et je n'ai pas besoin de vous dire que je l'approuve. Son oncle ne s'y opposera pas, et ce mariage se fera en même temps que le mien. Je veux que vous soyez heureuse, ma chère

Berthe, et il manquerait quelque chose à mon bonheur si je n'assurais pas le vôtre.

— Je ne puis être la femme de M. Darcy, dit mademoiselle Lestérel d'un ton ferme.

— Pourquoi ? Il vous aime, vous l'aimez... car vous l'aimez, j'en suis certaine. Vous ne me répondez pas. Me serais-je donc trompée ?

Berthe baissait la tête et fondait en larmes.

— Non, reprit madame Cambry, je ne me suis pas trompée. Pour n'avoir pas su lire dans votre cœur, il faudrait que je n'eusse pas aimé.

— Vous n'avez pas souffert, murmura la jeune fille, vous ne pouvez pas comprendre ce que je souffre.

— Qu'en savez-vous ? Je suis femme, et toute femme a sa part des amertumes de la vie. Dieu m'a épargné l'horrible épreuve que vous traversez. Peut-être m'en réserve-t-il d'autres. S'il me les envoie, je les accepterai sans me plaindre, et je ne perdrai pas courage. Désespérer est lâche. Ne vous laissez pas abattre. Votre conscience ne vous reproche rien. Méprisez l'opinion du monde. M. Gaston Darcy la méprise. Pourquoi seriez-vous moins courageuse que lui ? Les sots le blâmeront de vous épouser. Que vous importe, si vous l'aimez ?

—C'est parce que je l'aime que je repousse ses offres généreuses. Je ne veux pas que la fatalité qui m'accable retombe sur lui. Il porte un nom respecté, il a un passé sans tache. Je ne veux pas qu'il partage la disgrâce où je suis tombée.

— Est-ce à vous de céder à des considérations qu'il foule aux pieds ? Croyez-moi, Berthe, ne prenez pas tant de souci d'un préjugé qu'il brave. Mariez-vous, et, quand vous serez unis, marchez la tête haute, la main dans la main. Votre amour vous soutiendra. L'amour est tout. Le reste n'est que fumée. Je vous jure que si, comme vous, j'avais été atteinte par la calomnie, je n'hésiterais pas une seconde à devenir la femme du galant homme qui m'a fait l'honneur de me demander ma main.

— Hélas ! soupira Berthe, profondément troublée, vous oubliez que je suis encore une prévenue, que demain peut-être on me ramènera dans cette affreuse prison d'où je ne sortirai plus que pour subir les hontes d'un jugement public. Quand donc pourrais-je épouser M. Darcy ? Est-ce pendant que je suis sous le coup d'une accusation infamante ? Sera-ce après qu'on m'aura traînée à l'audience, lorsque je serai devenue l'héroïne d'un procès criminel, lorsque l'affaire Lestérel figurera parmi les causes célèbres ? Que je sois condamnée ou acquittée, le déshonneur sera le même.

— Vous épouserez M. Gaston Darcy quand M. Roger Darcy aura reconnu votre innocence en déclarant officiellement qu'il n'y a plus lieu de poursuivre. Et ne me dites pas que cette déclaration serait insuffisante à vous réhabiliter. Nous serons trois pour imposer silence aux malveillants : votre mari, le mien et moi. Nul ne s'avisera de contester l'honorabilité d'une femme que nous couvrirons de notre protection. Promettez-moi donc, ma chère enfant, que vous consentirez dès à présent à recevoir M. Darcy, votre fiancé. Je tenais à vous voir seule, d'abord, mais je vous l'amènerai demain. Et, en attendant que vous lui accordiez cette joie, dites-moi en quoi je puis vous servir. Je vous verrai chaque jour ; si vous avez à faire une démarche délicate, si vous jugez que, pour la faire, ma présence vous soit utile, disposez de moi.

La figure de mademoiselle Lestérel s'éclaira :

— Quoi ! s'écria-t-elle, vous consentiriez...

— A tout, pour vous venir en aide. Parlez.

— J'ai une sœur que j'aime tendrement...

— Et que vous n'avez pas vue depuis votre arrestation, je le sais.

— Elle ignore sans doute que j'ai été mise en liberté ce matin, et moi j'ignore si elle vit, car elle était gravement malade lorsqu'on m'a arrêtée, et je n'ai pas pu recevoir de ses nouvelles... j'étais au secret.

— Rassurez-vous, ma chère Berthe. Je suis certaine qu'il ne lui est rien arrivé de fâcheux. M. Roger Darcy m'a parlé d'elle plusieurs fois. Il a recueilli sa déposition et celle de votre beau-frère... qui est officier de marine, n'est-ce pas?

— Il commande un navire de commerce... et puisque vous me parlez de lui, madame, je m'enhardis à vous avouer que je tremble à la seule pensée de l'accueil qu'il me fera. C'est un excellent homme, mais il est d'une violence excessive, et je crains qu'il ne soit très-mal disposé pour moi après ce qui s'est passé. Déjà, auparavant, je l'avais irrité involontairement. J'avais pris contre lui le parti de ma sœur.. dans une circonstance...

— Que je n'ai pas besoin de connaître. Mais votre sœur... vous devez avoir hâte de l'embrasser.

— Ma première visite eût été pour elle... J'ai pour Mathilde une affection... qu'elle me rend bien, et mon malheur la tue... elle n'a de confiance qu'en moi... sans moi, elle ne peut pas veiller à... des intérêts qui lui sont personnels... ma présence lui rendrait la vie, et le courage me manque pour me présenter chez elle. Que répondre à son mari quand il m'interrogera, quand il me demandera compte de cette accusation qu'il doit croire fondée, quand il me reprochera de l'avoir déshonoré? Si sa colère ne devait tomber que sur moi, je n'hésiterais pas; mais je crains d'être l'occasion d'une brouille entre ma sœur et lui. Il refusera peut-être de me croire, lorsque j'essayerai de me justifier. S'il me chasse, s'il défend à Mathilde de me recevoir, elle lui résistera, et...

— Voulez-vous que nous y allions ensemble? Quand je lui aurai dit qui je suis et affirmé que vous êtes innocente, il me croira. La parole de la future femme de votre juge aura de l'autorité, je l'espère.

— Oh! madame, si vous faisiez cela, si vous l'apaisiez, si vous parveniez à me réconcilier avec lui, vous nous sauveriez, ma sœur et moi... car vous ne savez pas, vous ne pouvez pas savoir...

— Je devine tout, interrompit en souriant madame Cambry. Partons. Votre sœur souffre de mortelles inquiétudes.
Il ne faut pas la faire attendre.

— Quoi ! vous voulez dès à présent...

— Sans doute. J'ai ma voiture en bas. Nous allons y
monter ensemble. Votre sœur demeure...

— Rue Caumartin.

— C'est tout près d'ici. Nous y serons dans quelques
minutes. J'opérerai la réconciliation, et quand elle sera
faite, je vous laisserai aux joies de la famille. Il n'y a
que M. Gaston Darcy qui ne s'accommodera pas de
cet arrangement. Il espérait vous voir dès ce matin,
mais il patientera bien jusqu'à demain. Venez ; vous
n'avez pas de toilette à faire, puisque vous n'aviez pas
encore ôté votre chapeau quand je suis arrivée. Qui vous
retient ?

— Une prière à vous adresser, madame. Je vous supplie
de ne pas parler à mon beau-frère de ma présence au bal
de l'Opéra, ni de ces lettres...

— Ne craignez rien de pareil, ma chère Berthe. Je comprends la situation. Mais, avant de sortir, ne feriez-vous
pas bien de recommander à votre portier... pour le cas où
M. Gaston viendrait pendant votre absence... de lui dire
que vous êtes allée chez madame votre sœur ? Si vous ne
preniez pas cette précaution, je le connais, Gaston se for-
gerait mille chimères.

— Vous avez raison, madame. Je vais suivre votre conseil, répondit mademoiselle Lestérel.

Madame Cambry était déjà dans l'escalier. La consigne
fut donnée au concierge, une consigne générale, car Berthe
ne voulait pas la spécialiser pour un monsieur. C'eût été
se donner l'air de lui assigner un rendez-vous chez madame
Crozon. Le concierge fut donc averti d'avoir à répondre
la même chose à toutes les personnes qui se présente-
raient.

En mettant le pied dans la rue, Berthe eut la joie de ne

plus apercevoir l'agent de police et de penser que Gaston avait déjà tenu sa promesse, en obtenant de son oncle la suppression de ce surveillant incommode.

L'agent d'ailleurs, eût-il été encore à son poste, n'aurait certainement pas pu suivre en fiacre un coupé attelé de deux excellents chevaux.

Berthe se réjouissait d'autant plus d'être débarrassée de lui qu'elle avait absolument besoin d'aller le plus tôt possible dans un quartier de Paris fort éloigné, et qu'il lui importait beaucoup que ce voyage restât secret.

Et elle avait encore d'autres sujets de joie. L'appui que lui donnait si généreusement madame Cambry la rassurait presque sur l'avenir. L'amour de Gaston la touchait profondément et ouvrait son cœur à l'espérance. L'horizon s'éclaircissait.

Le trajet fut rapidement fait, et la conversation ne languit pas en chemin. Madame Cambry, qui était arrivée le front soucieux chez sa jeune amie, se rassérénait à vue d'œil, et s'efforçait avec sa bonté accoutumée de détourner mademoiselle Lestérel des pensées tristes qui l'assiégeaient encore. Elle lui demandait des détails sur M. Crozon, sur son passé, sur son caractère, sur son mariage; elle voulait, disait-elle, le connaître avant de l'aborder, afin de ne pas faire fausse route en lui parlant. Berthe la renseignait de son mieux, et elle n'eut pas de peine à lui expliquer ce qu'était son beau-frère. Madame Cambry comprenait à demi-mot, et en arrivant à la porte de la maison habitée par le ménage Crozon, elle en savait aussi long sur le capitaine baleinier que si elle eût été en relation avec lui depuis des années.

En montant l'escalier, elle proposa à mademoiselle Lestérel de la laisser un instant dans l'antichambre et de se présenter seule pour épargner à madame Crozon l'émotion trop vive qu'elle aurait éprouvée en voyant apparaître sa sœur qu'elle n'attendait pas, et aussi pour préparer à l'entrevue le terrible beau-frère, pour sonder ses dispositions, et pour tâcher de les modifier, si elles étaient hostiles.

Berthe accepta cet arrangement très-sage, et quand la bonne de Mathilde se présenta, elle la pria de ne point s'exclamer, comme elle commençait à le faire, et d'annoncer seulement à M. Crozon qu'une dame désirait lui parler d'une affaire pressante.

— Monsieur et madame sont à table, répondit cette fille; ils vont être bien contents de revoir mademoiselle.

Berthe, surprise et charmée, demanda tout bas ce qui s'était passé depuis son arrestation, et elle apprit qu'une révolution d'intérieur s'était accomplie, une révolution dans le meilleur sens du mot. M. Crozon était réconcilié avec sa femme qui se portait beaucoup mieux, et ils parlaient souvent de l'absente.

Ce colloque fut cause que le plan de madame Cambry ne put pas s'exécuter. L'appartement était petit, la porte de la salle à manger donnait directement dans l'antichambre, et M. Crozon n'avait pas, sur la façon de recevoir des visites, les idées des gens du monde. Il ne dédaignait pas d'aller au besoin ouvrir lui-même la porte quand on sonnait et de se lever de table pour aller voir qui était là, quand il entendait qu'on parlait à sa domestique. Il se montra tout à coup, et dès qu'il aperçut Berthe, il lui tendit les deux mains sans prendre le temps de saluer madame Cambry qui souriait d'aise à cette réconciliation spontanée.

Ce fut bien autre chose encore lorsque parut madame Crozon, attirée par une voix qu'elle hésitait à reconnaître : elle poussa un cri et se jeta au cou de mademoiselle Lestérel en la couvrant de baisers. Les deux sœurs pleuraient de joie; le capitaine au long cours riait, sautait et battait des mains comme un enfant, et la future femme du juge d'instruction contemplait avec attendrissement cette scène touchante.

Berthe eut beaucoup de peine à s'arracher aux étreintes

des siens pour présenter sa généreuse protectrice. Madame Crozon la connaissait de nom, et devina tout de suite qu'elle avait contribué à la délivrance de la prisonnière. Le marin ne comprit pas tout d'abord, et il fallut qu'on lui expliquât brièvement à qui il avait affaire, mais il fut pris d'un véritable accès d'enthousiasme qui se traduisit par des effusions de joie et de tendresse. Il fit mine d'embrasser madame Cambry, et comme elle se dérobait, il s'empara de son bras sans cérémonie et il l'entraîna dans la salle à manger.

La belle veuve eut beau s'en défendre, elle fut obligée de s'asseoir à table entre Berthe et Crozon, qui ne tarissait pas en exclamations et en remercîments. Mathilde causait à demi-voix avec sa sœur, et la bonne tout émue complétait ce tableau curieux. Les restes d'un déjeuner bourgeois fumaient encore sur la toile cirée. Jamais madame Cambry ne s'était trouvée à pareille fête, elle qui ne sortait de son hôtel que pour aller chez des personnes de son monde. Le loup de mer lui versait à boire et la suppliait de trinquer à Berthe avec un certain vin de Pisco qu'il avait rapporté de l'Amérique du Sud. Il jurait qu'elle ne partirait pas sans en goûter, et il lui demandait quel jour elle viendrait dîner sans cérémonie.

Elle se défendait doucement, et, tout en répondant à ces politesses maritimes, elle regardait Berthe à la dérobée. Elle aurait bien voulu l'interroger sur la cause de cet heureux changement, mais Berthe n'aurait pas pu lui répondre, car Berthe ignorait l'histoire récente du ménage. Berthe en était restée au retour du mari, au drame qui s'était joué en présence de Gaston Darcy, spectateur invisible, et à la paix un peu boiteuse par laquelle s'était terminé ce premier acte de la campagne ouverte contre la pauvre Mathilde par un dénonciateur anonyme.

Madame Crozon en savait davantage. Elle savait qu'elle devait son repos à l'habile intervention de Nointel, et elle brûlait du désir de mettre sa sœur au courant des divers incidents qui s'étaient produits depuis la fatale nuit du bal de l'Opéra. Mais la présence de son mari lui fermait la bouche.

— Je le savais bien, que Berthe était innocente, s'écria le capitaine en frappant du poing sur la table. Le juge a mis du temps à le reconnaître, mais enfin il nous a rendu notre petite sœur, et elle ne nous quittera plus. C'est à vous, madame, que nous devons cette joie, et je vous jure que Jacques Crozon, ici présent, sera toujours prêt à se jeter à l'eau pour vous.

— Vous la devez surtout à M. Darcy, s'empressa de dire la belle veuve, qui avait hâte de poser la situation de manière à dispenser mademoiselle Lestérel de fournir des explications difficiles.

Elle ne voulait pas attrister cette première entrevue en apprenant au marin et à sa femme que la mise en liberté de Berthe n'était que provisoire, et cependant il fallait bien leur toucher un mot de la mesure prise par le juge. Elle tourna la difficulté.

— M. Darcy, reprit-elle, n'a pas encore statué définitivement sur l'affaire qu'il est chargé d'instruire ; mais sa conviction est faite, et il ne tardera guère à prendre une décision qui déchargera complétement mademoiselle Lestérel d'une accusation injuste. Il y a, avant d'en venir là, des formalités à remplir qui peuvent être assez longues.

— N'importe, s'écria Crozon. Berthe est libre. C'est tout ce qu'il faut. Aussi, c'était trop absurde... accuser de meurtre une enfant qui ne ferait pas du mal à une mouche... J'en suis à me demander comment un magistrat éclairé a pu croire à de pareilles calomnies.

— Il a été induit en erreur par des indices malheureux.

— Oui, je sais, ce poignard que j'ai rapporté de Yeddo. Un joli cadeau que je lui ai fait là, à ma pauvre Berthe. On aurait bien dû se douter qu'elle l'avait perdu.

Mademoiselle Lestérel baissait les yeux et commençait à pâlir. Madame Cambry vint à son secours.

— Perdu, c'est bien cela, dit-elle vivement, perdu en sortant de chez moi, au moment où le bal de l'Opéra commençait, et, par une fatalité extraordinaire, c'est une femme qui l'a trouvé et qui s'en est servie pour commettre le crime.

— On la connaît, cette femme ?

— Non, pas encore; mais si elle échappait à la justice, l'innocence de mademoiselle Lestérel n'en serait pas moins bien établie. Elle a été victime d'une sorte de complot ourdi par des misérables qu'on découvrira, je l'espère.

— C'est moi qui les découvrirai. Je suis sûr que le coup part d'un drôle que je cherche et que je finirai bien par trouver. Ah! madame, j'ai vu, moi aussi, qu'il ne fallait pas se fier aux apparences. Vous ne m'en voudrez pas de vous parler des chagrins qui ont empoisonné ma vie et qui ont pris fin, Dieu merci! Sur une dénonciation anonyme, j'ai soupçonné ma femme. J'ai été assez fou pour croire qu'elle m'avait trompé, et j'allais faire un malheur, quand le hasard m'a mis face à face avec un ancien camarade, le capitaine Nointel. C'était précisément lui qu'un coquin me désignait comme ayant été l'amant de Mathilde. Nous nous sommes expliqués loyalement, et tout s'est éclairci bien vite. Nous avons reconnu que nous étions tous les deux en butte aux persécutions d'un ennemi caché qui avait imaginé de nous amener à nous couper la gorge. Et Nointel est maintenant mon meilleur ami.

— M. Nointel m'a été présenté hier, dit madame Cambry, enchantée de la tournure que prenait l'entretien. Il est très-lié avec le neveu de M. Darcy, mon futur mari, et j'espère qu'il nous procurera souvent le plaisir de le recevoir.

Berthe regarda sa sœur, et, en la regardant, elle devina à peu près ce qui s'était passé pendant sa captivité. Alors elle pensa à Gaston, qui sans doute avait inspiré à son intime l'heureuse idée de se mettre en rapport avec le marin, et elle se dit avec un battement de cœur :

— C'est pour moi qu'il a fait cela.

— Et vous, monsieur, reprit la veuve, je compte bien que je vous reverra et que madame Crozon me fera aussi l'honneur de venir chez moi.

— L'honneur sera pour nous, et je vous promets que nous profiterons souvent de la permission, dit chaleureusement le baleinier. Ah! madame, si vous saviez comme nous sommes heureux maintenant que notre chère sœur est revenue, maintenant que je suis guéri de ma stupide jalousie. C'est le paradis, et avant c'était l'enfer. J'étais fou. J'avais des pensées de meurtre. Croiriez-vous que le lâche qui m'écrivait des lettres anonymes m'avait persuadé que ma femme était accouchée secrètement, et que je cherchais l'enfant pour le tuer? J'aurais tué la mère après, et je me serais fait sauter la cervelle ensuite.

— Jacques! s'écria d'un ton de reproche mademoiselle Lestérel, vous faites un mal affreux à Mathilde, et vous oubliez à qui vous parlez.

Madame Crozon était horriblement pâle, et madame Cambry, qui la prit en pitié, allait essayer de détourner la conversation; mais l'enragé marin était lancé.

— Pourquoi ne rappellerais-je pas le souvenir de mes sottises? reprit-il. Laissez-moi proclamer bien haut que j'ai été injuste, que j'ai fait souffrir une femme innocente, mais que je suis revenu de mes funestes erreurs et que ma vie tout entière sera consacrée à les réparer. Oui, je me repens, oui, je demande pardon à Mathilde, à vous, Berthe, que j'ai méconnue... et à madame que je fatigue du récit de mes malheurs.

Parlons d'autre chose, ajouta-t-il brusquement. Quand êtes-vous sortie de cette abominable prison, ma chère Berthe?

— Ce matin, répondit la jeune fille; j'étais à peine arrivée chez moi, rue de Ponthieu, lorsque madame Cambry y est venue. Et, vous le dirai-je, Jacques? c'est elle qui m'a encouragée à me présenter à vous. Je n'osais pas, je redoutais votre accueil. Ma première pensée avait été d'accourir

ici... puis je m'étais dit que sans doute vous m'aviez maudite, que vous alliez me chasser peut-être, et j'avais résolu
d'épargner cette douleur à Mathilde. Elle a assez souffert.

— Non, je ne vous avais pas maudite... mais j'étais
assailli par des soupçons vagues... votre conduite me
paraissait inexplicable... j'étais irrité que ma femme eût
été mise en cause... vous aviez dit au juge qu'elle vous
avait envoyé chercher la nuit de ce bal... mieux que personne, je savais que ce n'était pas vrai... je me demandais
où vous étiez allée... ce que vous aviez fait pendant cette
malheureuse nuit... et alors mes soupçons me revenaient...

— Monsieur, dit madame Cambry qui apercevait le danger et qui avait assez de présence d'esprit pour y parer en
improvisant une histoire, Berthe elle-même a été trompée.
La femme qui est venue la chercher chez moi, et qu'on n'a
pas retrouvée, s'était servie du nom de madame Crozon.
Berthe a cru que sa sœur la demandait, et elle a suivi cette
femme qui, dans la voiture où elles étaient montées ensemble, a essayé de l'entraîner au bal de l'Opéra.

— Elle était envoyée par le coquin, l'homme aux lettres
anonymes, s'écria Crozon. Ah! le misérable! que j'aurai de
plaisir à le tuer! Et moi qui m'étais imaginé que Berthe
était allée... j'avais toujours en tête cet odieux mensonge
d'un enfant caché par Mathilde... et je supposais...

Un violent coup de sonnette interrompit les exclamations
du baleinier, et mit fin pour un instant aux angoisses des
deux sœurs, qui tremblaient chaque fois que Crozon revenait sur ce sujet scabreux.

— Si c'était Nointel qui vient nous demander à déjeuner,
il tomberait bien, dit joyeusement le mari.

Et il prêta l'oreille à un colloque engagé dans l'antichambre entre la bonne et la personne qui avait sonné.

— Non, reprit Crozon, c'est une voix de femme.

On parlait assez haut, et le diapason ne faisait que s'élever. Évidemment la domestique discutait avec une visiteuse
qu'elle refusait d'introduire.

Bientôt, elle entra tout effarée dans la salle à manger, et elle dit d'une voix entrecoupée :

— Madame, c'est une femme qui demande mademoiselle Berthe.

— Une femme ! répéta Berthe avec inquiétude.

— Oui, mademoiselle, une femme qui a l'air d'un nourrice et qui porte un enfant emmaillotté.

Ce fut un coup de théâtre. Le baleinier bondit comme un cachalot harponné. Berthe pâlit, et sa sœur s'affaissa sur sa chaise. Madame Cambry les regardait pour tâcher de deviner le sens de cette scène d'intérieur.

— Un enfant ! répéta Crozon, une nourrice ! Que vient-elle faire ici ?

— Monsieur, dit la bonne, elle veut absolument parler à mademoiselle Lestérel.

— C'est bien, j'y vais, murmura Berthe en se levant de table.

Le marin fut debout aussitôt qu'elle et lui barra le passage.

— Je vous défends de bouger, cria-t-il.

Et comme madame Cambry faisait mine de partir, il ajouta :

— Restez, madame, vous n'êtes pas de trop.

A son air, la belle veuve comprit qu'il était inutile d'insister, et elle se soumit, mais elle commençait à regretter d'avoir accompagné sa jeune amie.

Crozon ouvrit brusquement la porte, poussa la bonne dans l'antichambre, s'y précipita après elle, et rentra presque aussitôt, traînant une grosse femme qui tenait dans ses bras un nourrisson endormi.

Elle était un peu interloquée, mais elle se remit assez vite, car c'était une robuste commère, et la timidité ne devait pas être son défaut.

— Salut, monsieur, mesdames, et toute la compagnie, dit-elle en faisant la révérence à l'ancienne mode.

Puis, s'adressant à Berthe :

— Bonjour, mademoiselle; je viens de chez vous; votre portier m'a dit que vous étiez *du moment* chez madame Crozon, rue Caumartin, 112, et je suis venue *dare dare*. Ah! je suis joliment contente de vous trouver, car voilà déjà du temps que mon homme me fait une vie de chien pour que je rentre chez nous, à Pantin. Je n'ai pas voulu, vu que je vous avais promis de rester à Belleville, parce que vous teniez à voir la petite tous les jours; mais ça ne pouvait pas durer. Pensez donc, mes frais de nourriture qui couraient! Nous ne sommes pas riches, et la dépense allait toujours. Pour ce qui était de vous parler, ou de vous écrire à c'te vilaine maison du faubourg Saint-Denis, j'y ai pas seulement pensé; j'aurais eu peur de vous faire arriver de la peine. Dame! ils sont regardants, les juges, et si j'étais en prison, je n'aimerais pas qu'on leur contât mes affaires.

Pour lors, donc, il n'y avait plus moyen d'y tenir, et si j'avais écouté mon homme, j'aurais porté l'enfant à l'hospice. Enfin, ce matin, en causant avec la fruitière, j'ai appris qu'elle avait lu sur le journal qu'on allait lâcher la demoiselle qui était à Saint-Lazare pour la chose de l'Opéra. Là-dessus, je n'ai fait ni une ni deux; j'ai emmaillotté la petite, et j'ai été tout droit rue de Ponthieu. Depuis la rue de Puebla il y a un bout de chemin, et je n'avais pas seulement six sous pour prendre l'omnibus. C'est pourquoi...

— Assez, cria le capitaine. Qui vous a confié cet enfant?

— Pardine! c'est mademoiselle. Faut pas être malin pour trouver ça, dit la nourrice.

— Quand?

— Il y a pas loin de deux mois... même que je n'en ai touché qu'un.

— Deux mois, répéta Crozon en lançant à sa femme un regard effrayant.

— Oui, deux mois. Mais la petite a un peu plus.

— Où vous l'a-t-on remise? Pourquoi s'est-on adressé à vous? Répondez! J'ai le droit de vous interroger.

— Vous êtes donc commissaire de police?

— Répondez, vous dis-je. Je veux tout savoir. Si vous refusez de parler, ou si vous mentez, je vous ferai arrêter en sortant d'ici.

— M'arrêter! moi! Ah! je voudrais voir ça. Je suis une honnête femme, entendez-vous? et je ne crains personne. Qu'est-ce que j'ai donc fait pour qu'on me mette en prison? Mon homme travaille chez un blanchisseur à Pantin. C'est lui qui conduit la carriole pour reporter le linge aux pratiques. Moi, je suis repasseuse, et, des fois, je vas à Paris avec lui. C'est pour vous dire qu'après le jour de l'an, je nourrissais encore mon dernier, mais j'allais le sevrer, quand un lundi je monte chez mademoiselle qui se fait blanchir depuis des temps chez notre patron. — Vous chargeriez-vous d'un enfant? qu'elle me dit. — Tout de même, que je lui réponds. — Bon! mais faudrait demeurer en ville, parce que la banlieue, c'est trop loin. On vous louera un logement, on payera tous vos frais, et vous aurez en plus quarante francs par mois. Ça m'allait et à mon homme aussi. Nous acceptons. Il n'y avait pas de mal à ça. Le lendemain, je reviens, avec mes hardes. Mademoiselle me conduit dans une belle maison, où elle avait loué pour moi une chambre qu'était garnie, fallait voir! Jamais de ma vie je n'avais été si bien logée. Elle me dit de l'attendre, elle s'en va, et une heure après elle m'apporte une petite fille qu'avait bien trois semaines, et rien que le souffle. Paraît qu'on la nourrissait au biberon. Elle a repris tout de suite quand je l'ai eue.

— Et la mère est venue la voir? demanda Crozon, haletant d'impatience et de colère.

— La mère? Je n'en sais rien, ma foi! Je n'ai pas demandé à qui était l'enfant, vu que ça ne me regardait pas.

Madame Crozon cachait sa figure dans ses mains, mais Berthe relevait la tête, et ses yeux brillaient.

— Vous n'avez pas vu une autre femme? C'est impossible.

II. 10

— Vrai comme je m'appelle Virginie Monnier, je n'ai vu que la demoiselle que v'là. Tous les jours, elle arrivait en voiture, sur le coup de midi; elle emportait la petite pour lui faire prendre l'air, qu'elle disait... Je trouvais ça drôle, mais c'était son affaire et pas la mienne... à deux heures, elle me la rapportait. Ça a marché comme ça jusqu'au commencement de la semaine qu'elle m'a fait déménager.

— Déménager?

— Oui, un samedi, après minuit. Il y avait bientôt huit jours qu'elle n'était venue. Elle envoyait une grande fille qu'avait l'air d'une bonne et qui me demandait toujours si des hommes ne m'avaient pas suivie quand je sortais pour promener l'enfant. Et justement, le samedi, dans le jardin qu'est contre la rue de Lafayette, j'avais été accostée par un monsieur qu'avait voulu savoir à qui était mon nourrisson. Je lui avais répondu qu'il me laissât la paix, mais il m'avait emboîté le pas jusqu'à la porte de la maison. La grande arrive le soir, je lui raconte l'histoire du monsieur. Là-dessus, la v'là qui me dit de ne pas me coucher, et de me tenir prête à filer, dans la nuit, qu'elle viendra me prendre avec mademoiselle et me conduire dans un autre logement.

— Et elles sont venues? dit Crozon d'une voix sourde.

— Bien sûr, mademoiselle peut vous le dire. Elles sont arrivées à une heure passée, même que je dormais sur une chaise. Il a fallu lever l'enfant et décaniller plus vite que ça. Nous sommes montées dans un fiacre qui attendait en bas, et puis, en route pour Belleville! Rue de Puebla, un rez-de-chaussée avec un petit jardin. Ça n'était pas si bien meublé que rue de Maubeuge, mais c'était gentil tout de même. Pas de concierge. J'avais la clef. La propriétaire est venue le lendemain. Elle m'a dit que le logement était payé pour un mois. J'écris à mon homme. Ça lui allait dans un sens, parce que c'était plus près de chez nous, mais il trouvait la chose louche. Moi, je pensais : la

demoiselle reviendra demain, et je m'expliquerai avec elle.
Ah! ouiche! plus personne, je n'ai jamais revu ni elle ni la
bonne. Et puis, v'là que j'apprends le lundi qu'elle a été
arrêtée. Comment faire? L'autre, je ne savais pas où elle
restait, ni son nom, ni rien; j'attends un jour, deux jours,
pas de nouvelles... elle faisait la morte. Alors...

— Taisez-vous, interrompit Crozon; ce n'est plus à vous
que j'ai affaire.

En tournant le dos à la nourrice ébahie, il fit un pas vers
sa femme.

La malheureuse essaya de se lever. Elle n'en eut pas
la force. Mais Berthe, pâle et résolue, vint se placer
près d'elle.

— Vous avez entendu, dit froidement le mari. Le récit
de cette femme est assez clair. On ne vous avait pas ca-
lomniée. Vous m'avez trompé, et votre sœur a été votre
complice. Ah! vous aviez bien pris vos précautions! La
nourrice ne connaît pas votre visage. Votre sœur vous
amenait tous les jours votre enfant. Vous n'étiez mère que
pendant une heure... en voiture. Voulez-vous que je vous
dise quand ces touchantes promenades ont cessé? Elles
ont cessé à mon retour, parce que vous ne pouviez plus
sortir. J'étais là, et vous saviez que, si je m'étais laissé
prendre à vos grimaces, je n'en avais pas moins les yeux
ouverts. Et puis, je vous avais appris qu'un inconnu m'avait
dénoncé vos infamies, que cet homme cherchait la bâtarde
que vous cachiez avec tant de soin. Vous craigniez qu'il ne
vous surprît. Berthe s'est chargée de le dépister. Elle est
de votre sang. Elle sait ruser, elle sait mentir: rien ne
l'arrête; elle n'hésite pas à se compromettre, elle fait
litière de sa réputation de jeune fille; elle traîne le nom
de son père dans de honteuses intrigues.

— Injuriez-moi, Jacques, murmura mademoiselle Lestérel, mais ne calomniez pas Mathilde et ne parlez pas de
notre père. S'il vivait, il saurait nous protéger, et il vous
maudirait, vous qui n'avez pas pitié de nous

— Vos paroles doucereuses et vos airs hypocrites ne réussiront plus à m'abuser. Vous ne pouvez pas nier l'existence de cet enfant. Nierez-vous que c'est vous qui êtes allée le chercher, parce que vous saviez qu'il allait être découvert? C'était le samedi... il y avait bal à l'Opéra... vous avez bien employé votre nuit... vous l'avez terminée dans je ne sais quelle maison suspecte... vous l'aviez peut-être commencée par un meurtre... je ne crois plus à votre innocence.

— Je ne vous demande pas d'y croire et je ne nie rien, répondit Berthe en regardant fixement son beau-frère.

On eût dit qu'elle cherchait à l'exaspérer afin d'attirer sur elle-même l'orage qui menaçait madame Crozon.

— Je ne nie rien de ce que j'ai fait, reprit-elle, mais je nie que Mathilde soit coupable.

— Le jour de mon arrivée à Paris, vous avez juré devant Dieu qu'elle était innocente, et j'ai été assez fou pour vous croire. Mais, cette fois, c'est trop d'impudence. Essayez donc d'expliquer votre conduite. Osez soutenir que vous n'avez pas agi pour le compte de votre sœur. Si c'est pour une autre femme, nommez-la donc.

— Et si cela était, Jacques, si je m'étais exposée à tant de dangers et à tant d'outrages pour sauver l'honneur d'une amie qui m'est presque aussi chère que Mathilde, croyez-vous que je trahirais son secret, croyez-vous que vos menaces me forceraient de commettre une lâcheté? Oui, je connais une femme qui a eu le malheur de faillir; oui, je lui ai tendu la main; oui, je l'ai aidée, j'ai veillé sur son enfant. Lui reprocherez-vous de l'aimer? Fallait-il que cette enfant payât de sa vie la faute de sa mère qui ne pouvait pas l'élever? Elle serait morte si je l'avais abandonnée. Je l'ai sauvée. Libre à vous de m'en faire un crime. J'ai ma conscience pour moi, et je suis fière d'avoir suivi les inspirations de mon cœur.

Le marin tressaillit. Évidemment, la dédaigneuse assurance avec laquelle Berthe lui répondait produisait sur lui une certaine impression. Peut-être même commençait-il à douter qu'elle mentît en avançant qu'elle s'était dévouée pour une amie. Les énergiques discours de Nointel lui revenaient en mémoire, et il se disait que le drôle qui avait lancé contre le capitaine une accusation fausse pouvait bien aussi avoir calomnié Mathilde.

Berthe, de son côté, sentait qu'elle avait touché juste, mais elle ne pouvait pas espérer que la victoire lui resterait dans la bataille suprême qu'elle livrait pour défendre sa sœur. La lutte était trop inégale. Que faire pour la soutenir en présence de l'enfant, preuve vivante d'un déshonneur qu'elle essayait de rejeter sur une inconnue? Tout était contre la courageuse jeune fille qui se préparait au plus cruel de tous les sacrifices.

Cependant madame Cambry l'encourageait par son attitude bienveillante; madame Cambry, qui aurait pu, en se retirant, s'épargner le pénible spectacle d'une querelle de famille, madame Cambry restait, et on lisait dans ses yeux qu'elle n'attendait qu'une occasion pour prendre le parti des faibles. Elle attendait que la fureur du mari s'apaisât un peu.

Plongé dans de sombres réflexions, les bras croisés sur sa poitrine, la tête basse, Crozon semblait ne plus voir ce qui se passait autour de lui.

La grosse femme ne s'était pas trop émue de ses violences de langage, et elle profita de cette éclaircie pour se rapprocher de mademoiselle Lestérel. La petite fille qu'elle portait souriait à madame Crozon qui osait à peine la regarder.

— Voyez, madame, comme elle est gentille, s'écria la nourrice. Elle ne vous connaît pas, et elle veut vous embrasser.

Le front blanc de la petite touchait presque les lèvres de madame Crozon. On entendit à peine le faible bruit d'un baiser furtif.

— Misérable! cria le mari, en prenant sur la table un

10.

couteau qui se trouvait à portée de sa main; tu es sa mère. Je vais vous tuer toutes les deux.

Berthe se jeta au-devant de lui, pour couvrir de son corps les pauvres créatures que ce furieux allait frapper.

— Vous ne toucherez pas à mon enfant, dit-elle d'une voix ferme.

— Votre enfant! s'écria Crozon; vous osez dire que cet enfant est à vous!

— Oui, je l'ose, répliqua Berthe. Je suis sa mère, et je saurai le défendre.

— Malheureuse! c'est votre déshonneur que vous proclamez.

— Je le sais; je sais que je me perds en avouant une faiblesse que je voudrais racheter au prix de tout mon sang; je connais le sort qui m'attend. J'aurais pu cacher ma honte. Vous me forcez à l'afficher. Que Dieu vous pardonne! moi, j'expierai et je ne me plaindrai pas, car du moins j'aurai arraché Mathilde à vos fureurs.

— Qui me prouve que vous ne mentez pas pour la sauver?

— Quoi! vous doutez encore! Que vous faut-il donc pour vous convaincre? Exigerez-vous que madame Cambry vous dise à quel bonheur inespéré je renonce? Vous venez de lui infliger le spectacle d'une scène odieuse. Allez-vous la contraindre à vous jurer que je suis indigne d'épouser un honnête homme? Obligerez-vous la nourrice de ma fille à vous répéter le récit que vous avez entendu? Vous avez donc oublié qu'elle ne connaît que moi, que moi seule ai vu l'enfant! Vous avez donc oublié aussi que j'ai été accusée d'un crime et que j'ai refusé de me justifier! Croyez-vous que si mon honneur n'eût pas été en jeu, je me serais résignée à subir, plutôt que de dire la vérité, le châtiment terrible qui m'attendait?

Et, ajouta non sans hésitation l'héroïque jeune fille, croyez-vous que Mathilde me laisserait me sacrifier pour elle?

Elle avait réservé cet argument pour la fin, mais l'épreuve était périlleuse, car elle prévoyait bien que madame Crozon n'allait pas se décider facilement à accepter le sacrifice. Elle la regarda, elle regarda l'enfant, et ses yeux exprimèrent une prière éloquente. Ils disaient à sa sœur : Tu n'as pas le droit d'immoler ta fille, et ton mari la tuerait si tu me démentais. Et pour aller au-devant de la réponse qu'elle redoutait, elle reprit, en se tournant vers son beau-frère :

— Mathilde est innocente, et je lis sur son visage qu'elle voudrait se dévouer pour moi, s'accuser de la faute que j'ai commise. Que serait-ce donc si elle était coupable?

Madame Crozon éclata en sanglots. L'amour maternel avait étouffé le cri de la conscience, et sa voix ne s'éleva point pour protester.

Le mari jeta le couteau sur la table, et dit d'un air égaré :

— Laissez-nous. Je veux être seul avec ma femme. Emmenez cet enfant.

La nourrice effrayée mourait d'envie de partir, et madame Cambry ne demandait pas mieux que de la suivre, car elle était fort troublée, et, de plus, il lui tardait d'interroger Berthe. Mais Berthe hésitait à abandonner sa sœur au plus fort d'une terrible crise conjugale. Un coup d'œil que lui adressa Mathilde la décida. Elle comprit que l'explication serait moins orageuse, si elle s'achevait sans témoins, et surtout si M. Crozon n'avait plus devant lui le nourrisson dont la vue l'exaspérait. D'ailleurs, pour soutenir le rôle de mère qu'elle avait pris si généreusement, elle ne devait pas quitter sa fille.

— Jacques, dit-elle doucement, je ne vous reprocherai plus jamais le mal que vous m'avez fait. Vous avez cédé à un transport de colère que vous regrettez déjà, j'en suis sûre, car je sais que votre cœur est excellent. Mais vous êtes calmé, la raison vous est revenue. Je ne tremble plus pour Mathilde, et je vous la confie. Je ne vous demande pas de me pardonner ma chute; je vous demande seulement de ne pas me maudire, car je suis bien malheureuse.

— Partez! murmura Crozon beaucoup plus ému qu'il ne voulait le paraître.

— Ne cherchez pas à savoir comment j'ai succombé. C'est un secret qui mourra avec moi... bientôt, et que Mathilde elle-même ne connaîtra jamais. Adieu...

Sur ce mot, qui indiquait assez qu'elle ne chercherait pas à revoir son beau-frère, Berthe se jeta au cou de sa sœur et l'embrassa tendrement. Leurs larmes se mêlèrent, et, sans échanger une parole, elles se comprirent.

La nourrice, pressée de battre en retraite, avait déjà passé la porte. Madame Cambry serra les mains de la femme, salua froidement le mari, prit le bras de la jeune fille et sortit avec elle. M. Crozon ne les reconduisit pas.

— Ah! mon Dieu, s'écria, dès qu'elles furent sur le palier, la commère qui portait l'enfant, mais il est enragé, cet homme-là. Si le mien était comme ça, c'est moi qui le planterais là. Vouloir tuer la petite parce qu'elle a fait une risette à sa femme! A-t-on jamais vu!

Puis, changeant de ton tout à coup :

— Alors, comme ça, mademoiselle, c'est à vous c'te belle grosse fille? Oh! *ben*, vrai, je ne m'en doutais pas... mais faut pas pleurer pour ça. Vous n'êtes pas la première à qui il est arrivé malheur, et vous ne serez pas la dernière. On l'élèvera, quoi! la pauvre mioche, et si vous voulez me la laisser, je la garderai de bon cœur, car maintenant je ne suis plus inquiète sur le payement de mon dû.

Madame Cambry saisit aussitôt l'intention et voulut épargner à Berthe, qui suffoquait, l'embarras de répondre.

— Voici cent francs, ma brave femme, dit-elle vivement. Rentrez chez vous, avertissez votre mari que la mère de cet enfant est retrouvée, et attendez notre visite qui ne tardera guère.

La nourrice remercia avec enthousiasme, et ne se fit pas prier pour s'en aller. Elle fit baiser à mademoiselle Lestérel les joues roses de la petite qui venait de se rendormir avec un sourire sur les lèvres, et elle enfila l'escalier.

Madame Cambry et la jeune fille descendirent après elle, sans se dire un seul mot. Le lieu eût été mal choisi pour échanger leurs impressions. Elles remontèrent en voiture ; madame Cambry donna l'ordre de les ramener rue de Ponthieu, et à peine le valet de pied eut-il fermé la portière, qu'elle dit d'une voix émue :

— Berthe ! ce n'est pas vrai, n'est-ce pas ?

— Non, murmura Berthe. Je suis perdue, mais Mathilde est sauvée.

— Vous êtes sublime. Et vous allez être récompensée de votre dévouement. L'ordonnance de non-lieu sera signée aujourd'hui même.

Mademoiselle Lestérel fit un geste d'indifférence.

— Je vais aller immédiatement chez M. Darcy pour lui dire...

— Ne lui dites rien, madame, je vous en supplie... par pitié pour ma malheureuse sœur.

— Votre sœur n'est plus en cause, puisque vous avez poussé l'abnégation jusqu'à déclarer que cet enfant était à vous. Vous répéterez cette déclaration devant M. Darcy, et...

— M. Darcy ne me croira pas.

— Non, certes. S'il pouvait supposer un instant que vous ayez failli, il lui serait bien facile de s'assurer du contraire. M. Crozon, qui était hors de France depuis deux ans, a pu s'y tromper, mais moi qui ne suis jamais restée huit jours sans vous voir, M. Darcy lui-même qui vous a rencontrée souvent chez moi, nous savons bien que c'est impossible.

— M. Darcy ne me croira pas, vous en convenez. Il sera donc obligé d'ouvrir une enquête sur la conduite de ma sœur.

— Pourquoi ? Qu'importe à votre juge que vous ayez agi pour elle ou pour vous-même ? Il ne se préoccupera

que de vérifier l'emploi de votre temps pendant la nuit du
bal de l'Opéra. Et rien n'est plus facile maintenant. Cette
nourrice sera interrogée. Elle déclarera que vous êtes arrivée
chez elle à une heure ou deux heures du matin, et qu'il était
quatre heures quand vous l'avez quittée. Jamais alibi n'aura
été mieux démontré. Il restera encore à entendre la femme
qui est venue vous chercher chez moi. Vous la désignerez...

— Non... non... ce serait trahir un secret que...

— Que M. Darcy devinerait sans peine. Et je vous répète,
ma chère Berthe, que madame Crozon ne sera pas compromise, quoi qu'il arrive. Vous ne vous défiez pas de moi.
Dites-moi qui est cette femme. Je puis vous promettre que
M. Darcy ne lui demandera qu'une chose. Il lui demandera
où elle est allée avec vous après votre départ de l'avenue
d'Eylau. A l'Opéra, sans doute?

— Oui... elle m'a attendue dans la voiture.

— C'est ce que je pensais. Il lui demandera encore combien de temps vous êtes restée au bal et où elle vous a
conduite ensuite. Sa déposition confirmera celle de la
nourrice, qui s'accorde déjà parfaitement avec le fait du
domino trouvé sur le boulevard extérieur, près de la
rue qu'elle habite. Tout sera terminé ce soir, si vous me
dites le nom et l'adresse de ce témoin indispensable. Ne
vaut-il pas mieux, d'ailleurs, qu'on ne le cherche pas, que
la police ne mette pas en campagne ses agents, qui n'agi-
raient peut-être pas avec discrétion?

— Vous avez raison, madame, il faut que vous sachiez
tout. Cette femme est servante dans une maison... où l'enfant est née et où elle est restée jusqu'à ce que j'aie trouvé
une nourrice... elle était très-dévouée à ma sœur... j'ai eu
de nouveau recours à ses services plus tard... après l'arrivée de mon beau-frère... Je craignais d'être suivie, et je
l'envoyais chez la nourrice à ma place... Elle s'appelle
Victoire, et elle est au service d'une dame Verdon..., rue
des Rosiers, à Montmartre... On la trouvera facilement,

mais si M. Darcy la questionne sur la personne qui a mis au monde dans cette maison...

— Ne craignez rien de pareil; M. Darcy est libre de diriger l'instruction comme il l'entend. Il n'a de comptes à rendre à personne, et il comprend parfaitement votre situation. Je vous remercie d'avoir eu confiance en moi. Vous n'aurez pas à vous en repentir, car demain il ne restera plus rien de cette accusation absurde.

Mais pardonnez-moi d'aborder un autre sujet, un sujet plus délicat. Je suis votre amie, vous le savez, Berthe, votre amie sincère. Vous ne m'en voudrez donc pas de vous parler à cœur ouvert. Eh bien, j'ai peur que M. Gaston Darcy ne souffre de votre détermination héroïque; car je ne dois pas vous cacher que son oncle se croira obligé de lui répéter ce que je vais lui apprendre.

— Si son oncle ne le lui répétait pas, je le lui dirais. Je désire même qu'il le sache par moi, et non par une autre personne.

— Je reconnais bien là votre loyauté. Mieux vaut cependant laisser ce soin à M. Roger. La parole d'un magistrat aura plus d'autorité que la vôtre. Et M. Roger saura tout dire sans compromettre votre sœur et sans laisser planer sur vous l'ombre d'un soupçon.

— Un soupçon, dites-vous? Si je croyais que son neveu doutât de moi, je préférerais cent fois mourir.

— Gaston vous aime éperdument, et l'amour ne va pas sans la jalousie. Qui sait s'il ne se forgera pas des chimères à propos de cet enfant?

— Alors je regretterais amèrement de lui causer un grand chagrin, mais je ne reviendrais pas sur ce que j'ai dit. Pour que ma sœur vive, il faut que ma réputation meure. Je veux que tout le monde croie que j'ai failli. Le salut de Mathilde et celui de sa fille sont à ce prix.

— Vous oubliez que vous allez vous marier.

— Me marier! Je n'y pense plus. J'ai pu m'illusionner un instant et supposer que M. Gaston Darcy ne tiendrait aucun compte de ma triste aventure. J'ai pu espérer qu'il n'ajouterait pas foi aux calomnies dont j'ai été victime, qu'il n'admettrait pas que j'aie souillé ma main de sang. Mais maintenant ce n'est plus un meurtre qu'on va m'imputer; c'est l'oubli de mes devoirs, c'est la dégradation aux yeux du monde, c'est l'infamie. M. Darcy ne me relèverait pas en me choisissant, et alors même qu'il persisterait à vouloir m'épouser, je refuserais de devenir sa femme. J'ai été accusée, je l'ai été injustement; mais il suffit que je l'aie été pour que je ne sois plus digne de porter son nom.

— Vous exagérez, ma chère Berthe. Nul autre que lui, son oncle, votre sœur, votre beau-frère et moi ne saura qu'emportée par un élan de générosité, vous avez reconnu que vous étiez la mère d'un enfant qui n'est pas à vous. Je ne parle pas de cette nourrice qui vivra toujours loin de votre monde et que vous ne verrez plus.

— Je la verrai, car je n'abandonnerai pas la fille de Mathilde. Je suis résolue à remplacer ma sœur auprès d'elle, à la prendre avec moi, dès qu'elle sera d'âge à se passer de soins que je ne pourrais pas lui donner, à l'élever comme si elle m'appartenait. Je veux que tout le monde croie que je suis sa mère. Vous comprenez maintenant, madame, pourquoi je ne puis plus épouser M. Gaston Darcy.

— Refuserez-vous de le recevoir?

— Si je le recevais, ce serait pour lui rendre sa parole. Mais je crains que le courage ne me manque, et vous mettriez le comble à vos bontés en vous chargeant de lui apprendre que je ne puis pas accepter l'honneur qu'il veut bien me faire.

— Si vous l'exigez absolument, je m'acquitterai de ce triste message, mais je doute que, même après m'avoir entendue, il se résigne à vous perdre. Croyez-moi, Berthe, ne précipitez rien. Un jour viendrait peut-être où vous regretteriez d'avoir rebuté un galant homme qui vous

aime. Suspendez l'effet de votre décision, du moins jusqu'à ce que j'aie vu M. Roger Darcy. Je vais me faire conduire chez lui, et si je ne le trouve pas, j'irai au Palais. Il
faut absolument que je lui parle ce matin, car je veux
que, dès ce soir, vous soyez libre sans restrictions, sans
conditions d'aucune sorte. Après cette visite, je reviendrai,
et nous délibérerons ensemble sur ce qu'il convient que
vous fassiez. Il est convenu que M. Gaston ne se présentera pas sans moi, quelque vif que soit son désir de vous
voir. Vous n'aurez donc pas le chagrin de lui fermer votre
porte. Nous voici arrivées rue de Ponthieu; je vais vous
quitter pour quelques heures. Comptez sur moi.

Le coupé s'arrêta, et Berthe descendit après avoir
embrassé sa protectrice.

— Mon Dieu, murmurait-elle, faites que cette généreuse
amie soit heureuse, sauvez Mathilde, sauvez l'enfant, et
prenez ma vie.

CHAPITRE IV

Quand madame de Barancos avait conçu un projet, elle l'exécutait vite, et rien ne l'arrêtait, quand il s'agissait de satisfaire un de ses caprices. Un désir russe ferait sauter une ville, dit un proverbe moscovite. Les désirs de la marquise auraient fait sauter une province. Jadis, ses sujets de la Havane les prenaient pour des ordres, et son noble époux lui obéissait comme un esclave, tout capitaine général qu'il était.

Le veuvage n'avait pas changé son humeur. Ses gens et ses adorateurs en savaient quelque chose. Seulement, le séjour de Paris se prêtait moins à la réalisation des fantaisies qui passaient par sa tête ardente, et force lui était de garder quelque mesure dans ses excentricités. Elle se contentait à l'ordinaire d'avoir les plus beaux chevaux, les plus beaux équipages, le plus bel hôtel de la plus luxueuse des capitales. Seulement, elle faisait, de temps à autre, la part du feu. Lorsque, pendant une ou deux semaines, elle s'était trop *embourgeoisée,* — c'était son mot — l'enragée marquise imaginait quelque *sport* de haut goût et s'y livrait avec emportement.

Elle ne connaissait pas plus la fatigue que les obstacles, et le matin d'un bal qu'elle avait mené jusqu'à l'aube, elle s'en allait fort bien chasser à courre, ou à tir, voire même au marais par ces temps brumeux et froids qui amènent les canards sauvages. Elle avait tué trois phoques dans la baie de Somme, et chacun sait qu'on ne peut tirer à bonne portée ces amphibies qu'en rampant sur le sable humide pendant des heures entières. Aussi n'était-elle pas peu fière de cet exploit. On l'avait vue souvent, après une soirée passée au théâtre, monter à cheval en habits d'homme, faire à franc étrier le voyage de Paris à son château de Normandie, — dix-sept lieues à fond de train — forcer un sanglier avant le déjeuner et revenir dîner en grand gala dans son hôtel de l'avenue Ruysdaël.

Ses déplacements, il est vrai, ne s'exécutaient pas toujours à l'improviste et à l'aventure. Il lui arrivait aussi de lancer des invitations pour une battue dans ses bois de Sandouville, et alors les choses se passaient avec une solennité princière. La marquise, arrivée en poste, recevait ses hôtes sur le perron du château, entourée de sa maison civile et militaire, c'est-à-dire de ses domestiques et des gardes de ses chasses, les traitait magnifiquement pendant trois jours, et les faisait reconduire jusqu'à Paris, dans des *mails* superbes avec relais en route, des relais fournis par ses écuries.

Précisément, deux jours après la grande fête où elle avait rassemblé la plus élégante société des deux mondes, madame de Barancos s'était transportée dans ses terres où elle allait attendre quelques invités de choix, Nointel entre autres, qui n'avait garde de manquer une partie si favorable à ses desseins, car il se doutait un peu qu'on l'avait arrangée à son intention. La marquise lui en avait déjà parlé, dès le soir de leur entrevue à l'opéra dans une loge d'avant-scène, et, le lendemain du bal, il avait reçu une invitation écrite dans les termes les plus gracieux et les plus pressants.

Après la scène du bouton de manchette remis à sa valseuse à la fin du cotillon, l'entreprenant capitaine était revenu tout rêveur de cette première escarmouche. Il ne se dissimulait pas qu'il venait d'être battu, que ses stratégies n'avaient abouti qu'à un échec, et qu'il n'en savait pas plus long que la veille sur la culpabilité de la marquise. Il en savait même moins, car il doutait maintenant de ce qui, la veille encore, lui paraissait évident. Le langage et les airs de madame de Barancos le déroutaient; elle avait pâli à l'exhibition du bijou accusateur, mais elle s'en était saisie avec la violence passionnée d'une femme qui reçoit de l'homme qu'elle a distingué un premier gage d'amour. Avait-elle voulu escamoter une pièce à conviction, ou bien se compromettre en plaçant sur son cœur un objet porté par Nointel? C'était la mode jadis au beau pays des Espagnes. Les amants s'y cuirassaient le sein avec les bas de soie usés par leur maîtresse, et la marquise était bien assez Castillane pour ressusciter cet usage... en le modifiant un peu. L'émotion que son visage avait trahie pouvait être interprétée de plus d'une façon. On pâlit de surprise, on pâlit de frayeur, mais on pâlit aussi de joie, uand la joie est subite, quand on reçoit, par exemple, une déclaration inattendue et ardemment désirée.

Nointel était donc plus perplexe que jamais, et, comme il avait l'incertitude en horreur, il enrageait de ne pas voir plus clair dans les affaires de la Barancos et dans son propre cœur. Car il en était à se demander s'il n'avait pas trop joué avec le feu, et si les beaux yeux de la créole n'avaient pas allumé au fond de ce cœur de hussard un commencement d'incendie. Depuis le bal où elle s'était montrée à lui sous des aspects nouveaux, il pensait à elle beaucoup plus qu'il ne l'aurait voulu, et il se surprenait à souhaiter qu'elle n'eût pas tué la d'Orcival. Mademoiselle Lestérel était innocente assurément, mais ce n'était pas une raison pour que la marquise fût coupable. Voilà ce que Darcy se refusait à entendre, et le capitaine, qui n'espérait pas le rallier à son avis, ne tenait pas beaucoup à le voir jusqu'à ce que la situation se dessinât dans un sens ou dans l'autre. Aussi n'avait-il rien fait pour le rencontrer, et Darcy, tout occupé de la prisonnière délivrée, Darcy n'avait point paru chez son ami après la fête de l'hôtel Barancos.

Nointel partait pour la chasse de la marquise sans rien savoir de ce qui se passait entre cinq ou six personnes dont l'existence venait de prendre une face nouvelle. Il n'avait revu ni Gaston, ni son oncle, ni madame Cambry, et sa dernière visite au ménage Crozon remontait à quelques jours. Son esprit n'en était que plus libre pour diriger les opérations sérieuses qui allaient s'ouvrir au château, et il se promettait de ne pas songer aux absents jusqu'à son retour, tout en combattant pour eux. C'était sa méthode. A la guerre, il laissait les soucis aux bagages. En amour, il oubliait volontiers le passé, et il ne se chargeait point des souvenirs et regrets qui alourdissent les âmes sentimentales.

Sandouville est à soixante-dix kilomètres du parc Monceau; chemin de fer de l'Ouest, station de Bonnières, deux lieues de belle route pour arriver au château. Le capitaine, muni de ces indications, avait pris un train de l'après-midi dans l'intention d'arriver une heure avant le dîner chez madame de Barancos, qu'il avait prévenue par un billet galamment tourné, mais précis.

La battue était pour le lendemain, et la marquise avait quitté Paris la veille, emmenant quelques-uns de ses hôtes et laissant les autres libres de n'arriver qu'au moment de la chasse.

Nointel débarqua seul à Bonnières, et y trouva un valet de pied amarante et or, qui reconnut à la mine l'invité attendu et vint respectueusement se mettre à ses ordres. Dans la cour de la gare stationnaient un coupé attelé de deux chevaux bais et un immense break destiné à voiturer les bagages. Nointel, voyageur pratique, n'avait apporté qu'une seule malle fort ingénieusement disposée à l'intérieur pour recevoir le linge, les vêtements, les chaussures, les chapeaux et le nécessaire de toilette. Mais il comprit l'utilité du break en voyant apparaître quatre énormes caisses, des caisses monumentales, longues, larges, hautes, un envoi supplémentaire de la surintendante des toilettes de la marquise; et il jugea que la compagnie devait être plus nombreuse qu'il ne le pensait.

— Qui a-t-elle invité? se demandait-il en grimpant dans le coupé. Personne du cercle, je suppose, car j'y suis allé hier, et les privilégiés n'auraient pas manqué de se vanter d'être de la chasse. Décidément cette marquise a de l'esprit. Elle a deviné que ces camarades-là me gêneraient.

Les chevaux filaient comme des cerfs, la route était unie comme une allée de jardin. Au bout de vingt minutes, le capitaine vit poindre au bout d'une avenue d'ormes séculaires les lumières du château. Il faisait nuit, et une nuit très-noire, de sorte qu'il ne put pas se rendre compte des dispositions extérieures de cette résidence seigneuriale; mais il reconnut qu'elle avait une superbe apparence. Rien de féodal pourtant. Une vaste et belle construction moderne dans le style Louis XIII, précédée d'une cour immense et entourée de grands bois.

Reçu par un valet de chambre, Nointel fut conduit dans la chambre qu'on lui avait réservée. Il apprit que madame Barancos dînait à huit heures et qu'on se réunissait avant le dîner dans le *hall* du château. Il avait le temps de faire sa toilette, et il procéda sans retard à cette importante opération, ses bagages ayant été apportés, sa malle débouclée, et ses effets rangés adroitement par les intelligents serviteurs de la marquise. Il aurait pu se dispenser de se munir d'un nécessaire, car il trouva dans un charmant cabinet attenant à la chambre à coucher tous les ustensiles et toutes les parfumeries imaginables. Madame de Barancos avait adopté les coutumes de l'aristocratie anglaise. Elle voulait que ses hôtes pussent se croire chez eux. Tout était arrangé en conséquence. Ainsi, chaque appartement avait sa bibliothèque choisie, suivant le goût présumé du destinataire. Des mémoires historiques, des traités d'économie politique et de graves recueils périodiques pour les gens sérieux; des romans et des revues mondaines pour les jeunes. Nointel avait été mis à un régime mixte : le catalogue allait des œuvres complètes de Musset au grand ouvrage de l'état-major prussien sur la guerre de 1870. Littérature et tactique mêlées.

A sept heures et demie, le valet de chambre que le capitaine avait renvoyé reparut pour le conduire au *hall*, où

il aurait eu quelque peine à se rendre sans guide. Le *hall*
était situé dans une aile du château fort éloignée de sa
chambre, et, pour y arriver, il fallait suivre un itinéraire
assez compliqué. En s'y rendant, Nointel put juger du pied
sur lequel la marquise vivait à la campagne. Les murs des
corridors étaient recouverts de tapisseries de haute lisse qui
auraient fait bonne figure dans un musée, et les escaliers
étaient garnis de tableaux dont le moindre valait trois cents
louis.

Après de nombreux détours, le ci-devant officier de hussards arriva devant une porte aussi haute que le porche
d'une cathédrale, une porte gardée par un domestique en
grande livrée, qui l'ouvrit à deux battants et qui annonça
d'une voix de stentor : M. le capitaine Nointel.

Il y avait de quoi intimider un débutant, car le *hall* était
immense, et il fallait, pour arriver au groupe où il pensait
trouver madame de Barancos, traverser un grand espace
sous le feu de tous les regards. Quand on manque d'aplomb,
c'est à peu près comme si l'on marchait à découvert contre
une batterie de mitrailleuses; mais Nointel comptait dix
campagnes de guerre et beaucoup d'autres dans le monde.
Sans se déconcerter, il chercha des yeux la marquise, et il
ne l'aperçut pas. Il n'y avait là que des hommes, et trois
ou quatre vieilles femmes à mine hautaine qui ressem-
blaient à des portraits de Velasquez. Pas une figure de
connaissance; du moins le capitaine n'en distingua aucune
au premier coup d'œil. Il n'y avait là que des étrangers,
autant qu'il pouvait en juger.

— On jurerait, pensait-il, qu'elle a fait exprès de n'inviter que des comparses, pour pouvoir jouer tranquillement avec moi une pièce à deux personnages.

Du reste, cette vaste et haute salle avait l'aspect le plus
imposant. Lambrissée de vieux chêne jusqu'aux deux tiers
de sa hauteur, plafonnée de solives entre-croisées, percée
de fenêtres en ogive garnies de vitraux anciens, elle semblait avoir été construite pour servir à des usages solennels.

Aux parois, des panoplies, des trophées de chasse, et au fond une cheminée colossale, une cheminée où aurait pu entrer un carabinier à cheval et où brûlaient des arbres entiers. De chaque côté, une armure de chevalier du moyen âge, une armure complète, depuis les jambières jusqu'au morion. Au-dessus du manteau, orné de trèfles gothiques et d'animaux héraldiques, les armes des Barancos, avec des lions pour support et une énorme couronne de marquise.

En dépit de cette ornementation sévère, les invités de la châtelaine étaient occupés à jouer aux jeux les plus modernes. Il y avait une table de bouillotte en pleine activité; les douairières avaient organisé un whist, et un jeune hidalgo taillait à cinq ou six de ses compatriotes un *monte*, le lansquenet des Espagnols.

Nointel salua, sans se départir de cet air roide qui impose aux sots et qui sert de cuirasse à un homme intelligent quand il débarque en pays inconnu. Il traversa les groupes sans s'y mêler, et s'approcha lentement du foyer, où se chauffait un personnage d'assez haute mine qu'il avait remarqué au bal de la marquise. Il allait, pour l'acquit de sa conscience, lui dire quelques banalités polies, lorsqu'une porte s'ouvrit au fond du *hall*, laissant voir une salle éblouissante de lumières et de cristaux.

Madame de Barancos, plus éblouissante encore, apparut sur le seuil. Elle portait une robe courte en satin noir, corsage à pointe très-longue, garni de martre zibeline, décolleté en carré et laissant voir ses opulentes épaules. A ses bras et à ses oreilles brillaient d'admirables diamants, qui jetaient moins de feux que ses prunelles noires.

Nointel courut à sa rencontre et fut accueilli par un sourire plein de promesses. Il avait préparé un compliment approprié à la circonstance; mais au moment de le placer, il fit une découverte si extraordinaire qu'il resta muet de surprise.

Il reconnut, fixé en guise de broche sur la poitrine de la

marquise, le bouton de manchette qu'elle lui avait si vivement arraché des mains à la fin du cotillon.

Il faisait triste figure à côté des pierreries qui constel-
laient la marquise, ce bouton de manchette en or mat, et
jamais, de mémoire de grande mondaine, on n'avait vu
pareil bijou s'étaler au beau milieu d'un corsage décolleté.

Madame de Barancos était trop savante en ces matières
pour avoir péché par ignorance, et si elle avait commis ce
solécisme de toilette, ce n'était certes pas sans intention.

Nointel le savait bien, et c'est parce qu'il le savait que
son étonnement fut sans borne. Cette exhibition imprévue
déconcertait toutes ses prévisions et déroutait toute sa
logique. La marquise affichant cette pièce à conviction
qu'elle aurait dû avoir hâte d'anéantir, c'était un comble :
le comble de l'audace, à moins que ce ne fût au contraire
la preuve la plus éclatante de sa complète innocence.

Madame de Barancos ne laissa pas au capitaine le temps
de se remettre de sa surprise.

— Soyez le bienvenu, lui dit-elle en lui tendant la main.
Vous ne sauriez croire avec quelle impatience je vous
attendais. Si vous n'étiez pas arrivé ce soir, je crois que je
serais retournée à Paris demain matin.

— Quoi! madame, dit Nointel, de plus en plus surpris,
vous auriez abandonné vos hôtes!

— Mes hôtes auraient fort bien chassé et dîné sans moi. Ce
sont mes compatriotes, et je les ai façonnés à mes caprices.

— En effet, il me semble que je suis seul ici à représenter la France.

— Vous vous en plaignez?

— Non pas. Je vous sais au contraire un gré infini de ne
pas avoir invité certains personnages de ma connaissance.

— M. Prébord, entre autres, n'est-ce pas? Je n'ai eu
garde, quoiqu'il ait fait des bassesses pour venir. J'ai même
laissé de côté votre ami, M. Gaston Darcy. Il vous aurait
donné des distractions, et je prétends que vous ne vous
occupiez que de moi.

11.

Sur cette déclaration peu déguisée, la marquise passa, laissant Nointel assez désarçonné, et s'en alla distribuer à ses sujets des sourires princiers. Les parties avaient cessé aussitôt qu'elle s'était montrée au bout de la galerie, et les joueurs se groupèrent autour de la châtelaine pour la complimenter.

Évidemment, tous ces gens-là étaient des créoles de la Havane, accoutumés à former la cour de madame de Barancos, quand il lui plaisait de s'entourer de ses vassaux. Ils avaient, d'ailleurs, assez grand air, et ils ne semblaient point du tout embarrassés du rôle qui leur était assigné.

— Elle a dû les faire venir de Cuba tout exprès, pensait Nointel. Des parasites recrutés à Paris ne seraient pas si majestueux. Mais je ne vois ni Simancas, ni Saint-Galmier. Aurait-elle eu la gracieuse idée de m'épargner leur compagnie ? Non, pardieu ! les voici.

Le général était entré par une petite porte perdue entre deux panoplies dans un coin du *hall*, et il s'avançait à pas comptés, flanqué de son ami le docteur. Une plaque en diamants étoilait son habit noir, et sa boutonnière était ornée d'une brochette garnie de beaucoup d'ordres étrangers. Saint-Galmier s'était contenté de se mettre au cou un ruban auquel pendait une croix qui pouvait bien lui avoir été donnée par la souveraine des îles Sandwich. Ils étaient superbes tous les deux, et pourtant ils faisaient tache au milieu des hidalgos convoqués par la marquise. Au premier coup d'œil, on pouvait les prendre pour des gentlemen ; au second, on flairait en eux des aigrefins. Nointel remarqua, d'ailleurs, qu'on les accueillait assez froidement, et que madame de Barancos les regardait à peine.

Les portes de la salle à manger étaient restées ouvertes ; un majordome parut et annonça le dîner. La marquise vint prendre le bras de Nointel, qui comptait bien un peu sur cette faveur ; ils ouvrirent la marche, les douairières suivirent, conduites par les Espagnols les plus qualifiés de cette réunion exotique, et les seigneurs sans importance formèrent la queue du cortége.

Le capitaine était fort blasé sur les repas d'apparat, ayant fréquenté en son temps le monde officiel, et, ce qui vaut mieux, le monde où l'on sait manger. Il n'en fut pas moins émerveillé en passant le seuil de la salle où la table était dressée au milieu des fleurs.

Le service était en porcelaine de Saxe, le napperon, formant surtout, en satin de Chine tissé de fleurs de toile. Sur les assiettes, de fines serviettes plissées en cravates et attachées par une épingle en vermeil supportant le nom du convive. Devant chaque couvert, neuf verres pointillés d'or, deux carafons pour le vin et l'eau. Au milieu, sur un haut pied, une grande coupe remplie de roses thé, de violettes et de mimosas retombant des deux côtés en guirlandes, qui serpentaient sur la table et s'en allaient se perdre dans deux autres coupes placées aux deux extrémités.

La marquise adorait les fleurs, et elle avait adopté cette mode nouvelle qui remplace les massives argenteries de nos pères par un jardin. Mais chez elle on mangeait sérieusement, et les gastronomes pouvaient réjouir leurs yeux avant de régaler leur palais. Tous les gibiers de la création figuraient à ce rendez-vous de chasse. Le coq de bruyères, venu de la forêt Noire, y occupait la place d'honneur; les perdrix normandes y faisaient vis-à-vis aux bécasses voyageuses, et les gélinottes, nourries de bourgeons de sapin, y représentaient la Russie.

En toute autre occasion, le capitaine eût été charmé de cette ordonnance pleine de promesses, car il estimait la grande cuisine à sa véritable valeur; mais, pour le moment, la grande cuisine était le moindre de ses soucis. Les compatriotes de madame de Barancos n'étaient guère en état non plus d'apprécier un dîner d'ordre supérieur. Ils venaient d'un pays où l'on soupe d'un air de mandoline après avoir dîné d'une cigarette et déjeuné d'une tasse de chocolat. Il n'y avait guère là que Simancas et Saint-Galmier qui pussent goûter les mérites exceptionnels de l'artiste auquel ils devaient ce dîner savamment conçu et magistralement exécuté. Nointel les vit chuchoter, lorgner en connaisseurs les mets qui constituaient le premier service, et hocher la tête d'un air satisfait. Il était placé tout juste en face d'eux, et il enrageait d'être obligé de ne pas leur faire trop mauvaise mine; mais il comptait bien se rattraper un peu plus tard.

La marquise l'avait fait asseoir à sa gauche, la droite étant occupée par un Espagnol très-qualifié, celui-là même qui avait eu l'honneur de souper près d'elle au bal. Et de l'autre côté, Nointel était flanqué d'une duègne dont l'aspect rébarbatif aurait fait reculer un zouave.

— Votre voisine n'entend que la langue du Cid, et mon voisin est sourd, lui dit madame de Barancos; vous pouvez parler comme si nous étions tous les deux sur le sommet du mont Blanc. A propos, vous savez que j'y suis montée l'année dernière?

— Je l'ignorais, mais je ne suis pas surpris de l'apprendre, répondit Nointel en goûtant un potage tortue à la Chesterfield. Vous devez aimer les cimes, les escalades, tout ce qui est inaccessible.

— Non; tout ce qui est périlleux.

— Est-ce cet amour du danger qui vous a poussée à inviter le général Simancas et son âme damnée le docteur Saint-Galmier?

La marquise rougit légèrement et dit d'un ton dégagé :

— Vous les trouvez dangereux; vous leur faites beaucoup d'honneur. Je ne les invite pas, je les protége.

— C'est encore pis.

— Vous dites cela parce qu'ils vous déplaisent. Ils ne me charment pas, mais je les trouve inoffensifs, et je sais qu'on les juge sévèrement. Or, j'ai une tendance instinctive à défendre les gens que le monde attaque. Je suis du parti des opprimés.

— Faudrait-il donc, pour vous plaire, avoir été refusé dans un cercle ou consigné à la porte d'un salon bien posé?

— Peut-être : les majorités ont toujours tort à mes

yeux, et je ne suis jamais de leur avis. J'aime les révoltés.

— Fra Diavolo, alors?

— Pourquoi pas? Je suis du pays de don Quichotte. Vous rappelez-vous qu'un jour il délivra des malheureux qu'on menait aux galères?

— Et qui, pour le remercier de ce bon office, lui jetèrent des pierres, dès qu'ils eurent les mains libres.

— Vous êtes insupportable. On dirait que vous avez juré de m'arracher toutes mes illusions. Tenez! je m'imaginais que vous étiez capable d'aimer comme je voudrais être aimée, que vous méprisiez cet ennemi bête et lâche qu'on appelle l'opinion, et vous semblez prendre à tâche de vous poser en bourgeois raisonnable. Vous devriez dire ces choses-là avec la voix de M. Prudhomme. Pourquoi n'ajoutez-vous pas que ces bouchées aux laitances sont délicieuses? Ce serait tout à fait conforme aux us de la bonne compagnie, et le monde n'y trouverait rien à reprendre, ce monde qui ne tolère pas les indépendants.

— Si vous saviez combien peu je me soucie de ce qu'il pense, vous me traiteriez moins durement. Que ne me mettez-vous à l'épreuve? Vous apprendriez bien vite à me mieux connaître.

— Prenez garde. Je suis capable de vous prendre au mot, et de vous proposer une extravagance.

— Essayez, répondit le capitaine en regardant fixement la Barancos qui ne baissa pas les yeux.

Il y eut un silence. On servait une truite à la Johannisberg, que les Espagnols goûtaient du bout des dents, et que Saint-Galmier dégustait avec recueillement. La marquise trempa ses lèvres rouges dans un verre de vin de Xérès, et Nointel se mit à étudier le menu, comme s'il eût médité sur le chaud-froid de perdreaux ou sur la macédoine de fruits glacés.

— Je vous ai invité, reprit en riant madame de Barancos, et je n'ai pas même songé à vous demander auparavant si vous étiez chasseur.

— Vous plaît-il que je le sois? riposta gaiement le capitaine.

— Je ne vous demande pas de fadeurs. Je veux savoir si la chasse en battue vous amuse.

— Moins que la chasse au bois ou en plaine, tout seul, avec mon chien. Je n'aime pas beaucoup les divertissements qui sont réglés d'avance comme les évolutions d'un ballet. Vous ne me reprocherez pas de manquer de franchise.

— Je vais voir si vous serez franc jusqu'au bout. Pourquoi êtes-vous venu ici?

— Pour vous dire ce que je n'ai pas pu vous dire au bal.

— Vous pensez donc que vous ne m'avez rien dit, demanda madame de Barancos en posant un de ses doigts effilés sur le bouton d'or que le capitaine lui avait remis à la fin du cotillon.

— Si, je crois que j'ai parlé... je crois même que vous m'avez répondu... comme se parlent et se répondent en Orient les effendis et les sultanes... l'effendi envoie un bouquet plein d'allégories, et la sultane répond par... c'est le langage des fleurs, un langage délicieux, mais insuffisant... j'aspire à m'expliquer dans un idiome moins poétique et plus clair.

— La battue ne commencera qu'à midi. Voulez-vous que demain matin nous fassions un tour à cheval? Les bois sont superbes en cette saison. Il a gelé hier, et les branches des chênes ont des girandoles de glace. Vous verrez que je finirai par vous convertir à la poésie.

— C'est fait.

— J'en doute. Mais je tiens à vous montrer ma forêt. Votre cheval sera sellé à neuf heures. Et maintenant, tâchez de trouver un sujet qui puisse défrayer une conversation générale. Notre aparté a trop duré.

— Vraiment? Vous aussi, vous sacrifiez aux convenances.

— Non; mais si nous continuons, mes convives vont infailliblement se mettre à parler espagnol, et vous n'y prendriez aucun plaisir. Aidez-moi à les retenir en France.

Nointel ne demandait pas mieux. Il savait maintenant tout ce que pouvait lui apprendre une causerie de table, trop souvent interrompue par un maître d'hôtel, présentant l'aspic aux filets de homard ou le caneton de Rouen au jus d'orange, et il s'apercevait que de l'autre côté de la table on le surveillait discrètement. Simancas avait de bons yeux, et Saint-Galmier avait l'oreille fine. Quoi que pensât de ces deux drôles madame de Barancos, il était fort inutile d'attirer leur attention, en prolongeant un entretien particulier.

La marquise avait déjà entamé avec un jeune Cubain fraîchement débarqué en France un dialogue vif et animé sur les théâtres chers aux étrangers qui viennent à Paris pour apprendre la vie élégante. Nointel trouva plaisant de s'adresser d'abord à Saint-Galmier et de lui demander des détails sur la constitution du Canada. Les coupes étaient assez basses, et le surtout assez ingénieusement disposé pour que les convives qui se faisaient vis-à-vis pussent se voir et se parler. Et le docteur n'eut aucune peine à répondre par des considérations approfondies sur la supériorité d'un mets américain qu'on venait de servir : les écrevisses ensablées, des écrevisses cuites dans du riz saupoudré de safran, qui avaient l'air de reposer sur du sable doré. C'en fut assez pour que, par une suite de transitions imprévues, la conversation rentrât dans les lieux communs qui défrayent habituellement les grands dîners. Un peu de politique, suffisamment de sport, un soupçon d'aperçus littéraires, le tout assaisonné de médisances mondaines et de quelques échos de coulisses. Tous ces étrangers étaient gens de bonne compagnie, très-bien informés des choses parisiennes et donnant très-bien la réplique à un causeur expérimenté comme l'était le capitaine. Simancas et le docteur ne les valaient pas, mais ils savaient se tenir, et tout se passa le mieux du monde jusqu'à la fin.

Seulement, lorsque la marquise prit son bras pour reve-

nir dans ce *hall* où se concentre la vie du château, Nointel
fut très-surpris de l'entendre lui dire :

— Je vais vous quitter. J'ai besoin d'être seule. C'est bizarre, mais c'est ainsi. Nous nous reverrons demain matin.
Soyez à cheval à neuf heures.

Quelques mots aux douairières, quelques poignées de
main aux hommes, et ce fut tout. La châtelaine s'en alla
par la grande porte, laissant ses hôtes se divertir comme
ils pourraient.

— Pour le coup, voilà qui est prodigieux, se dit le capitaine. Où diable va-t-elle? Prier pour l'âme de la d'Orcival? Elle en est, pardieu! bien capable.

Les hôtes de la marquise devaient être au fait de ses
habitudes, car ils ne parurent point s'étonner de cette
retraite précipitée. Les douairières retournèrent à leur
whist; les jeunes organisèrent un baccarat, Saint-Galmier
se mit à jouer aux échecs avec un hidalgo de très-bonne
apparence, et Simancas engagea une grave conversation en
espagnol avec le personnage qui était assis à table à la
droite de madame de Barancos.

Nointel se trouva donc fort isolé. Il est juste d'ajouter
qu'on lui avait offert d'être de la partie de baccarat, et
qu'il s'était excusé poliment. Il ne songeait guère à tenter
la fortune au jeu. Il songeait à l'étrange disparition de la
marquise et à la matinée du lendemain. Il y songeait si
bien que l'idée lui vint d'imiter la châtelaine et de profiter
de la liberté absolue qui était la règle chez elle, pour disparaître aussi. Un bon cigare fumé solitairement, au coin
du feu, le tentait beaucoup plus que la compagnie des indifférents qui remplissaient le *hall*. Et de plus, il se souciait médiocrement d'entrer en colloque avec le général
péruvien qui l'observait du coin de l'œil et qui n'allait pas
manquer de l'aborder. C'est pourquoi, après s'être promené
quelques instants d'un bout à l'autre de la salle, il gagna
tout doucement la grande porte qui donnait sur le corridor
d'honneur. Là, il trouva deux ou trois valets de pied tout

prêts à reconduire les invités, et il se fit ramener dans son appartement, où tout était préparé pour qu'il pût y passer une agréable soirée.

Dans la cheminée du petit salon qui précédait la chambre à coucher, un feu clair, un feu de bois de hêtre. Sur la table d'ébène à incrustations de cuivre, quatre bougies allumées dans des candélabres à deux branches, de vraies bougies de cire et des candélabres d'argent ciselé — un éclairage du grand siècle, — des journaux, des revues, des albums, trois caisses d'excellents cigares, compatriotes parfumés de la châtelaine havanaise. Plus loin, sur un dressoir en vieux chêne, le samovar moscovite, la boîte à thé et les tasses en porcelaine de Chine, un appareil simple et commode pour faire le café, et dans des flacons de cristal de roche, l'eau-de-vie de France, le rhum des Antilles, le kummel de Russie. Tous les rêves d'un garçon ami de la solitude réalisés par les soins prévoyants d'un intelligent serviteur.

Ce serviteur, attaché à la personne du capitaine, veillait dans l'antichambre; il demanda des ordres pour le lendemain, et Nointel, en le congédiant, lui annonça qu'il monterait à cheval à neuf heures précises. Après quoi, il se mit en tenue d'intérieur, il endossa le veston anglais, il chaussa les pantoufles de maroquin et il s'établit dans un immense fauteuil, afin de philosopher tout à son aise.

Mais il était écrit que ses méditations seraient troublées dès le début. A peine commençait-il à repasser dans sa tête les incidents de la soirée qu'on frappa discrètement à la porte. L'imagination du capitaine fit aussitôt des siennes, et il lui passa par l'esprit que madame de Barancos venait lui faire une visite. L'excentricité était à l'ordre du jour chez cette marquise, et il pouvait bien supposer qu'il lui avait pris fantaisie de sauter à pieds joints par-dessus les convenances. Il se leva vivement, il courut ouvrir, et, au lieu du charmant visage de la châtelaine, il vit la figure déplaisante de Simancas.

— Que me voulez-vous? demanda-t-il brusquement au Péruvien qui se permettait de le relancer jusque chez lui.

— J'ai à vous parler de choses très-sérieuses, répondit Simancas, sans se déconcerter, et je vous prie de m'accorder la faveur d'un entretien. Je sais que vous ne recherchez pas ma compagnie, mais je suis certain que, cette fois, vous ne regretterez pas d'avoir entendu ce que j'ai à vous dire.

Nointel hésita un instant, mais il se dit qu'il lui faudrait tôt ou tard s'expliquer définitivement avec ce drôle, et que mieux valait en finir tout de suite.

— Soit! dit-il, entrez. Je veux bien vous écouter, à condition que vous serez bref et surtout que vous irez droit au but. Je ne suis pas disposé à vous recevoir pour le plaisir de causer avec votre seigneurie.

— N'ayez crainte. J'ai beaucoup voyagé en Amérique, et je sais que le temps est de l'argent : *time is money*. Je me propose de monnayer les instants que vous consentez à m'accorder.

Sur cette promesse, Simancas se glissa dans la chambre, prit un siége que ne lui offrait pas le capitaine qui s'était replongé dans son fauteuil, et commença en ces termes :

— Vous souvient-il, monsieur, de certaine conversation que nous eûmes, il y a peu de jours, chez mon ami Saint-Galmier?

— Parfaitement, répondit Nointel assez surpris de ce début.

— Je ne l'ai pas oubliée non plus, et je vous demande la permission de vous rappeler qu'à la fin de cette causerie, il vous plut de me poser certaines conditions que je m'empressai d'accepter. Je vous fournis, séance tenante, tous les renseignements que vous me demandiez sur la conduite de madame Crozon, pendant la longue absence de son mari; je m'engageai de plus à m'abstenir de toute démarche auprès de M. Crozon...

— *Démarche* est charmant, dit ironiquement le capitaine.

— Enfin, continua sans sourciller le Péruvien, je promis que vous seriez invité à bref délai chez madame de Barancos. Vous reconnaissez, je pense, que j'ai tenu tous mes engagements. M. Crozon n'a plus reçu une seule lettre anonyme, et, au lieu d'une invitation, vous en avez reçu deux.

— Reste à savoir si c'est à vous que je les dois. Mais je ne chicanerai pas sur ce point. Où voulez-vous en venir ?

— A vous dire que notre premier traité ayant été fidèlement exécuté de part et d'autre, je viens vous proposer d'en conclure un second,

— Je ne comprends pas.

— Vous allez comprendre; je vais jouer cartes sur table. L'heure des réticences est passée. Vous connaissez mes projets, et je ne serais qu'un sot, si je cherchais à vous les cacher, car vous ne prendriez pas le change. Vous savez très-bien que je me suis implanté de force, ou peu s'en faut, chez la marquise, et que, par le même procédé, j'ai introduit avec moi, dans la maison, ce cher docteur. Vous savez cela, et vous êtes trop intelligent pour n'avoir pas deviné que, si j'ai obtenu ces deux concessions, c'est que je possède un secret qu'il me suffirait de divulguer pour perdre la marquise dans l'opinion publique. Je suis franc, vous le voyez.

— Franc jusqu'au cynisme. Continuez.

— Ce secret, Saint-Galmier et moi, nous sommes seuls à le connaître, et il peut faire notre fortune. La marquise possède beaucoup de millions, et elle en donnerait volontiers deux ou trois pour acheter notre silence. Nous ne les lui avons pas encore demandés, parce que nous tenions avant tout à sa protection. Je ne me dissimule pas que nous avions besoin de nous relever aux yeux du monde. C'est fait. On nous a vus à sa fête; elle s'est montrée avec moi au bois de Boulogne; tout Paris saura que nous venons de passer quelques jours à son château de Sandonville. Elle ne peut plus rompre avec nous sans provoquer un éclat qu'elle évitera certainement. Bientôt donc, nous serons en mesure d'aborder la grande question de la rémunération qui nous est due. En échange d'une somme qui nous fera riches et qui ne l'appauvrira guère, nous lui offrirons des garanties ; nous nous engagerons même, si elle l'exige, à repasser l'Océan, quoiqu'il nous en coûte de quitter la France. Et elle acceptera le marché, n'en doutez pas.

— Fort bien. Dans quel but, s'il vous plaît, m'exposez-vous ce joli plan de chantage ?

— Mon Dieu, c'est très-simple. Notre plan a les plus grandes chances de succès, mais vous pouvez empêcher qu'il réussisse.

— Vraiment ? Eh bien, vous m'étonnez.

— Votre étonnement cessera si vous voulez bien m'écouter. Je ne vous apprendrai rien en vous disant que la marquise a pour vous un goût très-vif. Elle ne se donne même plus la peine de déguiser ses sentiments, et parmi tous ses hôtes, il n'en est pas un seul qui ne croie que vous êtes ou que vous serez son amant. C'est aussi mon humble avis, seulement je suppose que vous visez plus haut.

— Ah ! alors, selon vous, je me propose...

— D'épouser madame de Barancos, cela ne me paraît pas douteux, et je trouve que vous avez cent fois raison. Je pense même que vous parviendrez à l'épouser, si vous vous y prenez bien. Or, si elle vous accepte pour mari, il arrivera infailliblement que vous exigerez qu'elle nous mette à la porte, mon ami et moi.

— J'admire votre perspicacité.

— Dites plutôt ma franchise. Vous commencerez donc par demander qu'on nous chasse, et j'avoue que vis-à-vis de vous, nous sommes sans défense ; vous avez barre sur nous, et vous pouvez nous faire beaucoup de mal ; mais si madame de Barancos, entraînée par la passion que vous lui inspirez, oublie qu'elle est à notre merci, si elle rompt avec nous, alors, je dois vous en prévenir, il arrivera que, n'ayant plus de ménagements à garder, nous publierons ce que nous savons d'elle, et je vous affirme qu'une fois le secret publié, vous renoncerez de vous-même à épouser les millions de la marquise.

— Dans ce cas, moi aussi je n'aurai plus de ménagements à garder, et je raconterai à qui de droit ce que je sais sur votre compte.

— Naturellement. Et la rupture de notre traité aura de déplorables résultats. Nous serons obligés, Saint-Galmier et moi, de passer la frontière, votre mariage manquera, et Dieu sait ce qu'il adviendra de la marquise. Ne vaudrait-il pas mieux nous entendre?

Nointel tressaillit de colère, et peu s'en fallut qu'il ne se levât pour jeter dehors le drôle qui lui tenait ce langage. Mais il réfléchit presque aussitôt qu'il serait toujours temps d'en venir là, et que l'occasion était bonne pour amener Simancas à démasquer complétement son jeu.

— Nous entendre? dit-il avec hauteur. Pourquoi? Je n'ai nul besoin de vous.

— Peut-être, répondit le Péruvien. Supposez, par exemple, que madame de Barancos n'ait pour vous qu'une fantaisie, et qu'elle ne soit pas disposée à se donner un maître. Le veuvage a des charmes qu'elle apprécie infiniment, et rien ne prouve qu'elle songe à y renoncer. Il est même probable qu'elle préfère rester libre. Si elle a cette idée, comment l'amènerez-vous à vous épouser? Je connais son caractère, et vous avez déjà pu l'apprécier aussi. Elle vous démontrera que vous serez parfaitement heureux sans aliéner votre indépendance, que le mariage tue l'amour et bien d'autres choses encore. Que lui objecterez-vous? Dire que vous voulez absolument être son mari, ce serait confesser que vous tenez plus à sa fortune qu'à sa personne. Tandis que si vous possédiez, comme moi, son secret...

— Et si je la menaçais d'en abuser, elle n'aurait rien à me refuser. C'est juste. Mais, j'y pense, pourquoi n'usez-vous pas de ce talisman pour la contraindre à vous épouser, vous, don José Simancas, général au service de la République péruvienne?

— Vous vous moquez de moi. Je sais fort bien que madame de Barancos braverait tous les dangers plutôt que de m'accepter pour époux. Vous, c'est autre chose. Vous n'avez qu'à vouloir pour la décider, si vous savez vous servir de l'arme que je suis prêt à vous fournir... à des conditions très-acceptables.

— Voyons les conditions.

— Je vous livrerai le secret de la marquise contre votre parole de me faire remettre dans le délai d'un mois après la célébration de votre mariage la somme de deux millions, et je m'engagerai, moi, par écrit, à retourner en Amérique avec Saint-Galmier aussitôt que j'aurais touché, et à ne plus remettre les pieds en Europe. Si nous nous avisions d'y revenir, vous auriez toujours une garantie contre nous, puisque vous pourriez nous dénoncer à... à qui de droit, comme vous venez de le dire poliment. Voilà tout, monsieur. J'attends, pour me retirer, que vous veuilliez bien me répondre.

Le capitaine étouffait d'indignation, et il avait eu bien de la peine à se contenir pendant que Simancas développait cette insultante proposition. Mais son esprit était resté lucide comme toujours, et il commençait à se demander s'il ne ferait pas bien, dans l'intérêt même de la malheureuse marquise, d'arracher à ce coquin une confidence sans réserve. Si le Péruvien et son complice avaient vu la marquise frapper Julia d'Orcival, il ne tenait qu'à eux de la perdre, et de sauver, par ricochet, mademoiselle Lestérel. Nointel ne demandait pas mieux que de sauver Berthe, mais il lui répugnait horriblement de perdre madame de Barancos. Ne valait-il pas mieux l'avertir, la presser de fuir? Ne valait-il pas mieux aussi savoir à quoi s'en tenir avant de pousser plus loin une liaison dangereuse?

— Oui, se disait-il, il faut que j'aie le courage de laisser croire à ce misérable que j'accepterai l'odieux marché qu'il ose me proposer. Et s'il m'apprend qu'il a été témoin du meurtre, je dirai demain à la marquise que je lui accorderai le temps de quitter la France, de disparaître pour toujours, si elle consent à écrire une lettre qui contiendra l'aveu de son crime et que je remettrai au juge d'instruction un mois après son départ. Mademoiselle Lestérel est déjà en liberté; elle peut bien attendre un mois que l'aveu de la coupable proclame son innocence.

En raisonnant ainsi, Nointel cédait au sentiment qui l'entraînait vers madame de Barancos, et en vérité il était assez excusable de vouloir épargner la cour d'assises à une femme qu'il aurait adorée si elle n'eût pas été criminelle.

— Avant de vous répondre, dit-il brusquement, je veux savoir ce que vaut ce secret, dont vous faites sonner si haut l'importance. S'il s'agissait par exemple d'une liaison qu'aurait eue la marquise, vous ne m'apprendriez rien en me la révélant. Je n'ignore pas qu'elle a été la maîtresse de ce Golymine qui fut votre complice.

Simancas changea de couleur. Il ne s'attendait pas à cette botte. Mais il répondit sans trop hésiter :

— Il s'agit d'une révélation beaucoup plus grave.

Nointel avait été merveilleusement servi par son instinct en jetant le nom de Golymine à la face du Péruvien, qui se promettait de ne livrer qu'une partie de son secret. Ce calcul assez machiavélique se trouvait déjoué du premier coup, et Simancas était mis en demeure d'aller plus loin dans la voie des confidences.

Encouragé par un premier succès, le capitaine le poussa vigoureusement.

— Vous convenez donc, dit-il, que Golymine a été l'amant de la marquise?

— Oui, répondit le Péruvien; mais il n'y a que moi et Saint-Galmier qui le sachions.

— Vous vous trompez. D'autres le savent; moi, par exemple. Si tous vos secrets ressemblent à celui-là, ils n'ont aucune valeur, et madame de Barancos serait bien

folle d'acheter votre silence au prix où vous prétendez le
lui vendre.

— Il me semble pourtant que si on la menaçait de publier
les lettres qu'elle a écrites au comte...

— Elle irait tout simplement trouver le procureur de la
République : elle lui dirait que vous voulez la faire
chanter, elle se mettrait sous sa protection, et le moins
qui pourrait vous arriver, ce serait d'être expulsé de
France. J'ajoute que si je me décidais à conclure le marché,
j'y mettrais pour première condition que ces lettres me
seraient remises.

— Cela ne souffrirait aucune difficulté.

— Vous les avez donc toutes?

— J'en ai une; cela suffit.

— Où sont les autres?

— Je l'ignore, répondit Simancas, non sans avoir hésité
quelque peu.

— Vous l'ignorez? Voulez-vous que je vous l'apprenne?
Je suis très-bien informé, je vous en préviens; si bien
informé que j'ai deviné le secret que vous croyez posséder
seul, le grand secret qui met la marquise à votre discrétion.

— Vous me permettrez d'en douter; si vous l'aviez
deviné, vous auriez déjà coupé court à notre entretien.

— Pourquoi donc? Votre conversation m'intéresse beaucoup. Il se peut d'ailleurs que j'aie deviné de quoi il s'agit,
et qu'il me reste cependant beaucoup d'explications et de
renseignements à vous demander. Tenez! je vais vous
mettre sur la voie. La nuit où la d'Orcival a été assassinée
au bal de l'Opéra, vous occupiez avec votre ami Saint-
Galmier une loge qui touchait à celle où le crime a été
commis.

A ce nouveau coup, Simancas perdit tout à fait contenance.

— Sans doute, balbutia-t-il, j'étais là... mais quel rapport
voyez-vous entre cette circonstance et le secret?

— Je vais vous le dire. On a accusé de ce crime une jeune fille dont l'innocence vient d'être reconnue. Elle a dû être mise avant-hier en liberté provisoire, et l'ordonnance de non-lieu ne se fera pas attendre. Cependant, la d'Orcival a été tuée par quelqu'un... par une femme évidemment, puisqu'il est prouvé qu'elle n'a reçu dans sa loge que des femmes. Or... suivez bien mon raisonnement, je vous prie... la d'Orcival avait été la maîtresse de votre ami Golymine, lequel avait été, vous venez de me le dire, l'amant de madame de Barancos. Ce Golymine s'est pendu chez Julia peu de jours avant la nuit du bal. Il avait des lettres de la marquise. Vous en possédez une, à ce qu'il paraît. Il est assez naturel de supposer que les autres sont tombées entre les mains de la d'Orcival, soit que le Polonais les lui ait confiées, soit qu'elle les ait trouvées sur lui après sa mort. Il est tout aussi naturel de penser que madame de Barancos, avertie de cet incident... vous me suivez toujours, n'est-ce pas?... de penser, dis-je, qu'elle a tout risqué pour les reprendre. Maintenant, je vous laisse le soin de conclure.

— Permettez!... tout cela ne prouve pas...

— Que j'aie deviné votre secret. En effet, je ne l'ai pas deviné. C'est vous qui venez de me le livrer.

— Comment cela ?

— Eh! pardieu! en m'avouant que vous teniez la preuve d'une correspondance entre la marquise et votre canaille d'ami. Avec ce point de départ que vous m'avez fourni, je n'ai pas eu de peine à découvrir que la marquise avait un gros intérêt à se débarrasser de la d'Orcival, et que vous saviez, pour l'avoir vu, qu'elle s'en est débarrassée en effet.

Et comme Simancas, tout interloqué, se taisait et s'agitait sur son fauteuil, le capitaine reprit en le regardant fixement :

— Vous voyez que je suis aussi fort que vous et que je pourrais me passer de vos révélations. Allons! convenez que j'ai touché juste.

— J'aurais beau en convenir, cela ne vous mettrait pas

en mesure de tirer parti de mon secret. Des conjectures ne sont pas des faits.

— Et vous seul avez été témoin du fait capital, vous et votre acolyte, Saint-Galmier. D'accord. Cependant, j'ai vu aussi quelque chose, et je n'ai aucun motif pour ne pas vous dire ce que j'ai vu, car je ne cherche pas à trafiquer des informations que je possède. J'ai vu madame de Barancos entrer au bal de l'Opéra. Je l'ai parfaitement reconnue, malgré son voile de dentelles. Je lui ai parlé, je lui ai donné le bras pour la protéger contre des impertinents qui la serraient de trop près, et je l'ai quittée à l'entrée du couloir des premières, à cinquante pas de la loge n° 27, celle où Julia a été assassinée. Je n'en sais pas plus long, mais c'est bien suffisant, et si je voulais aller raconter mon aventure au juge d'instruction, en le priant de s'adresser à vous pour les renseignements complémentaires...

— Vous ne ferez pas cela ! s'écria le Péruvien.

— Non, si vous me donnez ces renseignements. Et, en vérité, vous auriez grand tort de me les refuser, au point où nous en sommes.

— Mais, en admettant que je les possède, vous engageriez-vous, si je vous les livrais...

— Je ne m'engagerais à rien ; il ne me convient pas de m'engager, puisque vous êtes d'ores et déjà à ma discrétion, tandis que je ne serai jamais à la vôtre. Mais vous devez comprendre que je ne tiens pas à vous écraser, et que vous avez tout intérêt à marcher d'accord avec moi.

— Soit ! dit Simancas, poussé dans ses derniers retranchements. Je m'en rapporte à votre conscience. Quand je vous aurai appris ce que je sais, vous évaluerez vous-même le prix que vaut mon silence. D'ailleurs, je sais à qui j'ai affaire, et je suis certain que je n'aurai pas à me repentir de m'être fié à vous. Apprenez donc que nous avons, non pas vu, mais entendu tout ce qui s'est passé dans la loge. J'ai reconnu la voix de la marquise, et, de plus, Julia, pendant la discussion qui s'est engagée entre elles, l'a plusieurs fois appelée par son nom. Elle a été vive, cette discussion, et il s'agissait des lettres adressées par madame de Barancos au comte. Le nom de Golymine a été prononcé aussi... et souvent. Nous ne distinguions pas toutes les paroles, mais nous pouvions cependant suivre à peu près la conversation. Enfin, les lettres ont été restituées, et la marquise est sortie de la loge...

— Comment c'est tout?

— Elle est sortie, mais elle est rentrée une minute après. Elle s'était ravisée sans doute. Elle s'était dit que la d'Orcival avait pu garder une lettre, et qu'il serait prudent de l'empêcher à tout jamais de parler. Alors la scène a été très-courte. Madame d'Orcival a dit : Quoi! madame, c'est encore vous! La marquise, au lieu de répondre, a frappé avec ce poignard-éventail que l'autre tenait probablement sur ses genoux... il en avait été question pendant le premier colloque. Nous avons entendu un cri étouffé, deux ou trois gémissements, puis rien que le bruit de la porte ouverte et refermée rapidement. La marquise s'était enfuie, et l'ouvreuse ne s'était aperçue de rien. J'avais à peu près compris ce qui avait dû se passer. J'ai regardé par-dessus la séparation, et je n'ai rien vu. Le coup avait été fait dans le petit salon qui est au fond de la loge. Alors, nous sommes partis...

— Sans vous inquiéter de la malheureuse Julia qui expirait derrière la cloison. Mes compliments bien sincères! Vous êtes très-fort. Un autre aurait crié : Au meurtre! Vous et votre digne ami le docteur, vous êtes sortis tranquillement, et vous avez conçu aussitôt l'ingénieux projet d'exploiter madame de Barancos.

— A quoi bon la dénoncer? dit cyniquement le Péruvien. En la livrant à la justice, nous aurions causé un gros scandale, et nous n'aurions pas ressuscité madame d'Orcival.

— C'est juste. Il est vrai qu'on a accusé une innocente, qu'on l'a jetée en prison, et qu'elle aurait probablement été condamnée, si, par un hasard extraordinaire, son innocence n'eût pas été démontrée. Mais c'est là un détail insignifiant. Je reviens à votre découverte. Vous vous êtes, je suppose, présenté chez la marquise dès le lendemain !

— Mon Dieu, oui. En pareil cas, on ne saurait agir trop tôt.

— Et comment a-t-elle accueilli vos ouvertures ?

— Assez mal, je dois le dire. J'avais pourtant procédé avec infiniment de délicatesse. Au lieu d'employer de gros mots, de parler de crime, d'assassinat, de cour d'assises, j'ai tout bonnement prévenu madame de Barancos que je l'avais reconnue dans la loge 27, que j'avais entendu le bruit de la querelle qui s'était engagée entre elle et la d'Orcival ; enfin, qu'ayant été très-lié autrefois avec Golymine, je connaissais la cause de cette querelle. Elle a compris bientôt que je savais tout, et elle est venue d'elle-même à composition.

— Alors vous avez posé vos conditions ?

— Oh ! pas toutes. Je ne voulais pas l'effrayer. J'ai demandé seulement à être admis chez elle, ainsi que ce cher Saint-Galmier, et j'ai obtenu sans difficulté nos grandes entrées. Nous en sommes là, et le moment est venu de frapper un grand coup, car je sens que le terrain sur lequel nous marchons n'est pas très-solide. La marquise nous supporte impatiemment, et elle voudrait bien reconquérir son indépendance. Je la soupçonne même de méditer une fugue... un brusque départ pour les Antilles ou pour les grandes Indes. Cette fuite dérangerait fort nos projets et les vôtres, et nous voulons l'empêcher. Pour ce faire, il n'y a qu'un moyen, c'est de lui dire nettement ce que je lui ai seulement laissé entendre, c'est de lui déclarer que nous avons été témoins du meurtre et de lui donner le choix entre une arrestation immédiate ou le payement, immédiat aussi, de deux malheureux millions... une bagatelle, pour une femme qui en a huit ou dix. Et c'est la nécessité où nous nous trouvons d'en finir qui m'a décidé à vous proposer d'agir de concert avec nous. L'union fait la force. Si vous consentez à nous prêter votre concours, nous réussirons sans aucun doute; si nous nous divisons, tout peut manquer.

Pourquoi ne vous chargeriez-vous pas de porter la parole, de lancer à la dame cette déclaration qui doit nous assurer la victoire? Vous aurez demain une foule d'occasions de causer seul à seul avec la marquise. Pourquoi n'en profiteriez-vous pas pour poser un ultimatum... une bonne demande en mariage, habilement amenée après une conversation où il aurait été question du crime de l'Opéra, de Golymine et de votre serviteur... peut-être n'auriez-vous pas besoin de mettre les points sur les i... Madame de Barancos est femme à entendre à demi-mot et à conclure, séance tenante, car son goût s'accorde avec son intérêt pour vous épouser... et nous nous en rapporterions parfaitement à vous pour le reste, car nous serions bien sûrs qu'une fois marié, vous ne voudriez pas que votre femme restât sous la menace d'une dénonciation, et vous vous empresseriez de vous débarrasser de nous en payant le prix convenu.

— Est-ce tout? dit froidement le capitaine.

— Oui. Vous acceptez?

— Je demande vingt-quatre heures de réflexion.

— Alors, demain soir...

— Demain soir, je vous ferai connaître ma réponse. Et je compte que d'ici là vous vous abstiendrez d'agir et de parler. C'est une condition *sine qua non*. Si vous ne l'observiez pas, j'userais sans pitié des armes que j'ai contre vous. Vous pourriez dénoncer madame de Barancos, mais je vous jure que je prendrais les devants, et que j'irais trouver M. Darcy, juge d'instruction, pour lui raconter le dialogue édifiant que j'ai entendu à la porte du cabinet de votre ami Saint-Galmier.

— Vous n'aurez pas cette peine, dit avec vivacité le Péruvien. Le docteur et moi nous observerons jusqu'à demain soir la neutralité la plus complète. Nous ne dirons pas un mot à la marquise, et nous ne paraîtrons même pas à la chasse.

— C'est bien. Maintenant, veuillez me laisser seul, conclut Nointel en se levant.

Simancas n'osa pas essayer de prolonger l'entretien. Il ne se dissimulait pas qu'il s'en allait battu, et que le capitaine, qui possédait maintenant le grand secret, n'avait rien promis. Mais ce Péruvien jugeait les autres d'après lui-même, et il faisait fonds sur les intentions qu'il prêtait à Nointel, à l'endroit de la marquise, pour espérer que tout s'arrangerait au mieux de leurs intérêts réciproques.

— Il y viendra, se dit-il en regagnant tout doucement le *hall*, et s'il n'y vient pas... mal lui en prendra... j'aurai recours aux grands moyens... et je vais prendre mes précautions à tout événement.

Pendant que le drôle s'éloignait sur la pointe du pied, Nointel arpentait à grands pas ce petit salon où il s'était flatté de passer une soirée si tranquille, et donnait des signes non équivoques d'une violente agitation.

— Je n'en puis plus douter, disait-il entre ses dents, c'est elle qui a tué Julia, et, si je n'y mets ordre, ces gredins vont la rançonner d'abord et la dénoncer ensuite, car ils ne se contenteront pas de deux millions. Ils voudront tout, elle refusera, et alors... alors elle est perdue. Et moi qui allais l'aimer !... je ne suis même pas très-sûr de ne pas l'aimer déjà. Je voudrais bien savoir ce que ferait Gaston s'il était à ma place... mais je ne le consulterai pas... qu'il sauve mademoiselle Lestérel, j'en serai ravi... et je l'aiderai de tout mon cœur à la sauver... mais demain matin, sans plus tarder, j'avertirai la marquise

Ie ne veux pas qu'elle aille aux galères

CHAPITRE V

L'air était froid, le ciel clair, et la terre durcie par la gelée résonnait sous les pieds des chevaux. Le bois n'avait plus de feuilles, et la neige argentait encore les fougères jaunies par l'hiver. Les hautes branches des grands ormes frissonnaient sous la bise. Un temps à rester au coin du feu et à écouter en rêvant le chant mélancolique du vent qui souffle à travers les longs corridors du château.

La marquise et Nointel chevauchaient pourtant côte à côte dans une allée de la forêt. Deux grooms les suivaient à distance, deux grooms appareillés comme les doubles poneys qui les portaient. Madame de Barancos montait une jument noire très-vive qu'elle maniait avec une aisance merveilleuse; Nointel, un cheval bai de grande taille et de grandes allures. Ils allaient au pas, et ils n'avaient pas encore échangé une parole. On eût dit qu'ils sentaient tous les deux que cette promenade matinale allait décider de leur destinée, et qu'ils répugnaient à engager par les banalités d'usage une conversation qui pouvait les lier ou les séparer à jamais.

Et, de fait, le capitaine était très-perplexe, et encore plus surexcité. Il avait passé une fort mauvaise nuit, et quoique sa résolution fût prise, il se demandait comment il allait l'exécuter. Dire à une femme qu'on l'accuse d'un crime abominable et qu'on lui conseille de fuir pour éviter la cour d'assises, ce n'est pas chose aisée quand cette femme est belle, quand elle est marquise, quand on a de bonnes raisons de croire qu'elle vous aime et quand on craint de l'aimer. En dépit de son expérience et de son aplomb, Nointel ne savait par où commencer. Il attendait que madame de Barancos lui fournit, par un de ces discours singuliers dont elle n'était pas avare, l'occasion d'aborder le sujet difficile.

Mais madame de Barancos, très-expansive d'ordinaire, se montrait ce jour-là réservée jusqu'à la froideur. Ce n'était certes pas qu'elle fût indifférente, car le sang montait à ses joues, et ses yeux étincelaient. On devinait que le feu couvait sous la cendre, et qu'un mot suffirait pour allumer l'incendie. Jamais, du reste, elle n'avait été plus belle. Sa toque de velours contenait à peine les magnifiques torsades de ses cheveux noirs, et son amazone serrée à la taille faisait admirablement valoir les opulences de son corsage.

— Quel dommage! pensait Nointel en la regardant à la dérobée.

Et sa physionomie exprimait si bien ce qu'il pensait que la marquise, choquée peut-être de cette déclaration muette, appliqua un vigoureux coup de cravache sur l'épaule de sa jument, qui partit comme un boulet de canon. Nointel, assez surpris, rendit la main à son cheval, et le mit au galop violent que venait de prendre tout à coup l'excentrique châtelaine.

L'allée était large et droite, mais à trois cents mètres de là elle aboutissait à une côte boisée et abrupte qui paraissait peu praticable. Nointel maintenait sa distance, et pensait que cette course effrénée allait s'arrêter au bas de l'escarpement, dont une barrière fixe de trois pieds de haut défendait l'accès. Il se trompait. La marquise enleva sa jument et franchit l'obstacle en écuyère consommée. Il fallut bien en faire autant, et ce n'était pas ce saut qui gênait le capitaine, car il montait à merveille. Mais, après la barrière, le chemin devenait plus étroit et beaucoup plus malaisé. Un vrai sentier de bûcherons, hérissé de grosses pierres, coupé par de profondes ravines et souvent barré par les jeunes pousses du taillis. Madame de Barancos ne s'arrêtait pas pour si peu. Elle allait à toute bride, courbée sur l'encolure, sans se soucier des branches qui lui fouettaient le visage. Nointel, faute de place pour galoper à côté d'elle, la suivait en pestant un peu contre l'étrange fantaisie qui la poussait à prendre d'assaut un coteau à peu près inaccessible. Ce fut bien autre chose quand ils arrivèrent, presque en même temps, au sommet de la pente. Nointel retint son cheval, et en se retournant sur sa selle, il aperçut les deux grooms qui avaient mis pied à terre et qui cherchaient, sans y réussir, à mener leurs poneys par la bride à travers le taillis afin de tourner la barrière.

— Si c'est un tête-à-tête qu'elle cherche, dit-il entre ses dents, elle l'a aussi complet qu'elle pouvait le désirer. Jamais ses gens ne parviendront à nous rejoindre. J'espère du moins qu'elle va s'arrêter sur cette cime faite pour les chèvres.

Il avait tort d'espérer. Le sentier continuait sur le revers de la colline, taillée de ce côté en précipice. Madame de Barancos se lança sans hésiter sur cette pente infernale qui avait tout l'air d'aboutir à quelque gouffre.

— Ah çà, mais elle veut donc se tuer! s'écria le capitaine. Eh bien, nous serons deux.

Et il prit sans hésiter le périlleux chemin où elle venait de se jeter, au risque de se rompre le cou. Il en avait vu de plus mauvais au Mexique et en Algérie, mais il montait alors des chevaux barbes qui ont le pied sûr et l'instinct des chamois pour dégringoler parmi les rochers, et il se défiait des jambes de son demi-sang accoutumé à galoper sur des allées sablées. Il n'y avait pourtant pas moyen de reculer, et il s'en tira à son honneur. Vigoureusement soutenu par un poignet de fer, l'anglo-normand ne broncha point, mais il ne réussit pas à rattraper son compagnon à la descente.

Lorsque Nointel arriva au bas de la colline, il vit la marquise assise sur une roche moussue, et sa jument haletante arrêtée contre un saule, les rênes sur le cou. Il y avait là un amoncellement de blocs de granit surplombant un clair ruisseau qui murmurait sur les cailloux; des chênes séculaires entouraient une sorte d'arène circulaire tapissée de bruyères, et de grands bouleaux au tronc blanc se dressaient comme des fantômes dans les profondeurs de la futaie.

— Quel décor pour une scène de roman! murmura le capitaine, en sautant lestement à terre. Assurément, ce n'est pas sans intention qu'elle m'a amené ici.

Puis, s'approchant de madame de Barancos, qui le regardait en fronçant le sourcil:

— Vous m'avez fait une peur effroyable, dit-il avec une émotion très-sincère. C'est un miracle que votre jument ne se soit pas abattue sur ce chemin de casse-cou. Pourquoi jouer ainsi votre vie?

— Ma vie! Je n'y tiens pas, répondit la marquise d'un air sombre.

— Vous me permettrez de ne pas vous croire

Madame de Barancos fit un geste d'indifférence et reprit:

— Je sais ce que vous allez me dire... ma fortune, mon titre, ma jeunesse, ma beauté... Que m'importe tout cela, puisque je ne suis pas aimée?

— Et si je vous disais que je vous aime, s'écria Nointel qui n'était pas préparé à recevoir de sang-froid une attaque si directe.

— Vous me l'avez déjà dit deux fois; vous ne me l'avez pas encore prouvé.

— Quelle preuve exigez-vous donc?

— Un sacrifice que vous ne m'avez pas offert et que je ne vous demanderai jamais.

— Un sacrifice!

— Oui. Ne m'interrogez pas. Je refuserais de vous répondre. Mais je puis vous apprendre ce que j'ai résolu de faire. Nous ne nous reverrons plus. Je vais quitter la France, et je n'y reviendrai jamais.

Nointel tressaillit. Il pensait:

— Je sais bien pourquoi elle veut partir. Allons! il n'y a plus de doutes. C'est elle qui a tué Julia.

— J'avais fait un rêve, reprit la marquise. J'avais rêvé de m'enfuir au fond d'une solitude, là-bas, aux pays du soleil, de m'y cacher, de renoncer à cette existence mondaine qui m'excède, et de vivre au désert avec l'amant que j'avais choisi. C'était un rêve. Je partirai seule.

— Partir! qui vous y force? Pourquoi aller chercher si loin le bonheur?

— Parce que je suis jalouse, parce que je veux que l'homme que j'aime ne soit qu'à moi, parce que je souffrirais trop dans ce Paris où on prend le plaisir pour l'amour, parce que j'y ai déjà été trahie.

— Vous avez donc déjà aimé!

— Avec fureur. Vous vous étonnez que je l'avoue? Vous ne me connaissez pas. Oui, j'ai aimé, et celui que j'aimais m'a lâchement abandonnée. Je l'ai maudit. Dieu l'a puni. Dieu ne m'a pas fait la grâce de me guérir de l'amour. Je croyais, j'espérais que mon cœur était mort, que je ne vivrais plus que pour m'étourdir, pour chercher à oublier le passé. Je me trompais. J'aime encore et j'aime sans espoir, car vous ne me comprendrez jamais. Vous croyez m'aimer, parce que je vous plais. Vous ne m'aimez pas. Et si je cédais à la passion qui m'entraîne vers vous, je me condamnerais à d'horribles tortures. Mieux vaut nous séparer, car je sens que je n'aurais jamais la force de m'arrêter sur la pente où je glisse malgré moi. C'est pour vous dire cela que je vous ai amené ici. Mon langage vous surprend. Vous me prenez pour une folle. C'est vrai, je suis folle, car je ne sais point, comme vos femmes de France, cacher ce que j'éprouve. Je ne sais point calculer mes paroles et déguiser mes faiblesses. Je vous ai aimé le jour où je vous ai vu pour la première fois, et je vous le dis, comme je vous ai dit que j'avais eu un amant, comme je vous dirais : Je vous hais, si vous me trompiez après que je me serais donnée à vous.

Pendant que la marquise lançait aux échos de la forêt cette véhémente tirade, Nointel faisait, il faut bien en convenir, une assez sotte figure. Ce n'était pas qu'il ignorât l'art de parler le langage ardent de l'amour passionné. En toute autre occasion, il n'aurait eu aucune peine à donner la réplique à madame Barancos, car son cœur s'était mis de la partie, et l'éloquence qui vient du cœur coule de source. Mais, cette fois, il ne se trouvait pas au diapason. Les arbres, les rochers, la source, tout ce cadre sauvage et grandiose aurait dû l'inspirer; mais le souvenir de certaines réalités menaçantes chassait les idées poétiques. Malgré lui, il pensait à la loge de l'Opéra, aux deux drôles qui, d'un mot, pouvaient envoyer en prison l'ancienne maîtresse de Golymine. Et il se disait que l'heure était venue de répondre à la déclaration brûlante d'une femme adorable par un avertissement sérieux, de jeter de la glace sur ce volcan, de couper court à ces transports en interrogeant comme un juge et en conseillant comme un ami. Par quelle transition ramener sur la terre une conversation qui tendait à prendre son vol vers les étoiles?

— Et si je vous disais, moi, commença-t-il, si je vous disais que je suis jaloux du passé? Si je vous disais que je sais le nom de cet amant qui vous a trahie, et que ce nom me fait horreur?

Cette brusque attaque était précisément le contraire d'une transition, mais le résultat fut le même.

La marquise se leva d'un bond, croisa ses bras sur sa poitrine, et d'un air hautain:

— Prononcez-le donc, ce nom, puisque vous le savez.

Ses joues avaient pâli, ses yeux lançaient des éclairs. Elle était superbe. Nointel l'admirait, mais il ne faiblit pas.

— Votre amant, dit-il, s'appelait ou se faisait appeler le comte Golymine.

— C'est vrai, répondit froidement madame de Barancos. Vous le méprisiez, n'est-ce pas? Croyez-vous donc que je l'estimais? Je l'aimais, c'était assez. Et je ne renie pas, je ne renierai jamais l'homme que j'ai aimé.

— Vous êtes héroïque, car cet homme était un misérable.

— Qu'en savez-vous?

— Je sais qu'il a indignement abusé des lettres que vous lui aviez écrites.

— Qui vous a dit cela? Qui vous a dit que j'ai été sa maîtresse?

— Qui? Un drôle que vous subissez parce qu'il a surpris vos secrets. Il est venu hier me proposer de me les vendre.

— Et vous les lui avez achetés!

— Non. Il me les a livrés. Il espère que je consentirai à les exploiter de compte à demi avec lui. Je ne l'ai pas détrompé. Je voulais le forcer à se démasquer, afin de vous sauver.

— Me sauver! dit la marquise avec dédain. Vous croyez donc que ce coquin pourrait me perdre! Vous croyez que je n'aurai pas le courage de braver l'opinion du monde! Peu m'importe qu'il dise partout que Golymine a été mon amant. Après comme avant, j'irai la tête haute.

— Pourquoi donc, si vous ne les craignez pas, recevez-vous le général Simancas et le docteur Saint-Galmier, deux intrigants que Paris s'étonne déjà de voir accueillis dans votre noble maison?

— Parce que j'ai eu un moment de faiblesse, parce que j'espérais me débarrasser d'eux en les payant. Vous m'apprenez qu'ils osent me menacer. Je vous remercie. Je vais les chasser. Ils diront de moi ce qu'ils voudront. Je ne prendrai même pas la peine de les démentir.

— Même s'ils allaient trouver le juge d'instruction? demanda Nointel, après un silence.

La marquise tressaillit, mais elle ne perdit point contenance, et elle répondit d'une voix assurée :

— Expliquez-vous plus clairement, car je ne comprends pas.

— Madame, reprit le capitaine beaucoup plus ému qu'elle,

je vous jure que, si votre honneur et votre vie n'étaient pas en jeu, je me tairais; mais vous me forcer à parler.

— Parlez donc! J'attends.

Nointel pensait avoir trouvé un moyen détourné d'aborder la terrible question; il en usa.

— Ce bouton, dit-il, ce bouton de manchette que vous m'avez pris en valsant avec moi...

— Eh bien?

— Savez-vous où on l'a trouvé?

— On a trouvé ce bouton! s'écria la marquise. Il n'est donc pas à vous?

— Vous savez bien que non, dit Nointel, stupéfait de l'aplomb qu'elle montrait.

— Si j'avais su qu'il ne vous appartenait pas, je ne l'aurais pas mis sur mon cœur, reprit madame de Barancos, en arrachant d'un mouvement brusque une chaîne très-mince qui entourait son cou.

Le bijou accusateur pendait au bout du fil d'or; elle le jeta plutôt qu'elle le remit au capitaine.

— Reprenez-le, dit-elle avec colère. Peu m'importe maintenant d'où il vient. Mais vous vous êtes joué de moi, et vous allez m'apprendre quel était le but de cette sotte plaisanterie.

— Ce n'était pas une plaisanterie, c'était une épreuve.

— Je comprends moins que jamais.

— Ce bouton a été ramassé dans le sang près du cadavre de Julia d'Orcival assassinée.

— Quelle horreur! Et vous êtes cause que je l'ai porté! Ce que vous avez fait est indigne.

— Je croyais qu'il vous appartenait, dit Nointel en regardant la marquise en face.

Elle pâlit, mais ce n'était pas de peur, car elle répondit vivement :

— Alors vous m'accusez d'avoir tué cette femme?

— A Dieu ne plaise que je vous accuse! Je donnerais dix ans de ma vie pour acquérir la certitude que vous êtes innocente.

— Alors, vous me soupçonnez. Et pourquoi? Parce que ce bijou porte l'initiale de mon nom? Convenez que c'est absurde.

— S'il n'y avait que cet indice...

— Il y en a donc d'autres? Faites-les-moi connaître. Je veux tout savoir.

— Avez-vous oublié qu'à ce bal de l'Opéra où le meurtre a été commis, vous avez pris mon bras?

— Ah! vous m'avez reconnue. Je m'en doutais. C'est vrai. J'étais à ce bal.

— Je vous ai quittée à l'entrée du corridor des premières, du côté droit.

— C'est encore vrai. Et la loge où cette malheureuse est morte se trouve précisément de ce côté. Cela ne prouve pas que j'y sois entrée.

— Vous me forcez à vous dire qu'on vous y a vue.

— Voilà donc où vous vouliez en venir. Enfin, je comprends tout. Ce coquin de Simancas vous a dit qu'il avait entendu ma voix dans cette loge...

— A-t-il menti?

— Non. J'y étais.

— Vous l'avouez!

— Sans doute. Je vais même vous apprendre pourquoi j'y étais.

— Simancas me l'a dit.

— Il vous a dit, je suppose, que je venais demander à Julia d'Orcival des lettres qu'elle possédait, des lettres que j'avais écrites au comte Golymine. C'est la vérité, mais il n'a pas osé vous dire que j'avais assassiné cette femme.

— Vous vous trompez, madame. Il m'a dit cela, et il le répétera au juge d'instruction, si vous n'acceptez pas les conditions qu'il va vous poser.

— Et ces conditions, vous me conseillez de les accepter?

— Non, car Simancas et son associé seraient insatiables. Quand ils vous auraient arraché une partie de votre fortune, ils exigeraient le reste. Je vous conseille de fuir.

Le sang monta au front de madame de Barancos, mais elle ne répondit pas, et Nointel, qui prit son silence pour un aveu, continua ainsi :

— Et c'est pour vous donner le temps de quitter la France que j'ai feint d'accepter les ignobles propositions de ce chenapan. J'ai exigé de lui une promesse, et j'ai le moyen de le forcer à la tenir. Il dépend de moi de l'envoyer au bagne. Il ne parlera donc pas, tant qu'il pourra tirer parti du secret qui vous met à sa discrétion. Mais si vous le chassiez, il n'aurait plus rien à perdre, et n'ayant plus rien à gagner en restant à Paris, il passerait la frontière et il vous dénoncerait. Il faut que vous partiez avant lui.

— Il s'est adressé à vous... il vous a choisi pour confident !

— Il croit que je vise à vous épouser parce que vous êtes riche et que tous les moyens me seront bons. J'ai eu bien envie de le jeter par la fenêtre, mais je songeais à vous, et je savais qu'un éclat perdrait tout. Mieux valait l'écouter et vous avertir. Il n'a pas soupçonné mon projet, car il ne supposait pas que je vous aimais pour vous-même...

— Vous m'aimiez, dites-vous... et pourtant vous me jugiez coupable... et, quand je vous parlais tout à l'heure de mes rêves de bonheur à deux, loin d'ici, dans une solitude, vous pensiez sans doute que la passion dont je faisais étalage n'était qu'un prétexte pour déguiser le véritable motif qui m'obligeait à fuir. Vous vous taisez ! J'ai deviné.

— Et quand j'aurais pensé cela, croyez-vous donc que j'aurais pu arracher de mon cœur un amour qui fera le malheur de ma vie? Oui, je pense que vous êtes coupable, je pense qu'emportée par la colère, vous avez frappé une femme qui avait été votre rivale, qui vous menaçait, qui vous insultait peut-être... Vous n'aviez pas prémédité le meurtre, puisque l'arme ne vous appartenait pas... Je pense

que vous avez commis un crime, mais il est des crimes qui
n'avilissent pas.

— Et si je n'avais pas commis ce crime, interrompit
madame de Barancos; si je prouvais que ma main ne s'est
pas souillée de sang, que je n'ai rien à me reprocher... rien
qu'une imprudence fatale?

— Si vous prouviez cela, je vous supplierais de me choisir
pour écraser les misérables qui vous accusent, pour vous
défendre contre ceux qui oseraient mal parler de vous, et
quand j'aurais fait taire les calomniateurs et les médisants,
je vous suivrais au bout de la terre, s'il vous plaisait d'y
vivre avec moi.

— Je ne vous demanderais pas ce sacrifice; car je ne
puis me justifier du meurtre qu'en confessant une de ces
fautes que le monde où nous vivons tous les deux ne pardonne pas. Le juge qui recevra mes aveux saura que j'ai
été la maîtresse du comte Golymine, il saura que mes
lettres.....

— Quoi! vous voulez...

— Je veux tout dire. Demain, je demanderai une audience
à M. Roger Darcy. N'est-ce pas lui qui est chargé de cette
affaire?

— Sans doute, mais...

— Si, par une faiblesse dont je rougis, je n'avais pas
tant tardé à me présenter à lui, je me serais épargné bien
des douleurs et bien des hontes. Vous ne m'auriez pas soupçonnée, et peut-être on n'aurait pas accusé une innocente,
car elle est innocente, n'est-ce pas? cette jeune fille qu'on
avait arrêtée. Elle a été remise en liberté, m'a-t-on dit.

— Oui, après bien des jours.

— Je vous jure que, si je me suis tue, c'est que je la
croyais coupable. Si j'avais pu penser qu'elle ne l'était pas,
rien ne m'eût arrêtée. J'aurais couru chez son juge, et je lui
aurais raconté ce que j'avais vu. Mais je pensais au contraire que mon témoignage ne ferait que l'accabler.

— Qu'avez-vous donc vu? s'écria Nointel qui commençait

à se perdre dans les phrases incidentes de madame de Barancos.

— Écoutez-moi, dit la marquise en se laissant tomber sur ce banc de roche où elle s'était déjà assise en arrivant à la clairière après une course effrénée. Vous allez entendre tout ce que M. Darcy apprendra demain, et quand vous m'aurez entendue, vous me jugerez.

Le capitaine, très-ému, se tenait debout devant elle, une main passée dans la bride de son cheval; son autre main serrait convulsivement le bouton d'or trouvé par madame Majoré. La jument favorite de la marquise allongeait son cou et appuyait doucement sa tête sur les genoux de sa maîtresse.

— Je vous ai dit que j'avais été trahie par le seul homme que j'eusse encore aimé, commença la marquise, trahie pour une femme qui vendait sa beauté. Je faillis en mourir, et ceux qui m'ont vue alors étonner Paris de mes luxueuses folies n'ont jamais deviné que je cherchais à m'étourdir. Ma liaison avec le comte était restée secrète, et après notre séparation, je ne crois pas qu'il ait eu la lâcheté de la révéler, même à ses indignes amis, même à sa nouvelle maîtresse. La blessure qu'il m'avait faite en m'abandonnant était à peine cicatrisée, lorsque la nouvelle de sa mort vint me frapper comme un coup de foudre, et j'étais à peine remise de cette secousse, quand je reçus une lettre de cette Julia d'Orcival, une lettre où elle me disait qu'un hasard — quel hasard? je n'en sais rien encore — qu'un hasard avait mis entre ses mains mes lettres à Wenceslas, qu'elle était disposée à me les rendre, et qu'elle me les remettrait au prochain bal de l'Opéra, dans la loge 27. J'hésitai longtemps, mais j'avais tout à craindre d'une femme qu'aucun scrupule ne devait arrêter pour me nuire, si je refusais de me soumettre à l'humiliation qu'elle voulait m'imposer. Je me décidai enfin à aller au bal, et j'y allai.

— Assez tard, si mes souvenirs me servent bien. Je vous ai rencontrée au moment où vous y arriviez.

— Le rendez-vous était fixé à une heure et demie. J'ai été exacte, quoiqu'il m'eût fallu prendre de grandes précautions pour sortir de mon hôtel sans être vue par mes gens. Mon vieil intendant était seul dans la confidence de mon excursion nocturne. Il s'était chargé d'amener un fiacre devant la petite porte du jardin et de veiller à cette porte pour me l'ouvrir à mon retour. Il était donc une heure et demie quand je suis entrée à l'Opéra, un peu plus quand vous m'avez quittée à la suite d'un incident que vous connaissez. J'étais cependant arrivée trop tôt, car l'ouvreuse qui gardait la loge m'a dit qu'elle avait ordre de ne laisser entrer qu'une seule personne à la fois; qu'un domino y avait été reçu par la locataire une demi-heure auparavant, que ce domino y était encore, et que je devais attendre qu'il sortît. J'ai cru alors à une mystification, et j'allais partir, car j'étais outrée de l'impertinence de cette fille qui me faisait venir au bal pour se moquer de moi; mais presque aussitôt la porte s'est ouverte, et j'ai vu passer la femme qui avait eu audience avant moi.

— Grande, mince, élancée, en domino très-simple, dit vivement le capitaine, qui pensait à mademoiselle Lestérel.

— Non, répondit la marquise, après avoir un peu réfléchi; celle que j'ai vue était au contraire de taille moyenne, et elle portait un domino garni de riches dentelles.

— C'est singulier, murmura Nointel.

— Je l'ai d'autant mieux remarquée que je l'ai vue deux fois, reprit madame de Barancos.

La place était libre, l'ouvreuse m'a introduite, et je me suis trouvée seule avec Julia d'Orcival; elle portait un domino noir et blanc, et elle s'était démasquée pour causer avec la personne qui m'avait précédée, peut-être aussi pour que je la reconnusse. Je l'avais vue souvent au Bois. C'était bien elle. En me voyant, elle a remis son masque, et quittant le petit salon du fond où elle se tenait, elle s'est avancée sur le devant de la loge. J'ai commis la faute de l'y suivre et de lui dire là quelques mots qui ont été entendus. Ce Simancas, qui m'avait à peine entrevue jadis à la Havane, était dans la loge voisine avec un autre drôle. Il m'a reconnue, et vous savez s'il a abusé de cette découverte.

Peut-être Julia d'Orcival avait-elle fait exprès de me compromettre en me forçant à me montrer, car elle est revenue très-vite dans l'arrière-loge, et je m'y suis assise avec elle. J'ai remarqué alors qu'elle tenait à la main un éventail japonais, et elle a affecté de tirer le poignard caché dans la gaîne, comme si elle eût voulu me faire voir qu'elle était en mesure de se défendre. Je ne songeais guère à l'attaquer. Je ne songeais qu'à reprendre mes lettres, et comme je supposais qu'elle comptait me les vendre, j'avais apporté une grosse somme en billets de banque, et j'ai commencé par la lui offrir.

— Elle l'a refusée ?

— Avec colère, et l'entretien a pris aussitôt une tournure violente. Elle a osé me railler. Peu s'en est fallu qu'elle ne m'insultât, et vingt fois j'ai été sur le point de partir. Mais quand elle voyait que j'allais me lever, elle changeait de ton, elle me jurait qu'elle n'avait pas l'intention de me nuire, tout en me faisant sentir qu'il dépendait d'elle de me perdre de réputation. Que Dieu pardonne à cette malheureuse ! Elle avait le génie de la méchanceté et de la ruse. Ce n'est qu'après avoir subi pendant près d'une heure ses discours entortillés que j'ai compris où elle voulait en venir. Elle s'imaginait que son dernier amant venait de la quitter pour me faire la cour.

— Gaston Darcy !

— Oui, votre ami ; et elle s'était mise en tête d'obtenir de moi la promesse de ne pas l'épouser. J'ai reçu cette proposition d'un tel air qu'elle n'a plus insisté. Avec son intelligence diabolique, elle a compris tout de suite qu'elle faisait fausse route, et que M. Darcy m'était indifférent. Et, dès lors, la conférence a tiré à sa fin. Après quelques façons, elle m'a remis les lettres, en me jurant qu'elle n'en avait pas gardé une seule, et je me suis hâtée de sortir.

C'est alors, au moment où je mettais le pied dans le corridor, que je me suis presque heurtée contre le domino qui m'avait précédé dans la loge. Je l'avais vu en sortir ; cette fois, je l i vu y entrer.

— Quoi ! s'écria Nointel, cette femme revenait, et il y avait une heure qu'elle était sortie de la loge.

— Oui, répondit madame de Barancos, et je suppose qu'elle attendait depuis un certain temps dans le corridor. Elle s'y tenait adossée à la muraille, guettant mon départ. Dès qu'elle m'a vue, elle s'est approchée de l'ouvreuse, elle lui a parlé bas et elle est entrée.

— Vous êtes certaine que c'était la même personne, la personne que Julia avait reçue avant vous ?

— Tout à fait certaine. Je l'ai reconnue à sa taille, à sa tournure, à sa démarche, aux dentelles de son domino.

— C'est elle, à n'en pas douter, qui a tué la d'Orcival.

— Je l'ai toujours pensé, et quand j'ai appris qu'on avait arrêté cette jeune fille, j'ai cru qu'on ne s'était pas trompé, que c'était elle qui m'avait succédé dans la loge.

— Mademoiselle Lestérel ! mais il me semblait que vous la connaissiez. N'a-t-elle pas chanté souvent chez vous ?

— Oui, dans de grands concerts avec vingt autres artistes. Je ne l'avais pas assez remarquée pour la reconnaître, surtout sous un voile épais qui me cachait son visage.

— Et vous n'avez pas entendu sa voix, quand elle a dit quelques mots à l'ouvreuse ?

— Non, j'avais hâte de m'éloigner. Je ne me suis pas arrêtée. Mais cette ouvreuse l'a entendue; elle m'a entendue aussi. Comment ne l'a-t-on pas interrogée, confrontée avec mademoiselle Lestérel ?

— Tout cela a été fait. On n'a rien pu tirer d'elle. Non-seulement elle est à moitié folle, mais, de plus, elle s'était mis en tête une idée extravagante. Elle prétendait que le crime avait été commis par un homme, par un M. Lolif, qui a dansé le cotillon chez vous. Et cette sotte visée lui

13

fermait l'esprit à toute autre supposition. Si je vous disais,
madame, que je l'ai questionnée moi-même !

— Vous ! quel intérêt aviez-vous donc à vous mêler de
cette lamentable affaire ?

— Gaston Darcy est mon ami intime, et Gaston Darcy
aime mademoiselle Lestérel.

— Pauvre jeune homme ! combien il a dû souffrir ! Elle
est libre, m'avez-vous dit ?

— Libre provisoirement ; mais les poursuites seront
abandonnées, car il est prouvé qu'elle n'était plus à l'Opéra
au moment où le crime a été commis.

— Elle y était donc allée ?

— Oui. Il y a eu des fatalités dans cette étrange histoire.
On a accusé mademoiselle Lestérel parce que le poignard
japonais lui appartenait. Et moi je vous accusais, parce
que je croyais que le bouton de manchette qu'on a trouvé
près du cadavre de Julia était à vous.

— Qui l'a trouvé, ce bouton ?

— L'ouvreuse, précisément, et je tiens à vous apprendre comment il a passé de ses mains dans les miennes,
comment j'ai été amené peu à peu à vous soupçonner,
vous, madame, que j'avais à peine entrevue, quelquefois,
de loin.

Je viens de vous dire que Gaston Darcy aime mademoiselle Lestérel. Il l'aime à ce point, qu'il était décidé à
l'épouser, et, quoique je ne l'aie pas rencontré depuis quelques jours, je sais que sa résolution n'a pas changé.

— Votre ami est un noble cœur, dit madame de Barancos avec une intention que le capitaine saisit très-bien.

— Si j'étais à sa place, je ferais comme lui, répliqua-t-il
vivement. On ne l'accusera pas d'agir par intérêt : la
femme qu'il aime est pauvre.

— Elle est bien heureuse. J'oubliais que je suis riche,
moi. Continuez, monsieur.

— Darcy m'a demandé de l'aider à prouver l'innocence
de cette jeune fille, et j'ai entrepris avec enthousiasme

cette tâche difficile. Nous avons ouvert une sorte d'enquête. Le hasard a fait que je connaissais l'ouvreuse, qui a deux filles dans le corps du ballet. Je l'avais vue souvent au foyer de la danse. Je l'ai invitée à souper, je l'ai longuement questionnée... c'était le lendemain du bal... le soir où je vous ai parlé pour la première fois.

— Dans l'avant-scène où votre ami vous a amené?

— Oui; et j'ai été on ne peut plus surpris de vous y voir. Je savais que vous aviez passé au bal masqué une partie de la nuit précédente, puisque je vous y avais rencontrée... et je ne sais pourquoi l'idée m'est venue...

— Que je me montrais au théâtre pour qu'on ne me soupçonnât pas d'être allée au bal. Vous aviez deviné.

— J'avais été frappé aussi d'un autre fait. J'avais dîné par hasard à la Maison-d'Or avec Simancas, et il s'était vanté d'avoir été reçu par vous le jour même.

— C'était vrai.

— Il m'a paru étrange que votre maison fût ouverte à un homme d'une réputation si équivoque. J'ai cherché l'explication de la faveur qu'il vous avait plu de lui accorder...

— Et vous vous êtes dit que sans doute lui aussi m'avait vue au bal de l'Opéra où vous m'aviez reconnue. Vous ne vous trompiez pas. A quatre heures, le dimanche, ce drôle s'est présenté chez moi, prétextant qu'il avait à me faire une communication très-importante. Je l'ai vu, et j'ai compris dans quelles mains j'étais tombée. Il a commencé par m'apprendre que madame d'Orcival avait été assassinée. Cette nouvelle m'a bouleversée, car je l'ignorais encore. Alors, profitant du trouble où elle m'avait jetée, il m'a déclaré impudemment qu'il m'avait reconnue dans la loge de cette femme, qu'il avait entendu ma conversation avec elle, et qu'il publierait partout ce qu'il savait, si je n'acceptais pas ses conditions. Il exigeait que je lui accordasse ses entrées chez moi, que je me montrasse en public avec lui, protestant qu'il n'abuserait pas de ces faveurs, que son

seul but était de se relever dans l'opinion du monde. Il a
fait quelques allusions à d'anciennes relations qu'il avait
eues avec le comte Golymine. J'ai cédé.

— Et, le soir même, au café Tortoni, dans le salon le
plus en vue, vous subissiez sa compagnie et celle de son
acolyte Saint-Galmier.

— Oui, et je l'ai subie ailleurs encore. Je l'ai mené au
Bois dans ma voiture, je l'ai invité à mon bal, à ma chasse.
Mais j'étais déjà lasse des exigences de ce misérable, j'étais
résolue à ne pas les tolérer plus longtemps, et je vous jure
que si j'avais pu supposer qu'il m'accusait d'avoir assassiné
la d'Orcival, je l'aurais déjà fait jeter hors de chez moi.

— Alors, il ne vous avait pas dit...

— Rien de pareil. Il s'est borné à me représenter adroitement tous les chagrins que pouvait attirer sur moi la
mort de cette femme, si on venait à savoir que je m'étais
trouvée dans sa loge peu d'instants avant le meurtre. Il
m'a dit que je serais citée en justice, obligée de confesser
que j'étais allée au rendez-vous donné par Julia d'Orcival
pour reprendre des lettres écrites par moi à un amant; il
m'a même laissé entendre que je pourrais être inquiétée à
propos de ce meurtre et mise en demeure de me justifier
Mais il n'a pas osé m'accuser de l'avoir commis.

— S'il ne l'a pas fait, c'est qu'il sait que vous n'y êtes
pour rien, et s'il sait cela, il pourrait désigner la femme
qui a frappé. Il écoutait contre la cloison. Il a dû vous
entendre sortir, puis la porte se rouvrir... oui, il a entendu,
il me l'a dit hier... et il est impossible qu'il ne se soit pas
aperçu que ce n'était plus la même voix. Mais je le forcerai
à parler, le misérable. Et il m'aidera, malgré lui, à trouver
la coupable... car je la trouverai.

— Ce bouton aussi vous aidera; vous le remettrez au
juge. . et on découvrira un jour à qui il appartient. Mais
vous ne m'avez pas encore dit pourquoi vous supposiez
qu'il était à moi.

— Parce que certaines apparences vous accusaient, parce

que je partais d'une idée fausse, parce que ce bijou portait l'initiale de votre nom...

— Du nom de mon mari. Je m'appelle Carmen de Penafiel.

— Carmen! répéta Nointel avec un accent qu'un amoureux pouvait seul trouver.

Il n'en était pas moins vrai qu'il ne s'était jamais préoccupé de connaître le nom que portait la marquise avant d'épouser un gouverneur de l'île de Cuba.

— Moi, je savais que vous vous appelez Henri, dit-elle vivement.

Puis, arrêtant d'un geste l'élan passionné qui allait précipiter Nointel à ses pieds :

— Vous ne doutez plus de moi, reprit-elle d'une voix vibrante ; vous ne croyez plus que j'ai souillé ma main du sang de cette femme. Mais le juge doutera, lui. Il faudra lui prouver que je ne mens pas. A-t-il vu ce bijou?

— Non, j'ai pris sur moi de le garder... je voulais...

— Tenter une expérience qui n'a pas produit le résultat que vous attendiez, interrompit la marquise en souriant tristement. Mais vous allez le remettre à M. Roger Darcy. Que lui direz-vous en lui remettant?

— La vérité, toute la vérité, rien que la vérité. Je lui dirai qu'au lieu de faire disparaître un objet qui eût été une preuve terrible contre vous, si vous aviez tué Julia, vous avez pris plaisir à le porter de façon à ce que tout le monde le vît ; je lui dirai que vous me l'avez rendu spontanément, que vous m'avez conseillé de le lui remettre.

— Et moi alors je lui dirai tout ce que j'ai vu, tout ce que j'ai entendu pendant cette horrible nuit. Je lui décrirai cette femme qui est entrée avant moi et après moi. Je lui répéterai les propos que m'a tenus Julia d'Orcival.

— Vous vous les rappelez?

— Comment les aurais-je oubliés? Chacune des paroles de cette femme me blessait au cœur, et les blessures qu'elle m'a faites ne sont pas fermées ; et, parmi ces paroles, il en

est une que j'ai retenue entre toutes, car elle me l'a lancée
en me remettant les lettres après une longue et orageuse
discussion. Elle m'a dit : Reprenez-les, madame; je puis
bien faire pour vous ce que je viens de faire pour deux
autres maîtresses de Wenceslas Golymine.

— Deux! répéta Nointel.

— Oui, et elle a ajouté : Je n'ai pas eu de peine à m'entendre avec celles-là, car ce ne sont pas de grandes dames,
et je ne crains pas qu'elles me prennent mon amant pour
se venger de ce que Wenceslas les a quittées; ce sont
d'humbles bourgeoises qui ne m'ont jamais fait de mal et
qui ne m'en feront jamais.

— D'humbles bourgeoises, murmura le capitaine. La
sœur de mademoiselle Lestérel est bien une bourgeoise;
l'autre aussi, à ce qu'il paraît. Julia ne l'a pas nommée?

— Elle n'a prononcé qu'un nom, celui du comte, qu'elle
affectait de me jeter sans cesse à la face pour m'humilier.

— Mais, depuis, lorsque cette jeune fille a été arrêtée, ne
vous êtes-vous pas demandé si ce n'était pas l'autre qui
avait frappé?

— Non. Je l'avoue. Je n'avais pas de motif pour m'intéresser à une artiste qui avait chanté chez moi, comme bien
d'autres, et qui n'avait jamais attiré mon attention. D'ailleurs, les journaux affirmaient qu'elle était coupable. Je le
croyais comme tout le monde, et la pensée ne m'est pas
venue de refaire le travail du juge.

— Vous ne le pouviez pas. Ç'eût été vous perdre. Mais
maintenant que vous êtes déterminée à tout dire, c'est
cette autre qu'il faut chercher. Tant que la justice ne
l'aura pas trouvée, il restera des doutes sur votre innocence.

— Non, car je demanderai à M. Darcy de me soumettre
à une épreuve décisive. Je lui demanderai de faire jouer
dans son cabinet la scène qui s'est passée dans le corridor
de l'Opéra, devant la porte de la loge. Je mettrai le domino
que je portais cette nuit-là, le voile de dentelle qui me

cachait le visage. L'ouvreuse y sera. On ne l'aura pas prévenue. Je m'approcherai d'elle, et je lui dirai mot pour mot
ce que je lui ai dit quand je l'ai abordée. Si stupide ou si
folle que soit cette créature, il est impossible qu'elle ne me
reconnaisse pas, et alors je me fais fort de réveiller ses
souvenirs. Je lui rappellerai qu'au moment où je sortais
de la loge, une autre femme en domino y entrait...

— Et personne ne pourra nier que c'est cette femme qui
a frappé. Oui, l'épreuve sera décisive, et M. Darcy l'impo-
sera aussi à mademoiselle Lestérel qui se trouverait justifiée, si elle ne l'était déjà. Quand vous la verrez sous le
domino très-simple qu'elle portait, vous affirmerez que ce
n'est pas elle qui vous a remplacée dans la loge, et l'ouvreuse le dira aussi. Ah! madame, c'est votre courage qui,
en vous sauvant, nous sauvera tous.

— Étiez-vous donc en péril, vous aussi? demanda la marquise avec un sourire triste.

— Je courais le plus grand de tous les dangers, puisque
j'étais menacé de vous perdre, s'écria Nointel. Ne parliez-
vous pas de quitter la France?

— Croyez-vous donc que j'y resterai? Non, monsieur. Ma
résolution est prise. Je ferai mon devoir, en me confessant
au juge, et ensuite... je partirai... vous ne me reverrez
jamais.

— Vous ne m'empêcherez pas de vous suivre.

— Je vous le défends.

— Me défendez-vous aussi de vous dire que je vous aime,
que je vous adore, que je vous appartiens, de vous le dire
à genoux?...

Il allait y tomber, mais madame de Barancos se leva, et
lui montrant la futaie qui s'étendait à sa gauche :

— N'entendez-vous donc pas qu'on vient? murmura-
t-elle.

C'était vrai. Les deux grooms avaient été obligés de faire
un long circuit pour rejoindre la grande dame qui sautait
si bien les barrières fixes, mais en tournant la colline ils

étaient arrivés tout près du rocher ; ils avaient attaché leurs chevaux au bord de la route prochaine, et ils arrivaient à pied à travers le bois.

— Plus un mot, dit la marquise. Venez. On nous attend au château.

Il n'y avait rien à objecter. Les grooms n'étaient plus qu'à quinze pas de la clairière rocheuse où le capitaine venait d'apprendre tant de choses. Au bruit de leurs pas, la poésie s'était envolée. Il fallait rentrer dans la vie réelle, reprendre l'attitude correcte d'un hôte qui escorte une châtelaine. Nointel s'y résigna en soupirant.

Madame de Barancos s'avançait déjà à la rencontre de ses gens, relevant d'une main la jupe de son amazone et de l'autre faisant siffler sa cravache. Sa jument noire la suivait en hennissant joyeusement. Et la créole s'en allait décapitant les fougères. On eût dit qu'elle fouaillait ses calomniateurs.

Nointel menait son cheval par la bride et se trouvait assez ridicule. Il avait mis prosaïquement dans sa poche le bouton d'or trouvé par madame Majoré, et il pensait beaucoup moins aux chances qui lui restaient de découvrir la propriétaire de ce bijou qu'à l'occasion qui peut-être ne se représenterait plus, l'occasion de s'engager à fond avec la marquise. Ils n'en étaient plus à la déclaration classique. Elle avait proclamé avec une franchise hautaine les sentiments que le capitaine lui inspirait, et le capitaine en avait bien assez dit pour qu'elle lût dans son cœur. Mais, aux préliminaires de ce traité, il manquait la signature. Elle avait parlé trop tôt, il avait parlé trop tard ; l'accord parfait n'avait jamais existé, et ils n'étaient liés ni l'un ni l'autre. Nointel ne se pardonnait pas d'avoir soupçonné cette fière Espagnole qui se vantait de sa faute comme d'autres se seraient vantées de leur vertu, et qui ne se serait pas plus cachée d'avoir tué Julia d'Orcival dans un transport de colère que d'avoir aimé l'aventurier Golymine.

— Si elle l'avait tuée, pensait-il, elle serait allée le dire au juge d'instruction, comme elle ira lui dire qu'elle est venue dans la loge pour reprendre ses lettres. Car elle ira, j'en suis sûr, et grâce à cette hardiesse, mademoiselle Lestérel sera justifiée deux fois. Darcy l'épousera, et moi je perdrai la plus adorable femme que j'aie jamais rencontrée. Ah! l'amitié me coûte cher.

Ils arrivèrent ainsi, en marchant sous bois, jusqu'à la route où les grooms avaient attaché leurs chevaux, une route large et commode qui aboutissait au château. Il n'y avait plus de tête-à-tête à espérer. Nointel regrettait les précipices. Il aida mélancoliquement la marquise à se mettre en selle, et il eut le chagrin de l'entendre donner à ses gens l'ordre de suivre de plus près.

— Il est tard, lui dit-elle, dès qu'il fut à cheval. La battue commencera à midi; on déjeune auparavant. Nous allons, si vous voulez, rentrer au grand trot. J'aurai à peine le temps de changer de costume.

— Vous comptez donc chasser, demanda le capitaine.

— Sans doute. Je me dois à mes hôtes, et je ne rentrerai à Paris que demain matin; mais vous serez libre d'y retourner ce soir. Si vous partez avant moi, je vous serai obligé d'annoncer ma visite à M. Roger Darcy. Je le verrai demain dans la journée.

Et, sans laisser au capitaine le temps de lui répondre, elle fit prendre à sa jument un trot si allongé qu'il eut toutes les peines du monde à la suivre.

A cette allure, tout dialogue devenait impossible, et Nointel eut le crève-cœur de penser que madame de Barancos la lui imposait tout exprès pour l'empêcher de reprendre l'entretien au point où il était resté dans la clairière. Il lança bien quelques mots passionnés, mais le vent qui soufflait à contre-sens les emporta au fond de la forêt, et la marquise ne les entendit pas, ou ne voulut pas les entendre.

En arrivant dans la cour du château, elle mit pied à terre si lestement qu'elle gagna de vitesse Nointel qui arrivait pour l'aider; elle monta en courant les marches du perron, et elle disparut sans avoir adressé une seule parole à son cavalier.

— C'est un parti pris, se disait-il en regagnant tristement sa chambre. Je prévois que je vais faire toute la journée une sotte figure; mais je ne coucherai certainement pas ici ce soir.

Le domestique attaché à sa personne le prévint que le déjeuner était servi, les invités restant libres de se mettre à table ensemble ou isolément, à leur choix. Cet arrangement convenait au capitaine, qui n'était pas d'humeur à causer avec des indifférents. Après avoir procédé à sa toilette, il revêtit le costume qu'il avait apporté, bonnet de fourrure, veston de forestier allemand en drap gris, grands bas écossais, bottes en cuir fauve, attachées au-dessus du genou; il tira son fusil d'un nécessaire d'armes qui tenait très-bien dans sa malle, le monta, remplit de cartouches assorties sa cartouchière en peau de daim — un vrai chasseur a beau être amoureux, il ne néglige jamais ces soins-là — et quand il eut parachevé son équipement, il se fit conduire à la galerie où on *lunchait*.

Il y trouva nombreuse compagnie. Quelques invités supplémentaires venaient d'arriver de Paris; des gens du monde que Nointel connaissait de vue, mais qui n'étaient ni de son cercle, ni de ses relations habituelles. Pas une seule femme, les douairières espagnoles s'étant naturellement abstenues de prendre part au *sport* qui se préparait. On mangeait debout, à un buffet largement garni de mets froids et de vins généreux. Saint-Galmier, en gilet breton, ceinturonné et guêtré comme un vieux garde, s'y restaurait avec entrain. Simancas, en tenue de guerillero péruvien, venait de prendre une frugale réfection et lisait le journal dans un coin. Depuis la mort de Julia d'Orcival, il était toujours à l'affût des nouvelles, et il étudiait assidûment les faits divers. Il interrompit cependant sa lecture pour venir saluer le capitaine, et il lui aurait volontiers demandé s'il était satisfait de sa cavalcade avec la marquise; mais il fut accueilli si froidement qu'il s'abstint. Nointel lui trouva d'ailleurs un certain air qu'il n'avait pas la veille, un air sournois et légèrement ironique. Mais Nointel était décidé à en finir bientôt avec ce drôle, et il ne s'inquiéta guère de chercher la cause du changement qui s'était opéré sur sa déplaisante physionomie. Il ne pensa pas non plus à lui rappeler que, la veille, il avait pris l'engagement de ne pas paraître à la chasse.

Midi sonnait à l'horloge du château lorsqu'un valet de pied vint annoncer que les voitures attendaient. Chacun s'arma, et les chasseurs, le fusil à l'épaule ou sous le bras, débouchèrent sur le perron.

Trois grands breaks à quatre chevaux stationnaient dans la cour, sans compter une élégante victoria où la marquise avait déjà pris place, la marquise en chasseresse; toque polonaise garnie d'astrakan, veste de velours à col de loutre, jupe écossaise, culotte de velours noir, knickerbockers en maroquin verni. Ce costume presque masculin lui allait à merveille et ajoutait à sa beauté un ragoût particulier. Elle ressemblait à Diane, une Diane habillée chez le couturier à la mode, mais aussi fièrement tournée que la déesse qui changea en cerf l'indiscret Actéon.

Les breaks furent pris d'assaut, les paysans qui regardaient de loin ce triomphal départ poussèrent des vivat en l'honneur de la châtelaine, et les vieux braconniers qui guettaient le moment coururent se porter sur la lisière des taillis, aux bons endroits, à seule fin d'y assassiner les lièvres et les chevreuils assez malavisés pour sortir des enceintes gardées.

Les bois attenant au château de Sandouville étaient percés comme une forêt royale, et les chemins fort bien entretenus. En moins de vingt minutes, les équipages arrivèrent à un rond-point où attendaient douze gardes en uniforme, portant le brassard aux armes de la marquise, et une forte escouade de rabatteurs racolés dans les villages voisins.

Nointel avait fait le voyage avec des Espagnols, peu causeurs de leur naturel. Simancas et Saint-Galmier étaient montés discrètement dans une autre voiture. Il n'eut donc pas à subir l'ennui de leur compagnie, et il put rêver à loisir à l'événement de la matinée, car c'était bien un événement que la confession de madame de Barancos, un événement qui allait avoir des conséquences prochaines et graves.

Elle ne semblait pas s'en préoccuper le moins du monde quand elle descendit de sa victoria pour venir à la rencontre de ses hôtes qui n'avaient d'yeux que pour elle.

— Messieurs, dit-elle avec l'aplomb d'un vieux chasseur, nous allons commencer par une battue au lièvre, en plaine; nous passerons ensuite dans les tirés de ma réserve pour le faisan, et nous terminerons par un rabat au chevreuil en forêt. La nuit vient tôt en cette saison. La chasse sera finie à trois heures; ceux d'entre vous qui ne me feront pas la grâce de rester ce soir pourront être à Paris pour dîner.

— Décidément, elle tient à me renvoyer, pensa Nointel, qui prit pour lui cet avertissement.

Le programme fut accepté avec enthousiasme.

Les gardes ouvrirent la marche, et les chasseurs s'acheminèrent par petits groupes vers la plaine qui commençait à quelques centaines de pas du rond-point.

Nointel s'était arrangé pour rester à l'arrière-garde, assez loin de la marquise; il fut surpris de voir que Simancas causait avec elle, et qu'elle ne refusait pas de l'écouter. Il est vrai que le colloque ne dura guère. Au bout de cinq minutes, on arriva au bord d'une longue plaine, bordée de trois côtés par des taillis récemment coupés, et le garde chef, après avoir pris les ordres de madame de Barancos, se mit en devoir de poster les chasseurs.

Les invités de distinction furent placés, à cinquante pas l'un de l'autre, sur la ligne qui faisait face à la plaine; les autres furent échelonnés le long des deux lisières latérales. Le capitaine était au nombre des favorisés. Il avait la marquise à sa droite et le grand d'Espagne à sa gauche; la marquise, droite, impassible, le fusil en arrêt, l'œil sur la plaine. On aurait juré qu'elle n'avait jamais aimé que la chasse.

Bientôt éclatèrent les cris des rabatteurs, et on vit poindre dans le lointain une longue file de paysans, armés de bâtons et battant les buissons à grand fracas. Les lièvres troublés dans leur sieste commencèrent à détaler. Les pauvres bêtes, affolées par le bruit, vinrent se jeter étourdiment sous les fusils qui les attendaient, à droite, à gauche, en avant. Les coups partaient de tous les côtés, drus comme le petillement de la grêle, et dans ce concert madame de Barancos faisait sa partie avec un plein succès. Elle ne manquait pas un lièvre, et cinq ou six perdreaux égarés étant venus à passer à toute volée au-dessus de sa tête, elle en abattit deux au coup du roi.

— Quel sang-froid ! se disait le capitaine. Je comprends maintenant qu'elle ne se laisse pas intimider par les menaces d'un Simancas.

Cependant, le premier acte de la pièce était joué. Les rabatteurs ramassaient les morts, sous l'œil vigilant d'un garde.

La marquise convia ses hôtes à la suivre dans ses réserves.

Là, le massacre recommença sur les faisans, et les tireurs, rangés dans une allée assez large, fusillèrent pendant quarante minutes ces beaux oiseaux, dont les plumes dorées volaient dispersées par le plomb. Les coqs s'enlevaient comme des fusées de pourpre et retombaient en gerbes étincelantes, arrêtés dans leur vol bruyant. Nointel, blasé sur ce spectacle, se contenta de faire deux ou trois coups doubles. Madame de Barancos massacrait toujours avec fureur.

Enfin, après le bouquet de ce feu d'artifice, après que les plus vieux faisans, acculés au coin extrême du taillis réservé, se furent envolés tous à la fois en chantant leur chant de mort, on annonça qu'on allait passer à la battue aux chevreuils.

Le bois qu'il s'agissait de cerner était situé à une assez grande distance de la réserve, et pour s'y rendre, les chasseurs durent marcher quelque temps le fusil au repos. Madame de Barancos avait pris les devants; le capitaine suivait sans se presser. Il vit passer près de lui Simancas qui s'était attardé dans le bois sous prétexte de chercher un coq démonté d'une aile, et il s'aperçut que le Péruvien avait l'air assez déconfit. Était-ce la perte de son gibier ou son entretien avec la marquise qui avait assombri son visage? Le capitaine penchait pour la seconde hypothèse.

— Elle lui aura signifié qu'elle va le chasser, pensait-il. Il me semble qu'elle s'est un peu trop pressée. Ce coquin peut lui nuire. Il faut que j'avise à le mettre à la raison avant qu'il ait le temps d'agir contre elle.

Simancas, tout essoufflé, remontait à grands pas vers la tête de la colonne, et s'en allait disant à haute voix :

— Messieurs, je viens de causer avec des rabatteurs; ils m'ont dit qu'il y avait du sanglier dans le bois qu'on va battre. Deux ou trois ragots et un vieux solitaire dont la réputation est faite... il a déjà décousu une douzaine de chiens. Si vous m'en croyez, chacun de nous glissera une cartouche à balle dans un des canons de son fusil.

— Je n'y manquerai pas, s'écria Saint-Galmier. Je n'ai nulle envie d'être décousu.

Le capitaine s'inquiétait peu des sangliers. Il songeait à se défendre contre des bipèdes beaucoup plus dangereux que ces animaux, et il ne tint aucun compte de l'avertissement colporté par le Péruvien.

Il s'en allait, tout pensif et ne prenant pas garde à ce qui se passait autour de lui. Une vingtaine de rabatteurs en blouse et en sabots couraient à la file dans un fossé qui bordait le chemin. Ils se hâtaient pour arriver avant les tireurs à l'enceinte qu'on allait attaquer. Le reste de la troupe avait pris d'un autre côté. Un de ces paysans, le dernier, fit un faux pas et tomba en lâchant un juron épouvantable.

Nointel se retourna au bruit, juste au moment où l'homme se relevait, et il vit une figure qui ne lui était pas inconnue.

Où le capitaine l'avait-il vue déjà, cette figure barbue, à demi cachée par un chapeau à larges bords enfoncé jusque sur les yeux, et par une grosse cravate de laine rouge? Il n'aurait pas pu le dire, quoiqu'il se souvint vaguement de l'avoir aperçue quelque part.

L'homme était chaussé de gros sabots qui l'avaient fait trébucher, et vêtu d'une blouse bleue qui tombait au-dessous du genou : un paysan des environs, selon toute apparence. Nointel, n'étant jamais venu dans le pays, ne pouvait pas avoir rencontré ce campagnard. Il crut qu'il s'était trompé, et il n'y pensa plus.

Du reste, le Normand s'était relevé lestement, et il eut vite fait de rejoindre ses camarades, qui filaient comme des lièvres et qui eurent bientôt dépassé la colonne des chasseurs.

On arriva au taillis où devait se faire la grande battue. Il était assez étendu pour que les tireurs dussent être distribués sur trois de ses faces, par pelotons séparés.

Les gardes connaissent à merveille les habitudes des chevreuils, et savent très-bien de quel côté ils débucheront. C'est pourquoi il est d'usage de distribuer les places avec plus de soin encore que pour la battue de plaine, afin de donner les meilleures aux invités qu'on veut favoriser.

La marquise n'eut garde de manquer à cette coutume traditionnelle; mais il est d'usage aussi que le maître se tienne modestement en arrière de la ligne, afin de mieux faire à ses amis les honneurs de sa chasse. Il ne tire que les pièces manquées, et encore après qu'elles ont forcé le passage. On a même vu des propriétaires pousser le dévouement jusqu'à se joindre aux traqueurs pour surveiller leurs opérations, et cela au risque d'embourser des grains de plomb envoyés par un tireur maladroit. Madame de Barancos ne se croyait pas tenue de montrer tant d'abnégation. Son sexe lui donnait droit à des priviléges dont elle entendait profiter. Elle plaça elle-même ses hôtes les plus distingués, mais elle se réserva un poste de choix, au centre de la lisière et au débouché d'une allée que le gibier devait suivre de préférence.

Nointel se trouva encore une fois placé à sa gauche, et à la droite d'un seigneur espagnol des plus qualifiés. Il avait devant lui une clairière couverte d'herbes sèches assez hautes pour servir de couvert aux chevreuils. Au delà, s'étendait un taillis très-clair-semé : une coupe de deux ans où l'on ne voyait que de jeunes pousses et çà et là de grosses cépées derrière lesquelles un homme aurait pu se cacher. Au bord du chemin qui longeait l'enceinte, une rangée de vieux chênes assez espacés pour que chacun d'eux pût servir d'abri à un des tireurs.

Le capitaine s'adossa à son arbre, l'arme au pied, comme un soldat au repos, et se mit à regarder sa belle voisine. Elle n'avait pas l'air de s'apercevoir qu'il était là, et pourtant c'était elle qui l'y avait mis. Elle était fort occupée à changer les cartouches de son fusil, peut-être en prévision d'une rencontre avec l'un des sangliers annoncés par Simancas. Et, quand elle eut terminé cette opération, elle s'embusqua derrière le tronc du chêne qu'elle avait choisi, et elle y resta dans une immobilité parfaite, l'œil sur le sentier qu'elle gardait et le doigt sur la détente. Un braconnier émérite n'aurait pas mieux manœuvré.

— Cette marquise était née pour faire la guerre de partisans, pensait Nointel. Au Mexique, elle aurait commandé une guérilla. Je parierais cent louis contre un qu'elle vient de rompre avec Simancas. Elle n'a peur de rien, et elle ne songe pas que ce coquin est capable de tout. Heureusement, je suis là, et je vais ouvrir l'œil.

Simancas était loin, et Saint-Galmier aussi. On les avait casés, avec le menu fretin des chasseurs, sur les autres faces du carré que formait le bois. Nointel était donc momentanément dispensé de les surveiller. Il se mit à rêver. Autour de lui, le silence était profond. Les rabat-

teurs, ayant un long détour à faire pour prendre le taillis
à revers, n'avaient pas encore commencé leur tapage. Le
vent était tombé. Pas un souffle n'agitait les feuilles sèches.
Rien ne bougeait dans la forêt.

— Que fait Darcy à cette heure? se demandait le capitaine. Est-il aux pieds de mademoiselle Lestérel ou dans le
cabinet de son oncle? Implore-t-il une ordonnance de non-
lieu ou remercie-t-il madame Cambry qui a si chaudement défendu son amie? A coup sûr, il ne pense pas à
moi, ou, s'il y pense, c'est pour me maudire. Il m'accuse
de l'avoir abandonné pour courir après la marquise. Il ne
s'attend pas à la surprise que je lui ménage, et demain il
me sautera au cou quand je lui apprendrai ce que j'ai fait
ici. S'il épouse la femme qu'il aime, c'est à moi qu'il le
devra... à moi et à madame de Barancos qui prouvera, par
raison démonstrative, que la belle-sœur de M. Crozon n'a
pas tué Julia d'Orcival. Reste à savoir pourtant comment
le juge d'instruction envisagera l'affaire, quand elle aura
changé de face. S'il allait ne pas croire aux déclarations
de la marquise et l'envoyer en prison? Non, il est trop
intelligent pour faire fausse route une seconde fois. Et puis,
je serai là. Je vais rentrer à Paris ce soir; je le verrai, je
verrai la Majoré...

Ses réflexions furent interrompues par un bruit sec, un
bruit parti de la lisière du taillis, le craquement d'une
branche morte qui se brise. Évidemment, on marchait
sous bois. Était-ce un animal ou un homme? Nointel
regarda avec attention et ne vit rien. Il est vrai que du
côté d'où était venu le bruit, une énorme cépée intercep-
tait la vue. Mais le gibier devait être déjà sur pied, car
des rumeurs confuses commençaient à s'élever dans le
lointain. Les traqueurs attaquaient l'enceinte, et il est rare
que les chevreuils ne se lèvent pas dès qu'ils les entendent.

— Ma foi! pensa Nointel, si c'en est un, je suis capable
de le laisser passer. Aujourd'hui, je ne me sens pas d'humeur à tuer les créatures inoffensives.

Bientôt, il vit onduler les hautes herbes, et poindre une tête fine, et briller deux grands yeux qui le regardaient sans le voir, car il faisait presque corps avec le tronc du chêne. Ses vieux instincts de chasseur se réveillèrent, et il empoigna son fusil par le canon; mais ce ne fut qu'une velléité passagère. Il ne mit pas en joue. Le regard de la chevrette était trop doux. Malheureusement pour la pauvre bête, l'Espagnol l'avait vue aussi. Il tira, et elle tomba en poussant un cri d'enfant qu'on égorge, un cri que les vieux gardes eux-mêmes n'entendent pas sans que leur cœur se serre.

— Ainsi finissent les innocentes, murmura le capitaine, qui avait ce jour-là l'esprit tourné aux réflexions sentimentales.

A ce premier coup de feu, vingt autres répondirent. La fusillade commençait sur la gauche; elle se rapprocha rapidement, et Nointel entendit bientôt un roulement sourd et précipité. On eût dit qu'un peloton de cavalerie galopait sous bois. Une harde de sangliers venait de quitter sa bauge et défilait à fond de train devant la ligne des tireurs. La laie courait en tête, suivie de trois marcassins, et la bande hérissée semblait défier le plomb, car, en dépit des avertissements de Simancas, peu de chasseurs avaient pris la précaution de changer leurs cartouches.

Le capitaine réservait sa pitié pour les tendres chevrettes. Il envoya sans scrupule ses deux coups chargés avec du numéro six. La plus grosse des quatre bêtes les reçut en plein et ne fit que secouer les oreilles; mais, au moment même où il tirait, il entendit un sifflement bref suivi aussitôt d'un bruit mat, et il sentit à la joue un choc assez rude. Presque en même temps éclatait autour de lui une véritable salve; la laie roulait foudroyée, et les marcassins lancés comme des boulets de canon disparaissaient dans l'épaisseur du taillis.

Madame de Barancos, mieux avisée que ses invités, avait mis une balle dans un des canons de son fusil, et elle avait logé cette balle au défaut de l'épaule de l'animal que les autres tireurs avaient manqué.

Nointel la salua de loin, pour exprimer l'admiration que lui inspirait cet exploit, tâta sa joue qui venait de recevoir un soufflet inexplicable, et regarda le tronc du chêne contre lequel il était appuyé. Il y vit une déchirure toute fraîche, un trou en forme d'entonnoir. La guerre lui avait appris à les connaître, ces blessures que les hommes font aux arbres du bon Dieu en cherchant à s'entre-tuer. Une balle venait de passer à deux pouces de sa tête; elle était au fond du trou, et l'écorce qu'elle avait fait voler lui avait éraflé le visage.

— Sacrebleu! grommela-t-il en regardant son voisin de gauche, cet hidalgo a une singulière façon de tirer le sanglier! J'ai bien envie de changer de place. Si je reste ici, il me tuera net au premier chevreuil qui débouchera entre lui et moi.

Il allait interpeller ce chasseur par trop maladroit, lorsqu'il s'avisa, en y regardant de plus près, que la balle n'était pas venue du côté de l'Espagne. L'Espagne était à sa gauche, sur la même ligne que lui, et la balle était arrivée un peu obliquement, mais elle avait été tirée presque de face. Par qui? On ne voyait personne dans la clairière, ni au bord du taillis. Fallait-il croire qu'un enragé s'était lancé sous bois, au mépris de tous les règlements de chasse, à la poursuite des marcassins et de leur mère qu'il avait tirée au jugé? C'était la supposition la plus probable, et cependant le capitaine commençait à soupçonner vaguement qu'on l'avait bel et bien visé, et que le tireur n'en voulait pas du tout aux sangliers.

— Si ce coquin de Simancas se trouvait à portée, pensait-il, je me figure qu'il aurait volontiers profité du passage de la harde pour faire un coup de maladresse extrêmement adroit. Il doit se douter que je me suis moqué de lui hier soir, et si la marquise lui a, comme je le crains, signifié son congé, il doit m'imputer sa disgrâce et s'imaginer qu'en se débarrassant de moi, il ressaisira madame de Barancos. Oui, mais Simancas est loin d'ici... on l'a envoyé à l'autre bout de l'enceinte, et à moins qu'il ne soit revenu en se traînant à quatre pattes se cacher derrière cette cépée que je vois là-bas... elle ne me dit rien qui vaille, cette cépée, et je vais avoir l'œil de ce côté-là. Justement, voilà le grand débucher qui commence. Les chevreuils pourront bien me passer entre les jambes, je ne m'occuperai pas d'eux.

Les rabatteurs avaient fait du chemin. On les entendait distinctement crier, vociférer, frapper les souches avec leurs bâtons, et les paisibles habitants du bois détalaient en toute hâte. Les lièvres passaient presque inaperçus, au milieu des bandes de chevreuils qui fuyaient dans toutes les directions. C'était, sur la ligne où Nointel était placé, un feu continu de tirailleurs. Mais le centre était assez mal gardé, car le capitaine restait l'arme au bras, et la marquise elle-même s'abstenait de prendre part au massacre. En revanche, l'Espagnol fusillait avec rage, et il tuait à tous les coups.

— Ce n'est pas lui qui a envoyé une balle à la hauteur de mon crâne en visant une laie, se disait Nointel.

Et il ouvrait l'œil plus que jamais.

Tout à coup, s'éleva dans le bois une grosse clameur, et la voix d'un des gardes qui dirigeaient les rabatteurs annonça :

— Garde à vous, en avant! Solitaire à vous! gare au débucher!

— Il paraît que le solitaire y est aussi, murmura Nointel. Ce chenapan de Péruvien était bien renseigné. Voilà le moment de prendre mes précautions.

Et, puisant dans sa cartouchière, il en tira deux cartouches à balle conique qu'il substitua vivement à celles dont il avait garni les deux canons de son fusil.

Presque aussitôt, il entendit le fracas bien connu qui annonce de loin l'approche d'un vieux sanglier. Le bois craquait sous le poids de sa masse brutale, et les jeunes pousses tombaient sous ses coups de boutoir, comme les épis sous la faucille. On eût dit qu'une locomotive venait de se lancer à travers le taillis.

— Il vient droit sur nous, pensa le capitaine qui prêtait à ce vacarme une oreille attentive; sur nous... c'est-à-dire sur la marquise... je vois plier les gaulis, précisément en face d'elle... il va débucher par le sentier qu'elle garde, et elle n'est pas femme à lui céder la place. C'est le cas ou jamais de l'appuyer par une conversion à droite.

Et, quittant l'abri protecteur du chêne derrière lequel il était embusqué, il fit quelques pas vers madame de Barancos.

Elle n'avait pas bougé, mais elle épaulait déjà son fusil.

Il était temps. Le sanglier arrivait au bord du bois, et il n'avait plus que la clairière à traverser.

Nointel aussi s'apprêta à tirer; mais en regardant une dernière fois la marquise, il s'aperçut qu'elle ne s'occupait pas du tout de l'attaque imminente dont elle était menacée. Ses yeux n'étaient pas tournés vers le taillis d'où la monstrueuse bête allait sortir, et ce n'était pas de ce côté-là qu'elle dirigeait les canons de son fusil.

— Madame, lui cria-t-il de toutes ses forces, attention en face! le sanglier est sur vous!

Elle ne changea pas d'attitude, et le capitaine, stupéfait de cette indifférence qu'il prenait pour un signe de folie, ne pensa plus qu'à la sauver malgré elle. Il se campa solidement sur ses jambes, et il épaula.

A cet instant, le solitaire débuchait, hérissé, furieux, l'œil en feu, les crocs au vent. Il hésita une seconde après le premier bond qu'il fit dans les hautes herbes, puis, reprenant son élan, il chargea la marquise.

Alors Nointel fit feu, et la bête, arrêtée pour ainsi dire au vol par une balle qui lui traversa le cœur, tomba comme une masse.

Un autre coup de fusil partit au même moment, un coup

14.

de fusil tiré par madame de Barancos, et ce n'était pas le sanglier qu'elle visait.

Cette scène émouvante n'avait pas duré trente secondes, et ceux qui y assistaient virent bien que madame de Barancos venait d'échapper à un grand danger. Le sanglier était tombé presque à ses pieds, et si la balle de Nointel eût dévié seulement d'un pouce, c'en était fait de la marquise. Mais le capitaine et les tireurs placés dans son voisinage ne virent pas autre chose.

Ils accoururent tous, désertant leur poste, et plus d'un pauvre chevreuil qui serait infailliblement tombé sous leur plomb put franchir la ligne sans accident. Ce fut à qui complimenterait la courageuse châtelaine sur son sang-froid et même sur son adresse, car presque tous croyaient qu'elle avait tiré de sa blanche main le coup qui avait abattu le monstre. Elle reçut les félicitations avec un calme surprenant; on eût dit qu'elle n'avait de sa vie fait autre chose que de tuer des solitaires à bout portant. Celui-là était de taille à éventrer un cheval, et les formidables crocs qui armaient son énorme gueule auraient fait reculer les chasseurs les plus intrépides. Nointel, en l'examinant de près, pâlit à la pensée que cette affreuse bête avait failli broyer et déchirer madame de Barancos. Il savait bien à qui l'adorable femme devait son salut, mais il n'eut garde de détromper ceux qui pensaient qu'elle ne le devait qu'à elle-même; seulement, il lui tardait d'être seul avec elle pour lui exprimer tout ce qu'il avait ressenti pendant que se jouait le drame rapide qui venait de se dénouer si heureusement.

Peut-être la marquise avait-elle deviné son désir, car elle lui fournit presque aussitôt l'occasion d'un tête-à-tête. Après avoir très-brièvement remercié ses hôtes de l'intérêt qu'ils lui témoignaient, elle leur rappela que la battue n'était pas finie, et elle les pria d'aller se remettre en ligne. Puis, prêchant d'exemple, elle regagna son poste au débouché d'un sentier; mais le capitaine se flattait que l'ordre

général qu'elle venait de donner aux chasseurs ne le concernait pas, et au lieu de retourner à son chêne, il l'ac-
compagna, pendant que les autres couraient reprendre
leurs places.

Les chevreuils, serrés de près par les traqueurs, arrivaient par bandes, et la fusillade éclata de plus belle.

— Merci, dit simplement madame de Barancos, en lançant au capitaine un regard qui lui remua le cœur. Sans
vous, j'étais morte.

— Vous vouliez donc mourir! s'écria Nointel. Je vous ai
avertie, j'ai crié... tout a été inutile... vous n'avez pas bougé,
et au lieu de tirer sur le sanglier, vous avez tiré en l'air...

— Vous croyez?

— Je l'ai vu. J'ai compris que vous étiez perdue si je
n'arrêtais pas la bête... j'ai fait feu, et c'est un miracle que
ma main n'ait pas tremblé, car le sentiment du danger
qui vous menaçait m'ôtait tout mon sang-froid.

— Ainsi vous n'avez pensé qu'à moi?

— Pouvez-vous me demander cela?

— C'est vrai, j'ai tort de vous adresser une pareille question, car moi je ne pensais qu'à vous.

— Quoi! au moment où votre vie dépendait d'un faux
mouvement, d'une seconde de retard, vous pensiez à moi
qui ne courais aucun risque... Ce n'était pas moi que le
sanglier chargeait.

— Vous n'avez donc vu que le sanglier?

— Je vous ai vue aussi... immobile, impassible, héroïque,
en face d'un péril qui eût fait pâlir un vieux soldat.

— Et, avant que le sanglier me chargeât, vous n'aviez
rien entendu?

— Rien que les coups de fusil de mes voisins, les cris
des rabatteurs et les gémissements d'un chevreuil blessé.

— Il me semblait que vous aviez dû entendre siffler une
balle.

— Comment savez-vous cela? s'écria Nointel.

— Qu'importe comment je le sais? Je ne me suis pas
trompée, n'est-ce pas?

— Non, c'est vrai. Un maladroit a failli me tuer en tirant au hasard. La balle a passé à deux pouces de ma tête, et elle s'est enfoncée dans le chêne auquel je m'adossais.

— Et vous n'avez pas jugé à propos de changer de place?

— A quoi bon? J'aurais été tout aussi exposé ailleurs; contre les sottises d'un chasseur inexpérimenté, on n'est à l'abri nulle part. Et puis, je crois au proverbe arabe qui dit : Les balles ne tuent pas; c'est la destinée qui tue. La pratique de la guerre m'a rendu fataliste.

— Alors, il ne vous est pas venu à l'esprit que ce coup de fusil était à votre adresse?

— Quelle idée! Simancas est peut-être bien capable d'essayer de m'assassiner, mais Simancas est à cinq ou six cents mètres d'ici, et à moins qu'il n'ait apporté un chassepot sous sa veste de chasse... d'ailleurs, la balle m'est arrivée presque de face, du côté des rabatteurs... et dans la clairière, il n'y avait personne devant moi.

— En êtes-vous sûr?

Nointel tressaillit, et ses yeux interrogèrent madame de Barancos, qui lui dit :

— Attendez la fin de la battue, et, quoi qu'il arrive, ne vous étonnez de rien. Maintenant, séparons-nous. Retournez à votre chêne et tirez les chevreuils comme si rien ne s'était passé. On ne vous visera plus.

Le capitaine aurait bien volontiers répliqué, mais il comprit qu'un plus long colloque serait remarqué, et il se soumit aux injonctions de la marquise. Il fusilla les chevreuils, mais il en manqua plus d'un, car il ne pensait guère à soigner son tir. Il pensait à l'étrange conversation qu'il venait d'avoir avec madame de Barancos, et il ne s'expliquait pas le sens de ses discours mystérieux.

Cependant le massacre touchait à son terme. La ligne des rabatteurs se rapprochait de plus en plus, et aussitôt que cette ligne les dépassait, les chasseurs postés sur les faces latérales de l'enceinte se repliaient vers la lisière occupée par la châtelaine et par ceux qu'elle avait choisis. Le bois éta t presque vide. Quelques broquarts et quelques chèvres retardataires passaient de loin en loin sous le feu des privilégiés. Les marcassins avaient forcé le passage et couraient encore; mais le solitaire, la laie et cent autres victimes jonchaient le sol de la clairière. Bientôt, on vit poindre sous bois le garde en livrée qui commandait les traqueurs, et la fusillade cessa. On ne pouvait plus tirer sans risquer d'atteindre lui ou quelqu'un de ses hommes. La chasse était finie.

Nointel, charmé d'en être quitte, venait d'enlever les deux cartouches de son fusil, lorsqu'il entendit des cris, suivis d'une grosse rumeur. Il leva les yeux et vit les paysans s'attrouper autour de la cépée qui avait attiré son attention au début de la battue.

« Quand le peuple s'assemble ainsi, a dit Alfred de Musset, c'est toujours sur quelque ruine. » Le capitaine se rappela ces deux vers de son poëte favori, et il pensa tout de suite que ces gens-là venaient de faire une lugubre trouvaille. Instinctivement, il se tourna d'abord du côté de madame de Barancos, et il la vit qui venait à lui.

— Que se passe-t-il donc? dit-elle en montrant du doigt le groupe auquel s'étaient déjà joints quelques chasseurs. Je crains qu'il ne soit arrivé un malheur.

Il comprit qu'elle le priait de la renseigner, et il courut au rassemblement. Derrière la cépée, un homme gisait sur le dos, la face ensanglantée, le front troué par une balle, un homme qu'il reconnut aussitôt pour l'avoir vu passer une heure auparavant. C'était le rabatteur qui s'était laissé choir dans un fossé, en suivant ses camarades. Il tenait encore à la main un fusil très-court qu'il avait dû cacher sous sa blouse. Son chapeau était tombé, et on voyait maintenant son visage en plein.

La mémoire revint tout à coup à Nointel, et il se rappela où il avait rencontré pour la première fois cette sinistre figure. C'était celle du client de Saint-Galmier, du chenapan qui menaçait le docteur de l'envoyer à Nouméa. Comment se trouvait-il à Sandouville, déguisé en paysan? Qui l'avait tué? Les traqueurs juraient tous qu'il n'était pas du pays, qu'il s'était joint à eux sans que personne l'en eût prié, qu'ils l'avaient souffert parce qu'ils le prenaient pour un pauvre diable désireux de gagner une bonne journée, et qu'il s'était éclipsé tout à coup au moment où commençait le traque aux chevreuils. Le garde, connaisseur en plaies d'armes à feu, déclarait qu'il avait dû se tuer involontairement avec son fusil.

— Il l'aura pris par le canon, et une ronce aura accroché la détente, disait-il. Le gueux s'était caché là pour voler un ou deux chevreuils au ramassé, et la balle qui lui a cassé la tête était pour moi, si je l'avais pincé. Ce n'est qu'un braconnier de moins. Il n'y a pas grand mal.

Nointel commençait à comprendre.

A ce moment, il entendit la voix de Simancas qui accourait à toutes jambes et qui criait de loin:

— Ah! mon Dieu! Est-ce qu'un des amis de madame de Barancos se serait blessé? Où est donc M. le capitaine Nointel?

— Me voici, monsieur, répondit Nointel en sortant du groupe. Ne craignez rien. Je me porte à merveille. Les balles me respectent parce qu'elles me connaissent.

Et comme le Péruvien reculait stupéfait, il ajouta:

— L'événement n'en est pas moins déplorable, et la marquise va être désolée d'apprendre que ce malheureux s'est tué sur ses terres. Il est bon néanmoins qu'elle sache que nous n'avons pas à regretter la mort d'un de ses hôtes... la vôtre, par exemple, ou celle de M. Saint-Galmier. Je vais la rassurer.

Simancas, abasourdi, ne répondit pas à cette allocution ironique, et alla se mêler au groupe qui entourait le cadavre. Nointel, sans plus s'occuper de lui, revint à la marquise. Elle était déjà fort entourée. Un Espagnol lui racontait ce qu'il venait de voir, et un garde lui répétait ce que venait de dire son camarade. Devant eux, le capitaine n'avait qu'à se taire, et pourtant il lui tardait de parler.

— Messieurs, dit avec émotion la marquise, cette chasse finit si tristement que vous me permettrez de rentrer au château sur-le-champ. Mon garde chef est à la disposition de ceux d'entre vous qui désireraient tirer encore quelques pièces avant la nuit. Je viens de lui donner l'ordre de faire prévenir le maire du village. Il paraît que tous les secours seraient inutiles, puisque ce malheureux a été tué sur le coup. D'ailleurs, M. Saint-Galmier est médecin, et il ferait ce qui est nécessaire s'il était possible de le sauver.

La victoria était déjà avancée. Les breaks attendaient un peu plus loin.

— Au revoir, messieurs, reprit madame de Barancos. M. Nointel, qui désire rentrer à Paris par le premier train, va m'accompagner.

Cet arrangement satisfaisait tout le monde, et surtout le capitaine. Il aida la châtelaine à monter en voiture, et il y prit place à côté d'elle. La victoria était attelée en Daumont. On pouvait donc causer sans craindre d'être entendu. Le groom qui montait le cheval de gauche était loin.

— Enfin, dit Nointel, ému jusqu'au fond de l'âme, je sais pourquoi vous n'avez pas tiré le sanglier qui venait droit à vous... je sais que vous avez failli mourir pour moi... car j'ai tout deviné... ce bandit me visait... vous l'avez vu et...

— Oui, je l'ai vu, interrompit la marquise d'une voix saccadée; je l'ai vu deux fois. La première... quand il a fait feu sur vous... son odieuse figure s'est montrée un instant au-dessus de la cépée... le coup est parti, et l'homme a disparu... mais j'avais compris et je veillais... je supposais que l'assassin attendait pour recommencer le moment où le sanglier débucherait... il fallait que votre mort passât pour être le résultat d'un accident... Oh! il avait tout calculé... et cette fois, il vous aurait tué... heureusement j'étais là.

— Et je vous dois la vie...

— Moi aussi, je vous dois la vie.

— Vous avez risqué la vôtre. Moi, je n'ai fait que ce que tout autre aurait fait à ma place. Je ne sacrifiais rien, puisque je ne voyais pas le misérable qui me tenait au bout de son fusil.

— Si vous l'aviez vu, vous n'auriez songé qu'à me sauver, j'en suis sûre. Nous sommes quittes. Laissons cela. Les moments sont précieux. Pourquoi cet homme voulait-il vous assassiner?

— Cet homme? je viens de le reconnaître. C'est un brigand qui était à la solde de Simancas.

— Vous en êtes sûr?

— Je les ai surpris ensemble, il y a quelques jours, dans le cabinet de Saint-Galmier. Et la mort de ce coquin est presque un malheur, car je tenais les deux autres par la crainte. Je les avais menacés de dénoncer leurs accointances avec un malfaiteur de la pire espèce, et maintenant ils ne redouteront plus les aveux de leur complice.

— Qu'importe? Je viens de les chasser.

— Je m'en doutais. C'est pour cela que Simancas a résolu d'en finir avec moi. Il attribuait son expulsion à mon influence. Et comme il avait fait venir, à tout événement, ce bandit, il lui aura dit un mot en passant. L'homme était armé. Il a quitté les rabatteurs auxquels il s'était mêlé, il a rampé jusqu'à la cépée, il a guetté le moment et...

— Je l'ai tué comme un chien, je l'ai tué sans pitié, et je n'ai pas de remords de l'avoir tué, dit la marquise en relevant la tête.

— Mais Simancas ne croira pas à un accident. Simancas sait que la balle qui a troué le crâne de ce drôle est partie de mon fusil ou du vôtre. L'examen du cadavre prouvera d'ailleurs que le coup a été tiré de loin. On ouvrira une enquête, et alors...

— Croyez-vous donc que je songe à cacher ce que j'ai fait?

— Quoi! vous voulez...

— Je veux tout dire à M. Roger Darcy, juge d'instruction. Je commencerai par lui raconter ma visite à Julia d'Orcival, au bal de l'Opéra. Je finirai par le récit de cette chasse où j'ai exécuté de ma main un assassin. M. Darcy verra bien que je ne sais pas mentir.

Et comme Nointel allait se récrier, madame de Barancos ajouta froidement :

— Ma résolution est irrévocable. Nous arrivons au château. Vous allez partir. Je le veux.

— Quand vous reverrai-je ? demanda anxieusement Nointel.

— Peut-être demain, peut-être jamais, répondit la marquise en sautant hors de la victoria qui venait de s'arrêter devant le perron.

CHAPITRE VI

Deux heures après avoir reçu, fort à contre-cœur, l'ulti-matum de la marquise, Nointel débarquait à la gare de l'Ouest, sautait dans un fiacre, et se faisait mener rue d'Anjou.

Son groom, qui ne l'attendait pas sitôt, était allé dîner au restaurant avec des cochers de grande maison, et le capitaine fut obligé de faire monter sa malle par son por-tier. Personne pour préparer sa toilette. Personne pour préparer son dîner. La cuisinière avait profité de son absence pour se rendre à Versailles, où l'attendait un ami qui servait dans les cuirassiers, en qualité de cavalier de deuxième classe.

Nointel connaissait par expérience les petites misères de la vie de garçon, et, d'ordinaire, il les supportait assez patiemment; mais, ce jour-là, il était mal disposé, et il jura de faire maison nette dès le lendemain. En attendant, il lui fallait bien se résigner à s'habiller tout seul et à cher-cher sa vie où il pourrait.

Il commença par décacheter les lettres venues depuis son départ qui s'étalaient sur un plateau de vraie laque de Chine au milieu de sa table de travail. Il y en avait trois, dont une de Gaston Darcy, que naturellement il ouvrit la première.

« Si tu es encore mon ami, lui écrivait Gaston, viens chez moi aussitôt que tu rentreras à Paris. Il s'est passé de gros événements depuis que je ne t'ai vu. J'ai besoin d'avis et surtout d'encouragements. »

— L'épître est sèche et froide, murmura le capitaine. Darcy m'en veut, c'est clair. Il a bien tort, et quand j'aurai causé cinq minutes avec lui, il changera de note. Mais à quoi diable prétend-il que je l'encourage? A épouser mademoiselle Lestérel? Il me semble qu'il y est bien assez disposé. Enfin, nous allons voir. Je vais passer rue Montaigne, et je l'emmènerai dîner au cabaret. Je veux le consulter avant d'aborder son oncle.

Les adresses des deux autres lettres n'étaient pas d'une écriture à lui connue. L'une sentait la femme. Papier de couleur, pattes de mouche assez incorrectes. Il la décacheta, pour l'acquit de sa conscience, car il n'était pas d'humeur à lire des billets doux.

— Tiens! dit-il après avoir jeté un coup d'œil sur la signature, c'est de la femme de chambre de Julia. Que me veut cette soubrette?

« Monsieur, disait Mariette, j'ai suivi le conseil que vous m'avez donné le jour de l'enterrement de ma pauvre maîtresse, et je suis maintenant au service de madame Rissler. J'ai beaucoup de choses à vous apprendre, et je me suis présentée hier chez vous, mais on m'a dit que vous étiez absent. Si vous aviez la bonté de passer, à votre retour, chez madame, rue de Lisbonne, 89, madame serait bien heureuse de vous voir pour vous dire tout ce qu'elle sait sur un sujet qui vous intéresse, et si vous voulez bien m'entendre aussi, *pour sûr* vous ne regretterez pas de vous être dérangé. »

— Hum! grommela Nointel, est-ce un prétexte pour m'attirer chez Claudine? Son Russe l'a peut-être plantée là, et elle lui cherche un remplaçant. C'est possible, mais dans ce cas elle ne jetterait pas son dévolu sur moi. Elle me connaît trop. Elle sait que je ne double pas les boyards. Donc, elle et sa camériste ont véritablement quelque chose à m'apprendre. Sur quoi? Sur l'affaire de l'Opéra, ce n'est pas douteux. Je ne veux rien négliger... surtout maintenant que j'ai deux innocences à démontrer au lieu d'une. J'irai rue de Lisbonne.

Voyons ce dernier pli. Trois fautes d'orthographe sur

l'adresse et une écriture de cuisinière. Serait-ce la mienne qui me signifie qu'elle prend un congé illimité?

— Oh! oh! s'écria-t-il après avoir ouvert l'enveloppe et regardé la signature, c'est de madame Majoré. Je suis curieux de savoir ce qu'elle me veut, celle-là.

« Cher monsieur », — elle est familière, cette ouvreuse — « depuis la charmante soirée que mes filles et moi nous avons eu l'avantage de passer dans votre société, j'ai eu beaucoup d'ennuis. Ce polisson de cabotin, qui a soupé à côté de nous, a eu la lâcheté d'écrire une lettre anonyme à M. Majoré, et cette drôlesse de Caroline Roquillon a raconté à toutes les marcheuses que nous avions fait une partie carrée dans un restaurant. Elle n'était pas carrée, puisque j'y étais. Mais enfin, on sait la chose au théâtre, et ça fait du tort à mes petites. Justement elles sont à la veille de passer leur examen. Pensez donc! il s'agit de leur avenir. Mais ce n'est pas encore ce qui me chiffonne le plus. Figurez-vous que j'ai été assez bête pour dire à M. Majoré que j'avais trouvé un bouton de manchette dans la loge où madame d'Orcival a été assassinée. Il m'a blâmée sévèrement de ne pas l'avoir remis à la justice, et quand il a su que je vous l'avais confié, il est entré dans une colère bleue. Il prétend que j'irai en prison comme faux témoin, que je déshonorerai son nom. Bref, il me fait tous les jours une vie épouvantable, et, si ça continue, j'en deviendrai folle. C'est la raison pourquoi je vous serai bien obligée, cher monsieur, de me rendre l'objet le plus tôt possible, comme aussi si vous pouviez venir un de ces soirs au foyer de la danse et fermer le bec à Caroline Roquillon et à sa vieille sorcière de mère qui vilipendent mes filles, vous me feriez bien plaisir. Je n'ose pas me présenter chez vous, de peur des cancans. Il y en a déjà bien assez. Mais je n'en suis pas moins, cher monsieur, votre dévouée servante. »

— Cette lettre est à encadrer, dit Nointel, et celle qui l'a écrite aussi. Parbleu! je ne le lui rendrai pas, son bouton de manchette, car je vais le remettre à M. Roger Darcy. Mais il faut que je la voie, que je la prépare au nouvel interrogatoire qu'elle va subir. C'est d'elle maintenant que dépend le sort de la marquise. Si elle allait s'embrouiller encore dans sa déposition, nous retomberions dans les erreurs judiciaires. Et madame de Baranços m'a déclaré qu'elle verrait le juge dès demain. Où prendre la Majoré ce soir ? Il n'y a pas d'opéra. J'irais bien la voir au foyer de la danse, mais dans son foyer domestique... ah ! non, je n'ai pas envie d'avoir maille à partir avec M. Majoré. Ma foi ! je vais tout dire à Gaston, et quand je lui aurai exposé le cas, il me donnera peut-être une idée. Mais si je veux tout faire aujourd'hui, je n'ai pas de temps à perdre, et il faut que je m'habille au galop.

La correspondance était complétement dépouillée, et le capitaine n'avait, en effet, rien de mieux à faire que de changer de costume avant de se mettre en campagne. Il procéda donc à sa toilette, et, tout en s'habillant, il se mit à penser aux péripéties qui avaient marqué son séjour à Sandouville. Et les événements se représentèrent à son esprit avec une netteté singulière. L'œil embrasse mieux l'ensemble d'un tableau quand on le voit d'un peu loin. Le même effet d'optique se produit lorsqu'on évoque le souvenir de faits auxquels on vient de prendre part. Nointel était parti troublé, bouleversé, presque hors d'état de réfléchir à ce qui s'était passé pendant ces vingt-quatre heures de villégiature agitée. Maintenant, tout se classait dans sa tête, et il pouvait analyser ses sensations. Il se rendait compte du danger qu'il avait couru et des périls qui menaçaient encore la marquise.

L'image de l'adorable créole lui apparaissait toujours radieuse; elle remplissait son cœur, et il s'abandonnait tout entier à la passion contre laquelle il luttait encore le matin de cette journée qui avait si dramatiquement fini. Il aimait sans remords madame de Barancos, depuis qu'elle lui avait tout avoué, et il lui pardonnait d'avoir aimé

Golymine. A plus forte raison lui pardonnait-il d'avoir envoyé dans l'autre monde le vil instrument des odieux desseins de Simancas. Cette action virile lui inspirait même une véritable admiration, et il bénissait l'étrange concours de circonstances qui avait amené la scène de la clairière. La marquise lui devait la vie, il devait la vie à la marquise. N'étaient-ils pas liés l'un à l'autre par la reconnaissance, quand ils ne l'auraient pas été par l'amour, un amour violent, passionné, un amour que rien ne pouvait plus éteindre ?

Mais il envisageait aussi toutes les conséquences de cet amour, et il comprenait fort bien que de dures épreuves lui étaient réservées. La lutte que Gaston Darcy venait de soutenir pour sauver mademoiselle Lestérel, le capitaine allait la soutenir pour sauver la marquise, et il n'avait pas, comme Darcy, l'espoir de goûter après le succès un bonheur parfait, car il ne pouvait pas épouser madame de Barancos. Fuir avec elle, lui sacrifier son existence en retour du sacrifice qu'elle lui offrait, c'était la seule perspective que lui présentât l'avenir. Mais l'heure n'était pas encore venue de résoudre le redoutable problème qui se dresse tôt ou tard devant les amants que séparent les lois du monde où ils vivent. Il fallait d'abord gagner la bataille, sans se préoccuper des suites de la victoire, sans se demander si les fruits de cette victoire seraient doux ou amers.

— Darcy m'aidera, se dit le capitaine en passant son pardessus pour s'en aller en guerre. Il faut qu'il m'aide ; je l'ai assez aidé. Sans moi, après tout, mademoiselle Lestérel serait encore à Saint-Lazare, puisque c'est moi qui ai suscité l'heureuse déposition du sergent de ville. Il me donnera bien en revanche un coup d'épaule auprès de son oncle. D'autant que maintenant nous sommes intéressés tous les deux à découvrir la coquine rusée qui a tué Julia, et que personne n'a encore soupçonnée. Tant que le juge ne la tiendra pas, il lui restera un doute, et la justification de mademoiselle Lestérel ne sera pas complète. Elle est très-forte, cette troisième maîtresse de Golymine, et nous aurons de la peine à la trouver. Si on pouvait mettre la main sur une de ses lettres, on la tiendrait. Et je ne sais pourquoi j'imagine que le Polonais avait dû cacher quelque part un ou deux billets doux de chacune de ses victimes. Simancas en sait peut-être quelque chose, et s'il voulait parler... Oui, mais il s'en gardera bien. Et puis, je ne suis plus en situation de négocier avec lui. Le gredin a essayé de me faire assassiner, je n'ai plus qu'à essayer de lui faire prendre le chemin de la Nouvelle-Calédonie... et ce ne sera peut-être pas facile, maintenant que son troisième complice est mort.

Enfin, conclut Nointel, on tâchera.

Et sur cette conclusion, il sortit pour s'en aller chez son ami.

La rue Montaigne n'était pas loin. Il fit le chemin à pied, et il eut tort, car en prenant une voiture il serait peut-être arrivé à temps pour rencontrer Darcy qui venait de sortir lorsqu'il se présenta chez lui. Le rejoindre, il n'y fallait pas songer; Darcy n'avait pas dit à son valet de chambre où il allait, et il pouvait être tout aussi bien chez madame Cambry ou chez mademoiselle Lestérel qu'au cercle ou partout ailleurs. Le capitaine laissa sa carte avec deux mots au crayon : « Je suis de retour, et j'ai hâte de te voir. Je serai au cercle à minuit. » Après quoi il se remit en marche, sans trop savoir par où il devait commencer ses visites. La plus urgente était assurément celle qu'il devait faire au juge d'instruction. Mais il voulait causer avec Gaston avant de se présenter chez M. Darcy. Madame de Barancos ne devait rentrer à Paris que le lendemain; Nointel pouvait voir le magistrat dans la matinée, et le préparer à entendre la marquise. C'est à quoi il se décida après réflexion. Puis il se demanda ce qu'il allait faire de sa soirée.

— Si j'allais voir Crozon, pensa-t-il. Je l'ai fort négligé

depuis quelques jours, et je ne serais pas fâché de savoir si
le baromètre du ménage est toujours au beau. Oui, mais
c'est l'heure de son dîner. Il me harponnerait pour me forcer à prendre part au festin, et son intérieur n'est pas gai.
Pauvre femme ! Quelle vie elle doit mener ! Mais je n'y puis
rien, et pour le moment j'ai autre chose à faire que d'ama-
douer son terrible mari. Pourquoi n'irais-je pas chez Claudine ? Je suis à peu près sûr de la trouver s'habillant pour
aller au théâtre. Le pis qui puisse m'arriver, c'est de rencontrer son ours de Moscovie ; mais elle l'a si bien appri-
voisé qu'elle le priera d'aller se promener pour ne pas
troubler notre entretien. Et il le fera. Du reste, il aurait
tort d'être jaloux. Je n'ai pas la moindre envie de le tromper avec cette bonne Rissler qui aime tant les militaires.
Mais je voudrais bien savoir ce qu'elle a à me dire... *sur
un sujet qui m'intéresse*, à ce que prétend sa femme de
chambre. Ma foi ! c'est décidé. J'y vais. Dans la situation
où je suis, je ne dois rien négliger pour me renseigner.

Un fiacre passait. Nointel l'appela et se fit conduire rue
de Lisbonne, où Claudine habitait un assez bel appartement
au premier étage d'une maison un peu trop neuve. Elle
n'en était pas encore au petit hôtel. Il y avait même assez
peu de temps qu'elle faisait partie de l'état-major de la
galanterie. Le hasard d'une rencontre opulente l'avait tirée
des rangs, et elle avait franchi assez promptement les
premiers grades. Julia d'Orcival, qui était arrivée très-
jeune au maréchalat, l'y avait aidée en la patronnant
dans le monde riche. Maintenant, il ne tenait qu'à elle d'y
prendre pied solidement, et ses bonnes amies commençaient
à la jalouser. Mais l'excellente fille ne reniait point son
joyeux passé ; elle ne visait point à amasser des rentes pour
se retirer un jour en province et épouser un imbécile. Ce
rêve des demoiselles à la mode d'à présent n'était pas le
sien. Elle ne tenait pas en partie double la comptabilité de
ses amours, elle ne calculait pas combien durerait un
amant, elle ne prévoyait pas, à un mois près, le moment

où elle aurait achevé de le ruiner et où il faudrait lui trouver un successeur. Aussi Mariette n'avait peut-être pas tort de prédire qu'elle finirait sur la paille.

Le capitaine, qui savait cela, avait pour Claudine une certaine sympathie, et il ne lui en coûtait pas trop de venir chercher des informations chez cette folle créature. Il monta lestement l'escalier, et il fut reçu à la porte de l'appartement par l'ancienne femme de chambre de Julia.

— Ah! monsieur Nointel, s'écria la soubrette, c'est bien aimable à vous d'être venu. Vous m'excusez de vous avoir écrit?

— Comment! si je t'excuse! mais c'est-à-dire que je te remercie. Ta maîtresse est-elle visible?

— Elle s'habille, mais elle va vous recevoir tout de même.

— Son Russe n'y est pas?

— Non. Il ne doit venir la prendre qu'à sept heures. Ah! elle va être bien contente de vous voir. Figurez-vous que je suis allée chez vous hier; vous veniez de partir pour la chasse. J'ai été sur le point d'aller trouver votre ami, M. Darcy, mais je n'ai pas osé, parce que...

— Qu'avais-tu donc de si pressé à nous annoncer, à lui ou à moi?

— Ah! voilà! Madame m'avait défendu de vous le dire. Elle tient à vous l'apprendre elle-même. Mais, bah! vous ferez avec elle comme si vous ne saviez rien. Je puis bien vous confier que nous connaissons maintenant la personne qui a payé le terrain où on a enterré madame d'Orcival.

— Vraiment? s'écria Nointel, surpris et charmé de la bonne nouvelle que la soubrette lui annonçait.

— Ma parole d'honneur, répondit Mariette, madame l'a vue comme je vous vois.

— Je n'en doute pas. Qui est-ce?

— Ah! pour ça, monsieur, c'est bien le moins que je laisse à madame le plaisir de vous conter l'histoire. Je vous en ai déjà trop dit. Mais je pensais que vous seriez content de savoir le plus tôt possible de quoi il retourne, parce

15

que vous auriez pu croire que madame avait tout bonnement envie de vous voir. Si c'était ça, je vous jure que je
ne me serais pas permis de vous écrire. Moi aussi j'ai du
nouveau à vous dire.

— Dis-le vite.

— Ce serait trop long à vous expliquer maintenant. Je
vous parlerai après que vous aurez vu madame. Seulement,
je voudrais bien vous demander si M. Darcy m'en veut
beaucoup.

— Pourquoi t'en voudrait-il?

— Mais... parce que j'ai mal parlé de sa bonne amie.
Vous ne vous souvenez donc pas de ce que je lui ai dit,
chez lui, un matin, dans son cabinet de toilette? Vous étiez
là pourtant.

— Eh bien, quoi? Tu lui as dit que c'était mademoiselle
Lestérel qui avait fait le coup. Tu le croyais, le juge d'instruction le croyait, tout le monde le croyait. Il est permis
de se tromper.

— Oui, mais j'ai traité la demoiselle de bégueule, de
drôlesse, de coquine... et ça devant M. Darcy qui en tenait
pour elle... il en tenait si bien qu'il va l'épouser, à ce qu'il
paraît. Ah! si j'avais su!

— Tu aurais mis une sourdine à ta langue. Bah! il n'y a
jamais de mal à dire ce qu'on pense.

— Ça dépend. Ma franchise me coûte quarante mille
francs que M. Darcy m'aurait donnés pour m'acheter un
fonds. Je n'irai pas les lui demander, à présent, vous pouvez en être sûr. Je connais ces messieurs. Quand ils sont
toqués d'une femme, ils ne pardonnent pas aux personnes
qui ont *débiné* leur objet...

— Même quand l'objet a cessé de plaire, dit Nointel en
riant.

— Jamais, jamais, reprit avec conviction la soubrette.
Ainsi, tenez! j'ai changé d'idée sur la chanteuse. Je pense
bien qu'elle est allée au rendez-vous que madame lui avait
donné. Mais je pense aussi qu'elle n'est pas la seule.

— Ah! ah! pourquoi penses-tu cela?

— J'ai des raisons. Voyez-vous, mon capitaine, j'ai repassé dans ma tête tout ce que j'avais vu avant ce malheureux bal de l'Opéra, et j'ai réfléchi qu'au moment de partir, madame a fourré dans son corsage non pas un paquet de lettres, mais deux ou trois paquets... deux au moins. Et puis, un mot qu'elle m'avait dit m'est revenu : « Sont-elles bêtes, ces femmes du monde, d'écrire si souvent! » Une artiste qui court le cachet n'est pas une femme du monde.

— C'est juste, et tu as mis le doigt sur le mot de la charade. Il est prouvé aujourd'hui que plusieurs dominos sont entrés dans la loge de Julia, que mademoiselle Lestérel y est entrée tout au commencement du bal, qu'elle n'y est restée qu'un instant, et que d'autres y sont venues après elle. Donc, ce n'est pas elle qui a joué du couteau. Mais n'importe. Un bon témoignage n'est jamais de trop, et tu feras bien de répéter au juge d'instruction ce que tu me racontes là.

— Oh! je ne demande pas mieux, mais je parie que ça ne me remettra pas dans les bonnes grâces de votre ami. J'aurais beau jurer que sa princesse est innocente, ça ne me ferait pas rattraper mes pauvres quarante mille. M. Darcy n'a plus besoin de moi.

— Qui sait? Mademoiselle Lestérel est en liberté, c'est vrai, et on ne reprendra plus l'accusation contre elle. Mais il en restera toujours quelque chose. Tandis que si on trouvait la vraie coupable, mademoiselle Lestérel paraîtrait blanche comme neige. Et je te garantis que Darcy ne marchanderait pas la récompense qui te serait due, si tu lui rendais ce service-là.

— Eh bien, mon capitaine, je puis le lui rendre. C'est même pour ça que je tenais tant à vous voir.

— Quoi! tu connais la coquine qui a tué Julia!

— Oui, je la connais. Il n'y a dans tout Paris qu'une seule femme qui ait pu faire un coup pareil, une femme qui détestait ma maîtresse, et que ma maîtresse détestait une femme qui avait été la maîtresse du comte Golyminc j'en mettrais ma main au feu, une femme dont les lettres devaient être dans un des paquets...

— Nomme-la donc, sacrebleu! interrompit Nointel impatienté.

— Vous la connaissez bien, mon capitaine : c'est la marquise de Barancos.

Mariette n'avait vraiment pas de chance. Après avoir accusé Berthe Lestérel devant Gaston Darcy, elle accusait la marquise devant Nointel. Il était écrit qu'elle n'aurait jamais son fonds de lingerie.

— Ma fille, lui dit tranquillement le ci-devant officier de hussards, tu as de l'esprit et d'excellentes intentions, mais ta montre retarde. Il y a beau temps que le juge a pensé à cette Espagnole, mais il paraît qu'elle s'est justifiée.

— Pas possible?

— C'est comme ça, et à moins que tu n'aies contre elle de nouvelles preuves...

— Dame! je ne l'ai pas vue donner le coup de poignard; mais pour ce qui est d'être sûre qu'elle avait rendez-vous avec madame...

— Bon! c'est connu. Nous bavardons ici, et ta maîtresse m'attend. Tiens! entends-tu? Elle sonne à tour de bras. Conduis-moi chez elle.

— Tout de suite, monsieur. Excusez-moi si je me suis permis de vous retenir, dit la soubrette piquée.

Et elle précéda le capitaine à travers quelques pièces encombrées de meubles et de bibelots disparates. On voyait bien que le luxe de Claudine datait d'hier. Rien n'était assorti dans cet appartement occupé de fraîche date. Les commodes anciennes y coudoyaient les produits de l'ébénisterie moderne. Des tableaux d'une valeur sérieuse et d'un vrai mérite artistique y faisaient vis-à-vis à des enluminures sorties du pinceau de peintres incompris que

Claudine avait aimés jadis, des souvenirs malheureux de ses excursions à Barbizon et à Marlotte.

Nointel trouva la dame dans un cabinet de toilette, où il y avait des cuvettes en argent et des brosses en ivoire vert. Elle était en peignoir de cachemire blanc soutaché d'or, mules de satin rose, bas de soie bicolores, les cheveux sur le dos, des cheveux assez longs pour remplacer au besoin le peignoir. Pas maquillée du tout et fraîche comme une pêche de Montreuil. Des yeux à mettre le feu aux rideaux de dentelles de la toilette, et des dents à croquer un apanage princier.

Elle sauta au cou du capitaine, qui, pour bien préciser ses intentions, l'embrassa paternellement sur le front.

— Enfin, te voilà, dit-elle. J'avais peur que tu ne vinsses pas. On dit qu'à présent tu ne vas plus que chez les femmes posées. Eh bien ! j'en suis.

— On le voit, murmura Nointel.

— Tu blagues ? Viens par ici, mon officier ; viens que je te montre mon lit Louis XIV. Car'j'ai un lit Louis XIV, mon cher ; tu sais, avec des colonnes et un baldaquin, comme celui qui est à Versailles. Quand je me couche dedans, j'ai toujours envie de mettre une perruque. Tu ne veux pas le voir ? Ça m'est égal. C'est gentil ici, pas vrai ? Dis donc, te rappelles-tu ma chambre garnie, à Saint-Germain, rue au Pain, à l'entre-sol, au-dessus d'un pâtissier ? C'était le bon temps. Tiens, Henri, tu me croiras si tu veux, mais il y a des jours où je regrette le 8e hussards.

— Moi aussi, chère amie ; mais parlons sérieusement. Tu m'as fait écrire par ta femme de chambre et...

— C'est vrai, je n'y pensais plus. J'ai un tas de choses à te dire, et Wladimir qui va venir me prendre à sept heures ! Je l'ai envoyé me chercher une loge aux Français, et je lui ai promis d'être prête quand il arrivera. Wladimir m'a donné ma première voiture, une voiture à moi, avec mon chiffre et une devise sur les panneaux. Je n'avais jamais eu que des coupés au mois Wladimir mérite des égards.

— Assurément, et si tu continues à jacasser comme une pie, tu ne seras jamais habillée pour recevoir ce seigneur. Wladimir ne sera pas content, et moi je serai obligé de filer sans savoir un mot des belles histoires que tu devais me conter.

— Brigadier, vous avez raison... non, pas brigadier... capitaine... *c'est* les souvenirs du 8ᵉ hussards qui m'embrouillent. Mais je vais t'expliquer l'affaire au galop. Le jour de l'enterrement de cette pauvre Julia, tu es venu jusqu'au cimetière avec Mariette, parce que tu as du cœur, toi; ce n'est pas comme ton ami.

— Claudine, ma fille, si tu fais des pointes à tout bout de champ, nous n'en finirons pas.

— Bon! je rentre dans le rang. Donc, Mariette m'a dit... tu sais qu'elle est à mon service maintenant.

— Parbleu! c'est elle qui m'a ouvert la porte.

— Parce que mon valet de pied était sorti. J'ai un valet de pied, mon bon. Dame! à vingt-huit ans, ce n'est pas trop tôt. J'ai pris Mariette parce qu'elle était bien dévouée à Julia et puis parce qu'elle a du *chic*. Ne t'impatiente pas. J'arriverai tout de même. Mariette t'a dit que c'était Wladimir qui avait payé les pompes funèbres.

— Oui, et j'ai reconnu là ton bon cœur, mais...

— Mais tu voudrais bien savoir qui a payé la concession à perpétuité. Il paraît même que tu y tiens énormément, à le savoir. Pourquoi? ça ne me regarde pas, et du moment que ça te fait plaisir... Du reste, moi, ça m'intriguait aussi, et j'ai essayé de me renseigner à l'administration des corbillards. Rien du tout. C'est une femme de chambre qui a apporté l'argent, et elle a donné un nom en l'air... Madame Tartempion ou madame Falempin, n'importe. Moi, j'ai toujours eu dans l'idée que le terrain avait été acheté par une femme du monde que Julia avait tirée autrefois d'un mauvais pas, et j'avais fini par n'y plus penser; mais voilà qu'avant-hier, j'étais libre... Wladimir était allé voir des trotteurs russes au palais de l'Industrie... je file au Père-

Lachaise... je n'y étais pas retournée depuis l'enterrement, et puis il y a des jours où ça fait du bien de pleurer. Je grimpe tout en haut du cimetière, à droite, contre le mur, tu sais. Il faisait un temps de chien. De la boue jusqu'à la cheville. J'ai abîmé une paire de bottines de soixante-dix francs. Je me disais : Il n'y aura personne, et je pourrai prier le bon Dieu sans qu'on me dérange. Eh bien, mon cher, pas du tout. J'arrive à la tombe..... ce que c'est que de nous ! l'herbe a déjà poussé dessus.

— Et tu as vu ? interrompit Nointel, que les réflexions philosophiques de Claudine agaçaient singulièrement.

— J'ai vu une femme qui avait eu la même idée que moi et qui était arrivée bonne première, une femme appuyée sur la balustrade qui entoure la fosse ; quand je dis appuyée, je devrais dire pliée en deux ; elle tenait sa figure dans ses mains, et quoiqu'elle me tournât le dos, je voyais bien qu'elle sanglotait. Ses épaules allaient, allaient...

— Mais tu l'as reconnue ?

— Je l'ai prise d'abord pour Cora Darling. Elle avait à peu près sa taille et sa tournure. Très-simplement mise. Un long pardessus de drap anglais qui lui tombait jusqu'aux talons ; capote noire ; tout ça très-élégant. Pourtant, je pensais : C'est bien drôle que Cora, qui n'a pas plus de cœur qu'une poupée en cire, vienne pleurer ici par un temps pareil. Là-dessus, je m'approche, je tousse... la dame se retourne, et je vois une figure que je ne connaissais pas du tout.

Le capitaine fit un geste de désappointement et s'écria :

— Tu ne lui as pas parlé ?

— Mais si, mais si. Je lui ai dit : Pardon, madame, ne vous dérangez pas. Il y a de la place pour pleurer à deux. J'étais, comme vous sans doute, l'amie de madame d'Orcival. Mon petit discours était assez proprement tourné. Eh bien, mon cher, il a produit un drôle d'effet. Ah ! la dame n'a pas été longue à rabattre sa voilette.

— Mais du moins elle t'a répondu ?

— Pas un traître mot, la malhonnête; elle ne m'a seulement pas saluée, et elle a décampé au pas acéléré. Ça m'a tellement vexée que j'avais envie de courir après elle, de l'attraper par le collet de son carrick à l'anglaise et de lui demander des explications.

— Tu aurais bien fait, parbleu!

— Oui, mais j'étais si étonnée que je suis restée là comme une grue; et puis, après tout, qu'est-ce que je lui aurais dit? Elle a bien le droit d'arroser de ses larmes le terrain qu'elle a payé, car je parierais cent louis contre trente sous que c'est la dame à la concession perpétuelle. Mon cher, on a beau avoir cavalcadé dans la forêt de Saint-Germain et ailleurs, on s'y connaît. C'est une femme du monde, une vraie, et du grand monde.

— Tu as eu le temps de voir sa figure?

— Oh! parfaitement; et je la reconnaîtrais entre mille.

— Comment est-elle?

— Blonde, blanche, des yeux bruns, un petit nez, une petite bouche, et avec ça un air de princesse.

— A la bonne heure! murmura Nointel, soulagé par cette description.

Il avait tremblé un instant d'entendre Claudine lui donner le signalement de madame de Barancos.

— Quel âge? demanda-t-il.

— Vingt-trois à vingt-quatre ans, pas davantage.

— Grande ou petite?

— Plutôt grande.

— Et tu ne l'avais jamais vue?

— Jamais; du moins je ne m'en souviens pas. Il faut croire qu'elle ne va ni au Bois, ni au théâtre, car j'y traîne mes guêtres tous les jours, et elle est si jolie que je l'aurais remarquée.

— Mais si tu la rencontrais maintenant, la reconnaîtrais-tu?

— Ah! je crois bien!

— Alors, tu peux me rendre un de ces services qui

comptent dans la vie d'un homme. Promets-moi que, si tu la rencontres, tu la suivras jusqu'à ce que tu saches où elle demeure et qui elle est.

— Je le jure, mon capitaine... à condition que tu vas me dire pourquoi tu tiens tant à connaître son état civil.

Nointel cherchait une réponse évasive, car il ne se fiait guère à l'évaporée qui venait de lui fournir une indication précieuse. Il n'eut pas la peine d'inventer une histoire, car Mariette entra en disant à demi-voix :

— Madame, voilà monsieur.

— Bon ! répondit Claudine, fais-le attendre dans le salon. Décidément, mon petit Henri, tu ne veux pas que je te présente à Wladimir?

— Merci, chère amie, dit vivement le capitaine. Je suis pressé comme si j'étais de semaine, et je me sauve. Pense à ta promesse.

Et, guidé par la soubrette, il sortit de l'appartement sans rencontrer le seigneur qui avait fait de si belles funérailles à Julia d'Orcival.

Nointel s'en allait très-satisfait de sa visite à madame Rissler. Il était entré chez elle hésitant et inquiet. Il en sortait rassuré et décidé à tirer parti de la bonne volonté qu'elle montrait pour découvrir le nom de la femme qui venait pleurer sur la tombe de Julia d'Orcival. Il venait d'acquérir la certitude que cette femme n'était pas madame de Barancos, et cette certitude le soulageait d'un grand poids, car tout en croyant à l'innocence de la marquise, il ne pouvait pas se défendre contre les velléités de doute qui le reprenaient encore par moments. Douter quand même, douter toujours, c'est le châtiment des sceptiques. Et depuis qu'il savait que la pleureuse du Père-Lachaise était blonde, Nointel ne doutait plus. La blonde avait acheté le terrain, la blonde avait tué madame d'Orcival; cette idée s'était incrustée dans la tête du capitaine, et la marquise, étant brune comme la nuit, ne pouvait pas être soupçonnée.

Restait à trouver la sensible coupable, que le remords

attirait au cimetière et que Claudine avait sottement laissée partir. Ce n'était pas très-facile, à moins d'organiser une surveillance auprès de la fosse, et encore il se pouvait que la dame ne s'exposât plus à être surprise une seconde fois. D'ailleurs, il répugnait à Nointel de recourir à l'espionnage. Mais il comptait beaucoup sur le hasard, qui amène tant de rencontres imprévues dans la ville du monde la plus fertile en surprises.

— Un jour ou l'autre, se disait le capitaine, Claudine et l'inconnue se trouveront bec à bec au coin d'une rue, et je connais ma Claudine, elle ne lâchera pas prise. Pourvu qu'elle ne se trompe pas! Il y a beaucoup de blondes à Paris.

Il raisonnait ainsi en descendant à pied le boulevard Malesherbes; car, ne sachant trop où aller après sa visite, il avait renvoyé son fiacre en arrivant. Bientôt, il s'aperçut qu'il avait une faim de loup. Le déjeuner pris sur le pouce à Sandouville était loin, et la chasse ouvre l'appétit. Nointel jugea qu'il n'avait rien de mieux à faire que de dîner, et comme il ne tenait pas à se montrer au cercle avant l'heure où il y avait donné rendez-vous à Darcy, il entra dans un restaurant sur la place de la Madeleine, et il fit largement honneur au repas qu'il s'offrit à lui-même.

On dîne vite quand on dîne seul, et il était à peine huit heures quand il alluma son cigare pour aller faire un tour de boulevard. Il avait du temps à perdre, à son grand regret, et il se demandait ce qu'il allait en faire, lorsqu'il se rappela tout à coup que M. Roger Darcy ne manquait guère les représentations du mardi au Théâtre-Français. Gaston lui avait dit souvent que son oncle y allait ce jour-là à peu près toutes les semaines.

— Si je pouvais y rencontrer cet aimable juge, pensa Nointel, l'occasion serait excellente pour lui conter mon affaire pendant un entr'acte. Gaston m'a présenté à lui au bal de la marquise. Je suis donc parfaitement autorisé à l'aborder, et j'aime bien mieux m'expliquer dans un coin du foyer que dans son cabinet. Ce n'est pas une déposition que je vais faire. Il s'agit seulement d'annoncer la prochaine visite de madame de Barancos. Le Palais de justice serait beaucoup trop solennel. J'effleurerai en causant certains points délicats, et si je m'aperçois qu'il regimbe à m'entendre, qu'il tient à rentrer pour m'écouter dans sa robe de magistrat, je le prierai de me citer comme témoin. C'est un homme du monde et un homme d'esprit. Il ne me saura pas mauvais gré de m'être mêlé d'une cause qui intéressait mon ami Gaston et d'avoir fait de l'instruction en amateur. Et puis je lui remettrai le fameux bouton de manchette. Cela suffira pour qu'il m'excuse, car sans moi cette pièce à conviction ne serait jamais arrivée entre ses mains. La Majoré ne sera pas contente, mais je m'en moque. Ma foi, c'est décidé. Je vais aller aux Français.

Ces réflexions l'avaient conduit au coin du boulevard et de la rue Scribe. En passant, il donna un coup d'œil au théâtre de l'Opéra qu'il apercevait obliquement. Ce n'était pas jour de représentation, et il fut assez surpris de voir éclairées certaines fenêtres de la face latérale du monument. De ce côté se trouvent les loges des artistes, et plus loin, sur la cour, l'administration. L'idée lui vint qu'il y avait répétition générale, et que ces demoiselles Majoré devaient en être. Elles n'allaient jamais sans leur respectable mère. Le capitaine ne pouvait pas négliger cette chance de la rencontrer.

Il remonta la rue, et il vit des groupes rassemblés dans la cour, des groupes composés en grande partie de femmes, jeunes et vieilles. Nointel en reconnut quelques-unes pour les avoir aperçues au foyer. Il s'informa, et il apprit qu'il s'agissait d'un grand examen de danse, un examen exceptionnel, sur la scène et en présence des abonnés. Il apprit aussi que Majoré première et deuxième étaient candidates, qu'elles venaient d'arriver escortées par madame Majoré, et qu'on allait commencer. C'était le moment ou jamais de confesser l'ouvreuse, et peu lui importait de manquer le premier acte de *Mithridate* qu'on donnait ce soir-là rue de Richelieu.

Le capitaine connaissait les chemins interdits aux profanes, et les gardes qui veillent aux portes du paradis de la danse n'avaient pour lui que des sourires. Il arriva, après bien des détours, dans les coulisses qu'il trouva encombrées de mères. La scène était éclairée, mais le lustre de la salle n'était pas allumé, et les loges étaient closes. Aux fauteuils d'orchestre siégeaient le directeur et quelques abonnés. On terminait l'examen des fillettes de sept à douze ans, de celles qui figurent dans certains opéras, à raison de vingt sous par soirée, en attendant qu'elles passent dans le corps de ballet. Les Majoré faisaient déjà partie de la deuxième division et aspiraient à passer dans la première. Elles n'étaient pas encore là, et Nointel eut quelque peine à découvrir leur maman. Il la trouva enfin assise derrière un portant, et maugréant contre ses filles qui n'en finissaient pas de s'habiller.

— Bonsoir, ma chère madame Majoré, lui dit-il à l'oreille.

La grosse femme bondit comme une chatte qui vient de recevoir un coup de balai, et se retourna d'un air courroucé.

— Comment, c'est vous! s'écria-t-elle. Saperlipopette! vous m'avez fait peur. Mais n'importe, je suis joliment contente de vous voir... et, sans reproches, vous auriez dû venir plus tôt.

— Oui, je sais, répondit en souriant le capitaine. J'ai trouvé votre lettre ce soir, en rentrant de la chasse, et je suis accouru ici. On a donc jasé sur notre souper?

— Ah! ne m'en parlez pas. C'est une horreur, et si j'avais su où ça nous mènerait, c'est moi qui ne serais pas allée à votre café Américain. On m'a dit, *du depuis,* que ce n'est pas un endroit pour mener des jeunes personnes.

— Mais, chère madame, ce sont vos charmantes filles qui l'ont choisi.

— Ça, c'est vrai. Et je ne vous en veux pas. D'autant que vous avez été bien gentil de leur envoyer à chacune un médaillon. Elles l'ont mis ce soir. Vous verrez tout à l'heure comme il fait de l'effet. La Roquillon en a un en *toc*, et c'est bien ça qui l'enrage. Si vous saviez tout ce qu'elle dit de nous. Mais ça ne serait encore rien, si Alfred ne me faisait pas tant de misères.

— Alfred?

— Eh! oui; Alfred, c'est le petit nom de M. Majoré. Depuis que j'ai eu la bêtise de lui parler du bouton, il ne dort plus. Il a cherché dans le Code, et il a lu que je pouvais en avoir pour dix ans de travaux forcés. Je vous demande un peu s'il y a du bon sens. Ils lui auront monté la tête à sa loge des *Amis de l'humanité*. Et il ne me laissera la paix que quand j'aurai été trouver le juge pour lui remettre le bibelot. Vous me l'apportez, hein?

Nointel cherchait une réponse. L'entrée de ces demoiselles de la deuxième division le tira d'embarras. Elles arrivèrent comme un ouragan par la coulisse où il se tenait, toutes en jupe de tarlatane blanche, en chaussons roses, en chemisette de dentelle, une fleur dans les cheveux et au cou un ruban de velours noir avec le médaillon de rigueur. Ismérie et Paméla étaient de cet escadron volant, si émues toutes les deux qu'elles ne firent aucune attention au capitaine. La mère Majoré se précipita sur son aînée pour remettre en place un cordon qui passait sous la jupe. Elle ne pensait plus qu'à l'examen, et le capitaine eut tout le temps de préparer ce qu'il avait à lui dire.

Les aspirantes à l'avancement se rangèrent sur une seule ligne, devant la rampe, et commencèrent toutes à la fois les exercices élémentaires, pliés, pirouettes, battements, développés et le reste.

— Donnez-moi votre main, s'écria l'ouvreuse en saisissant le poignet de Nointel et en l'attirant contre sa robuste poitrine. Croyez-vous qu'il bat, mon pauvre cœur!-Dame! il s'agit de leur avenir, à ces chères petites. Regardez-les.

Sont-elles assez gentilles ! On ne dira pas d'elles qu'elles ont un *mauvais corps*. Et comme Ismérie *bat!* à quatre, à six, à huit. Ça ne la gêne pas. C'est pas comme cette Roquillon, qui *colle* tous ses entrechats. Voyez, voyez, Paméla! En a-t-elle de l'*élévation*... et avec ça, pas sa pareille pour les pirouettes renversées.

Le capitaine n'était pas fort sur le langage chorégraphique, et tous ces termes savants l'ahurissaient un peu. Il cherchait une entrée en matière, et il commençait à désespérer d'amener cette tendre mère à un entretien raisonnable tant que ses filles seraient en scène. Il se résigna donc à attendre la fin de l'épreuve, et pour bien disposer la Majoré, il feignit de prendre un très-vif intérêt à la *variation* que la grande Ismérie et la petite Paméla vinrent exécuter à leur tour, un pas de deux qu'elles piochaient depuis un an. Il poussa même la flatterie jusqu'à se faire expliquer ce que c'était qu'un *demi-contre-temps cabriole,* un *grand jeté* et une *glissade faillie.* En un mot, il fit si bien qu'à la fin de l'exercice, au moment où toutes ces jeunes filles s'enfuirent comme un vol de papillons blancs, madame Majoré se précipita dans ses bras en criant :

— Ah! monsieur Nointel, je suis la plus heureuse des mères. M. Halanzier a pris des notes pendant la variation de mes petites. Elles passeront dans la première division. C'est sûr.

— Voilà une nouvelle qui calmera M. Majoré, dit le capitaine en quête d'une transition pour revenir à un sujet plus grave.

— Alfred! ah bien *ouiche!* il est comme tous les hommes, il ne pense qu'à lui. Paraît qu'à sa loge, il est question de le nommer *vénérable*... Il n'a que ça dans la tête... ça et mon affaire avec le juge... Et à propos de mon affaire...

— Je suis venu précisément pour vous en parler.

— C'est que je n'ai guère le temps de causer. Il faut que je monte voir mes filles, et si vous pouviez seulement me rendre le bouton...

— Pour que vous le portiez au juge d'instruction, n'est-ce pas?

— Mais oui. Alfred l'exige. Ça me coûte joliment, allez! car enfin il va me secouer, ce magistrat, pour avoir gardé l'objet sans rien dire... avec ça qu'il n'a pas l'air commode et qu'il vous retourne comme un doigt de gant quand il vous interroge.

— N'ayez pas peur. Vous le trouverez bien disposé pour vous.

— Vous l'avez donc vu?

— Oui, et je lui ai remis le bouton de manchette.

— Ah! mon Dieu! qu'est-ce qu'il doit penser de moi?

— Beaucoup de bien, madame Majoré. Il trouve que nous avons agi avec une prudence digne des plus grands éloges.

— Pas possible!

— Vous savez que mon ami Darcy est son neveu. Il a parlé pour nous, et l'affaire est arrangée.

— Quelle chance! Enfin, je vais pouvoir dire à Alfred...

— Que vous ne serez pas inquiétée. Cela va de soi, mais ce n'est pas tout. La justice compte sur vous, madame Majoré. Elle sait que vous seule pouvez éclaircir le mystère qu'elle n'a pas encore réussi à percer.

— Bah!

— Vous n'ignorez pas que l'affaire a changé de face. On a relâché la personne qu'on avait arrêtée d'abord.

— On a bien fait. Je vous ai toujours dit que ce n'était pas elle. Mais on n'a pas empoigné l'homme... celui qui voulait me corrompre pour entrer dans la loge.

— Non; le juge a tenu grand compte de votre opinion. L'homme a été examiné de près, mais il paraît qu'il s'est justifié. Restent les femmes qui ont vu madame d'Orcival. Il y en a deux ou trois.

— Oui. Je vous l'ai dit au café Américain.

— Eh bien, on en tient deux. L'une d'elles est certainement la coupable, et c'est vous qui la désignerez.

— Moi! Comment ça?

— Voilà. Ce sera une grande épreuve, une épreuve décisive, et c'est vous qui serez le juge. On les fera habiller
toutes les deux avec le domino qu'elles avaient au bal.
Elles comparaîtront devant vous. Elles vous diront ce
qu'elles vous ont dit, quand elles vous ont demandé de
leur ouvrir la porte du 27. Et M. Darcy s'en rapportera à
votre perspicacité, à votre intelligence, pour lui indiquer
celle des deux qui est entrée la dernière. Ah! c'est un beau
rôle que vous jouerez là, madame Majoré.

— Je ne dis pas, monsieur Nointel, je ne dis pas... mais
c'est que, voyez-vous, je ne suis pas bien sûre de ne pas
me tromper... c'est déjà loin, cette histoire de bal.

— M. Darcy vous rafraîchira la mémoire. Il a appris
bien des choses depuis notre souper. Ainsi, il sait qu'un
quart d'heure avant le coup, une des femmes est entrée
juste comme l'autre sortait.

— Ça, c'est vrai. Je m'en souviens.

— Eh bien, vous les reconnaîtrez. Vous rendrez un
immense service à la justice de votre pays, et une innocente bénira votre nom. Vos filles auront le droit d'être
fières de vous.

— Et Alfred aussi, s'écria l'ouvreuse transportée. Je suis
prête à faire ce que la magistrature attend de moi. On
peut m'appeler quand on voudra.

Puis, s'interrompant :

— Qu'est-ce qu'il y a? demanda-t-elle à une habilleuse
qui arrivait en courant. Paméla qui se trouve mal!... Ah!
mon Dieu! j'y vais... elle a voulu manger de la brioche
avant l'examen... voilà ce que c'est!... dites au juge qu'il
peut compter sur moi.

Et, plantant là Nointel, madame Majoré s'élança dans le
couloir qui aboutit aux loges de ces demoiselles de la
deuxième division.

Nointel ne songea point à courir après madame Majoré.
C'eût été peine perdue, car l'accès des loges du corps de

ballet est interdit, même aux abonnés. D'ailleurs, il en avait assez dit à l'ouvreuse, puisqu'il l'avait calmée et rassurée sur sa situation vis-à-vis de la justice.

Il ne tenait pas non plus à assister à l'examen des coryphées de la première division, classe de madame Dominique. Il se glissa donc tout doucement vers l'escalier de sortie, et il gagna la rue sans tambours ni trompettes.

Sa conversation avec l'ouvreuse n'avait pas duré une heure. Il était encore temps d'aller aux Français, et il y alla avec d'autant plus d'empressement qu'il venait de se mettre dans un cas qui l'obligeait à avoir le plus tôt possible un entretien sérieux avec M. Roger Darcy. Tout ce qu'il avait annoncé comme fait était encore à faire, et si madame Majoré était prête à déposer, M. Roger Darcy ne s'attendait guère à recevoir la déposition de cette femme qu'il avait déjà interrogée sans pouvoir en tirer aucun renseignement utile. Nointel sentait la nécessité de le préparer aux nouveautés qu'il allait entendre, et craignait de s'être un peu trop avancé en affirmant que ce magistrat prendrait en bonne part l'intervention d'un intrus dans l'instruction d'un procès criminel. L'histoire du bouton de manchette n'était pas très-facile à présenter, et le capitaine ne se dissimulait pas qu'en confisquant, même momentanément, une importante pièce à conviction, il avait endossé une responsabilité assez lourde. M. Majoré, homme sévère sur les principes, exagérait en disant que son imprudente épouse pourrait être poursuivie comme faux témoin; mais le fait d'avoir tenu la lumière sous le boisseau n'en était pas moins répréhensible au point de vue où devait se placer le juge.

Après tout, cependant, Nointel avait agi dans une bonne intention; il s'était toujours proposé de remettre un jour ou l'autre à qui de droit le bijou dont il s'était emparé, et d'ailleurs il avait pour complice en cette affaire le propre neveu de M. Roger Darcy, lequel neveu avait été autorisé par son oncle à essayer de justifier mademoiselle Lestérel.

— Je n'ai fait tort à personne en gardant ce bouton, se disait-il, et la justice est encore à même d'en tirer parti. On ne peut pas suspecter mes intentions, puisqu'on va savoir par la déclaration de la marquise ce que je voulais faire de la trouvaille de l'ouvreuse. De plus, au début, les recherches se seraient probablement égarées, tandis que maintenant on sait que l'objet ne peut appartenir ni à mademoiselle Lestérel, ni à madame de Barancos. Au fond, j'ai rendu service à l'instruction.

Nointel plaidait les circonstances atténuantes devant le tribunal de sa conscience, mais il n'était pas absolument tranquille sur le résultat de la démarche qu'il allait tenter auprès de M. Darcy. Il s'agissait surtout de lui expliquer la conduite de la marquise et de pressentir ses dispositions à l'endroit de cette créole qui avouait sa liaison avec Golymine, et sa visite à Julia d'Orcival, au bal de l'Opéra, sans parler de la balle qu'elle venait de loger dans la tête d'un bandit. Il s'agissait de lui faire accepter comme vraies beaucoup d'affirmations qui n'étaient pas prouvées, et de le décider à ordonner l'épreuve que réclamait madame de Barancos : l'épreuve des dominos en présence de l'ouvreuse.

Et, en arrivant au Théâtre-Français, le capitaine commençait à se demander si le lieu était bien choisi pour aborder un sujet si grave. Mais il se promit de ne rien risquer, d'agir suivant les circonstances, et il entra.

Il eut beaucoup de peine à se procurer un fauteuil d'orchestre, quoiqu'il fût un habitué fidèle. Le salle était pleine. Chacun sait que, le mardi et le jeudi, il est de bon ton de venir entendre les chefs-d'œuvre de l'ancien répertoire. Quelques belles dames ont dû à cette mode heureuse l'avantage de connaître Racine et Molière. Et les mondains intelligents sont charmés de venir écouter en belle compagnie une bonne langue parlée par d'excellents comédiens. C'est un plaisir assez rare, par le temps qui court, et Nointel l'appréciait infiniment. Mais, ce soir-là, il n'était pas disposé à goûter la tragédie classique. Le hasard l'avait fait spectateur et presque acteur d'un drame plus émouvant que *Mithridate*. Monime l'intéressait beaucoup moins que madame de Barancos.

Il était arrivé pendant un entr'acte, et après s'être casé comme il put dans un coin de l'orchestre, il se mit à étudier la salle. L'assemblée était choisie. Les loges regorgeaient de femmes en grande toilette. Les bouquets d'héliotropes et de gardénias s'étalaient sur le devant des avant-scènes transformées en corbeilles de fleurs. On causait doucement comme dans un salon; les vieux abonnés regrettaient Rachel, les élégantes discutaient les *Fourchambault*, et personne ne parlait politique.

Le capitaine n'aperçut point M. Roger Darcy. En revanche, il découvrit sans peine, aux premières de face, Claudine Rissler, flanquée de son Russe. Elle avait arboré une robe de satin hortensia qui attirait tous les regards, et elle ne cessait d'agiter sa jolie tête brune pour faire scintiller les diamants pendus à ses oreilles. Wladimir était vraiment superbe avec ses longs favoris argentés et sa prestance de tambour-major. On les lorgnait beaucoup, et il y avait des gens qui se moquaient de ce couple mal assorti.

Nointel ne s'arrêta point à les examiner et continua de passer en revue les loges. Quoiqu'il allât peu dans le monde, il connaissait assez son Paris pour pouvoir mettre les noms sur les figures, et il retrouva là tout le personnel ordinaire des réunions du *high-life*. Il n'y manquait guère que la marquise, et plus d'une spectatrice remarqua son absence, car elle était fort assidue à ces fêtes de l'esprit.

Le capitaine cherchait des yeux M. Darcy parmi cette foule parée, et il finit par le trouver. Le magistrat occupait avec madame Cambry une loge de côté.

C'était la première fois que Nointel rencontrait au théâtre la charmante veuve de l'avenue d'Eylau, et les habitués du mardi n'étaient point accoutumés à l'y voir; aussi était-elle le point de mire de toutes les lorgnettes. Vêtue de noir, comme toujours, elle portait sur sa robe une profusion de vieilles dentelles. Pas un bijou. Une vraie toilette de deuil qui lui seyait à merveille. Elle causait avec M. Darcy, et à l'expression de leurs figures, on devinait que le sujet de leur conversation était sérieux.

L'occasion parut bonne au capitaine pour aborder l'oncle de Gaston. Le gracieux accueil que madame Cambry lui avait fait au bal l'autorisait suffisamment à l'aller saluer dans sa loge et même à lui demander des nouvelles de sa protégée. Ce devoir une fois rempli, Nointel comptait sortir en même temps que Darcy, qui peut-être n'était là qu'en visite, lui proposer de faire un tour au foyer et attaquer la question délicate, non loin du buste de Regnard.

Pour mettre à exécution sur-le-champ ce projet rapidement conçu, il se hâta de quitter l'orchestre et de monter aux premières. Le trajet lui prit un peu de temps, parce que les escaliers et les corridors étaient encombrés. Il eut aussi quelque peine à retrouver la loge dont il ne connaissait pas le numéro. Il lui fallut même pour cela entrer à la galerie, et de là il vit que madame Cambry était seule. M. Roger avait abandonné la place pendant que Nointel circulait dans les couloirs, et Nointel, qui regrettait de ne pas l'avoir rencontré en chemin, se serait volontiers mis à sa poursuite; mais la veuve l'aperçut et lui adressa un sourire qui équivalait à une invitation. Il ne pouvait plus se dispenser d'entrer dans la loge, et il y alla sans hésiter. Madame Cambry le reçut avec un empressement qui lui parut de bon augure, et elle en vint d'elle-même où il souhaitait de l'amener.

— M. Darcy me quitte à l'instant, dit-elle. Il eût été charmé de vous rencontrer. Il vous cherche depuis deux jours. Mais il est dans la salle, aux fauteuils d'orchestre, et vous le verrez certainement avant la fin de la représentation.

— J'y ferai tous mes efforts, madame, et je suis désolé de l'avoir manqué. Je suis allé hier à la chasse...

— Chez madame de Barancos, sans doute?

— Oui, madame, et je suis revenu ce soir.

— Seul?

— Absolument seul. Madame de Barancos avait beaucoup de monde, et elle ne rentrera que demain. J'ai abrégé mon déplacement parce qu'il me tardait de revoir mon ami Gaston.

— Lui aussi vous cherche. Il a un service à vous demander.

— J'ai trouvé un mot de lui en arrivant, et j'ai couru chez lui. Il était sorti, et je ne savais où le joindre. Je suis venu ici dans le vague espoir de l'y trouver. Mais j'espère qu'il passera au cercle vers minuit.

— Je ne sais si vous l'y verrez. Il est si triste qu'il fuit le monde.

— Triste! mais il me semble qu'il aurait plutôt sujet de se réjouir. Mademoiselle Lestérel est libre. L'ordonnance de non-lieu va être signée.

— Elle ne l'est pas encore. M. Darcy hésite à la rendre. Il lui faut une coupable. Il est juge avant tout, et il a des idées que je ne partage pas. Mais ce n'est pas seulement ce retard qui afflige son neveu. Il s'est passé tout récemment des choses... auxquelles personne ne pouvait s'attendre.

— Qu'est-il donc arrivé?

— Vous connaissez le beau-frère de Berthe?

— M. Crozon. Parfaitement.

— Vous n'ignorez pas qu'averti par des lettres anonymes, il accusait sa femme de l'avoir trompé.

— Entre nous, il n'avait pas tort. Je puis bien le dire maintenant, et il faut que M. Roger Darcy le sache, car là est la justification complète de mademoiselle Lestérel.

— Il le sait. J'ai pris sur moi de lui apprendre ce que Berthe m'avait avoué. La pauvre enfant s'est sacrifiée pour sa sœur. C'est pour ravoir les lettres de cette sœur qu'elle est allée au bal de l'Opéra, c'est pour mettre l'enfant de cette sœur à l'abri des recherches de je ne sais quel misé-

16.

rable qu'elle a couru les rues pendant cette fatale nuit.

— J'avais deviné toute cette histoire. Gaston l'avait devinée aussi, et il a dû être ravi d'acquérir la certitude que mademoiselle Lestérel est innocente. Tout est donc pour le mieux, car j'ai réussi à calmer le mari, et la paix est revenue dans le ménage Crozon.

— Vous ne pouviez pas prévoir le coup qui a frappé votre ami. J'ai vu Berthe le jour où elle est sortie de prison; je l'ai accompagnée chez sa sœur. Et là... c'est une fatalité inouïe... la nourrice à laquelle Berthe avait confié l'enfant est arrivée... il y a eu une scène épouvantable... le mari a voulu tuer l'enfant, et, pour le sauver, Berthe a dit que l'enfant était à elle.

— C'est sublime! c'est héroïque!

— Hélas! cet héroïsme lui coûtera cher. Elle a été obligée de pousser le mensonge jusqu'au bout... de faire tout ce qu'elle aurait fait si elle eût été vraiment mère... la voilà condamnée à élever cet enfant. C'est le déshonneur en perspective.

— En effet... je n'avais pas songé à cela. Mais rien n'empêche que le secret soit gardé. Crozon n'a aucun intérêt à perdre sa belle-sœur. Il se taira. D'ailleurs, il ne sera pas toujours à Paris. Il est marin, et maintenant qu'il ne soupçonne plus sa femme, il reprendra la mer un de ces jours. Alors, on avisera. Pourquoi n'enverrait-on pas l'enfant à l'étranger? Pourquoi n'écrirait-on pas à Crozon qu'il est mort? Madame Crozon trouvera un moyen. C'est à elle de sauver l'honneur de mademoiselle Lestérel qui lui a sauvé la vie.

— Elle n'aurait pas dû accepter le sacrifice, dit vivement madame Cambry. Que pensez-vous d'une femme assez lâche pour souffrir que sa sœur aille en cour d'assises, alors que d'un mot elle pourrait la justifier? Son mari l'aurait tuée? Qu'importe? Il y a des cas où il faut savoir mourir.

— Le courage lui a manqué, c'est vrai, mais je l'excuse, murmura Nointel. Elle est femme.

— Moi aussi, je suis femme, et je vous jure que si j'avais une faiblesse à me reprocher, j'aurais assez d'énergie pour en supporter les conséquences.

Madame Cambry dit cela d'un ton qui surprit un peu le capitaine. Sa voix était agitée. Ses yeux brillaient. On eût dit qu'elle avait la fièvre.

— Mais, reprit-elle avec plus de calme, ce n'est pas de madame Crozon que je devrais vous parler, c'est de ma pauvre Berthe. Elle est menacée dans ce qu'elle a de plus cher... dans son amour. Elle a eu la loyauté de vouloir que M. Gaston Darcy fût informé de ce qui venait de se passer, et elle a poussé l'abnégation jusqu'à lui rendre sa parole. Gaston a refusé de la reprendre; il proteste que ses sentiments n'ont pas changé, mais le coup est porté. Je lis dans son cœur, et je suis certaine qu'il souffre horriblement... qu'il a des doutes.

— Il a donc perdu l'esprit! s'écria le capitaine. La conduite de mademoiselle Lestérel est claire comme le jour. Il est matériellement impossible qu'elle soit la mère de cet enfant. N'a-t-elle pas paru tout l'hiver dans les salons où elle chantait? Il faut arriver des mers du Sud, comme ce Crozon, pour croire au pieux mensonge qu'elle a mis en avant. Et c'est là qu'est le danger. Si ce baleinier s'avisait de faire lui-même une enquête, il découvrirait bien vite la vérité. Il faut même que j'avise à l'accaparer pour l'empêcher de chercher. J'ai de l'influence sur lui, et je parviendrai peut-être à lui persuader de se remettre à naviguer. Mais que Gaston se fourvoie à ce point, c'est ce que je ne saurais comprendre.

— Vous n'avez donc jamais aimé? demanda madame Cambry.

— Pas jusqu'à épouser, répondit en riant le capitaine.

— Si vous avez aimé, vous connaissez les tourments de la jalousie, les tortures du doute, les soupçons, les défaillances. Votre ami subit en ce moment tous ces supplices. Et Berthe est trop fière pour essayer de se disculper. Bien plus, elle est résolue à déclarer à M. Roger Darcy, quand il l'interrogera une dernière fois, que l'enfant est à elle, M. Roger Darcy n'en croira rien, mais il sera bien obligé de prendre acte de cette déclaration.

— C'est un malheur, sans doute. Mais Gaston sait à quoi s'en tenir, et je me charge de le ramener à des idées plus saines.

— Puissiez-vous y réussir! J'aperçois son oncle à l'orchestre. Il vous a vu et il me fait signe qu'il va monter ici. Il tient beaucoup à vous entretenir le plus tôt possible.

Nointel regarda dans la salle et vit en effet M. Roger Darcy se dirigeant vers la sortie. Il vit aussi que, de sa loge, qui n'était pas très-éloignée, Claudine Rissler se livrait à une pantomime singulière. Elle lui lançait des œillades expressives, et elle l'appelait par de petits mouvements de tête répétés. Elle avait l'air de lui dire : Arrive bien vite. J'ai à te parler.

— Quelle mouche la pique? se demandait le capitaine, en regardant avec indifférence le manége auquel se livrait Claudine. Est-ce qu'elle en est encore à sa toquade, et s'imagine-t-elle que je vais arriver pour me faire présenter à Wladimir? Parbleu! j'ai autre chose en tête.

— On va commencer le troisième acte de *Mithridate*, dit madame Cambry. Vous serez très-mal ici si vous avez quelque chose à dire à M. Darcy. Même en parlant à demi-voix, vous scandaliseriez les gens qui sont venus pour écouter les vers de Racine.

Nointel prit la balle au bond.

— Je pense, répondit-il vivement, que je ferai bien d'aller à la rencontre de M. Darcy, à moins cependant que vous ne teniez à le recevoir immédiatement.

— Pas le moins du monde. Nous ne sommes pas encore mariés, et il ne serait pas très-convenable qu'il s'établît dans ma loge pendant toute la durée de la représentation. Je ne puis guère l'y admettre qu'en visite. Il vient de m'en faire une assez longue, et je compte qu'il reviendra au prochain entr'acte. D'ici là, vous avez le temps de vous entretenir d'un sujet qui vous intéresse tous les deux, et j'espère qu'il vous ramènera ici quand votre conversation sera terminée.

— Alors, puisque vous m'y autorisez, madame, je vais prendre congé de vous pour quelques instants.

Madame Cambry approuva d'un sourire, et le capitaine profita aussitôt de la permission qu'elle lui accordait.

Il n'eut pas plus tôt fait dix pas dans le corridor qu'il rencontra le juge d'instruction.

— Je suis heureux de vous trouver, monsieur, lui dit courtoisement ce magistrat. J'ai quitté ma stalle tout exprès.

— Et moi la loge de madame Cambry, où je m'étais présenté tout à l'heure dans l'espoir de vous y rejoindre, riposta le capitaine. Nous nous sommes croisés en route.

— C'est probable. Madame Cambry a pris une loge. J'ai mes entrées à l'orchestre, et je m'y suis casé. J'enterre ma vie de garçon. Tenez-vous beaucoup à entendre le troisième acte?

— J'aime infiniment mieux causer avec vous.

— Alors, allons au foyer.

C'était précisément ce que voulait Nointel, et il suivit M. Roger Darcy. En passant devant la loge occupée par Claudine Rissler, il vit que la porte était entr'ouverte, et que cette folle le guettait au passage. Peu soucieux d'entamer un colloque avec elle, il détourna la tête et elle eut la discrétion de ne pas l'appeler, quoiqu'elle en mourût d'envie.

Le foyer était désert, autant qu'on pouvait le souhaiter pour un entretien particulier.

— Monsieur, commença le magistrat, vous êtes l'ami le plus intime de mon neveu, et vous avez bien voulu l'aider dans la tâche qu'il a entreprise, tâche difficile et délicate puisqu'il s'agissait de démontrer l'innocence d'une prévenue que toutes les apparences accusaient. Il y a réussi. Il est prouvé que mademoiselle Lestérel n'était plus à l'Opéra au moment où le crime a été commis. Il n'en reste pas moins établi qu'elle y est allée, pour retirer des lettres compromettantes qui se trouvaient entre les mains de Julie Berthier, et cela devrait suffire à empêcher Gaston de donner suite à un projet de mariage que je désapprouve. Mais il est maître de ses actions, et je ne prétends pas lui imposer ma volonté. Ce n'est pas de lui que j'ai à vous parler, c'est d'une autre personne.

— Moi aussi, j'ai à vous parler d'une autre personne, dit doucement le capitaine.

— Mon neveu m'a fait hier une étrange confidence, reprit M. Darcy; plusieurs fois déjà, il m'avait dit que vous croyiez être sur la trace de la femme qui est entrée dans la loge après mademoiselle Lestérel. Il était même allé jusqu'à m'apprendre que vos soupçons se portaient sur une personne du meilleur monde. J'avoue que je n'avais pas pris ces insinuations au sérieux. Mais Gaston a fini par me révéler un fait grave. L'ouvreuse que j'ai interrogée au début de l'affaire, et dont je n'ai pu tirer que des déclarations incohérentes, cette ouvreuse aurait, paraît-il, trouvé dans la loge, près du cadavre de Julie Berthier, un bouton de manchette portant une initiale, et vous vous seriez fait remettre cet objet.

— C'est parfaitement exact, répondit Nointel sans s'émouvoir.

Le magistrat fit un haut-le-corps, et sa figure prit une expression de sévérité très-accentuée.

— Ainsi, monsieur, dit-il, vous avez cru qu'il vous était permis de vous substituer au juge chargé d'instruire une affaire d'assassinat. Vous avez commis là, je dois vous l'apprendre si vous l'ignorez, une véritable usurpation de fonctions.

— J'en conviens. J'ai pensé qu'il y a des cas où la fin tifie les moyens.

— La fin? Dans quel but vous empariez-vous d'une pièce

à conviction qui pouvait aider puissamment la justice?

— Je me proposais de m'en servir pour forcer la coupable à confesser son crime.

— La coupable! vous la connaissiez donc?

— Je croyais la connaître.

— Et vous vous trompiez, sans doute?

— Oui, je soupçonnais la marquise de Barancos. Je l'ai soumise à une épreuve décisive, et j'ai acquis la certitude qu'elle est innocente. Vous serez de mon avis quand vous l'aurez entendue. Demain, elle vous dira ce qu'elle a fait, et comment j'étais fondé à l'accuser.

— Demain?

— Oui, j'ai quitté, il y a quelques heures, le château de Sandouville où elle est en ce moment, et elle m'a chargé de vous annoncer sa visite. Permettez-moi maintenant, monsieur, de vous remettre ce bijou que j'ai eu le tort de garder trop longtemps.

M. Darcy prit avec une certaine hésitation le bouton d'or que lui offrait Nointel, mais il l'examina de très-près.

— C'est bizarre, murmura-t-il. Il me semble que ce n'est pas la première fois que je le vois.

— Il a une forme particulière... très-reconnaissable, dit le capitaine, et il est permis d'espérer qu'on découvrira à qui il appartient.

Le juge ne répondit pas. Il réfléchissait.

— En vérité, monsieur, commença-t-il après un assez long silence, je ne devrais pas le recevoir de votre main. Vous n'êtes pas obligé de connaître le Code d'instruction criminelle, mais vous comprenez qu'il n'a pas pu autoriser un magistrat à procéder de la sorte. Rien ne me garantit l'authenticité de cette trouvaille... rien que votre affirmation. Mais je vous tiens pour un homme d'honneur, et je prends sur moi de m'en rapporter à votre parole. Je vous préviens seulement que je vais faire citer l'ouvreuse, et que vous serez appelé aussi, appelé en même temps qu'elle.

— C'est précisément ce que je désire, et, demain, madame

de Barancos vous demandera de la confronter comme moi avec cette femme.

— Madame de Barancos! Et pourquoi?

— Parce qu'elle est entrée après mademoiselle Lestérel dans la loge de Julie Berthier, parce qu'elle a vu une femme y entrer après elle, parce qu'elle rappellera à l'ouvreuse des circonstances que cette stupide créature avait oubliées et qui vous mettront sur la trace de l'inconnue qui a frappé.

— Monsieur, dit le magistrat stupéfait, veuillez vous expliquer plus clairement. Vous me donnez comme certains des faits dont j'entends parler aujourd'hui pour la première fois. J'ai le droit et le devoir de vous demander de motiver vos affirmations. Nous ne sommes pas ici dans mon cabinet, mais vous n'avez pas besoin de prêter serment pour dire la vérité, et j'ai hâte de la connaître.

— Moi, j'ai hâte de vous l'apprendre, répliqua le capitaine, et puisque vous voulez bien m'écouter, dès ce soir, je vais vous dire brièvement tout ce que je sais.

— Je vous écoute.

— Le point de départ de cette triste affaire est le suicide du soi-disant comte Golymine. Cet aventurier, avant de se tuer, avait remis à la d'Orcival les lettres qui lui avaient été écrites par trois femmes qui ont été successivement ses maîtresses.

— Trois?

— Oui, trois. Vous pouvez interroger sur ce point Mariette, l'ancienne femme de Julia. Elle aussi a recouvré la mémoire. Elle se souvient maintenant qu'en partant pour le bal de l'Opéra, sa maîtresse a emporté des lettres divisées en trois paquets. Il y a d'ailleurs d'autres preuves, comme vous allez le voir.

Ces trois femmes étaient: madame Crozon, sœur de mademoiselle Lestérel...

— Cela ne fait pas de doute pour moi.

— La marquise de Barancos...

— Elle vous l'a avoué?

— Ce matin, et bientôt elle renouvellera cet aveu devant vous. Madame de Barancos avait cessé depuis longtemps toutes relations avec Golymine qui l'avait indignement trompée et qui s'était toujours refusé à lui restituer ses lettres. Le lendemain de la mort de cet homme, la d'Orcival a écrit à la marquise pour lui offrir de lui remettre sa correspondance. La marquise est allée au rendez-vous. Elle est arrivée au bal à une heure et demie. Je puis l'attester, car le hasard a fait que je l'ai reconnue au moment où elle y entrait.

— Et c'est ce hasard qui vous a mis sur la piste que vous avez suivie.

— Précisément. Madame de Barancos a été reçue, aussitôt qu'elle s'est présentée, par Julia qui l'attendait. Mademoiselle Lestérel venait de partir. Elle avait laissé entre les mains de Julia le poignard caché dans un éventail.

— Je sais cela. Madame Cambry a reçu les aveux de mademoiselle Lestérel, et tout prouve que les choses se sont passées comme l'a dit cette jeune fille.

— L'entretien a été long et orageux. Julia soupçonnait la marquise de vouloir épouser Gaston.

— Mon neveu !

— Oui, et elle a menacé la marquise de la perdre si le mariage se faisait... un mariage auquel la marquise n'avait jamais songé...

— Ni Gaston non plus.

— Enfin, Julia s'est calmée. Elle a rendu les lettres, et madame de Barancos est sortie. Il était alors deux heures et demie. Au moment où elle sortait, une femme en domino, qui attendait dans le corridor, s'est avancée vivement, a parlé bas à l'ouvreuse et est entrée dans la loge, une femme qui y était déjà venue, qui y avait précédé la marquise...

— Cette ouvreuse n'a pas dit cela.

— Elle vous le dira quand vous l'interrogerez de nouveau. Et si vous voulez bien ordonner l'épreuve que madame de Barancos vous proposera, si vous jugez à propos d'y soumettre aussi mademoiselle Lestérel, la vérité apparaîtra à l'instant même.

— Quelle épreuve?

— Madame de Barancos revêtira le domino qu'elle portait au bal de l'Opéra, le voile de dentelles. Mademoiselle Lestérel prendra le masque et le domino de louage qui vous ont été présentés et que la marchande à la toilette a reconnus. On les mettra en présence de l'ouvreuse qui se souviendra alors que la femme masquée est venue à une heure, et n'est restée que dix minutes dans la loge; que la femme voilée est venue à une heure et demie et sortie à deux heures et demie, et qu'enfin entre la première et la seconde visite, une troisième femme est entrée et sortie, que cette troisième femme a reparu après deux heures et demie, et qu'elle a définitivement quitté la loge à trois heures moins un quart.

Celle-là aussi avait été la maîtresse de Golymine, celle-là aussi venait chercher ses lettres; Julia les lui a-t-elle rendues, ou bien cette femme les a-t-elle prises sur le cadavre de Julia? Je l'ignore, mais il est évident que c'est elle qui a tué Julia.

— Oui, c'est évident, si l'ouvreuse ne se trompe pas encore une fois et si madame de Barancos dit la vérité.

— Si madame de Barancos avait voulu mentir, rien ne l'obligeait à confesser que Golymine avait été son amant, rien ne l'obligeait à me rendre ce bouton de manchette...

— Vous le lui aviez donné?

— Au bal, chez elle, en dansant le cotillon, je le lui avais montré brusquement... je pensais que son émotion allait la trahir... elle a cru que je lui offrais un souvenir de moi, elle l'a pris... quatre jours après, elle le portait à son corsage devant quarante personnes, et quand je lui ai dit qu'on l'avait ramassé dans le sang de Julia, elle l'a rejeté avec horreur et elle m'a chargé de vous l'apporter. Pensez-vous qu'elle eût agi de la la sorte si elle eût été coupable?

— Non, dit M. Darcy avec agitation. Ce n'est pas elle...

ce n'est pas mademoiselle Lestérel... et je le vois maintenant, l'instruction est à refaire... Dieu veuille qu'elle
aboutisse.

— Pourquoi ne trouverait-on pas la troisième femme?
Pour ma part, je la cherche. J'ai recueilli quelques
indices...

A ce moment, le foyer fut envahi. L'acte venait de finir,
et les spectateurs se répandaient par les corridors.

— Monsieur, reprit le magistrat, je compte sur votre
concours, et je vous prie de venir me voir chez moi, demain
matin. Nous reprendrons un entretien que nous ne pouvons plus continuer ici. Vous m'avez appris tant de choses
que j'ai besoin de me recueillir avant de donner une direction nouvelle à cette étrange affaire. En ce moment, je vais
rejoindre madame Cambry, et je ne vous retiens plus.

Nointel n'avait qu'à s'incliner. C'est ce qu'il fit, et après
avoir salué M. Darcy, il allait quitter le foyer et même le
théâtre, lorsqu'il se trouva face à face avec Claudine, pen-
due au bras de son Russe.

Le capitaine s'effaça pour les laisser passer, mais madame
Rissler ne l'entendait pas ainsi. Elle lâcha sans cérémonie
Wladimir, et tirant Nointel à l'écart :

— Ah çà, tu la connais donc?

— Qui? demanda Nointel.

— La blonde du Père-Lachaise, parbleu! Tu viens de
causer avec elle pendant vingt minutes. Ce n'était pas la
peine de me faire poser.

— Deviens-tu folle?

— Farceur! ne blague donc pas, tu la connais mieux que
moi, puisque tu es resté dans sa loge pendant tout le dernier entr'acte. Tu n'as donc pas vu que je te faisais des
signes? Je t'ai appelé quand tu passais dans le corridor.
Mais tu étais avec un monsieur que j'ai vu dans la loge de
la blonde. Il n'a pas l'air commode, ce grand sec. Est-ce
que c'est son mari?

— Petite, dit Nointel, je t'affirme que tu te trompes. Ce

n'est pas cette dame que tu as vue au Père-Lachaise.

— Puisque je te dis que j'en suis sûre. Je l'ai reconnue à ses yeux, à ses cheveux, à tout. Tiens, veux-tu que j'aille lui parler? Tu verras la tête qu'elle fera quand je lui demanderai pourquoi elle courait si fort dans les allées du cimetière.

— Non pas. Je te prie de te tenir tranquille.

— Veux-tu que je la suive à la sortie du théâtre? Wladimir grognera, mais ça m'est égal.

— Inutile. Je la connais, et c'est parce que je la connais que je te réponds que tu as pris pour elle une autre personne.

Claudine regarda le capitaine d'un air narquois et s'écria :

— Bon! j'y suis. C'est ta maîtresse. On m'avait bien raconté que tu donnais dans les femmes du monde à présent, mais je ne voulais pas le croire. Alors le grand sec, c'est le mari... le plus heureux des trois. Si j'avais su, je n'aurais rien dit, car je conçois que ça t'embête d'apprendre que ta princesse a eu des histoires avec une cocotte. Mon cher, ça arrive, ces choses-là. Julia lui avait peut-être rendu un service.

— Tais-toi. Tu n'as pas le sens commun, dit Nointel impatienté.

— Ah! tu le prends comme ça. Je m'en vais. J'ai assez fait poser Wladimir. Bonsoir, mon capitaine, amuse-toi bien, mais, crois-moi, reviens aux brunes, c'est moins traître.

Sur ce trait, décoché à la manière des Parthes, madame Rissler s'enfuit, et Nointel l'entendit qui disait à son Russe :

— Cher ami, c'est un journaliste. On a toujours besoin de ces gens-là quand on se destine au théâtre.

Le capitaine l'aurait volontiers battue, et il s'éloigna rapidement pour ne pas céder à la tentation. Dix secondes après, il ne pensait plus qu'à l'étrange information qu'il venait de recueillir. Il n'y pouvait pas croire. Madame Cambry pleurant sur la tombe de la d'Orcival, c'était tout simplement absurde. L'extravagante péronnelle qui l'accu-

sait avait dû être abusée par une ressemblance, et Nointel
en était à regretter de l'avoir poussée à chercher la visiteuse du Père-Lachaise, car elle était très-capable de nuire
par ses bavardages à une personne que lui et son ami
Gaston avaient tout intérêt à ménager. Madame Cambry
exerçait une grande influence sur le juge, madame Cambry
avait l'esprit juste et une fermeté de caractère qui devait
être d'un grand secours à mademoiselle Lestérel et même
à madame de Barancos, car le capitaine se proposait de
lui expliquer la situation, de ne rien lui cacher, de lui
demander son appui, et il espérait qu'elle le seconderait
lorsqu'il s'agirait de décider M. Darcy à mettre la marquise
hors de cause.

— Il faut, se disait-il en endossant son pardessus dans
le couloir de l'orchestre, il faut que j'avertisse cette aimable
et intelligente veuve du danger auquel l'expose la sotte
méprise de Claudine. C'est une démarche assez délicate,
mais il y a moyen de tout dire. Maintenant, je n'ai rien de
mieux à faire que de calmer Gaston. Il doit être dans un
état! Je le vois d'ici, et je parierais qu'il me donne à tous
les diables. Ce garçon-là est affligé d'une imagination qui
lui joue de bien mauvais tours. Il commence par s'affoler
d'une jeune fille qu'en d'autres temps il n'aurait pas seulement regardée. L'année dernière, il ne s'occupait que des
demoiselles à huit ressorts; pour lui plaire, il fallait qu'une
femme eût équipage. Il a bien fait de se convertir, c'est
évident. Fera-t-il bien d'épouser? C'est une question. Mais
soupçonner mademoiselle Lestérel d'être la mère d'un
enfant clandestin, c'est de la haute insanité. Je vais tâcher
de le guérir par un traitement énergique. La question est
de savoir s'il voudra se laisser traiter. Et il regimbera
quand je déclarerai que la marquise est aussi innocente
que Berthe. Ce serait bien pis encore s'il savait que je suis
amoureux de madame de Barancos, mais je me garderai
bien de le lui dire.

Il était onze heures passées, lorsque le capitaine sortit

du Théâtre-Français. C'était un peu tôt pour aller au cercle, puisqu'il y avait donné rendez-vous à minuit au malheureux ami qu'il voulait réconforter. Mais sa journée était faite, comme on dit vulgairement, et il n'était pas fâché de se reposer de ses travaux dans un excellent fauteuil, au coin d'un bon feu. Il prit un cab, et il se fit conduire tout droit à son club.

Quand il y arriva, le salon rouge était désert. Pas de causeurs autour de la cheminée; pas de joueurs aux tables de whist. Deux ou trois habitués sommeillant sur les divans capitonnés; de ceux qui viennent tous les soirs par économie, pour être éclairés et chauffés gratuitement. Nointel, étonné de cette solitude, pensa qu'on devait jouer dans quelque salle écartée. Il se renseigna auprès d'un des dormeurs qui venait de se réveiller, et il apprit que, depuis plusieurs jours, on s'était remis au baccarat avec ardeur. Dans tous les cercles, la partie s'arrête de temps en temps. Un gros joueur a raflé l'argent des petits, et les pontes écœurés s'éloignent mélancoliquement du tapis vert. Mais leur sagesse n'est jamais de longue durée, et un beau soir, sans qu'on sache pourquoi, le troupeau revient se faire tondre.

Nointel tenait à sa laine et l'exposait le moins possible Mais il était toujours au courant des gros événements du jeu, et il savait qu'on y avait à peu près renoncé, tout récemment. Les banques avaient fait table rase et ne trouvaient plus d'adversaires. C'était donc un événement que cette restauration subite du baccarat, un événement qui, d'ailleurs, ne l'intéressait guère. Il demanda si on avait vu Darcy, et il ne fut pas médiocrement surpris quand on lui dit que son ami était occupé à tailler une banque. Darcy était né joueur. Une mauvaise fée qu'on avait sans doute oublié d'inviter à son baptême l'avait doté de quelques vices qui nuisaient essentiellement à ses qualités. Mais une passion chasse l'autre, et, depuis qu'il était amoureux, Darcy ne jouait plus. Pourquoi retombait-il dans son péché d'habitude? Le capitaine craignait de deviner la cause de cette rechute, et il pensa que son apparition produirait sur son ami un effet salutaire.

Il se transporta donc incontinent dans la salle consacrée au baccarat. Elle était située dans le coin le plus retiré des appartements du cercle. La déesse Fortune veut qu'on l'adore avec recueillement. Elle exige de ses fidèles silence et mystère, mais elle ne tient pas aux vains ornements. La pièce où on célébrait ses rites n'était garnie que des meubles indispensables à l'exercice de son culte. Une immense table de forme oblongue, échancrée au milieu — la place du banquier — et creusée au centre — la cuvette où l'on jette les cartes après chaque coup — des chaises, beaucoup de chaises pour les patients, quelques divans pour les décavés, et des râteaux à foison.

La réunion était nombreuse, et Darcy la présidait. Il taillait, et il avait devant lui un tas d'or assez respectable, sans compter un certain nombre de morceaux de carton portant un chiffre et une signature. Il tournait le dos à la porte, et il ne vit pas entrer Nointel qui vint tout doucement se planter derrière lui, au grand mécontentement des pontes. On l'accusait de porter la veine au banquier.

Toutes les variétés de féticherie étaient représentées à ce congrès. Il y avait là des gens qui ne croyaient pas en Dieu et qui croyaient à la vertu d'un cure-dent ou d'une bague en cheveux. Quelques-uns, avant de monter au cercle, s'étaient promenés pendant une heure sur le boulevard à seule fin de rencontrer un bossu et de toucher sa bosse. D'autres ne voulaient jouer que le chapeau sur la tête. Le lieutenant Tréville avait mis des lunettes, quoiqu'il eût d'excellents yeux. Charmol sifflait un air du Caveau pendant qu'on mêlait les cartes. Le colonel Tartaras avalait un verre de rhum après chaque taille. Le jeune baron de Sigolène fermait les yeux avant de regarder son point qui était généralement détestable.

Moins superstitieux et plus redoutables étaient le financier Verpel, le major Cocktail et Alfred Lenvers qui ne jouait jamais que sur sa main. Ils perdaient cependant, car Darcy avait une banque superbe. Les coups les plus extraordinaires se succédaient à son profit. Il abattait neuf quand ses adversaires abattaient huit; il gagnait avec *un* contre baccarat; il tirait à six, et il amenait un trois. Le tout d'un air indifférent qui exaspérait les pontes. C'était contre lui un véritable concert de malédictions.

— Voilà ce que c'est que d'avoir des chagrins de cœur, pensait le capitaine. Malheureux en femmes, heureux au jeu.

La taille s'acheva sans que Darcy s'aperçût de la présence de son ami, et lorsqu'elle fut terminée, il ne se retourna point. Au lieu de compter son gain ou d'aider à mêler les cartes, il rêvait en mâchonnant un cigare éteint. On voyait bien que sa pensée était à cent lieues du tapis vert.

Cependant, les pontes, pour se délasser, se livraient à des conversations variées. On discutait la grave question du *tirage à cinq*. Alfred Lenvers était de la grande école de Bordeaux qui tire à cinq, et ce système lui réussissait à souhait. Sigolène se demandait si la somme qu'il avait apportée du Velay pour passer à Paris un hiver agréable suffirait à le mener jusqu'à la fin de la séance. Tréville battait monnaie avec un crayon et de petits carrés de papier Bristol. M. Coulibœuf, propriétaire foncier, gagnait quelques louis, et, comme on savait qu'il était marié, Charmol expliquait la veine de cet éleveur par des raisons inconvenantes.

Verpel, vexé d'avoir perdu, proposa sur ces entrefaites de mettre la banque aux enchères et offrit de la prendre à cinq cents louis. Le major Cocktail alla aussitôt jusqu'à mille.

— Je mets deux mille louis, dit froidement Gaston.

Le chiffre était rond, et personne n'osa le dépasser, de sorte que la banque resta au dernier des Darcy.

— Il joue un jeu à se ruiner en une nuit, se disait Nointel. Jolie façon de se préparer à entrer en ménage. Il faut qu'il soit devenu fou.

La nouvelle taille commença beaucoup moins heureusement que la précédente n'avait fini. Les trois premiers
coups enlevèrent quatre cents louis au banquier, et les
pontes qui tout à l'heure maudissaient le capitaine se
mirent à lui faire les yeux doux. Décidément, au lieu de
porter bonheur, il portait la *guigne*.

Darcy restait impassible, Verpel se mit à s'engager à
fond; il voyait que la chance tournait, et il attendait toujours pour pousser que le banquier fût entamé. On prétendait même que souvent il se couchait à neuf heures du
soir, et se faisait réveiller à quatre heures du matin, afin
d'arriver frais et dispos au cercle où il ne trouvait plus
que des perdants qu'il achevait. Lenvers et Cocktail prati-
quaient le même système, et Darcy ne tint pas longtemps
contre les attaques vigoureuses de ces vieux routiers du
baccarat. La fortune se prononça nettement contre lui.
Les huit et les neuf ne lui venaient plus, et les pontes en
avaient les mains pleines. Ce fut moins un combat qu'une
déroute, et bientôt les munitions manquèrent au banquier.

— Tenez-vous le coup? demanda Verpel en avançant
cinq billets de mille francs.

— Je tiens tout, répondit sèchement le neveu du juge
d'instruction. Je vais tailler à banque ouverte. Je ne vous
demande que le temps de signer des bons.

Le capitaine jugea que l'heure était venue d'essayer
d'arrêter Darcy sur le chemin de l'hôpital.

— Ma parole d'honneur, dit-il à haute voix, on se croirait à Charenton. Vous avez donc tous six cent mille livres de
rente, comme la marquise de Barancos?

A la voix de son ami, Gaston se retourna vivement.

— Enfin, te voilà! s'écria-t-il.

Et laissant là les petits cartons qu'un valet de pied venait
de placer devant lui, il se leva en disant :

— Décidément, je renonce à la banque. A un plus fort,
messieurs!

Il y eut des murmures. Les pontes enrageaient de voir

17.

partir un gros joueur qu'ils comptaient bien dévorer jusqu'aux os, et ils grognaient comme des dogues auxquels on arrache leur proie.

— C'est dommage, dit tout bas Alfred Lenvers à son voisin le major. Cette fois, nous le tenions bien. Que le diable emporte ce Nointel !

Darcy les laissa crier et emmena vivement le capitaine dans un petit salon où il n'y avait personne.

— Pourquoi joues-tu de façon à te mettre sur la paille ? lui demanda d'un ton de reproche l'ex-officier de hussards.

— Pour m'étourdir, répondit brusquement Gaston. Sois tranquille, je ne serai jamais sur la paille ; car, avant d'y être, je me brûlerai la cervelle.

— Et tout cela parce que mademoiselle Lestérel a pris sur son compte l'enfant de sa sœur.

— Qui te l'a dit ?

— Madame Cambry, que je viens de voir aux Français.

— Et tu crois que l'enfant est à madame Crozon ?

— Parbleu ! Comment peux-tu en douter ? Le vent qui souffle à travers la rue Caumartin t'a donc rendu fou ? Faut-il, pour te ramener à des idées plus saines, que je te conduise chez la sage-femme qui a accouché la femme du baleinier ?

— Tu la connais ?

— Non, mais l'illustre général Simancas m'a donné son adresse. Elle demeure rue des Rosiers, à Montmartre.

— Et tu me le cachais ?

— Mon cher, j'avais raison de ne pas te tenir au courant de mes faits et gestes, puisque tu te montes l'imagination à propos de rien. Si je t'avais informé jour par jour des incidents qui se produisaient, tu aurais perdu la tête complétement, tandis que tu ne l'as perdue qu'à moitié.

— Eh bien, oui, j'étais fou... et je le suis encore... et je le serai tant que nous n'aurons pas trouvé la femme qui a tué Julia. Tu ne te doutes pas de ce que me font souffrir les obscurités de cette horrible affaire. Mon oncle me met tous les jours à la torture. Il ne conteste plus que Berthe soit innocente du meurtre, mais il me répète sans cesse que sa conduite n'est pas claire, que, pour l'éclaircir, il sera forcé d'en venir à interroger sa sœur et le mari de sa sœur.

— S'il fait cela, au lieu d'un meurtre, il y en aura deux et peut-être trois. Crozon tuera la mère et probablement l'enfant. Mais ton oncle ne fera pas cela. Il te tient ce langage pour t'amener à réfléchir avant de conclure un mariage qui lui déplaît. Et en cherchant à t'en détourner, il est dans son rôle d'oncle. Parlons d'autre chose. J'arrive du château de madame de Barancos...

— Eh bien? demanda vivement Gaston.

— Eh bien, mon cher... Allons, bon ! voilà encore qu'on vient nous déranger.

Un valet de pied venait d'entrer, il s'avançait, et il avait tout l'air d'un homme qui apporte un message verbal ou écrit.

C'était un message écrit, une lettre posée sur le plateau argenté qui remplace dans les cercles la boîte du facteur.

— La personne qui l'a apportée n'a pas voulu attendre la réponse, dit le valet de pied en la présentant à Nointel, mais elle a recommandé qu'on la remît à monsieur aussitôt qu'il arriverait.

Le capitaine la prit en haussant les épaules, renvoya le domestique et se mit en devoir de la décacheter.

— C'est curieux, murmura-t-il après avoir jeté un coup d'œil sur l'enveloppe. Nous parlons de Crozon, et je crois reconnaître son écriture. Que diable a-t-il de si pressé à m'apprendre? Pourvu qu'il n'ait pas tué sa femme !

— Lis donc, dit Darcy avec impatience. J'ai hâte de savoir ce que tu as fait chez la marquise.

— Oh ! oh ! reprit Nointel après avoir lu rapidement. Voici du nouveau, et je ne croyais pas prédire si juste. Écoute ce que m'écrit le beau-frère de mademoiselle Lestérel :

« Mon cher capitaine, à quelque moment que vous receviez ce billet, venez chez moi immédiatement, je vous en prie au nom de l'amitié. Ma femme se meurt, et elle veut vous voir avant de mourir. Elle veut voir aussi M. Gaston Darcy; amenez-le si vous pouvez. Je compte sur vous. N'abandonnez pas

   « Votre malheureux ami,

                          « Jacques Crozon,
                        « Capitaine au long cours. »

— Elle veut me voir, moi! s'écria Darcy. Elle veut me voir en présence de son mari qui ne me connaît pas! Qu'est-ce que cela signifie?

— C'est peut-être sa sœur qui lui aura demandé de te faire venir, répondit Nointel.

Puis, après avoir réfléchi :

— Non, reprit-il. Il me vient une autre idée. Madame Crozon, sentant sa fin approcher, veut te recommander mademoiselle Lestérel, te supplier de l'épouser et te jurer qu'elle est toujours digne de toi. Hum! devant l'homme qu'elle a trompé, ce serait fort. Quoi qu'il en soit, j'y vais, et tu ne peux guère te dispenser de m'accompagner.

— Partons, dit sans hésiter Gaston.

Ils descendirent vivement sur le boulevard, et ils sautèrent dans le coupé de Darcy qui attendait à la porte du cercle, et qui les mena rue Caumartin en quelques minutes.

Ils parlèrent peu pendant le trajet, car ils étaient tous les deux absorbés par de graves préoccupations. Cependant, au moment où ils descendaient de voiture, Gaston demanda brièvement :

— La marquise est coupable, n'est-ce pas?

— Innocente, mon ami ; aussi innocente du meurtre que mademoiselle Lestérel.

— Que dis-tu?

— La vérité. Quand nous sortirons d'ici, je te raconterai tout.

Ce n'était pas le moment d'insister. Darcy se tut et suivit le capitaine qui dut parlementer avec le portier, car il était une heure indue. Cet homme leur apprit que madame Crozon avait été prise subitement d'une crise si grave qu'on avait envoyé chercher un médecin et un prêtre. Ils venaient de partir, et le médecin avait dit que la malade ne passerait pas la nuit. Le prêtre devait revenir pour donner l'extrême-onction. On l'attendait, et l'escalier était éclairé.

Munis de ces renseignements, les deux amis grimpèrent en toute hâte au quatrième étage, et furent reçus par Crozon lui-même qui se jeta dans les bras de Nointel et qui tendit la main à Darcy. L'accueil était de bon augure, et le capitaine essaya d'obtenir une explication préalable, mais le marin lui dit brusquement :

— Entrez vite. Dans un instant peut-être, il serait trop tard.

Et il les poussa dans une chambre à peine éclairée par une lampe recouverte d'un abat-jour. La pâle figure de la mourante tranchait comme une tache blanche sur le fond sombre des rideaux. Mademoiselle Lestérel priait, agenouillée au pied du lit. Elle ne releva point la tête au léger bruit que firent les deux visiteurs amenés par son beau-frère. Mais madame Crozon se redressa sur les oreillers qui la soutenaient et leur fit signe d'approcher.

— Vous aussi, murmura-t-elle en adressant à son mari un regard suppliant.

Crozon obéit, et elle commença ainsi :

— Je viens de me réconcilier avec Dieu. J'ai reçu l'absolution, et en la recevant, j'ai promis de confesser publiquement mes fautes. J'ai promis de demander pardon à mon mari que j'ai offensé et à ma sœur bien-aimée qui a exposé sa vie et son honneur pour me soustraire au sort que je méritais.

Oui, j'ai été coupable; oui, j'ai indignement trompé le meilleur, le plus généreux des hommes.

Nointel ne put s'empêcher de regarder à la dérobée le malheureux Crozon, et il vit, à ses traits contractés, qu'il faisait des efforts inouïs pour contenir l'expression des sentiments qui le bouleversaient.

Berthe sanglotait.

— Je suis sans excuse, continua la mourante; mon mari ne pensait qu'à me rendre heureuse. C'était pour me faire riche qu'il bravait les dangers de la mer, et si je suis restée seule, pendant cette fatale année, s'il a entrepris une dernière campagne, c'est parce qu'il pensait que je souffrais de la médiocrité où nous vivions. Dieu m'est témoin que je ne l'ai pas poussé à partir, que je n'ai pas prémédité d'abuser de son absence et de la confiance qu'il avait en moi. Le hasard a tout fait... le hasard et ma faiblesse... je n'ai pas su résister aux entraînements d'une passion criminelle... je suis tombée dans le piége qu'un séducteur m'a tendu... il est mort, et je vais mourir... le châtiment ne s'est pas fait attendre.

La voix manqua à la malheureuse qui s'accusait ainsi, et il se fit dans la chambre où elle agonisait un silence lugubre. Mademoiselle Lestérel dévorait ses larmes et regardait sa sœur avec angoisse.

— Je ne regrette pas la vie, reprit madame Crozon; mais avant de paraître devant le juge suprême, je veux réparer, autant qu'il est en moi, le mal que j'ai causé, et je prie humblement mon mari de me permettre de dire la vérité en sa présence. L'enfant que Berthe a réclamé pour lui sauver la vie, cet enfant est le mien. Il est innocent, lui, et j'implore sa grâce.

Crozon fit un geste qui signifiait évidemment : Je l'accorde, et sa femme lui adressa un regard reconnaissant qui le remua jusqu'au fond de l'âme.

— Ma fille vivra donc, murmura-t-elle. Je voudrais vivre aussi pour racheter mes torts, à force de soumission et de dévouement Je voudrais vivre pour être votre esclave. Mais Dieu a disposé de moi, et mes heures sont comptées.

Je le remercie de m'avoir donné le temps de me repentir et de réhabiliter ma sœur. Le magistrat qui lui a rendu la liberté n'est pas ici, mais son neveu lui redira mes paroles... il lui dira qu'au moment de mourir, j'ai juré sur mon salut éternel que Berthe n'a pas commis le crime horrible dont elle était accusée. Berthe est allée au bal de l'Opéra pour reprendre mes lettres, Berthe n'y est pas restée. Berthe a couru chez la nourrice. Berthe était bien loin au moment où une misérable femme poignardait madame d'Orcival... une femme qui avait écrit, elle aussi, et qui, pour empêcher madame d'Orcival de parler, n'a pas reculé devant un crime. Elle n'échappera pas à la justice. L'innocence de Berthe éclatera un jour, mais qui lui rendra le bonheur perdu? Qui la protégera contre la calomnie?

— Moi, si elle veut bien consentir à être ma femme, dit vivement Darcy.

— Ah! je puis mourir maintenant, soupira madame Crozon.

— Et votre enfant sera le nôtre, reprit Darcy avec une émotion qui faisait trembler sa voix.

— Mon enfant!.. Vous l'adopteriez!...

— Je vous le promets.

— Soyez béni, vous qui m'apportez les seules consolations qu'il me fût permis d'espérer en ce monde. Je prierai pour vous dans l'autre, si Dieu me fait miséricorde.

La moribonde s'arrêta. L'effort l'avait épuisée. Sa tête retomba sur l'oreiller; ses yeux se fermèrent; sa bouche murmura encore quelques paroles inintelligibles. Était-ce l'agonie qui commençait? Berthe le crut. Elle se leva et courut à son infortunée sœur.

— Viens, souffla Nointel, en serrant fortement le bras de son ami. Viens, notre place n'est plus ici.

Darcy résista un peu, mais Crozon intervint.

— Venez!

Et il les entraîna hors de la chambre.

— Du courage! lui dit le capitaine.

— J'en ai, répliqua le marin. Il m'en a fallu pour écouter ce que je viens d'entendre. Il m'en a fallu pour pardonner. Mais je ne regrette pas ce que j'ai fait.

En parlant ainsi, il relevait la tête, et son visage énergique exprimait la conviction du devoir accompli. Ses yeux étincelaient. Il était presque beau.

— Vous êtes un brave homme, s'écria Nointel.

— Merci, répondit simplement Crozon. Dans des moments comme ceux-là, l'approbation d'un véritable ami fait du bien.

Merci à vous aussi, monsieur, qui avez la générosité de tendre la main à Berthe, et de ne pas abandonner l'enfant de sa sœur.

— Vous ne pensez plus à le tuer, j'espère, dit vivement le capitaine.

— Pas plus que je ne pense à tuer sa mère, si elle échappait à la mort qui s'approche. Il n'y a sur la terre qu'un être dont je veux me venger.

— Le misérable qui a causé tant de malheurs, le lâche drôle qui vous a écrit des lettres anonymes! Eh bien, vous pourrez le tuer. Maintenant, je le connais.

— Son nom?

— C'est un Américain Espagnol qui prétend être général au service du Pérou et qui s'appelle, ou se fait appeler Simancas.

— Bien. J'aime mieux que ce ne soit pas un Français. Vous serez mon témoin. Adieu.

Les deux amis ne cherchèrent point à prolonger un dialogue pénible. Il leur tardait de pouvoir échanger librement leurs impressions.

— Pauvre femme! dit Nointel, dès que Crozon eut refermé sur eux la porte de l'appartement. Elle vient de racheter en cinq minutes tout son passé. Si elle n'avait pas fait cette héroïque confession, tu en serais encore à douter de la vertu de mademoiselle Lestérel. C'est grand dommage que le juge d'instruction ne les ait pas entendus, ces aveux d'une mourante. Lui aussi, il serait fixé sur l'innocence de la prévenue. Mais il faut qu'il le soit, et il le sera dès demain. Nous n'avons plus de ménagements à garder, maintenant que le mari sait tout. Nous raconterons à M. Darcy la scène à laquelle nous venons d'assister, et nous le prierons d'appeler Crozon en témoignage.

— Oui, murmura Darcy, j'espère que mon oncle consentira enfin à reconnaître qu'il s'est trompé. Mais il n'en viendra jamais à approuver mon mariage avec mademoiselle Lestérel.

—·Eh bien! tant pis pour lui. Moi, je t'approuve pleinement, depuis que je sais ce que vaut mademoiselle Lestérel, et je te déclare que, si j'étais à ta place, je ferais tout ce que tu veux faire. J'épouserais à midi, au grand autel de la Madeleine, et je me moquerais parfaitement des sots propos. Je trouve même que tu as raison d'élever l'enfant de Golymine; seulement, j'espère bien que tu ne cultiveras plus le baccarat quand tu auras charge d'âmes. Ta fortune est déjà bien assez entamée, et tu n'as plus d'héritage à attendre.

— Il s'agit bien de cela! Parle-moi donc de cette marquise. Mon oncle ne s'arrêtera pas avant d'avoir trouvé une coupable. Je croyais que cette coupable, c'était elle. Tu le croyais aussi. Et tu viens me déclarer que tu as complétement changé d'avis, qu'elle n'a rien à se reprocher...

— Mon cher, je ne puis pas en vérité parler contre ma conscience et dénoncer madame de Barancos pour être agréable à ton oncle. D'ailleurs, je l'ai vu ce soir et je lui ai dit ce que je pensais d'elle. De plus, elle se présentera chez lui demain, et elle lui fera une confession aussi complète que celle de madame Crozon. Elle lui dira qu'elle est allée dans la loge de Julia pour reprendre les lettres qu'elle avait écrites à Golymine.

—Elle avoue cela!

— Absolument. Elle avoue même que Golymine a été

son amant et qu'elle a été folle de lui. Ah ! ce Polonais a été un heureux coquin. Madame Crozon a dû être une charmante maîtresse. La marquise est adorable. Et l'autre la valait peut-être.

— L'autre ! quelle autre ?

— La troisième femme qui est entrée dans la loge, celle qui a tué Julia. Je suis sûr qu'elle est ravissante et qu'elle appartient au meilleur monde. Madame de Barancos l'a vue, masquée, il est vrai ; mais elle donnera le signalement de sa taille et de sa tournure. J'ai causé aussi ce soir avec madame Majoré. Ses souvenirs commencent à se réveiller. Elle se rappelle maintenant l'inconnue ; elle sera mise en présence de la marquise, et je te garantis qu'après la séance qui se prépare, M. Roger Darcy sera parfaitement convaincu que l'assassin femelle est encore à trouver. Le trouvera-t-il ? Je n'en sais rien. Mais il devra des excuses à mademoiselle Lestérel, et comme c'est un galant homme, il lui offrira peut-être, à titre d'indemnité, son consentement à ton mariage. Tout sera donc pour le mieux dans le meilleur des mondes. Il n'y aura que moi qui souffrirai.

— Toi !

— Oui, moi. Je n'ai aucun motif pour te cacher que j'aime la marquise, qu'elle m'aime, et que le dénoûment de cette lamentable histoire va nous séparer à tout jamais. Je ne puis ni ne veux l'épouser, non-seulement à cause de Golymine, mais à cause des millions qu'elle possède. J'aurais pu succéder de la main gauche à cet aventurier, si sa mort n'avait pas eu de si terribles conséquences. Maintenant tout est changé. Il y a des catastrophes entre madame de Barancos et moi. Mais je t'en ai dit assez sur mes affaires de cœur, et nous voici au bas de l'escalier. Tu vas te faire ramener chez toi. Je vais rentrer à pied ; j'éprouve le besoin de marcher un peu.

— Ainsi tu es amoureux de madame de Barancos, murmura Darcy en passant la porte qui venait de s'ouvrir.

— Mon Dieu ! oui, répondit franchement Nointel. C'est

la première fois que m'arrive pareille mésaventure. Espérons que je m'en tirerai sans trop de dommage. Et surtout ne va pas t'imaginer que la passion m'aveugle sur la conduite de la marquise. J'y vois encore très-clair, trop clair même. Elle a eu un amant inavouable, mais elle n'a tué personne.

— Et ce bouton trouvé près du cadavre, il n'est donc pas à elle? demanda vivement Darcy, saisi tout à coup d'une ressouvenance.

— Pas plus à elle qu'à mademoiselle Berthe. Je viens de le remettre à ton oncle. Puisse-t-il découvrir à qui il appartient! Moi, j'y renonce.

Bonsoir. Nous nous reverrons demain.

CHAPITRE VII

La vie que menait madame Cambry était si unie que, dans son hôtel de l'avenue d'Eylau, tout était réglé comme dans un couvent. Les domestiques, d'anciens serviteurs, stylés de longue date, obéissaient à dame Jacinthe, discrète et respectable personne, veuve comme sa maîtresse qu'elle avait jadis nourrie de son lait et qu'elle n'avait jamais quittée. Si le sort l'eût fait naître en Espagne, dame Jacinthe aurait probablement gouverné la maison de quelque riche chanoine ou surveillé quelques senoritas de grande famille. Elle avait la figure, le caractère et les talents d'une duègne. Chez madame Cambry, elle remplissait les fonctions d'intendant, et elle s'en acquittait dans la perfection.

Le jardin, la table, l'écurie, tout était soumis à son contrôle intelligent. Elle savait sur le bout du doigt les cours de la halle et le prix des fourrages. Grâce à elle, madame Cambry n'était pas volée d'une botte de foin et ne payait pas les petits pois un sou de plus qu'ils ne valaient au marché du jour. L'autorité de cette *camarera mayor* s'exerçait sans bruit; en dehors de la domesticité et des fournisseurs, on savait à peine qu'elle existait. Passionnément attachée à madame Cambry, confidente sûre, elle se contentait du rôle effacé qu'elle jouait depuis tant d'années, et elle se tenait systématiquement à l'écart. M. Roger Darcy l'avait peut-être aperçue deux ou trois fois; il ne lui avait jamais parlé.

Depuis qu'elle était décidée à se remarier, la sage veuve n'avait presque rien changé à ses habitudes régulières, et son existence était à peu près la même qu'autrefois. Elle sortait peu dans la journée et encore moins le soir. Quel-

ques visites obligatoires, parfois une excursion à la Sor-
bonne, pour entendre dans la salle Gerson le cours d'un
professeur en vogue par-ci par-là, une rapide promenade ;
au bois de Boulogne, à travers les allées les moins fréquentées, celles où on ne rencontre pas les demoiselles à la
mode; enfin, de loin en loin, une apparition dans le monde
ou au théâtre. En revanche, elle recevait volontiers. Ses
réunions du samedi se prolongeaient jusqu'à la fin du printemps, et ses amis étaient certains de la trouver chez elle,
de quatre à six, tous les jours ou peu s'en fallait. Les
matinées avaient leur emploi. Madame Cambry les consacrait aux soins du gouvernement de sa maison et aux
pauvres. Madame Cambry distribuait de larges aumônes, et
dame Jacinthe, ayant aussi dans ses attributions le départe-
tement de la charité, était appelée chaque matin à conférer
longuement avec sa maîtresse.

Le lendemain de la représentation de *Mithridate*, à
laquelle la veuve avait assisté pour faire plaisir à M. Darcy,
qui était un fanatique de Racine, la conférence se tenait au
fond du vaste jardin de l'hôtel, dans une serre remplie de
plantes rares. L'hiver, madame Cambry venait volontiers
s'y asseoir, quand le soleil daignait se montrer, et ce jour-
là, par extraordinaire, il éclairait de ses rayons un peu
pâles les premiers bourgeons des marronniers précoces.

Debout devant sa maîtresse, la gouvernante, vêtue de
noir, lisait à haute voix les articles portés sur son livre
de dépense, et sa maîtresse, qui l'écoutait distraitement,
ne tarda pas à l'interrompre pour lui demander si le
valet de pied était revenu. Elle l'avait envoyé porter une
lettre à mademoiselle Lestérel, et elle attendait la réponse
avec impatience.

— Il vient de rentrer, madame, répondit dame Jacinthe.
Il n'a pas trouvé la personne, et il a laissé la lettre.

— M. Darcy n'a rien envoyé?

— Non, madame. Mais il n'est que midi. Il doit être au
Palais.

— C'est vrai. J'avais oublié ce qu'il m'a dit hier au théâtre. Je le verrai sans doute après son audience.

— Alors madame ne sortira pas?

— Plus tard, peut-être. Mais je tiens à ne pas manquer la visite de M. Darcy, et en ce moment, je ne me sens pas bien. Le spectacle m'a horriblement fatiguée.

— Madame aurait grand besoin de repos.

— Et je n'en puis prendre aucun. Ne faut-il pas que je m'occupe de mon mariage? M. Darcy désire qu'il se fasse aussitôt après le carême, c'est-à-dire dans la seconde quinzaine d'avril. J'ai à peine le temps de m'y préparer, dit la veuve avec un demi-sourire.

— Ah! ce sera un grand changement dans la vie de madame, soupira la gouvernante.

— Je le sais. Crois-tu donc que je me suis décidée sans réflexion? Je vais perdre ma liberté, mais j'y suis résignée. Il le fallait. Et tu m'obligeras en ne me parlant plus jamais d'inconvénients que j'aperçois aussi bien que toi. A quoi sert de regretter le passé? Ma résolution est prise. Elle s'exécutera, et j'entends ne pas être importunée, jusqu'à ce que tout soit terminé. Je ne veux pas plus de récriminations que de réceptions. As-tu envoyé les lettres pour prévenir que dorénavant je ne serai plus chez moi le samedi soir?

— Oui, madame.

— Très-bien. A tous ceux qui se présenteront jusqu'à nouvel ordre, tu feras dire que je suis souffrante.

A ce moment parut au détour d'une allée un valet de pied apportant une carte de visite, et il fallait que le visiteur lui eût fait savoir qu'il était extraordinairement pressé, car ce domestique n'avait pas pris le temps de se munir du plateau d'argent qui sert à présenter les messages dans une maison bien tenue.

Dame Jacinthe le tança d'un coup d'œil sévère, lui prit la carte des mains et lut à haute voix le nom de Henri Nointel. Elle s'attendait à entendre sa maîtresse donner l'ordre de répondre qu'elle n'était pas visible; mais madame Cambry, après avoir un peu hésité, dit au valet de pied :

— Prévenez M. Nointel que je suis au jardin et conduisez-le ici.

— Je pensais que madame ne voulait recevoir personne, dit la gouvernante, dès que le domestique eut tourné les talons.

— M. Nointel est un ami de M. Gaston Darcy. Il s'est beaucoup occupé de l'affaire de Berthe. Il s'en occupe encore. Et s'il vient chez moi de si bonne heure, c'est qu'il a quelque chose d'inportant à m'apprendre. Il est utile que je le voie.

— Madame n'oubliera pas que M. Gaston Darcy n'agit pas toujours avec toute la prudence désirable, et que...

— Son ami ne lui ressemble pas. Laisse-nous, et préviens Jean que, décidément, je sortirai à deux heures. Qu'il attelle la calèche. Si le temps ne se gâte pas, j'irai au Bois.

Dame Jacinthe ne se permit plus aucune observation et s'en alla par une allée détournée. Le jardin était assez grand pour qu'on pût y circuler sans rencontrer quelqu'un qu'on voulait éviter.

— L'ami de Gaston! murmurait madame Cambry; je l'ai vu hier soir aux Français; il a vu après moi M. Darcy qui, lorsqu'il est rentré dans ma loge, ne m'a pas paru attacher grande importance à l'entretien qu'il venait d'avoir avec lui. Il faut que, depuis hier, il se soit passé un événement.

Madame Cambry ne se trompait pas. Nointel ne s'était pas décidé sans motifs à risquer une visite si matinale. Nointel avait non-seulement un motif, mais un prétexte excellent, pour passer ainsi par-dessus les usages de la bonne compagnie. Le prétexte, c'était le désir d'être agréable à la protectrice de mademoiselle Lestérel en lui apprenant que sa jeune amie venait d'être doublement justifiée par la confession de sa sœur mourante. Nointel savait bien que Gaston ou mademoiselle Lestérel elle-même avaient pu le devancer, et que la nouvelle qu'il apportait ne serait peut-être pas une primeur; mais il pensait aussi qu'il aurait toujours aux yeux de madame Cambry le mérite d'avoir fait preuve de zèle. Et il avait le plus grand intérêt à se concilier la bienveillance de madame Cambry, car le principal but de la démarche qu'il osait, c'était de rallier la généreuse veuve à la cause de madame de Barancos. La veille, aux Français, le temps lui avait manqué pour entamer ce sujet délicat, et il lui en restait fort peu, car la marquise devait voir le juge d'instruction dans la journée. Il s'était présenté lui-même, d'assez grand matin, chez M. Roger Darcy. Il n'avait pas été reçu, et il supposait, avec quelque raison, que le magistrat, changeant d'avis, voulait interroger madame de Barancos avant de revoir l'homme qui s'était constitué son défenseur.

L'infatigable capitaine trouva madame Cambry préparée à l'entendre. Elle avait donné un coup d'œil à sa toilette et à sa coiffure dans une des glaces qui ornaient la serre, et elle était charmante avec ses cheveux blonds un peu en désordre et son teint blanc où l'air frais du matin avait mis des teintes roses.

Quand une femme est en beauté, elle est généralement disposée à bien accueillir les gens, et Nointel, qui savait cela, fut ravi d'arriver au bon moment.

Il commença par les excuses obligées, et il s'arrangea de façon à y glisser quelques compliments qui ne pouvaient pas déplaire; mais madame Cambry avait hâte d'en venir au fait, et pour entrer tout de suite en matière, elle lui demanda si, après le théâtre, il avait rencontré au cercle son ami Gaston.

— Je l'ai quitté à une heure très-avancée, répondit le capitaine; je l'ai quitté à la porte de la maison qu'habite M. Crozon. Vous savez sans doute, madame, ce qui s'y est passé cette nuit?

— Je sais que Berthe, hier soir, a été appelée chez sa

sœur qui venait d'être prise d'une crise nerveuse des plus violentes. J'ai envoyé ce matin rue de Ponthieu prendre des nouvelles. Berthe n'était pas encore rentrée.

— Sa sœur vient de mourir dans ses bras, il y a deux heures. Le mari, qui est un ancien camarade à moi, m'a écrit immédiatement.

— Morte! cette femme est morte! s'écria madame Cambry qui avait changé de visage à cette nouvelle.

Elle était très-pâle, mais elle ne paraissait pas très-affligée, et Nointel fut légèrement choqué de l'expression dont elle s'était servie pour exprimer son étonnement.

— Morte en emportant le secret de sa faute! Morte sans justifier ma pauvre Berthe! reprit la veuve pour expliquer la sécheresse de sa première exclamation.

— Elle l'a, au contraire, pleinement justifiée, dit le capitaine. Elle a tenu à faire, autant qu'il était en elle, une confession publique. Crozon, sur sa demande, nous a envoyé chercher, Darcy et moi. En notre présence, devant son mari et devant sa sœur, elle a avoué qu'elle avait été la maîtresse de ce Polonais qui s'est pendu plus tard chez Julia d'Orcival...

— Elle a osé le nommer! murmura madame Cambry, si troublée qu'elle pouvait à peine parler.

— Elle a osé bien davantage. Elle a avoué que l'enfant était à elle, cet enfant que mademoiselle Lestérel avait si généreusement réclamé. Gaston était là. Il ne doute plus maintenant. Et son oncle ne doutera plus, car la moribonde a juré, sur son salut éternel, que mademoiselle Lestérel avait passé la plus grande partie de la nuit du bal à accompagner la nourrice qui changeait de domicile. On ne ment pas au moment de paraître devant Dieu. Nous étions trois pour entendre ces paroles suprêmes, et M. Darcy nous croira quand nous les lui répéterons. Nous prêterons serment, s'il l'exige. Ce serait un peu dur pour Crozon, mais je crois que j'obtiendrais de lui ce dernier sacrifice, car c'est un brave homme.

II.   18

Pendant que Nointel parlait, madame Cambry s'était remise de son émotion, et elle dit d'un ton plus calme :

— Cette fin est horrible. La malheureuse a cruellement expié sa faute. Mais, Dieu en soit loué, personne n'osera plus élever la voix contre Berthe. Elle épousera celui qu'elle aime, et je prétends que M. Roger Darcy la traite désormais comme si elle était déjà sa nièce. Je vais aller le trouver sans perdre un instant.

— Il doit être en ce moment au Palais.

— Peu m'importe. Je lui ferai savoir que je suis là, et...

— Me pardonnerez-vous, madame, de vous interrompre et de vous demander si M. Darcy ne vous a pas parlé hier de la conversation que je venais d'avoir avec lui?

— Il m'en a dit fort peu de chose. Je ne vous cacherai pas cependant qu'il m'a paru médiocrement satisfait de certaines choses que vous lui avez apprises.

— Il me reprochait, je suppose, de m'être mêlé de l'instruction.

— C'est à peu près cela.

— Il avait raison, en principe. Mais j'ose espérer, madame, que vous serez plus indulgente, quand vous saurez que j'agissais dans l'intérêt de mademoiselle Lestérel. Je secondais Gaston que son oncle avait presque autorisé à entreprendre de démontrer l'innocence de votre protégée. Et c'est à vous que je m'adresse aujourd'hui, à vous qui avez tant fait aussi pour cette jeune fille.

— Vous avez eu raison, monsieur, de compter sur moi. Que puis-je pour vous?

— M'aider à défendre une autre innocente.

— On accuse donc une autre femme?

— On peut l'accuser. Elle est probablement, à cette heure, dans le cabinet de M. Darcy.

— Elle... qui donc?

— La marquise de Barancos.

— La marquise de Barancos! s'écria madame Cambry

avec une violence extraordinaire. C'était donc vrai! Elle aussi avait été la maîtresse de...

— Vous avez deviné, madame. Elle aussi avait eu Golymine pour amant, elle aussi avait commis l'imprudence de lui écrire.

— Qu'en savez-vous?

— Elle me l'a avoué, et aujourd'hui elle renouvelle cet aveu devant le juge d'instruction. Permettez-moi d'achever. Ses lettres sont tombées entre les mains de la d'Orcival, en même temps que les lettres de madame Crozon et celles d'une troisième victime de cet aventurier.

— Une troisième victime... que voulez-vous dire?

— La d'Orcival avait donné rendez-vous dans sa loge à trois femmes, et les trois personnes sont venues au rendez-vous; mademoiselle Lestérel, pour reprendre les lettres de sa sœur; les deux autres, pour reprendre les leurs. C'est prouvé maintenant. Mademoiselle Lestérel est venue la première et n'est restée que quelques minutes; une inconnue est venue ensuite... et enfin la marquise.

— Mais alors... la marquise serait coupable... le meurtre n'a pu être commis que par la femme qui est venue la dernière.

— C'est vrai. Mais au moment où madame de Barancos sortait de la loge, celle qui l'y avait précédée y rentrait.

— Qui vous a dit cela?

— Madame de Barancos elle-même.

— Quoi! cette femme qui sortait... c'était la marquise!... Comment madame de Barancos ose-t-elle avouer qu'elle est entrée dans la loge de Julia d'Orcival? reprit vivement madame Cambry. Elle veut donc se perdre!

— Elle avoue une faute pour se justifier d'avoir commis un crime, répondit Nointel. Elle va au-devant d'une accusation qui n'aurait pas manqué de se produire, et elle a raison, car elle peut prouver que l'accusation est fausse.

— Elle se confesse bien tard, dit la veuve avec quelque amertume.

— Elle est femme. Il lui en coûtait de convenir d'une faiblesse dont elle rougit. Ce Golymine était un drôle de la pire espèce.

— Elle l'a aimé pourtant.

— Oui, elle l'a aimé! Elle est créole. Vous ne la jugerez pas, j'en suis sûr, comme vous jugeriez une Parisienne. Et vous penserez comme moi qu'il y a quelque grandeur à dire hautement qu'elle l'a aimé.

— Ne venez-vous pas de m'apprendre qu'elle y était forcée?

— Non; il ne tenait qu'à elle de se taire. J'étais à peu près le seul à la soupçonner.

— Si vous la soupçonniez, vous auriez fini par l'accuser.

— C'est probable, car j'avais entrepris de prouver que mademoiselle Lestérel était innocente. Mais si je l'avais accusée, moi ou toute autre, il ne tenait encore qu'à elle de nier. Il n'y avait rien contre elle, et il y avait pour elle son nom, sa situation dans le monde, son passé...

— Son passé! vous venez de dire vous-même qu'elle a eu un amant.

— Tout le monde l'ignorait. Et personne n'aurait cru que la marquise de Barancos avait poignardé une femme galante qu'elle connaissait à peine de vue.

— Mais enfin sur quel indice vous fondiez-vous pour la soupçonner?

— Sur un indice bien léger. Je l'avais reconnue au bal de l'Opéra.

— Et vous n'en aviez rien dit?

— J'en avais parlé à Gaston Darcy. Et c'est d'accord avec lui que j'ai ouvert une enquête.

— Madame de Barancos a dû s'apercevoir que vous la surveilliez. Comment se fait-il qu'elle vous ait choisi pour confident?

— C'est que les circonstances ont amené entre nous une explication.

— Les circonstances?

— Oui, je suis allé chasser à son château de Sandouville. J'étais arrivé avec l'idée de la convaincre, et pour y parvenir, j'ai profité d'un moment où je me trouvais seul avec elle... j'ai tenté une expérience qui a tourné à ma confusion.

— Et si elle avait tourné autrement, vous auriez livré la marquise à la justice?

— Non. J'aurais exigé d'elle un aveu écrit, mais je lui aurais laissé le temps de quitter la France.

Les questions que madame Cambry adressait à Nointel se succédaient avec une rapidité extraordinaire. Elles partaient de sa bouche comme des flèches acérées, et elles ne témoignaient d'aucune bienveillance de sa part à l'endroit de la marquise. Les réponses du capitaine étaient nettes, mais il y mettait moins de vivacité. Il hésitait même quelquefois, car il éprouvait un embarras dont il ne s'expliquait pas lui-même la cause. Il lui semblait que le terrain sur lequel il marchait se dérobait sous lui, et il avançait timidement de peur de tomber dans quelque précipice.

La scène se passait dans une allée bordée de grands arbres, une allée où ils marchaient côte à côte, car le dialogue s'était engagé si vite et il était devenu si intéressant que madame Cambry n'avait pas songé à faire entrer Nointel dans la serre et qu'ils s'étaient mis, sans y penser, à se promener en causant.

— Au fait, dit brusquement madame Cambry en s'arrêtant tout à coup, je ne sais pas pourquoi je vous demande tout cela. Vous aviez bien le droit d'agir comme vous l'entendiez dans cette étrange affaire. Pardonnez-moi mon indiscrétion.

— Je n'ai rien à vous pardonner, madame, répliqua le capitaine de plus en plus étonné de la tournure que prenait la conversation. Je suis venu pour me confesser, moi aussi, et alors même que vous ne m'auriez rien demandé, je vous aurais tout dit.

— Dans quel but, je vous prie?

— Pour tâcher d'obtenir votre appui auprès de M. Darcy.
Madame de Barancos n'est pas coupable, mais elle a besoin
qu'on la défende. Mademoiselle Lestérel non plus n'était
pas coupable, et si vous ne l'aviez pas défendue, Dieu sait
ce qui serait arrivé.

— Il me semble que vous défendez assez chaleureusement
la marquise, et que vous pouvez vous passer de mon concours. Que pourrais-je dire en sa faveur? j'ignorais tout
ce qu'il vous a plu de m'apprendre, et je n'ai aucun motif
pour m'intéresser à elle. Je suis allée à son bal pour obliger
M. Darcy qui tenait à s'y montrer avec moi; mais, à vrai
dire, je ne la connais pas.

— Je le sais, madame; mais M. Darcy vous parlera d'elle.

— Pourquoi? M. Darcy n'a pas coutume de me consulter
sur les affaires qu'il instruit.

— Celle de madame de Barancos se rattache à celle de
mademoiselle Lestérel. Il est tout naturel qu'il vous entre-
tienne de ce qui touche de si près une personne que vous
aimez et que son neveu va épouser. Certes, mademoiselle
Lestérel est, dès à présent, hors de cause; mais pour
qu'elle soit justifiée d'une façon éclatante, pour que l'opinion publique confirme la décision du juge, il faut qu'on
trouve la femme qui a tué Julia d'Orcival. Et la déposition
de madame de Barancos va mettre M. Darcy sur la voie.
Que ne donneriez-vous pas pour qu'on découvrît enfin cette
abominable créature!

— Moi! Vous vous trompez. J'ai plaidé la cause de Berthe
Lestérel qui était mon amie, et cette cause, je l'ai gagnée.
J'ai fait mon devoir, mais mon devoir s'arrête là. Que
m'importe la marquise et cette inconnue qui n'a peut-être
jamais existé? Je ne suis pas chargée d'éclairer la justice.
C'est son affaire de rechercher les criminels, et je ne vois
pas pourquoi je me ferais son auxiliaire. Je ne tiens pas
du tout à envoyer à l'échafaud une malheureuse dont le
sang ne rachèterait pas celui qu'elle a versé... et qui se
repent peut-être. En vérité, si je la connaissais, je ne la

dénoncerais pas. Vous ne comprenez pas que je pense ainsi? C'est que, vous autres hommes, vous êtes sans pitié.

— Oserai-je vous faire observer que vous en avez bien peu pour la marquise? dit doucement le capitaine.

— Oserai-je vous demander pourquoi elle vous en inspire tant? riposta la veuve en regardant Nointel en face.

Il réfléchit une seconde, mais il prit le parti d'être franc.

— Parce que je l'aime, répondit-il sans baisser les yeux.

— Vous l'aimez! cela signifie sans doute que vous voulez l'épouser.

— Je l'aime passionnément, et je ne veux pas l'épouser.

Madame Cambry tressaillit.

— Berthe aussi est aimée, murmura-t-elle. Qu'ont-elles donc fait pour qu'on les aime ainsi?

Puis, se redressant :

— Vous finissez par où vous auriez dû commencer, dit-elle en s'efforçant de sourire. C'est ma vocation à moi de protéger les amoureux. Vous l'êtes. Je suis tout à vous.

— Quoi! vous consentiriez à parler pour madame de Barancos!

— Oui, si vous me fournissez les éléments de la défense. Je veux bien être son avocat... si le juge consent à m'entendre; encore faut-il que je sache de quels arguments je puis me servir.

— Oh! ce n'est pas une plaidoirie que je sollicite de votre générosité. Ce serait beaucoup trop exiger, et d'ailleurs j'espère qu'il ne sera pas nécessaire d'en venir là. Voici ce que je vous supplie de faire : vous savez que M. Darcy entend aujourd'hui madame de Barancos.

— Vous venez de me l'apprendre. M. Darcy, hier, au théâtre, après avoir causé avec vous, m'a dit qu'il serait probablement obligé de passer une partie de la journée au Palais pour écouter des témoins. Il ne m'a pas parlé de la marquise.

— C'est elle qu'il doit recevoir au Palais. Je ne serais pas étonné qu'il eût fait appeler aussi mademoiselle Lestérel, mais on l'aura informé du malheur qui vient de la frapper, et il se sera contenté de citer madame Majoré.

— Qu'est-ce que madame Majoré?

— Madame Majoré est l'ouvreuse qui gardait la loge de Julia d'Orcival.

— Je ne devine pas ce qu'elle pourra apprendre à M. Darcy qui l'a déjà interrogée et qui n'a rien pu en tirer.

— C'est qu'elle est stupide, d'abord; et ensuite, c'est qu'elle s'était mis en tête de garder pour elle une importante trouvaille qu'elle avait faite.

— Une trouvaille? demanda madame Cambry, en fronçant le sourcil.

— Oui, j'ai su la faire parler et même la décider à me confier l'objet qu'elle avait ramassé dans le sang de cette pauvre d'Orcival.

— Quel objet?

— Oh! un objet très-significatif. Un bouton de manchette en or, d'une forme assez particulière, un bouton qui appartient évidemment à la femme qui a porté le coup avec le poignard de mademoiselle Lestérel.

— Ah! vous croyez que ce bijou... est à cette...

— Cela ne peut faire aucun doute. Julia ne portait pas de manchettes sur sa robe de bal. Et il est clair qu'elle a arraché le bouton en saisissant la main qui se levait sur elle. Ce bouton, d'ailleurs, porte, gravée en relief, une initiale qui n'est celle d'aucun des deux noms de Julia d'Orcival.

— Alors, cette initiale n'est ni un J ni un O?

— C'est un B.

— Mais, dit madame Cambry, après avoir un peu hésité, Julia d'Orcival ne s'appelait-elle pas en réalité Julia Berthier?

— Oui; mais elle reniait le nom de son père, et elle se serait bien gardée de faire fabriquer un bijou qui le lui aurait rappelé.

— C'est possible... seulement, il me semble que cette

lettre est une désignation bien vague. Il y a des milliers de noms qui commencent par un B... et des centaines de prénoms... le mien par exemple.

— Le vôtre, madame? demanda Nointel surpris et un peu confus. J'avoue, à ma honte, que je ne le connais pas.

— Je m'appelle Barbe.

— Et le mari de la marquise s'appelait Barancos. Le monde est plein de ces hasards qui semblent se présenter tout exprès pour égarer les recherches. Mademoiselle Lestérel ne se nomme-t-elle pas Berthe? Aussi M. Darcy n'attachera pas, je suppose, une grande importance à une initiale si répandue. Et ces coïncidences bizarres achèveront, j'espère, de le convaincre que les apparences trompent souvent, et que les témoignages les plus positifs n'ont parfois aucune valeur. Je pourrais lui citer une preuve toute récente des vérités que j'avance, mais je m'en garderai bien, parce que, si je la lui citais, je serais obligé de parler de vous, madame.

— De moi!

— Oui, c'est une histoire qu'il est bon que vous connaissiez, et je vous prie de me permettre de vous l'apprendre.

— Je serai charmée de l'entendre, dit, non sans émotion, madame Cambry.

— Je suis allé à l'enterrement de Julia d'Orcival, en curieux, car je n'étais pas de ses amis. A l'église, qui regorgeait de monde, j'ai remarqué par hasard une femme agenouillée dans le coin le plus obscur de la nef et voilée si bien qu'il était impossible d'apercevoir sa figure. Je ne sais pourquoi il m'est venu à l'esprit que cette femme devait être celle qui avait couché Julia dans le superbe catafalque élevé au milieu du chœur, et qu'elle était attirée là par ses remords.

— Quelle idée! murmura la veuve.

— A ce moment-là, je commençais à soupçonner madame de Barancos, et je m'imaginai aussitôt que c'était elle. Je me préparai même à la suivre après le service, mais elle se perdit dans la foule et elle m'échappa sans que je pusse la rejoindre.

— Ah !

— Cet incident m'avait mis en goût de me renseigner ; j'allai jusqu'au cimetière et, j'emmenai avec moi en voiture la femme de chambre de Julia. Cette fille m'apprit une chose bien étrange.

— Quoi donc ?

— Les obsèques de Julia ont été payées par une de ses amies, une demoiselle qui s'était fait remettre à cet effet dix mille francs par un Russe qu'elle exploite ; mais la concession au Père-Lachaise a été payée par une personne dont le nom inscrit sur les registres des pompes funèbres est certainement un pseudonyme. J'avais toujours la marquise en tête. La somme était ronde et ne pouvait avoir été donnée que par une femme riche. Et cette somme avait été versée par une espèce de duègne. Tout cela se rapportait parfaitement à madame de Barancos.

— Mais... oui... et jusqu'à preuve du contraire, on doit croire...

— Je viens de l'avoir, cette preuve du contraire. La demoiselle m'a écrit hier pour me prier de passer chez elle. Poussé par je ne sais quel pressentiment, j'y suis allé, et j'ai appris de sa bouche que, l'avant-veille, s'étant transportée au Père-Lachaise pour faire une visite à la tombe de son amie, elle avait rencontré priant et pleurant sur la fosse refermée... une femme.

— Eh bien ? demanda froidement madame Cambry.

— Je savais déjà hier que madame de Barancos n'était pas coupable, et cependant je craignais presque d'entendre la demoiselle me dire qu'elle l'avait reconnue pour l'avoir souvent rencontrée au Bois. Heureusement, la pleureuse ne ressemble pas du tout à la marquise. Elle est blonde, et elle n'a pas le plus léger accent étranger.

— Cette fille lui a donc parlé ?

— Oui, et la dame s'est sauvée à toutes jambes. Nouvelle preuve que c'était bien celle qui a tué Julia. La demoiselle ne l'avait jamais vue auparavant, mais elle se faisait fort de la retrouver un jour ou l'autre, et je lui avais fait promettre de la suivre si le cas se présentait.

— Il ne se présentera pas... du moins, c'est bien peu probable.

— Je suis de votre avis, madame. La dame aux remords prendra ses précautions. Mais vous ne devineriez jamais ce qui est arrivé. La donzelle se trouvait hier soir aux Français avec son Russe. Elle m'a aperçu, elle m'a appelé et elle m'a désigné, comme étant la femme qui venait s'agenouiller sur la sépulture de Julia, une personne que j'aurais, sans aucun doute, fait arrêter sur-le-champ, si elle ne m'eût été connue.

— Comment !... je... je ne comprends pas.

— Je le crois sans peine, car ce qu'il me reste à vous dire est prodigieux. Claudine... cette créature a nom Claudine... Claudine a prétendu que la pleureuse... c'était vous, madame... vous que je venais de quitter. Vous pensez bien que j'ai ri au nez de la sotte qui commettait cette bévue grossière. Mais vous conviendrez aussi que la femme la plus respectable peut être victime d'une méprise, et que les erreurs judiciaires doivent être fréquentes.

Ce récit était assurément de nature à émouvoir madame de Cambry. Elle pâlit, et elle eut à peine la force de murmurer :

— Quoi ! cette misérable fille a osé... vous avez raison... personne n'est à l'abri d'une calomnie.

— Oh ! s'écria Nointel, celle-là ne mérite pas qu'on s'y arrête, et, pour ma part, je n'y ai attaché aucune importance. Je ne vous l'ai citée que comme exemple de l'incertitude des témoignages.

— Mais... vous avez été obligé de répondre...

— Cela ne m'a point embarrassé. J'ai dit à Claudine qu'elle n'avait pas le sens commun, et je l'ai priée de me laisser en repos. Elle a voulu insister et me soutenir qu'elle ne se trompait pas. Je lui ai tourné le dos, et je suis parti en riant de sa sottise... en riant tristement, car je me disais que cette extravagante pouvait vous rencontrer ailleurs et raconter cette histoire à d'autres.

— On n'y croirait pas, dit madame Cambry qui était déjà revenue de sa surprise. Il faut en vérité que votre demoiselle soit folle. Je regrette que vous ne soyez pas venu me répéter ce qu'elle venait de vous dire et me montrer l'impertinente qui me confond avec quelque amie de madame d'Orcival.

— Je ne le pouvais pas. M. Darcy venait d'aller vous rejoindre, et j'aurais craint de le blesser. Mais vous avez dû apercevoir Claudine pendant la représentation. Elle était dans une loge peu éloignée de la vôtre.

— Une femme brune, petite... en robe claire, de gros brillants aux oreilles.

— Précisément. Elle était avec un étranger qui a tout à fait l'aspect d'un chasseur de bonne maison.

— C'est bien cela. Je me souviens maintenant de l'avoir remarquée, à cause de sa tenue qui était peu convenable. Elle se nomme Claudine, dites-vous?

— Claudine Rissler, et elle demeure rue de Lisbonne. C'est une personne très-répandue. On la rencontre au Bois, aux Champs-Élysées, au théâtre...

— Dans beaucoup d'endroits où je ne vais guère. Cependant...

Madame Cambry s'arrêta. Un valet de pied venait d'apparaître au détour de l'allée.

— Qu'y a-t-il? demanda-t-elle avec impatience.

— M. Roger Darcy vient d'arriver et s'informe si madame veut bien le recevoir.

— Certainement. Dites-lui que je suis au jardin.

— Le cocher demande si madame veut qu'on attelle les deux alezans, reprit le domestique, ou bien le cheval noir et la jument grise.

— Je veux qu'il n'attelle pas du tout. Je ne sortirai pas.

Et la veuve reprit en s'adressant à Nointel :

— M. Darcy va nous apprendre ce que vous désirez tant savoir. Si je puis vous servir, comptez que je n'y manquerai pas.

Elle était tout à fait radoucie. Plus de mouvements nerveux, plus d'éclairs dans le regard. Sa parole était calme et son attitude correcte. On aurait juré qu'elle venait de s'entretenir de choses indifférentes. Le capitaine paraissait plus ému qu'elle, et il l'était en effet, car il se demandait avec une assez vive anxiété quelles nouvelles apportait le juge d'instruction. Avait-il entendu madame de Barancos? Et comment avait tourné l'interrogatoire?

M. Roger Darcy ne tarda guère à paraître. Il laissa voir quelque suprise en apercevant Nointel, mais il ne lui fit pas mauvais visage; il le salua même avec beaucoup de politesse, après avoir baisé la main de madame Cambry.

Ce début était de bon augure.

— Monsieur vient de m'annoncer la mort de la sœur de Berthe, commença la veuve.

— J'ai été informé de très-bonne heure de ce qui s'est passé cette nuit rue Caumartin, dit le magistrat. Gaston est venu chez moi de grand matin pour m'apprendre ce triste dénoûment d'une triste histoire. Il a bien fait de se presser, car j'ai été appelé dès neuf heures au Palais pour une affaire qui se rattache à celle de mademoiselle Lestérel.

— L'ordonnance de non-lieu est rendue, n'est-ce pas?

— Je viens de la signer, chère madame. J'aurais voulu annoncer moi-même à mademoiselle Lestérel la décision que j'ai prise en parfaite connaissance de cause et lui dire toute l'estime que j'ai pour elle. Mais elle était retenue près du lit de mort de madame Crozon. J'ai chargé mon neveu de la voir.

— L'avez-vous autorisé à apprendre à Berthe que vous ne désapprouviez plus leur mariage?

— Pourquoi le désapprouverais-je? Ne le souhaitez-vous pas de tout votre cœur? dit le juge en souriant.

— Mon ami, vous me rendez bien heureuse. Ainsi, vous
ne doutez plus de ma chère protégée... Ainsi, tout s'est
éclairci, et il ne sera plus question de cette horrible affaire...
elle est finie.

— Elle est, au contraire, à peine commencée, ou du
moins elle vient d'entrer dans une phase toute nouvelle.
C'est précisément ce que je viens vous apprendre, et je suis
fort aise de rencontrer chez vous M. Nointel, car il a pris
une part très-active à cette transformation, et je puis lui
donner l'assurance que tout s'est passé aussi bien qu'il le
pouvait espérer.

— Monsieur, dit le capitaine, très-touché de ce langage
simple et digne, je ne sais comment vous exprimer ma
reconnaissance.

— Vous ne me devez pas de reconnaissance. J'ai jugé
selon ma conscience, et j'ai acquis la certitude que madame
de Barancos a dit la vérité sur tous les points.

— Vous l'avez vue !

— Vue et entendue pendant une demi-journée. Elle est
entrée dans mon cabinet à neuf heures, ce matin. Elle
vient d'en sortir, et l'ouvreuse de la loge 27 en est sortie
un peu après elle. Vous vous étonnez que j'aie pu procéder
si vite. Voici ce qui est arrivé.

Hier, en rentrant chez moi après le théâtre, j'ai trouvé
une lettre qu'un exprès avait apportée du château de Sandouville. La marquise m'écrivait que je devais être déjà
prévenu par vous de sa prochaine visite, qu'elle reviendrait
à Paris dans la nuit, et qu'elle se présenterait au Palais à la
première heure. Ce matin, j'étais debout avant l'aube, et
j'ai envoyé aussitôt une citation à la femme Majoré. Vous
m'aviez indiqué le service qu'elle pouvait rendre à l'instruction, et je tenais à l'avoir sous la main au moment
décisif. Elle ne s'est pas résignée sans peine à obéir. Elle
s'imaginait qu'on venait la prendre pour la mener en prison. Et, en vérité, elle avait un peu mérité d'y aller. Mais
je lui pardonne son ineptie et ses tergiversations, à cause

de la bonne volonté qu'elle a montrée aujourd'hui quand je l'ai interrogée. D'ailleurs, sa nouvelle déposition a éclairci beaucoup de points restés obscurs, et si, comme je n'en doute pas, je découvre bientôt la coupable, c'est à madame de Barancos et à cette ouvreuse que je devrai ce succès.

— L'épreuve a donc eu lieu? demanda avec empressement le capitaine.

— Vous avez, je suppose, mis madame Cambry au courant de la situation?

— J'ai eu l'honneur de dire à madame Cambry que la marquise ne cachait ni son ancienne liaison avec Golymine ni sa visite à Julia d'Orcival au bal de l'Opéra, mais qu'elle se faisait fort de se justifier du meurtre, de se justifier d'une façon éclatante, en prouvant que trois femmes étaient entrées dans la loge, et qu'elle n'y était pas entrée la dernière.

— Cela suffit pour que madame Cambry comprenne le très-bref récit que je vais vous faire. Madame de Barancos a commencé par m'exposer avec une netteté parfaite la situation où l'avait placée une faute amèrement regrettée. J'avais, je l'avoue, des préventions contre elle, et ces préventions se sont dissipées. Puis elle m'a expliqué tout aussi clairement ce qu'elle avait fait et ce qu'elle avait vu au bal de l'Opéra. Enfin, elle m'a offert de se présenter à l'ouvreuse, de se présenter en domino et voilée comme elle l'était à ce bal. J'ai accepté.

J'avais préalablement fait enfermer la Majoré dans une pièce voisine de mon cabinet. La marquise est allée s'habiller et se masquer dans le cabinet inoccupé d'un de mes collègues. Pendant ce temps-là on m'amenait la Majoré. J'ai commencé par la gronder doucement. Je ne voulais pas l'effrayer, de peur qu'elle ne perdît la tête. Puis je l'ai amenée peu à peu à me raconter de nouveau les incidents de la nuit du bal. Et la mémoire lui est revenue progressivement. Il m'a fallu beaucoup de patience pour la ramener quand elle se perdait dans des digressions étrangères au sujet. Enfin, j'ai réussi à démêler la vérité au milieu d'un chaos de paroles inutiles ; j'ai pu établir avec certitude qu'elle avait introduit successivement trois femmes, elle disait même quatre, vous devinez pourquoi. La première, très-simplement affublée d'un domino de louage et d'un loup. Les deux autres, beaucoup mieux mises et portant, selon la mode du jour, un voile de dentelles. Finalement, elle en est arrivée à déclarer que l'avant-dernière ne lui avait pas paru être de la même taille que la dernière, qu'il y avait certaines différences entre elles, des différences qu'elle ne pouvait pas très-bien préciser, mais qui lui sauteraient aux yeux si on lui montrait les deux femmes. Cela n'était pas en mon pouvoir, puisque l'une des deux manquait. Mais je lui ai annoncé l'épreuve. J'ai bien vu qu'elle s'y attendait.

— J'étais entré à l'Opéra avant de venir au Théâtre-Français ; je l'avais rencontrée dans les coulisses ; il y avait examen de danse, et ses deux filles font partie du corps de ballet.

— Et vous l'aviez avertie. C'était au moins inutile, mais les choses n'en ont pas moins marché à souhait. J'ai eu cependant quelque peine à me faire comprendre ; sa cervelle de linotte ne concevait pas du premier coup ce que j'attendais d'elle. Enfin, elle a compris. Je l'ai placée comme elle devait l'être dans le couloir des premières. La porte d'une armoire où mon greffier serre son habit et son chapeau figurait la porte de la loge 27. Un tabouret sur lequel il grimpe pour atteindre ses dossiers quand ils sont casés trop haut a servi de siége à madame Majoré, qui s'est aussitôt recueillie en fermant les yeux. J'ai cru un instant qu'elle dormait, mais j'ai constaté que c'était sa manière de méditer. J'ai donné alors à haute voix l'ordre d'amener un des dominos... je voulais que l'ouvreuse crût que les deux dominos étaient là... et madame de Barancos est entrée.

On peut croire que madame Cambry et Nointel écoutaient avec une attention fiévreuse, madame Cambry surtout, qui n'était pas, comme le capitaine, au courant de la scène arrangée pour découvrir la vérité.

— Jamais mon greffier ne s'était trouvé à pareille fête, reprit M. Darcy. Madame de Barancos, en domino, avait une tournure de reine, et j'ai senti aussitôt qu'il devait être impossible, même à une ouvreuse stupide, de la confondre avec une autre. Elle est allée droit à la Majoré, qui s'est aussitôt levée comme si elle eût été poussée par un ressort, et elle lui a dit d'un ton délibéré, en touchant de son index finement ganté la porte de l'armoire : « Veuillez m'ouvrir cette loge. » Et comme la Majoré, hébétée, ne lui répondait pas, elle, supposant la réponse, a repris sur le mode impérieux : « Décidément, vous ne voulez pas m'ouvrir ? Fort bien. Je m'en vais, et je ne reviendrai pas, prévenez-en cette dame. » C'est alors seulement que j'ai remarqué le léger accent qui trahit par moments la nationalité de la grande dame espagnole. Elle n'a cet accent que lorsqu'elle est émue ou irritée.

— Oui, j'ai fait la même remarque. C'est un accent intermittent.

— Mais très-marqué cependant, car l'ouvreuse l'a reconnu tout de suite, et la situation était si bien reproduite, que cette créature bornée a répondu absolument comme elle avait répondu la nuit du bal : « Mais, madame, puisque je vous dis que j'ai ordre de ne laisser entrer qu'une personne à la fois. Et tenez ! ce n'est pas la peine de vous fâcher. Voilà l'autre qui s'en va. »

Il y a des cas où l'esprit vient aux plus sottes.

J'étais déjà à peu près fixé, car, avant d'avoir revu madame Majoré, la marquise m'avait textuellement cité la réponse qu'elle en avait obtenue à l'Opéra. Mais à partir de ce moment, la lumière s'est faite avec une rapidité prodigieuse. La Majoré s'est tout rappelé, la sortie de la femme qui avait de l'accent, la rentrée de l'autre qui avait déjà été reçue une fois et qui guettait dans le corridor.

Elle a précisé les moindres détails des deux scènes. Il avait suffi d'appuyer sur un ressort pour remettre en mouvement les rouages de cette mémoire détraquée.

L'ânesse de Balaam parlait. J'étais tenté de crier au miracle. Enfin, elle a juré, en levant les deux mains et en des termes bizarres, où j'ai cru démêler des formules maçonniques, elle a juré qu'il était matériellement impossible que la personne qui était devant ses yeux eût assassiné Julia d'Orcival, attendu que Julia d'Orcival vivait encore lorsque cette personne était sortie de la loge pour n'y plus remettre les pieds. J'en étais bien persuadé. J'ai fait minuter l'interrogatoire... il sera, j'en réponds, soigneusement conservé comme pièce curieuse... on le montrera plus tard aux jeunes magistrats qui compulseront les archives.

— Et madame de Barancos? interrompit Nointel, emporté par son émotion.

— Madame de Barancos est parfaitement innocente. Elle ne figurera au procès-verbal de cette unique séance qu'en qualité de témoin. Sa conduite sociale ne me regarde pas, et je n'aurai plus à m'occuper d'elle jusqu'au jour où je pourrai lui présenter la coupable que je ferai mettre aussi en domino, afin que la marquise et l'ouvreuse soient à même de la reconnaître.

— La coupable! Vous espérez donc encore la trouver? demanda madame Cambry avec une pointe d'ironie.

— Ce ne sera pas très-facile, mais j'y parviendrai. Je ne sais si M. Nointel vous a appris qu'il m'avait remis... un peu tard... un bijou ramassé dans la loge.

— Oui, un bijou qui porte l'initiale de mon nom de baptême.

— Ma chère Barbe, dit en riant M. Darcy, vous n'êtes pas accusée, et sainte Barbe, votre patronne, est une grande sainte. Je compte donner un grand dîner le jour de votre fête, le 4 décembre prochain. Nous inviterons M. Nointel, quoiqu'il n'ait jamais servi dans l'artillerie.

Maintenant, pour parler plus sérieusement, je puis vous apprendre que les recherches sont déjà commencées. On interrogera tous les bijoutiers, principalement ceux dont le commerce ne date pas d'hier, car le bijou est ancien. Et il doit appartenir à une femme riche, élégante et intelligente, car il a une valeur artistique. Croiriez-vous que je me suis imaginé un instant que j'avais déjà rencontré ce bijou dans le monde? Voilà ce que c'est que de passer sa vie à pâlir sur des problèmes judiciaires. On finit par avoir des visions biscornues. Mais n'importe... il faudra que je le fasse présenter un de ces jours à votre gouvernante. Elle se connaît en toutes choses, et elle est d'âge à se rappeler les bijoutiers qui avaient la vogue du temps du roi Louis-Philippe.

La gaieté du juge d'instruction ne gagna point la belle veuve; mais Nointel qui nageait dans la joie et qui mourait d'envie de courir chez la marquise, Nointel pensa que le moment était venu de laisser le magistrat en tête-à-tête avec sa future.

Il prit congé, après avoir chaleureusement remercié M. Darcy qui lui fit promettre de venir le voir; et madame Cambry ne chercha point à le retenir.

CHAPITRE VIII

En sortant de l'hôtel de madame Cambry, Nointel était si content qu'il ne touchait pas la terre, comme on dit vulgairement. Il arriva au pied de l'Arc de triomphe sans s'apercevoir du chemin qu'il avait fait, et la vue de ce monument ne calma point son exaltation. Il lui prit comme une envie de passer dessous pour célébrer les victoires qu'il venait de remporter; et, en vérité, il pouvait bien être fier d'avoir sauvé deux femmes innocentes. On décerne des médailles à des gens qui ont beaucoup moins fait.

La grande avenue des Champs-Élysées s'étendait devant lui, et, comme il faisait un temps passable, elle regorgeait de promeneurs, de cavaliers et d'équipages. Paris fêtait le printemps, mais Nointel n'était pas très-éloigné de se figurer que Paris fêtait la délivrance de mademoiselle Lestérel et la justification de madame de Barancos.

Une idée qui lui vint tout à coup à l'esprit jeta un froid sur son enthousiasme. Il se rappela qu'en lui racontant son entrevue avec la marquise, M. Roger Darcy n'avait pas prononcé le nom de Simancas, et il en conclut que la marquise n'avait pas parlé au juge d'instruction de ses relations avec le prétendu général péruvien. Il était assez naturel qu'elle eût passé sous silence cette fâcheuse histoire, mais il était malheureusement probable que Simancas et Saint-Galmier n'imiteraient pas sa discrétion. Les deux coquins avaient tout intérêt à provoquer un scandale, puisqu'ils n'attendaient plus rien de madame de Barancos qui venait de les chasser. Et Nointel se disait que la mort du brigand qu'ils soudoyaient pour attaquer dans la rue les joueurs heureux lui enlevait son principal moyen d'action. Comment les convaincre maintenant d'avoir organisé et exploité les attaques nocturnes? Où trouver les autres bandits qu'ils avaient dû salarier, puisqu'ils n'opéraient pas eux-mêmes? La marquise, il est vrai, pouvait se moquer de leurs dénonciations en ce qui concernait l'affaire de l'Opéra. L'épreuve qui avait fait éclater son innocence répondait à tout. Mais la marquise n'était pas à l'abri de leurs médisances intéressées. Rien ne les empêchait de répandre partout qu'elle avait été la maîtresse de Golymine. Siman-cas jouait de la lettre anonyme comme les braves jouent de l'épée. Il était très-capable d'employer cette arme des lâches pour perdre de réputation madame de Barancos.

Et ce danger n'était pas le seul qu'elle courût. L'accident qui avait troublé la fin de la battue aux chevreuils ne paraissait pas avoir éveillé les soupçons des chasseurs, et il se pouvait que les autorités du pays ne songeassent point à ouvrir une enquête sur ce tragique événement; mais Simancas devait soupçonner que la balle qui avait percé le crâne de son acolyte ne sortait pas du fusil de ce scélé-rat. Et il pouvait accuser de meurtre la marquise ou le capitaine, à son choix. Il était même probable qu'il allait profiter de la circonstance pour recommencer ses tentatives de chantage.

— Il faut absolument que j'en finisse avec ce drôle, se dit Nointel. Madame de Barancos m'avait annoncé qu'elle raconterait au juge d'instruction l'histoire des trois coups de fusil. Il me paraît qu'elle n'en a rien fait, et m'est avis qu'elle a eu raison. Elle aurait compliqué inutilement la situation qui était déjà très-tendue, et je ne sais pas trop comment M. Darcy aurait pris l'affaire. On a beau être en état de légitime défense, on se met toujours dans un mauvais cas quand on casse la tête à un homme. Je vais enga-ger la marquise à persister dans sa nouvelle résolution de se taire. Et je me charge de tenir en respect le Péruvien. Crozon me débarrassera de lui d'une façon ou d'une autre. Si le général consent à se battre, ce dont je doute fort,

Crozon le tuera. S'il refuse, Crozon le pourchassera si vigourcusement qu'il le forcera de quitter la France.

Reste Saint-Galmier. Mais celui-là ne m'inquiète guère. J'irai lui toucher deux mots qui lui donneront une névrose plus corsée que toutes celles qu'il prétend guérir. Je le menacerai de raconter au commissaire de police l'histoire de son client alcoolisé et d'appeler en témoignage son domestique nègre qui a entendu le gredin parler d'un voyage à Nouméa en compagnie du docteur. Seulement, il est urgent que je m'abouche avec ces deux chenapans. La marquise est de retour. Naturellement, ses invités ne sont pas restés à Sandouville. Simancas et son digne associé doivent être à Paris. Je crois que je ferai bien de les voir avant de me présenter chez madame de Barancos. Elle me saura gré de lui apprendre qu'elle n'a plus à se préoccuper d'eux.

Le capitaine se parlait ainsi à lui-même, en descendant à pied l'avenue des Champs-Élysées, et dès qu'il eut formé le projet d'attaquer sans retard les deux ennemis de la marquise, il songea au moyen de les rencontrer le plus tôt possible. A deux heures, il avait peu de chance de les trouver à domicile. Les consultations de Saint-Galmier commençaient beaucoup plus tard; Simancas avait coutume d'aller déjeuner vers midi et demi au café de la Paix et de monter ensuite au cercle pour y faire sa sieste. Nointel résolut de commencer par Simancas.

Au moment où il appelait un fiacre, il vit passer Claudine Rissler, conduisant elle-même une jolie victoria, attelée d'un cheval fringant, qu'elle avait beaucoup de peine à diriger. Le domestique, perché à l'arrière de sa voiture, était visiblement inquiet, et les cochers qui venaient en sens inverse se garaient de très-loin pour éviter un accroc. Mais l'amie de Wladimir se moquait d'écraser les passants et même de verser. Penchée en avant, les deux mains crispées sur les rênes, elle prenait des attitudes d'écuyère de l'hipprodrome menant un quadrige dans la course des chars romains, et son sourire semblait dire aux gens : « Regardez-moi donc. » Elle aperçut le capitaine arrêté sur la contre-allée, et elle le favorisa d'un salut qu'il ne jugea pas à propos de lui rendre.

— Elle va se casser le cou, murmura-t-il, et ce sera bien fait. C'est une grue enragée, mais c'est une grue. A-t-on idée d'une stupidité pareille? Aller prendre madame Cambry pour la femme qu'elle a vue au Père-Lachaise! Si elle la rencontre au Bois, elle est capable de couper sa calèche, et de lui demander des explications. Heureusement, la future tante de mon ami est au-dessus du soupçon, et, au surplus, elle a assez d'esprit et de sang-froid pour remettre Claudine à sa place, si Claudine se permettait une incartade.

Nointel, sans plus s'occuper de cette folle, monta en voiture et débarqua, vingt minutes après, au coin de la place de l'Opéra et du boulevard des Capucines. Il n'eut pas besoin d'entrer au café de la Paix, car, en mettant pied à terre, il aperçut le dos du général Simancas qui traversait la place et qui venait de s'arrêter sur un des refuges pour laisser passer un omnibus. Nointel le rejoignit en trois enjambées et lui frappa sur l'épaule, en lui disant :

— Puisque je vous rencontre, je vous arrête.

Simancas fit un bond prodigieux et, en se retournant, il montra au capitaine un visage bouleversé. Il avait ses raisons pour éprouver une sensation désagréable quand on l'interpellait de la sorte, et sans doute il n'aimait pas qu'on lui mît la main si près du collet, car il s'écria d'un ton courroucé :

— Monsieur, vous avez une étrange façon d'aborder les gens.

— C'est la mienne, répondit tranquillement Nointel. Je n'en changerai pas. J'ai à vous parler. Voulez-vous monter au cercle avec moi?

— Impossible en ce moment. J'ai affaire.

— Eh bien, nous pouvons causer en marchant. De quel côté allez-vous?

— Par là, répondit Simancas en étendant la main dans la direction du boulevard des Italiens. Et je suis très-pressé.

— Pas moi. Je vous accompagnerai.

— Pardon! mais je vais prendre une voiture.

— Bon! J'y monterai avec vous. Je vous répète que j'ai à vous parler sur-le-champ. Ne cherchez pas à vous dérober. Je vous tiens. Je ne vous lâche plus.

— C'est de la persécution, alors.

— Peut-être. Décidez-vous. Il me faut mon audience. Préférez-vous me la donner en fiacre ? Qu'à cela ne tienne.

— Non, décidément, j'aime mieux aller à pied.

— A pied, soit! J'ai de bonnes jambes, quoique j'aie servi dans la cavalerie. Je vous suivrai, s'il le faut, jusqu'à la Bastille.

— Je ne vais pas si loin... je vais même tout près d'ici. C'est pourquoi, puisque vous tenez absolument à me parler, je vous prie de me dire en peu de mots ce que vous avez à me dire.

— Vous vous en doutez bien un peu. Mais traversons d'abord ce carrefour des écrasés. Je commencerai dès que nous aurons abordé sur l'asphalte.

Simancas se lança, et il n'aurait sans doute pas été fâché de perdre au milieu des voitures qui s'entre-croisaient le compagnon que lui imposait le malencontreux hasard d'une rencontre, mais il n'était pas de force à le distancer, et ils arrivèrent côte à côte au large trottoir du boulevard.

— Je vous écoute, monsieur, demanda le Péruvien, tout en prenant le pas accéléré.

Nointel se mit à la même allure et dit :

— La marquise vous a donné congé, n'est-ce pas?

— Monsieur, si c'est pour m'insulter que vous me suivez, je vous préviens que je ne vous répondrai pas.

— Je n'ai que faire de vos réponses. Je veux seulement vous apprendre que madame de Barancos a vu le juge d'instruction, qu'elle lui a raconté sa liaison avec Golymine et sa visite à la d'Orcival au bal de l'Opéra, que l'ouvreuse a été interrogée, et qu'il est absolument prouvé que madame de Barancos était sortie de la loge quand le coup a été fait par une autre femme. Ainsi, vous ferez bien de ne plus songer aux deux millions.

— C'est ce que nous verrons, grommela Simancas, en franchissant d'un saut la rue de la Chaussée-d'Antin. La marquise n'a pas raconté au juge qu'un rabatteur avait été tué à vingt pas d'elle.

— Non, riposta Nointel qui le serrait de près. Mais je me propose de raconter à ce même juge que j'ai reconnu le rabatteur dont vous déplorez sans doute la triste fin.

— Moi ! je ne le connais pas.

— Vous le connaissez si bien que vous l'aviez payé pour m'assassiner. Il ne tire pas trop mal. La balle qu'il m'a envoyée a passé à deux pouces de mon crâne.

Prenez-vous la rue du Helder? non, vous continuez par le boulevard. Ça m'est égal.

Je vous disais donc que votre honorable ami m'a manqué. C'était un maladroit. La preuve, c'est qu'en prenant son fusil pour me tirer le second coup, il a fait partir la détente et il s'est tué... sans le vouloir.

— Je prouverai que c'est la marquise ou vous qui l'avez tué.

— La marquise ou moi ! Comment ! vous n'êtes pas mieux fixé ! Je vous conseille de vous décider avant de voir le juge.

Peste ! quel jarret vous avez ! décidément les Espagnols sont les premiers fantassins du monde. Nous voici à la rue Taitbout. Tournez-vous par là? Ah ! j'y suis, M. Darcy demeure rue Rougemont. Vous allez peut-être chez lui. Eh bien, je vous engage à réfléchir encore. C'est une démarche très-délicate.

— Monsieur, dit le général, je vois que vous vous moquez de moi. Rira bien qui rira le dernier.

— Le dernier, cher monsieur, ce sera M. Crozon, capitaine au long cours, M. Crozon qui sait que vous êtes l'au-

teur de certaines lettres anonymes, et qui se propose de
vous planter son épée dans le ventre après vous avoir souf-
fleté publiquement.

— Vous m'avez dénoncé à lui !

— Dénoncé est un vilain mot qui ne peut s'appliquer qu'à
un personnage de votre espèce. Vous avez dénoncé madame
Crozon à son mari; M. Crozon, qui est mon ami, m'a demandé
si je connaissais l'auteur de ces infamies. Je lui ai répondu
que c'était vous.

Prenez garde, vous commencez à vous essouffler. Moi,
j'entre en haleine, et si vous continuez de ce train, vous
tomberez fourbu.

Cette promenade avait pris, en effet, une allure extravagante. On ne marchait plus, on courait. Les deux causeurs
avaient déjà dépassé la rue Le Peletier, et ils n'étaient pas
loin de la rue Drouot.

Simancas n'en pouvait plus. Il s'arrêta, et, tirant sa
montre :

— Monsieur, balbutia-t-il, j'ai un rendez-vous auquel je
ne puis manquer, et je suis déjà en retard. Vous abusez de
ma situation. Il vaudrait mieux me dire ce que vous voulez de moi.

— Ce que je veux, c'est que vous quittiez Paris d'ici à
quarante-huit heures, et la France d'ici à cinq jours.
Remarquez, je vous prie, que vous avez tout intérêt à
mettre l'océan Atlantique entre vous et M. Crozon.

— Eh! monsieur, que ne parliez-vous plus tôt! J'en ai
assez de ce pays où la justice ne commet que des erreurs,
et je pars pour les États-Unis samedi prochain.

— Vous emmenez, j'espère, cet excellent docteur?

— Oui; Saint-Galmier retourne au Canada.

— Très-bien. Alors, je puis à peu près vous promettre
que vous sauverez votre peau. Crozon vient de perdre sa
femme. C'est vous qui êtes cause de la mort de cette personne qui avait eu le tort d'aimer votre canaille d'ami,
votre complice Golyminé. Crozon a donc bien raison de

vouloir vous éventrer. Mais Crozon a pour le moment d'autres soucis. Vous avez quelques jours de répit... deux ou
trois, pas plus... le temps d'enterrer madame Crozon. Pro-
fitez-en.

— C'est ce que je vais faire. Vous avez tout dit. Souffrez
maintenant que je vous quitte.

— Je ne vous retiens plus. Souvenez-vous seulement que
je vous surveillerai jusqu'à ce que vous ayez décampé, et
qu'au moindre écart de conduite...

Simancas s'était déjà remis en marche, et Nointel jugea
inutile de lui donner la chasse. Il pensait avoir suffisamment effrayé le drôle pour que la marquise n'eût plus rien
à craindre de lui.

— Où diable court-il? se demanda le capitaine en le suivant des yeux. Il faut qu'il ait une affaire bien urgente à
conclure, car c'est à peine s'il a cherché à se défendre.

Tiens! il tourne par la rue Drouot. Parbleu! je suis curieux de voir où il va.

Oui; mais si je m'avisais de lui emboîter le pas, il s'aper-
cevrait bientôt que je marche sur ses talons, et il s'arrangerait de façon à me dépister. Comment faire? Ma foi!
je vais risquer le coup. En le *filant* de très-loin, je n'at-
tirerai peut-être pas son attention, d'autant plus qu'il est
très-préoccupé. Il a les allures d'un homme qu'on attend à
heure fixe et qui, pour ne pas manquer au rendez-vous,
passerait par-dessus n'importe quelle considération.

Et comme Nointel se hâtait, tout en réfléchissant, il
arriva bientôt à l'angle de la rue Drouot. Il arriva juste au
moment où Simancas, qui avait de l'avance, entrait à
l'hôtel des Ventes, et il le vit entrer.

— Comment! murmura-t-il, c'était pour aller faire une
visite aux commissaires-priseurs qu'il courait si fort. Je ne
savais pas qu'il aimât tant les bibelots. Évidemment, il y
a anguille sous roche. Est-ce que par hasard on vendrait
aujourd'hui le mobilier de Julia? Tout s'expliquerait. Simancas est bien homme à supposer que la d'Orcival a

caché dans le tiroir secret de quelque meuble des lettres supplémentaires écrites par les victimes de Golymine... une poire qu'elle aurait gardée pour la soif... et il est aussi très-capable d'avoir combiné une petite opération qui consisterait à acheter le susdit meuble, et à se servir des billets doux qu'il y trouverait. Maintenant qu'il n'espère plus rien tirer de la marquise, il doit méditer de pratiquer un *chantage* sur l'inconnue... la visiteuse numéro trois... celle qui a joué du couteau. Et si mon drôle pouvait mettre la main sur elle, la spéculation ne serait pas mauvaise. Cette femme doit avoir une situation dans le monde, et il est probable qu'elle donnerait gros pour acheter le silence du Péruvien. Donc, il est possible que Simancas aille à l'hôtel Drouot, pour... Eh! non, c'est, au contraire, tout à fait impossible. Je me rappelle que la vente de Julia est fixée au 19 avril... et qu'elle se fera au domicile de la défunte, boulevard Malesherbes... les journaux l'ont annoncé... trois jours d'exposition .. tout Paris y viendra... dans six semaines. Mais alors quel motif attire ce drôle aux criées de ce jour? Je ne suppose pas qu'il vienne acheter des objets d'art, et il n'en est pas encore, je pense, à vendre ses meubles. Parbleu! j'en aurai le cœur net.

Le capitaine, qui avait arpenté rapidement la rue Drouot, s'arrêta un instant pour examiner les affiches dont le mur de l'hôtel était couvert. Vente, pour cause de départ, d'un beau et riche mobilier; vente de diamants, argenterie, linge de corps et de table, appartenant à mademoiselle X..., artiste dramatique; vente d'une très-importante collection de tableaux anciens, provenant de la succession de M Van K..., célèbre amateur de Rotterdam; rien n'y manquait. Après avoir parcouru toutes ces pancartes, Nointel, ne se trouvant pas mieux renseigné, poussa la porte mobile et entra.

Il s'agissait de retrouver Simancas dans une des salles de cet édifice assez compliqué et de le surveiller pour savoir ce qu'il y venait faire. Nointel avait beaucoup fréquenté l'hôtel, au temps où il s'installait dans son entre-sol de la rue d'Anjou, et il hantait encore de temps à autre les expositions d'objets d'art. Sa figure n'était pas inconnue des commissaires-priseurs, qui lui avaient assez souvent adjugé des porcelaines et des bronzes japonais. Il connaissait fort bien la topographie et les usages de l'endroit. Il savait que les ventes importantes se font toutes au premier étage, et il pensa que le Péruvien avait dû se diriger de ce côté-là.

C'était précisément l'heure où commencent les opérations, et on entendait de toutes parts les vociférations des crieurs ponctuées par les coups de marteau des commissaires. Il y avait foule dans les escaliers et les corridors, une foule bigarrée, où les belles dames coudoyaient les revendeurs en habit râpé.

Au premier, où le capitaine grimpa sans hésiter, on vendait dans deux salles.

La première était pleine de gens qui ne venaient pas tous pour acheter. Il y avait là beaucoup de pauvres diables perchés sur les gradins où on peut s'asseoir gratis, et plusieurs demoiselles qui cherchaient beaucoup moins à voir qu'à se faire voir. Les chalands sérieux se pressaient aux abords d'une longue table où passaient successivement des fauteuils, des armoires à glaces et des pendules. On vendait là des mobiliers qualifiés de riches. Il y avait le long des murs des cascades de rideaux de soie, des pyramides de chaises, des amoncellements de canapés, des entassements de buffets en vieux chêne et d'armoires en palissandre. Toutes ces ébénisteries semblaient avoir été empilées les unes sur les autres par des faiseurs de barricades. Et les provinciaux entrés là par hasard, pour tuer le temps, se demandaient naïvement si les Parisiens avaient été pris, tous à la fois, d'une irrésistible envie de loger en garni, et s'il allait se trouver assez d'acheteurs pour niveler, avant la fin de la séance, ces montagnes d'ameublements.

Nointel, accoutumé à ce spectacle, ne regarda que les figures et n'aperçut point celle qu'il cherchait. Il eut beau

changer de place, se faufiler dans tous les coins, et finalement s'introduire, par un chemin connu des habitués,
dans l'enceinte réservée au commissaire-priseur et à ses
auxiliaires, il ne découvrit pas le général péruvien. Décidément, Simancas ne donnait point dans les mobiliers de
salon ou de chambre à coucher. Était-il allé à un encan de
tableaux qui se poursuivait dans une autre salle au fond
du corridor? Nointel ne l'espérait guère; mais comme il ne
voulait rien négliger, il poussa jusque-là.

Acette vente, le p ublic était tout autrement composé.
Peu ou point de femmes. Beaucoup de vieillards mal vêtus
qui se passaient les tableaux de main en main, qui les frot-
taient avec un coin de leur mouchoir à carreaux et qui les
regardaient de si près qu'ils avaient l'air de les lécher.
Trois ou quatre rapins en rupture d'atelier, et une demi-
douzaine d'amateurs venus là pour une seule toile et attendant avec impatience qu'on la mît sur table.

Nointel entra au moment où le crieur annonçait avec
aplomb la mise à prix de trente francs pour un intérieur
hollandais attribué à Van Ostade. On riait, et on n'enché-
rissait pas. Mais la surprise du capitaine ne fut pas mince
quand, au lieu de Simancas qu'il cherchait, il reconnut,
rôdant au fond de la salle, Saint-Galmier qu'il ne cherchait
pas. Le docteur paraissait s'ennuyer beaucoup en ce lieu.
Il ne regardait pas les cadres qui tapissaient les murs, et il
bâillait à se décrocher la mâchoire; mais il changea d'attitude aussitôt que Nointel parut. Il se précipita vers la
table où on faisait circuler l'intérieur hollandais, et il *demanda à voir*.

— On demande à voir, répéta le commissaire, et le Van
Ostade fut incontinent apporté à Saint-Galmier, qui s'en
saisit avec avidité et qui l'éleva jusqu'à la hauteur de ses
yeux, de façon à s'en faire un écran.

— Oh! oh! pensa Nointel, le drôle tient à m'éviter, et il
s'imagine peut-être que je ne l'ai pas aperçu. Évidemment
son acolyte n'est pas ici. S'il y était, les deux complices

seraient réunis. Mais il va y venir. Le docteur l'attend, c'est
bien clair. Pourquoi l'attend-il, au lieu d'aller le rejoindre?
Probablement parce que Simancas tient à opérer seul...
opérer quoi? et où?... du diable si je m'en doute. Je vais
continuer ma tournée dans l'hôtel jusqu'à ce que je le rencontre. Et je vais laisser croire à Saint-Galmier que je n'ai
pas reconnu sa vilaine face. Il ne déguerpira point, puisqu'il a rendez-vous ici avec l'autre, et, si je ne déniche pas
le général, je reviendrai me mettre en faction auprès du
Canadien.

Le capitaine sortit au moment où Saint-Galmier, pour se
donner une contenance, mettait une enchère de cinq francs
sur le Van Ostade, et il descendit en toute hâte au rez-de-
chaussée.

Il y a là plusieurs salles réservées aux ventes courantes,
des salles étroites, mal éclairées et plus mal fréquentées,
où viennent échouer les meubles et les hardes des pauvres
gens qui n'ont pas pu payer leurs billets ou leur terme.
On y vend de tout, des draps et des pincettes, des man-
chons et des instruments de musique, des dentelles, des
marmites et des édredons. Nointel avait résolu de les
visiter consciencieusement, en prévision du cas assez improbable où le général, pour un motif à lui connu, serait
venu là faire emplette de quelque ustensile de ménage.
Deux seulement étaient ouvertes, et dans la première
l'encan était commencé.

Un commissaire, flanqué d'un scribe, annonçait les objets
d'un air ennuyé, et l'aboyeur criait à tue-tête pour accé-
lérer l'opération. Des marchandes à la toilette maniaient
avec une dextérité sans égale des robes de soie et des
châles; des revendeuses moins élégantes tâtaient et flai-
raient la laine des matelas; des Auvergnats aux mains
crasseuses tournaient et retournaient des casseroles. Tout
ce monde-là formait autour des tables un cercle compacte,
et il n'était pas aisé d'approcher.

On avait rassemblé pour cette vente des défroques de

diverses provenances, de sorte qu'on voyait pêle-mêle avec des vieilles ferrailles et des torchons des armes, des fourrures et des pendules. Il y avait même quelques bijoux, et Nointel avisa un vieux juif sordidement vêtu qui examinait à la loupe une bague en brillants. Il venait de la payer cinq cents francs, et les habits qu'il portait ne valaient certainement pas trois pièces de cent sous.

Ce curieux tableau intéressait médiocrement le capitaine, et il allait passer à l'inspection de la seconde salle, quand, à force d'examiner tous les recoins de la première, il découvrit le Péruvien collé contre la tribune du commissaire-priseur et se dissimulant de son mieux. Il avait relevé le collet de son pardessus et enfoncé son chapeau jusqu'aux oreilles. On ne distinguait que ses yeux et son nez recourbé en bec de vautour. La position qu'il avait prise indiquait assez qu'il se proposait d'enchérir. S'il n'eût été là qu'en curieux, il serait resté à l'entrée de la salle, au lieu de se caser à un poste de faveur. Le problème commençait à se dessiner nettement.

— Que vient-il acheter? se demanda Nointel. Un objet à la possession duquel il attache une grande importance, car, tout à l'heure, il courait comme un lièvre pour ne pas manquer l'heure de la criée. Quel objet? Rien de ce qu'on vend ici ne vient de chez Julia. Il n'y a que des épaves saisies par les huissiers sur des naufragés de la vie.

En pensant aux saisies et aux huissiers, il en vint assez vite à penser à Golymine.

— Au fait, se dit-il, il est mort criblé de dettes, ce Polonais, et ses créanciers ont dû mettre arrêt sur tout ce qu'il a laissé... ses vêtements, ses bijoux. Et on les vend par autorité de justice. J'y suis maintenant. Simancas veut se procurer un souvenir de son ami. Il se sera tenu au courant, et il aura appris que le dernier acte de la procédure allait se jouer aujourd'hui à l'hôtel Drouot. L'y voici, mais ce n'est pas le sentiment qui l'y amène. Il se moque parfaitement de la mémoire du Polonais.

Il a même été ravi d'apprendre que ce complice dangereux s'était pendu. Donc, il a un gros intérêt à entrer en possession de quelqu'une des défroques de Golymine. Je vais le voir travailler; lui, ne sait pas que je suis là. Tout va bien.

Cependant, les encans se succédaient avec une rapidité vertigineuse. Les objets ne faisaient que paraître et disparaître sur la table. Tous les marchands s'entendaient; ils avaient tout évalué d'avance, et ils se gardaient bien de se faire concurrence. On adjugeait après une seule enchère. Et mal en eût pris au profane qui se serait avisé d'essayer d'acheter. La bande noire se serait coalisée à l'instant même pour lui faire payer son emplette six fois sa valeur. Simancas allait avoir affaire à forte partie, à moins qu'il n'eût pris le sage parti de donner commission à quelque brocanteur.

Du reste, on ne vendait pour le moment que des robes et de la lingerie, et le général se tenait coi en attendant son heure.

Nointel s'occupa de se caser de façon à pouvoir le surveiller. Il trouva moyen de s'insinuer entre deux grosses marchandes qui lui firent place pour sa bonne mine, et il s'installa tout près de la table, mais du côté opposé à celui où se tenait Simancas. L'estrade où trônait le commissaire masquait le Péruvien et l'empêchait d'apercevoir son ennemi.

— Messieurs, dit l'officier ministériel en élevant la voix pour commander l'attention, nous allons mettre en vente une fort belle garde-robe à usage d'homme, une garde-robe comprenant des vêtements, des armes et des bijoux.

Il y eut des chuchotements. L'assistance évidemment savait que ce lot contenait des objets de valeur.

— Nous commençons par les armes, reprit le commissaire. Voyez, messieurs, une paire d'épées de combat presque neuves. A combien? Cent francs? Cinquante francs? Il y a marchand à quinze francs.

— Dix-huit, dit un Auvergnat.

— Dix-huit... nous disons dix-huit... Personne ne met au-dessus... Adjugé.

Les épées avaient été données pour rien, et Simancas n'avait pas soufflé mot. Nointel s'y attendait; mais quand on apporta une boîte de pistolets, il prêta l'oreille. La boîte pouvait contenir un secret. Simancas resta muet, et les pistolets furent vendus pour le quart de leur valeur.

Un nécessaire de voyage n'obtint pas plus de succès, et le Péruvien le laissa adjuger sans proférer un son.

Nointel ne doutait plus que tout cela eût appartenu à Golymine. Le nécessaire venait de passer sous ses yeux, et il y avait vu gravées les initiales **W. G.**, au-dessous d'une couronne de comte. Et Simancas gardait le silence. Simancas, blotti derrière l'estrade comme une araignée au fond de sa toile, ne montrait pas le bout de son nez.

— Il n'est cependant pas venu ici pour rien, se disait le capitaine. Quelle pièce guette-t-il? Le secret qu'il veut s'approprier est-il caché dans la poche d'un pantalon ou dans la doublure d'un gilet?

— Messieurs, cria le commissaire, nous allons passer aux hardes. Une magnifique paire de bottes en cuir de Russie. Des bottes de chasse ayant à peine servi... imperméables à l'eau... voyez l'objet, messieurs. Trente francs! Vingt francs? On a dit cent sous? Adjugé!

— Allons, pensait Nointel, encore une déception. Je ne pouvais guère espérer que ces bottes contenaient les billets doux des maîtresses de Golymine, mais enfin...

— Ah! cette fois, messieurs, voici une fourrure d'une grande valeur; une superbe pelisse, entièrement doublée de peaux de loutre avec collet, parements et bordure en martre zibeline. A combien? Mille francs?

— Il y a marchand à cent francs, dit une voix que Nointel reconnut aussitôt.

— Enfin! murmura le capitaine, c'est donc cette pelisse qu'il veut acheter La pelisse de Golymine, parbleu! Il n'y a jamais eu que les aventuriers pour étaler des pardessus de cette espèce. J'ai d'ailleurs un vague souvenir d'avoir vu Golymine promener celui-là aux Champs-Élysées. Mais du diable si je devine pourquoi Simancas tient à en faire l'acquisition. S'il voulait conserver un souvenir de son coquin d'ami, il aurait pu tout à l'heure en acheter de plus portatifs. Il n'avait que l'embarras du choix. Le drôle ne fait rien sans motif, et il vient d'offrir cent francs d'une défroque usée. Il y a un mystère là-dessous.

— Il y a marchand à cent francs, messieurs, dit le commissaire-priseur en regardant du coin de l'œil l'acheteur qui se révélait tout à coup.

La bande des brocanteurs et des revendeuses était déjà en émoi. Un intrus osait faire mine d'acquérir sans passer par leur intermédiaire. Il fallait à tout prix le dégoûter de cette audacieuse entreprise et l'empêcher à tout jamais d'y revenir. Dans ces cas-là, quelqu'un de la corporation se charge de pousser, et si l'objet lui reste au-dessus de sa valeur réelle, on partage la perte. La coalition était toute formée. Un vieux juif qui vendait habituellement des lorgnettes se chargea de la représenter.

— Cent cinq, dit-il d'une voix éraillée.

— Cent dix, riposta Simancas du fond de son embuscade.

— Cent quinze.

— Cent vingt.

— Vingt-cinq.

— Trente.

Ces chiffres se succédèrent coup sur coup, comme des ripostes d'épées dans un duel.

— Messieurs, dit le commissaire qui commençait à flairer une lutte dont la caisse de sa compagnie allait bénéficier, messieurs, examinez l'objet. Cette fourrure est magnique. zibeline pure. Provenance directe. Le propriétaire du vêtement arrivait de Russie.

— Il s'est donc arrêté en route? ricana une marchande à la toilette; la doublure est mangée aux vers

— Faites passer pour que ces messieurs puissent toucher.

Le juif feignit de palper la peau de loutre et reprit :

— Cent trente-cinq francs.

— Cent cinquante, répliqua le Péruvien.

Il y eut un court silence. Le juif consultait du regard ses associés avant d'aller plus loin.

— Va donc, Mardochée, lui souffla un marchand d'habits dont les décisions faisaient autorité. Mène le bourgeois jusqu'à cinq cents.

— Soixante, glapit l'homme aux lorgnettes.

— Quatre-vingts.

— Allons, messieurs, nous n'en resterons pas là. Mais pressez-vous. La vacation est très-chargée. A cent quatre-vingts francs la pelisse qui en vaut au moins mille. Nous disons cent quatre-vingts. C'est pour rien.

— Deux cents, soupira Mardochée en prenant l'air désolé d'un homme qui se résigne à un sacrifice pour ne pas manquer une bonne affaire.

— Trois cents, grommela Simancas, toujours invisible.

— Trois cents francs, messieurs, proclama le commissaire en interrogeant de l'œil le vieux juif. Vous dites?... vingt-cinq.

A vous, monsieur, reprit-il en regardant le général. Cinquante; on a dit cinquante à ma gauche... soixante-quinze, là-bas, en face... quatre cents à gauche.

Et il continua ainsi à recueillir des enchères de vingt-cinq francs qu'il provoquait en se tournant alternativement vers les deux enchérisseurs qui ne répondaient plus que par signes.

Ce langage est parfaitement compris à l'hôtel des ventes, et un sourd-muet n'y serait pas du tout embarrassé. Il suffirait qu'on lui expliquât le chiffre de la mise à prix. Chacun de ses hochements de tête passerait pour une enchère. On a vu adjuger des mobiliers superbes et des tableaux de maîtres à des gens affligés d'un tic nerveux qui se trouvaient avoir acheté sans le savoir.

Nointel assistait à cette lutte, sans s'y mêler, mais il y prenait le plus vif intérêt, et il se rendait parfaitement compte de la situation. Il connaissait les mœurs de la tribu des brocanteurs, et il comprenait que le juif ne poussait que pour taquiner le bourgeois, qu'il cherchait à lui faire payer la pelisse beaucoup plus cher qu'elle ne valait, et qu'il allait le lâcher dès qu'il jugerait la leçon assez sévère pour lui ôter l'envie de recommencer. Nointel prévoyait donc que la victoire resterait finalement à Simancas, qui entrerait ainsi en possession du pardessus fourré de son défunt ami. Et Nointel se demandait s'il allait le lui abandonner; Nointel se creusait la tête pour deviner le secret de l'étrange conduite du Péruvien.

Sur ces entrefaites, le chiffre rond de cinq cents francs tomba de la bouche du commissaire-priseur traduisant le dernier hochement de tête du client de gauche. Il riait sous cape, cet officier ministériel, et il ne demandait qu'à tirer parti d'une fantaisie qu'il ne s'expliquait guère.

— Messieurs, dit-il en se levant pour donner plus de solennité à ses paroles, nous sommes arrivés à cinq cents et nous irons à mille. Je dis mille francs, et cette admirable fourrure a coûté mille roubles. Elle a dû appartenir à un grand dignitaire de la cour de Russie.

Le marchand de lorgnettes resta froid. La cour de Russie ne le touchait guère.

— Ou à un exilé polonais qui l'a rapportée de Sibérie, reprit le facétieux commissaire. Si vous n'en voulez pas, messieurs, je vais adjuger.

Ici, le marteau d'ivoire entra en jeu. Le priseur saisit cet instrument par le manche et se mit à le brandir, comme s'il se fût proposé de s'en servir pour casser la tête au père Mardochée, qui confabulait avec son voisin au lieu d'entretenir le feu sacré des enchères.

— Cinq cent vingt, cria un revendeur. J'aime la Pologne, moi.

II. 20

Et je n'aime pas les bourgeois qui viennent mettre le nez dans nos affaires, ajouta-t-il tout bas.

— A la bonne heure, messieurs. Je savais bien que nous ne nous arrêterions pas en route. Seulement, dépêchons-nous. Il est tard. Cinq cent vingt. On ne dit rien à gauche?

Et le marteau commença à se balancer à quelques pouces de la tablette qu'il menaçait de heurter. Mais Simancas se taisait. Il ne renonçait pas à la pelisse; seulement, il se demandait si, au lieu de poursuivre une lutte qui pouvait le mener très-loin, il ne ferait pas mieux de laisser adjuger et de s'entendre ensuite avec l'acquéreur.

La figure du revendeur, ami de la Pologne, commençait à s'allonger, car ses confrères ne lui avaient pas donné commission de dépasser le chiffre de cinq cents, et il craignait que la fourrure ne lui restât pour compte.

— Il a de la chance, l'Auverpin, dit en riant une grosse marchande. Toutes les bonnes affaires sont pour lui. Il doit avoir de la corde de pendu dans sa poche.

De toutes les facultés de l'esprit, la mémoire est certainement la plus capricieuse. Elle a des sommeils inexplicables et des réveils imprévus. Comment la plaisanterie d'une brocanteuse rappela-t-elle tout à coup au capitaine un fait oublié? Pourquoi se souvint-il subitement que, le soir où il s'était pendu chez Julia, Golymine portait cette pelisse à collet de martre? Darcy lui avait même raconté qu'en apprenant au cercle la nouvelle de la mort de son ami, Simancas s'inquiétait de savoir comment Golymine était habillé à son heure dernière, et qu'il avait assez mal dissimulé son émotion lorsque Lolif lui avait assuré que Golymine était mort dans sa fourrure. Ces détails étaient sortis de la tête de Nointel. Ils lui revinrent avec une netteté singulière, et il se dit aussitôt :

— Tout s'explique. La pelisse est bourrée de secrets.

—Cinq cent vingt! reprit le commissaire. Cinq cent vingt francs la fourrure de mille roubles. Personne n'en veut plus? Une fois? Deux fois?

— Cinq cent cinquante, dit Nointel.

L'entrée en lice de ce nouveau jouteur fit sensation. L'officier ministériel le connaissait de vue pour l'avoir souvent aperçu aux ventes d'objet d'art, et il lui adressa un sourire gracieux. Les marchands se mirent à le regarder avec une curiosité railleuse et s'entendirent aussitôt pour laisser les deux bourgeois se disputer à coups de billets de banque un vêtement dont aucun d'eux n'aurait donné trois louis. Mais de tous les assistants, le plus étonné fut encore Simancas. Il ne se doutait guère que le capitaine était là, car, du coin où il se tenait, il ne pouvait pas le voir, mais il reconnut sa voix claire et mordante; il la reconnut, il fit un pas en avant, il sortit de sa cachette, il se découvrit, et les deux adversaires se trouvèrent en présence.

Le Péruvien était pâle, car il se sentait pris. Et Nointel le toisait d'un air narquois. Il avait l'air de lui dire : Allez ! enchérissez ! je vous attends.

— Six cents, grommela Simancas.

— Sept cents, riposta Nointel.

— Sept cents à droite ! proclama le commissaire-priseur. La réponse de la gauche... nous perdons du temps, messieurs... suivez, s'il vous plaît.

— Mille, articula non sans effort le complice de Golymine.

— Voyons à droite ! nous ne sommes pas au bout.

— Ce coquin va me coûter gros, pensait le capitaine, mais il ne sera pas dit que je lui ai cédé. Douze cents, dit-il tout haut.

— Douze cent cinquante.

Le clan des trafiquants ne se sentait pas de joie.

— Le vieux mollit, ricanait la revendeuse qui avait parlé de corde de pendu. Il ne met plus que par cinquante.

— Ça doit être la pelisse de sa mère, dit une autre marchande à la toilette.

— Treize cents, cria Nointel.

Et tout bas :

— Gredin, va. Les trois mille que j'ai mis dans ma poche ce matin y passeront. Je voulais me payer un cheval au Tattersall, et je n'aurai qu'une loque... si je l'ai.

— Monsieur désire examiner la fourrure, demanda l'officier ministériel, qui crut que Simancas faiblissait. Passez à monsieur.

— A moi d'abord, dit vivement Nointel.

Il se défiait des mains du Péruvien.

Le garçon qui, depuis un quart d'heure, promenait triomphalement la pelisse, vint la remettre au capitaine.

— Quinze, reprit aussitôt Simancas.

Nointel, sans se presser, se mit à palper le collet et la doublure. Il savait bien qu'on n'adjugerait pas avant qu'il eût fini, et il soufflait gravement sur la martre zibeline que ses doigts exploraient en dessous.

— Seize, dit-il en relevant la tête.

Il venait de reconnaître au toucher qu'il y avait des papiers cachés sous la fourrure.

— Seize cent cinquante, répondit rageusement Simancas, qui comprenait fort bien pourquoi son adversaire tâtait la pelisse avec tant de soin.

— Dix-sept cents, répliqua le capitaine.

Il pensait :

— Toutes mes économies y passeront, s'il le faut, mais je tiendrai bon.

— Demande-t-on à voir à ma gauche?... Non. C'est inutile. On est fixé sur la valeur. Alors, nous disons?

— Dix-sept cent cinquante.

— Dix-huit, répondit Nointel.

— Dix-huit cent cinquante.

Simancas se défendait pied à pied. A ce moment, il sentit qu'on le tirait par la manche, et il se retourna furieux contre l'importun qui venait le déranger si mal à propos. L'importun, c'était Saint-Galmier, et il devait avoir quelque chose de très-grave et de très-pressé à dire au Péruvien, car il l'entraîna, bon gré, mal gré, jusqu'à la porte de dégagement, et il se mit à lui parler bas.

— Dix-neuf cents, dit le capitaine, sans trop élever la voix.

En même temps, il regardait le commissaire qui semblait assez disposé à en finir. Le marteau d'ivoire s'agitait.

— Dépêchons, messieurs. Je vais adjuger. C'est bien vu? Bien entendu?

Simancas se taisait. Il écoutait le docteur, et la dernière enchère soufflée par Nointel n'était pas arrivée jusqu'à ses oreilles. Il croyait qu'on en était resté à la sienne.

— Pour la troisième et dernière fois, messieurs, personne ne met plus?... Voyons!... le mot?...

Il y eut une courte pause, et comme le mot ne vint point, le marteau s'abattit avec un bruit sec.

— Adjugée la superbe pelisse fourrée... dix-neuf cents francs et les frais.

— Pardon! s'écria Simancas qui reparut subitement, dix-huit cent cinquante.

— Dix-neuf cents... à monsieur, répondit l'officier ministériel en désignant le capitaine.

— Mais non... à moi... il y a erreur...

— J'en appelle à tout le monde. Monsieur a eu le dernier mot. Dix-neuf cents.

— Oui, oui! nous l'avons entendu, répondirent en chœur les marchands et les marchandes.

— Cette adjudication est une supercherie... je proteste.

— Monsieur, je vous prie de ne point troubler la vente. Crieur, annoncez deux couvertures de voyage en peau d'ours.

Puis, s'adressant au capitaine qui tenait d'une main la pelisse et de l'autre cherchait son portefeuille :

— On paye et on emporte? Oui. Très-bien. Monsieur, veuillez régler avec mon secrétaire.

Le capitaine grimpa sans cérémonie sur la table, sauta

20.

de l'autre côté et s'avança vers le bureau, portant sa pelisse sur l'épaule gauche, comme un dolman de hussard. Il avait l'air si crâne, qu'une marchande à la toilette se mit à dire assez haut :

— Enfoncé, le vieux !

Simancas était vert, et Saint-Galmier ne faisait pas meilleure figure que son acolyte.

Nointel fut obligé de passer fort près de ces deux drôles pour régler son compte avec le secrétaire, mais il ne daigna pas les regarder. Que lui importait la mine qu'ils faisaient, maintenant qu'il tenait la pelisse? Il paya sans la lâcher, et deux billets de mille francs y passèrent; mais en vérité ce n'était pas trop cher, et, n'eût été l'heureuse distraction de Simancas, la fourrure de Golymine aurait pu lui coûter bien davantage. Il l'emporta, plus fier que s'il eût conquis l'épée d'un général prussien, et il sortit de la salle par une porte de dégagement. Il lui tardait de rentrer chez lui pour examiner son acquisition.

Dans le corridor qui aboutit à la rue Drouot, il rencontra le Péruvien, et il aperçut un peu plus loin Saint-Galmier, conférant avec son domestique, le nègre en livrée rouge et verte.

— Monsieur, lui dit Simancas, je désirerais vous entretenir un instant.

— Qu'avez-vous à me dire?

— Beaucoup de choses. Et s'il vous plaisait de monter au cercle avec moi...

— Merci. Je n'ai pas le temps. Expliquez-vous ici, et soyez bref.

— Monsieur, j'ai une proposition à vous faire.

— Laquelle?

— Je ne sais dans quel but vous avez acheté ce vêtement qui ne peut vous être d'aucune utilité.

— Vous croyez?

— Vous n'avez certainement pas l'intention de le porter... et ce n'est pas non plus pour m'en servir que je désirais l'avoir, mais j'attache un grand prix à sa possession, parce qu'il a appartenu à un ami malheureux.

— A Golymine. C'est précisément pour cela que j'y tiens. Ce Polonais a été un personnage très-extraordinaire, et ses reliques sont précieuses.

— Vous ne parlez pas sérieusement, et j'espère que vous consentirez à me céder cette pelisse... au prix qu'il vous plaira.

Le capitaine regarda Simanças d'un tel air que ce guerrier d'outre-mer baissa les yeux.

— Vous êtes le plus impudent coquin que j'aie rencontré de ma vie, lui dit-il tranquillement. Vous mériteriez que je vous fisse arrêter, séance tenante. On nous mènerait tous les deux chez le commissaire de police. Je ferais prévenir M. Roger Darcy, juge d'instruction. Il viendrait, et il procéderait sans retard à l'inventaire des papiers que votre digne camarade a cachés dans son pardessus.

— Des papiers! vous vous trompez, monsieur. Quels papiers?

— C'est ce que je saurai dans une demi-heure. En attendant, je veux bien ne pas rompre la trêve que je vous ai accordée sur le boulevard, quand vous couriez si vite. Partez donc, mais que je ne vous revoie plus et que je n'entende plus parler de vous. Si vous aviez l'audace de vous présenter chez madame de Barancos, je ne garderais aucun ménagement avec vous.

Simanças aurait volontiers insisté, mais il vit que Saint-Galmier lui faisait des signes de détresse, et il se décida fort à contre-cœur à se replier sur le petit corps de réserve que formaient, à l'autre bout du corridor, le docteur et son nègre.

Nointel, sans plus s'occuper d'eux, gagna la porte qui donne sur la rue Drouot. Là, il fut obligé d'attendre qu'un fiacre passât, car il ne se souciait pas de circuler avec la pelisse du Polonais sur le bras, et pour rien au monde, il ne l'eût endossée.

— Si je la mettais, pensait-il en souriant, il me semblerait que j'entre dans la peau de Golymine. C'est égal, je dois faire une singulière figure, et si la marquise me voyait, elle me trouverait souverainement ridicule. J'ai l'air d'un marchand d'habits.

Le fiacre ne se fit pas trop attendre, et il y monta avec empressement. Il avait d'abord pensé à aller chez Gaston pour lui montrer le trophée qu'il rapportait et pour l'examiner avec lui; mais il n'était pas certain de rencontrer son ami, et il ne voulait pas perdre de temps. Il dit donc au cocher de le mener rue d'Anjou, et, pendant le trajet, pour distraire son impatience, il se mit à chercher l'explication des derniers agissements de Simancas.

Ce gredin, chassé par la marquise, avait dû songer à se retourner d'un autre côté. Évidemment, il savait fort bien que Julia d'Orcival avait été tuée par une autre maîtresse de Golymine, une femme dont il ignorait le nom et qu'il aurait bien voulu exploiter, maintenant qu'il ne pouvait plus rien tirer de madame de Barancos. Il savait aussi que le Polonais avait emmagasiné dans sa pelisse des papiers importants, parmi lesquels pouvaient se trouver quelques échantillons de la correspondance de ces dames. Il savait que cette pelisse avait été saisie, comme toute la défroque de Golymine, à la requête des nombreux créanciers que laissait cet aventurier. Il savait qu'elle serait vendue par autorité de justice, et il s'était arrangé de façon à être informé du jour de la vente. Ce jour s'étant trouvé coïncider avec son retour de Sandouville, il avait à peine pris le temps de rentrer chez lui pour changer de costume et courir ensuite à l'hôtel Drouot. Saint-Galmier l'y avait accompagné, mais ils s'étaient séparés pour ne pas attirer l'attention, au cas où ils rencontreraient des gens de leur connaissance. Le docteur était allé flâner au premier étage pendant que le général prenait position au rez-de-chaussée.

Pourquoi le docteur était-il venu tout à coup rejoindre le général? Quelle nouvelle lui apportait son nègre? Nointel conjectura qu'un incident imprévu les forçait à changer leurs plans, qu'ils se sentaient menacés par quelqu'un, et qu'ils avaient éprouvé le besoin de se réunir en toute hâte pour aviser ensemble à rétablir leur situation compromise. Et le capitaine en conclut qu'il n'y avait plus à se préoccuper d'eux. Il espérait d'ailleurs que, dans le vêtement fourré qu'il tenait sur ses genoux, il allait trouver des armes contre ces deux drôles.

Le groom, qu'il avait amnistié, était à son poste et déployait un zèle inaccoutumé pour effacer le souvenir de son escapade. Il arriva au premier coup de sonnette, et il ouvrit de grands yeux en voyant son maître traîner une immense houppelande qui avait l'air de sortir du magasin de costumes d'un théâtre de drame. Mais son étonnement devint de la stupéfaction, quand il entendit le capitaine lui dire :

— Apporte-moi une paire de ciseaux et laisse-moi. Je n'y suis pour personne, excepté pour M. Darcy.

Deux minutes après, Nointel, enfermé dans son cabinet, étalait la pelisse sur sa table à écrire et commençait un petit travail dont un tailleur se serait beaucoup mieux acquitté que lui. Il retourna les poches, il tâta la doublure, et cette inspection préalable acheva de le convaincre que le secret, s'il y en avait un, était caché dans le collet, un collet assez vaste pour qu'on y pût loger des archives. Il se mit alors à le découdre avec précaution, et ses peines ne furent pas perdues.

Il en tira d'abord une liasse de papiers assez sales qu'il examina rapidement. Quelques-uns étaient écrits en espagnol, et le capitaine connaissait assez la langue du Cid pour comprendre ce qu'ils disaient. Il lut avec un vif plaisir deux extraits de jugements rendus par le tribunal de Lima, des jugements qui condamnaient aux galères un certain José Simancas, déserteur de l'armée péruvienne et voleur de grand chemin. Il y avait aussi un fragment d'un journal publié à Québec, un journal qui rendait compte d'un procès en escroquerie intenté au nommé Cochard, dit Saint-Galmier, et la peine prononcée contre ledit Cochard était de neuf mois de prison. Cela suffisait pour établir les antécédents de ces deux honorables personnages, mais ce n'était pas tout. Nointel trouva encore des lettres, portant le timbre de la poste de Paris et signées simplement José, des lettres où don Simancas renseignait le comte Golymine sur les habitudes nocturnes de quelques membres de son cercle, gros joueurs, rentrant chez eux fort tard et portant presque toujours sur eux de fortes sommes. Darcy, Prébord et bien d'autres étaient nominativement désignés. Nointel connaissait l'écriture de Simanças, et il possédait une pièce de comparaison : le billet que ce chenapan lui avait écrit pour l'engager à ne plus revenir chez la marquise. Nointel était donc dores et déjà en mesure de prouver que Simancas avait dirigé les opérations des routiers parisiens qui, depuis plusieurs mois, détroussaient les gens dans les rues.

— C'est un dossier complet, murmura-t-il, et maintenant si le général ne décampe pas dans les quarante-huit heures, j'ai de quoi le mettre à la raison, sans faire intervenir ce brave Crozon, qui tient tant à l'exterminer. Décidément le Polonais avait du bon. C'était un homme rangé qui conservait avec soin les documents utiles, et je ne suis pas au bout de mes trouvailles. Le collet de sa pelisse est une boîte à surprises, une boîte inépuisable.

Nointel reprit les ciseaux et paracheva l'autopsie. Une enveloppe tomba de la doublure fendue d'un bout à l'autre, une enveloppe froissée et jaunie par un séjour trop prolongé sous la martre zibeline, une enveloppe qui n'avait jamais été cachetée et qui ne portait pas d'adresse. Elle contenait trois lettres pliées, l'une en carré, les deux autres en long, et le capitaine n'eut qu'à y jeter un coup d'œil, pour voir qu'elles n'avaient pas été écrites par la même personne, mais qu'elles avaient toutes été écrites par des femmes.

— Cette fois, je tiens le grand secret, murmura-t-il. C'est bien ce que je pensais. Golymine a gardé un spécimen

du style de chacune de ses maîtresses; Golymine collection-
nait les autographes de ces dames, et il ne les a pas tous
confiés à Julia. Il avait sa réserve, dont il se serait servi
tôt ou tard. Heureusement, elle est tombée entre mes mains,
et je ferai bon usage de ces lettres. Avant tout, il s'agit de
savoir de qui elles sont, et ce ne sera peut-être pas très-
facile.

Voyons d'abord celle-ci... écriture anglaise, très-régulière... les lignes sont droites et bien espacées... Quand
j'étais en garnison à Commercy, je connaissais une petite
bourgeoise de l'endroit qui alignait ainsi ses phrases les
plus brûlantes... seulement, elle faisait volontiers des fautes
de français, tandis que cette victime du Polonais rédige
très-correctement... Comment se nomme-t-elle? Mathilde.
C'est madame Crozon. J'aurais dû la deviner avant d'avoir
lu la signature. L'épître est tendre et triste. Pauvre femme!
elle a payé bien cher sa folie.

A l'autre maintenant... une couronne de marquise... c'est
de madame de Barancos... elle ne se défiait pas de son
amant, car elle a signé tout au long : Carmen de Pénafiel.
Cette hardiesse est bien d'elle. Que lui écrivait-elle, à ce
Polonais?

Nointel retourna la lettre pour la lire, mais il ne la
lut pas. Le rouge lui monta au visage, et le courage lui
manqua.

— Non, dit-il en jetant le papier sur la table, non; je ne
veux pas savoir ce qu'elle lui écrivait. Je souffrirais trop.

Il ne renonça pourtant pas sans regret à l'âcre plaisir de
surprendre les épanchements passionnés de cette fière
Espagnole qui lui avait pris son cœur et qui s'était abaissée
jusqu'à aimer un chevalier d'industrie, pour ne pas dire
pis. Il hésita longtemps, et il eut quelque mérite à résister
à la tentation. Sur cent amoureux, quatre-vingt-dix-neuf
y auraient succombé. Et qu'on demande aux femmes éprises
ce qu'elles feraient, si elles étaient mises à pareille épreuve.

Une lettre restait à examiner, et le capitaine ne doutait

plus que cette lettre ne fût de la troisième maîtresse de
Golymine. Celle-là, c'était l'inconnue du bal de l'Opéra, la
vindicative créature qui avait poignardé madame d'Orcival.
Elle n'inspirait à Nointel ni intérêt, ni pitié, et il ne se fit
aucun scrupule de pénétrer ses secrets. Il commença par
chercher la signature, et il ne la trouva point. Pas de nom,
pas de prénom, pas même une initiale. Rien qu'un paraphe
qui pouvait représenter n'importe quel caractère de l'al-
phabet.

— Diable! dit-il entre ses dents, je ne suis pas beaucoup
plus avancé qu'avant d'avoir acheté la pelisse de Golymine.
La lettre d'une personne si prudente doit être tournée de
façon à ne pas la compromettre. Cependant, l'écriture est
très-reconnaissable. Elle ne ressemble à aucune autre. Ce
sont des pattes de mouche très-fines, mais très-lisibles,
rondes et inclinées à gauche. Oui, mais la mouche est
encore plus fine que les traits dont elle a couvert ces quatre
pages. Voyons si sa prose me fournira un indice.

La prose avait dû être fort claire pour celui qui l'avait
inspirée. Elle exprimait en termes heureusement choisis
une passion violente, mais contenue. Il y était beaucoup
question de bonheur caché, de joies intimes. La jalousie y
perçait à chaque ligne, la jalousie sans laquelle il n'y a pas
de véritable amour. Par-ci par-là, un élan de tendresse
discrète. Des allusions voilées à certains épisodes d'une
liaison qui paraissait remonter à un temps assez éloigné.
Rien qui pût fournir la moindre indiscrétion sur les habitudes et la condition de la dame, rien qui indiquât, par
exemple, si elle était mariée, ou veuve. Chaque mot semblait avoir été pesé, chaque phrase arrangée pour dérouter
les conjectures. Le style était d'une femme bien née, et
cette femme devait être remarquablement intelligente, car
sa lettre était un chef-d'œuvre d'habileté. Elle disait tout
ce qu'elle voulait dire, et elle le disait de façon à n'être
comprise que par son amant.

— Parbleu! s'écria Nointel, il faut convenir que je n'ai

pas de chance. Je débourse cent louis pour me procurer le mot d'une énigme qui n'intéresse plus guère que le juge d'instruction, et je tombe sur un billet inintelligible. Quel diplomate que cette anonyme! Ah! elle n'a rien à craindre. M. Darcy ne la découvrira pas. Le mystère de l'Opéra ne sera jamais éclairci, et après tout il n'y aura que demi-mal; mademoiselle Lestérel et madame de Barancos ne sont plus en cause, et madame Cambry ne sera pas fâchée que son futur mari abandonne cette affaire qui l'absorbe tout entier. Julia ne sera pas vengée, mais Julia n'avait pas volé ce qui lui est arrivé, car ce n'était pas à bonne intention qu'elle attirait dans sa loge les victimes de Golymine. Il ne m'est pas prouvé qu'elle n'a pas essayé de rançonner celle qui l'a tuée. Elle a eu affaire à plus forte qu'elle, et il lui en a coûté la vie. C'est cher, mais elle devait bien savoir qu'elle jouait un jeu dangereux.

Maintenant que j'ai lu cette épître alambiquée, reprit-il après un silence, je parierais qu'en allant au rendez-vous la dame savait parfaitement combien de fois elle avait écrit à Golymine. Lorsqu'elle a été en possession de ses lettres, elle les a comptées... avant de sortir du théâtre, dans le corridor... elle a constaté qu'il en manquait une... elle s'est dit que la d'Orcival l'avait gardée pour lui jouer un mauvais tour... et elle est revenue hardiment tuer la d'Orcival. Voilà ce que c'est que d'avoir de l'ordre dans les affaires de cœur. Ce n'est pas madame de Barancos qui aurait numéroté ses billets doux. Et elle serait bien étonnée si je lui rendais celui que je viens de trouver... mais je ne le lui rendrai pas... elle ne voudrait jamais croire que je ne l'ai pas lu... mieux vaut le brûler... Oui, mais si je le brûle, M. Darcy me reprochera encore d'avoir agi à la hussarde. Dans tous les cas, il faut que je lui remette la lettre de l'inconnue, et cela le plus tôt possible. Où le trouver maintenant? Chez lui ou au Palais? Je n'en sais rien; mais je vais le chercher jusqu'à ce que je le rencontre.

CHAPITRE IX

Le lendemain de ce jour mémorable où Nointel avait conquis, à force de persévérance et d'argent, la pelisse de Golymine, Gaston Darcy, après un déjeuner rapide et solitaire, achevait de s'habiller dans le cabinet de toilette où il avait, un matin, donné audience à la femme de chambre de Julia d'Orcival.

Il venait de recevoir un billet de madame Cambry qui le priait de passer chez elle, et d'amener, s'il se pouvait, son ami le capitaine.

« Je ne connais pas l'adresse de M. Nointel, écrivait la charmante veuve, et j'ai absolument besoin de causer avec lui. J'espère qu'il m'excusera de l'inviter par votre intermédiaire à venir me voir. S'il vous plaisait à tous les deux de me consacrer votre soirée, je serais bien heureuse de vous garder à dîner. Nous parlerions de Berthe, qui ne peut en ce moment quitter la maison où sa malheureuse sœur vient de mourir. Votre ami a beaucoup contribué à démontrer que la chère enfant est innocente. Il ne serait pas de trop dans une conversation où il sera surtout question d'elle. »

Gaston ne demandait pas mieux que d'aller chercher Nointel, car il avait beaucoup de choses à lui dire, et il ne l'avait pas revu depuis qu'ils s'étaient séparés sur le trottoir de la rue Caumartin. Il s'étonnait même que Nointel ne lui eût pas donné signe de vie depuis trente-six heures, et il se demandait à quoi le capitaine avait pu employer son temps. Il savait que son oncle l'avait rencontré la veille chez madame Cambry, mais c'était tout. Peu s'en fallait qu'il ne l'accusât encore une fois d'indifférence, mais il ne voulait pas le condamner sans l'entendre, et il espérait qu'il se justifierait sans peine.

Il venait de sonner son valet de chambre pour lui demander si son coupé était attelé, lorsque M. Roger Darcy entra sans se faire annoncer.

— Bonjour, mon cher oncle, lui dit-il gaiement. Vous arrivez à propos. Je vais chercher Nointel pour le conduire chez madame Cambry qui désire le voir. Voulez-vous que nous y allions ensemble?

— Oui, répondit le magistrat, je serai d'autant plus aise de rencontrer ton ami qu'il est venu deux fois hier me demander, au Palais et à la maison. Je n'y étais pas. J'ai passé l'après-midi chez mon notaire et la soirée chez un conseiller à la Cour. Aujourd'hui, je suis libre. L'instruction fait relâche, et pour cause. Je puis donc te donner tout mon temps; mais avant de t'accompagner chez M. Nointel, j'ai à te parler.

Gaston regarda son oncle et vit qu'il avait sa figure des grands jours.

— Qu'y a-t-il donc? demanda-t-il avec inquiétude. Serait-il encore survenu quelque incident qui remette en question la...

— Non, non, rassure-toi, répondit le juge en souriant. L'innocence de mademoiselle Lestérel est solidement établie, et j'ai pour cette héroïque jeune fille une estime profonde. Je puis même t'apprendre que l'opinion s'est retournée en sa faveur. Son histoire a transpiré. Plusieurs de mes collègues m'ont parlé d'elle avec admiration, presque avec enthousiasme, et quand on saura que tu l'épouses, personne ne te blâmera...

— Pas même vous, mon oncle?

— Moi, moins que personne. Je t'approuve, et je souhaite de tout mon cœur que ce mariage se fasse le plus tôt possible.

— En même temps que le vôtre, mon oncle.

— C'est précisément la question que je viens traiter avec

toi. Oui, mon cher Gaston, je viens te consulter. C'est le monde renversé, n'est-ce pas? Mais il y a des cas où il faut savoir déroger aux vieux principes. Et puis, je crois que tu es devenu beaucoup plus raisonnable. L'amour honnête t'a rendu sérieux, et la crise que tu viens de traverser t'a rendu prudent. Donc, écoute-moi, et réponds-moi en toute sincérité.

Te souviens-tu d'un entretien que nous eûmes ensemble, au coin de mon feu, le lendemain du suicide de ce Polonais qui a fait tant de victimes avant sa mort... et même après?

— Parfaitement. Vous m'avez montré des notes de police sur Julia d'Orcival...

— Et sur Golymine. J'ai eu grand tort de n'y pas attacher plus d'importance. Si on avait fait une perquisition au domicile de la d'Orcival, on y aurait trouvé les fameuses lettres, et il n'y aurait jamais eu de crime de l'Opéra. Mais il ne s'agit pas de cela. Tu te souviens aussi que je te posai un *ultimatum*. Je te déclarai que, si tu n'étais pas marié dans un délai de trois mois, je me marierais, moi, à seule fin de perpétuer notre race. Peu de jours après, tu me présentais une *candidate* qui ne m'agréait qu'à demi, mais que je ne repoussais pas absolument. Le lendemain survenaient des fatalités inouïes, mademoiselle Lestérel devenait impossible; tu annonçais courageusement ta résolution de l'épouser quand même ou de rester garçon, et, en présence de ces deux alternatives qui me semblaient également fâcheuses, je me décidais, moi, à épouser madame Cambry.

— Et je me réjouissais de cette décision... je m'en réjouis encore.

— Oh! je te rends justice, mon cher Gaston. Tu t'es montré, comme toujours, affectueux et désintéressé. C'est une raison de plus pour que je te soumette le cas qui m'embarrasse.

Nous étions donc décidés tous les deux à nous marier. Le nom de Darcy ne courait plus le moindre risque de périr. Mais j'étais convaincu que tu changerais d'avis si mademoiselle Lestérel était condamnée, comme je n'en doutais pas, et c'était cette conviction qui me poussait à franchir le pas périlleux du mariage. Madame Cambry me plaisait beaucoup, et elle voulait bien me dire que je ne lui déplaisais pas; mais j'avais vingt ans de plus qu'elle, et je n'aurais certainement pas passé par-dessus ce grave inconvénient si j'avais pu espérer que mon neveu me donnerait un jour des petits-neveux légitimes.

— Vous aurez des petits-neveux et vous aurez des fils. Ce sera mieux.

— Peut-être, mais alors tes enfants n'hériteront pas de moi. Je sais que cette considération ne te touche pas. Cependant, je ne puis pas m'empêcher de penser que j'ai manqué aux conventions formulées par moi-même. Je ne devais me marier que si tu ne me présentais pas, dans le délai de trois mois, une fiancée acceptable. Or, un mois à peine s'est écoulé, et la fiancée est trouvée, une fiancée que j'honore et que j'aime. Non-seulement je n'ai aucune objection à élever contre ton choix, mais je suis, pour ainsi dire, intéressé à ce que tu épouses mademoiselle Lestérel, car elle a souffert par moi, et toi seul peux réparer le mal que je lui ai fait involontairement. C'est pourquoi, mon cher enfant, je pense qu'il serait juste de nous en tenir strictement aux conditions que je t'ai posées, il y a quelques semaines. Tu te maries avant l'expiration du sursis, tu te maries à mon gré. Il est donc inutile que je me marie. C'est assez d'un Darcy pour faire souche.

— Vous ne parlez pas sérieusement, s'écria Gaston.

— Très-sérieusement. Je te l'ai annoncé en arrivant.

— Mais, mon oncle, vous êtes engagé avec madame Cambry. Elle a pour vous la plus vive, la plus sincère affection. Elle est digne de vous, elle a le droit de compter sur votre parole, et, en vérité, je crois rêver en vous entendant me rappeler je ne sais quelle convention que j'ai oubliée et que je veux oublier. Croyez-vous donc que j'accepterais votre héritage si, pour me le laisser, vous sacrifiiez votre bonheur? Mademoiselle Lestérel se joindrait à moi, s'il le fallait, pour vous supplier de ne pas désespérer sa bienfaitrice en renonçant à une union qui comblera les vœux de la plus charmante et de la meilleure des femmes. Berthe doit tout à madame Cambry; Berthe refuserait de m'épouser si son mariage devait vous empêcher d'épouser madame Cambry.

— Écoute-moi, Gaston, dit le juge après un court silence. Je m'attendais à la réponse que tu viens de me faire, et peut-être me déciderait-elle à passer outre, malgré les scrupules très-réels qui me font hésiter. Si madame Cambry réclamait l'exécution d'un engagement contracté de part et d'autre en toute sincérité, je ne pourrais pas m'y soustraire, et je sais que tu m'approuverais d'agir ainsi. Mais le moment est venu de t'apprendre que, depuis peu de jours, depuis hier surtout, madame Cambry me paraît être moins décidée qu'elle ne l'était lorsque nous avons échangé une promesse. Je ne crois pas qu'elle ait renoncé à ce mariage qu'elle semblait désirer autant que moi, mais elle est certainement moins pressée de le célébrer. Nous l'avions fixé ensemble à la fin d'avril, et ce n'était pas trop tôt, car rien n'est plus ennuyeux et plus gênant que la situation de deux futurs conjoints pendant le temps qui s'écoule entre les fiançailles et les noces... surtout quand le futur a quarante-cinq ans. Eh bien, comme je lui parlais hier d'arrêter définitivement la date de la cérémonie, madame Cambry s'est montrée disposée à la reculer.

— Vous me surprenez plus que je ne saurais le dire. Elle voulait se marier le même jour que Berthe. Vous a-t-elle donné un motif?

— Aucun, si ce n'est que les angoisses par lesquelles venait de passer mademoiselle Lestérel l'avaient fortement impressionnée et qu'elle craignait de ne pas être assez remise de ses émotions pour se marier dans cinq semaines Ton ami Nointel, que j'ai trouvé chez elle, l'avait entretenue du meurtre de la d'Orcival, de la mort de madame

Crozon et d'autres sujets lugubres; moi, je lui ai parlé de l'épreuve à laquelle j'ai soumis madame de Barancos. J'ai pensé que ces conversations l'avaient mal disposée, et je me suis retiré sans insister. Mais, ce matin, j'ai reçu d'elle une lettre où, avec toute la bonne grâce imaginable, elle me prie catégoriquement de remettre notre mariage à l'époque des vacances, quand je serai débarrassé, dit-elle, des tristes préoccupations que me cause l'instruction de cette horrible affaire de l'Opéra. Elle ajoute qu'en attendant nous te marierons avec sa protégée, et que le spectacle de votre bonheur lui fera prendre patience.

— Elle m'a tenu à moi un tout autre langage. Ce changement est bien singulier.

— Si singulier que je me crois autorisé à reprendre ma liberté. Je me dégagerai avec tous les ménagements possibles, mais je me dégagerai, et je pense que madame Cambry ne cherchera pas à me retenir. Elle trouvera aisément un mari mieux assorti à son âge. Moi, je la regretterai, je ne m'en cache pas, mais enfin je ne suis pas trop fâché de rester garçon. Il y a plus de quarante ans que je pratique le célibat, et j'en ai pris l'habitude. Tu te chargeras de me fournir les joies de la famille. Et, à ce propos, il faut que je te fasse part d'une résolution que j'ai prise. Tu vas te marier. C'est le vrai moment d'entrer dans la magistrature. Ton union avec mademoiselle Lestérel ne sera pas un obstacle; au contraire. Tu as montré dans cette affaire des qualités qui manquent à bien des juges. Toi et ton ami Nointel, vous avez empêché une erreur judiciaire, et vous feriez tous les deux d'excellents magistrats. Lui, qui a été hussard, ne se soucie guère de troquer son uniforme de la territoriale contre une robe. Mais toi, c'est autre chose. Tu es de mon sang, et tu me remplaceras avantageusement. J'obtiendrai de te faire nommer juge suppléant dans le ressort de Paris; je l'obtiendrai d'autant plus facilement que je vais créer une vacance en donnant ma démission.

— Vous démettre, mon oncle! mais vous n'y pensez pas.

— J'y pense si bien que c'est chose arrêtée dans ma tête. Mon cher, il faut savoir battre en retraite après une défaite Cette affaire de l'Opéra a été mon Waterloo. Oui, oui, tu auras beau chercher à expliquer le désastre pour ménager mon amour-propre, je ne me dissimule pas que j'ai manœuvré tout le temps comme un conscrit. J'ai fait fausse route dès le début, et peu s'en est fallu que je n'envoyasse une innocente en cour d'assises. Elle est sauvée, grâce à deux braves garçons de ma connaissance, mais je sens que je ne trouverai pas la coupable. Il y a un sort sur cette instruction, et je suis décidé à me retirer. Je ne veux pas m'exposer à un second échec.

— Et c'est au moment où vous allez quitter une carrière qui a été l'occupation et l'honneur de toute votre vie que vous voulez renoncer au bonheur d'épouser une femme qui vous aime et que vous aimez... car vous l'aimez, j'en suis sûr. Non, mon oncle, non, vous ne ferez pas cela... je vous le demande au nom de l'affection que vous me portez. Madame Cambry m'attend. Autorisez-moi à lui parler de vos scrupules, du chagrin que vous causent ses hésitations, et je vous jure que...

Gaston n'acheva pas. La porte du cabinet s'ouvrit brusquement, et Nointel entra. Il était rayonnant, et il alla droit à M. Darcy, qui lui dit en lui tendant la main :

— Je regrette vivement, monsieur, de ne pas m'être trouvé chez moi quand vous avez pris la peine d'y passer hier. Vous aviez sans doute quelque chose à m'apprendre ?

— Quelque chose à vous remettre, monsieur, répondit joyeusement le capitaine. Le plus inouï de tous les hasards mis entre mes mains une lettre écrite à Golymine par la femme qui a tué Julia d'Orcival... je vous l'apporte.

— Comment ! quelle preuve avez-vous de...

— Oh ! c'est clair comme le jour. Hier j'ai rencontré sur le boulevard un ami de ce Golymine, un certain Simancas...

— Qui se dit général au service du Pérou. Je l'ai précisément envoyé chercher hier, ainsi qu'un docteur Saint-

Galmier qui se trouvait avec lui dans la loge voisine de celle où le crime a été commis. Je les avais déjà entendus au début de l'instruction, mais à la suite de l'épreuve qu'avait subie madame de Barancos, j'ai pensé qu'il serait utile de les interroger de nouveau...

— Cela m'explique pourquoi ils avaient l'air si effrayé. Le domestique de Saint-Galmier est venu avertir son maître qu'un agent s'était présenté. Ces coquins ont cru qu'on venait les arrêter. Car ces étrangers sont des coquins. J'en ai la preuve, et je vais vous la montrer; mais permettez-moi d'abord de vous raconter comment j'ai eu la lettre.

Simancas est entré à l'Hôtel des ventes. Je l'y ai suivi. On vendait les hardes de Golymine, et entre autres une certaine pelisse fourrée que Simancas poussait furieusement. Je me suis douté que ce vêtement contenait les secrets du Polonais, j'ai poussé aussi, la pelisse m'est restée, au grand désespoir de Simancas; je l'ai emportée chez moi, j'ai décousu le collet, et j'y ai trouvé d'abord des papiers qui vous édifieront sur les antécédents de Golymine et de ses amis... ces bandits avaient organisé les attaques nocturnes qui ont été si fréquentes cet hiver... puis trois lettres de femmes. La première, signée Mathilde, est de madame Crozon; la seconde, signée Carmen de Penafiel et timbrée d'une couronne de marquise, est de madame de Barancos; la troisième, pas signée du tout, est évidemment de la troisième maîtresse du Polonais... Il avait gardé une lettre de chacune d'elles, une seule.

— Mon cher, dit Gaston, qui écoutait distraitement le récit de Nointel, je suis fâché de t'interrompre, mais je crois que mon oncle entendra tout aussi bien ta déposition dans son cabinet, et j'ai hâte de te conduire chez madame Cambry qui nous attend.

M. Roger Darcy comprit que Gaston avait hâte de plaider la cause de son oncle auprès de la belle veuve, et il ne lui sut pas mauvais gré de son zèle.

— Monsieur, commença-t-il en s'adressant à Nointel,

21.

peut-être vaudrait-il mieux en eff···· procéder régulièrement. Je vais au Palais en sortant d'ici, et je vous y rece-
vrai. La découverte que vous venez de faire peut avoir
une grande importance. La lettre n'est pas signée, m'avez-
vous dit ?

— Non, mais l'écriture est caractéristique, le style
aussi et...

— Arrête-toi donc, bavard. Je te répète que madame
Cambry t'attend avec impatience. Lis plutôt, reprit Gaston en étalant sous les yeux de Nointel le billet pressant
qu'il avait reçu un peu avant l'arrivée du juge d'instruction.

— C'est madame Cambry qui a écrit cela ! s'écria le
capitaine.

— Je ne vous retiens pas, messieurs, dit M. Darcy, nous
reprendrons cet entretien dans mon cabinet, après que
vous aurez vu madame Cambry. Vous pourriez cependant
me remettre dès à présent la lettre ; je l'étudierais avant
votre arrivée. Ne venez-vous pas de me dire que vous me
l'apportiez ?

— Non, balbutia Nointel, non ; je me suis trompé. Je ne
prévoyais pas que je vous rencontrerais ici... et... je ne
l'ai pas sur moi.

— Il est tout naturel que vous ayez laissé cette lettre
chez vous, dit M. Darcy, un peu surpris de voir que le
capitaine se troublait. Peu importe, d'ailleurs, que je l'exa-
mine maintenant ou dans une heure, car il n'est malheureusement pas probable que je reconnaisse l'écriture. Mais
je ne désespère pas d'utiliser plus tard votre heureuse
découverte. Si j'y parvenais, je vous devrais, cher monsieur, de bien vifs remercîments, et je suis, dès à présent,
votre obligé. Puis-je compter que vous voudrez bien m'apporter au Palais tous les papiers que vous avez trouvés et
même le vêtement qui les contenait ?

Je suppose que madame Cambry ne vous retiendra pas
longtemps, ajouta le magistrat en adressant à son neveu

un coup d'œil qui équivalait à une recommandation d'abréger la visite de Nointel à la veuve.

C'était bien ce que comptait faire Gaston qui avait hâte d'essayer de vaincre les hésitations de madame Cambry à l'endroit du mariage, et qui ne pouvait guère traiter qu'en tête-à-tête cette question délicate.

— Je ne prendrai que le temps de passer chez moi en revenant de l'avenue d'Eylau, répondit Nointel.

— Je puis dès à présent, je crois, reprit M. Darcy, lancer un mandat d'amener contre ce prétendu général et ce prétendu docteur.

— C'est d'autant plus urgent que je les soupçonne de se préparer à passer la frontière. Ils savent maintenant qu'ils sont perdus, et ils ne s'attarderont pas à Paris. J'oserai cependant vous faire observer que leur arrestation aura peut-être de fâcheuses conséquences pour d'autres personnes.

— Comment cela?

— Mais oui. Si ces deux drôles passent en jugement, ils ne manqueront pas de dire tout ce qu'ils savent. Il proclameront en pleine cour d'assises la honte de madame Crozon et la honte de madame de Barancos. Madame Crozon vient de mourir, mais son mari est encore de ce monde, et son mari est un brave marin qui mérite bien qu'on ait pour lui quelques égards. Quant à la marquise...

— Madame de Barancos va partir pour toujours. Elle m'a écrit hier soir, à la suite de l'interrogatoire qu'elle a subi dans mon cabinet. Elle m'a écrit pour me demander si je ne voyais pas d'inconvénient à ce qu'elle quittât la France, et je lui ai répondu que je ne m'y opposerais pas. Je n'ai plus l'ombre d'un doute sur son innocence, et la résolution qu'elle a prise est très-sage, car tout se sait à Paris; son histoire finirait par se répandre, et les mauvais bruits qui couraient sur elle lui rendraient la vie impossible. M. Crozon est veuf. Il ne tardera pas à prendre la mer. Il n'a donc rien à redouter des complices de Golymine, et je vais les faire arrêter. Ils m'aideront peut-être à trouver la troisième maîtresse de leur ami, celle qui a tué Julia d'Orcival.

Nointel se tut. Il pensait au prochain départ de la marquise, et il lui tardait de la voir. Il pensait surtout à un incident qui venait de se produire pour lui seul, et de donner à ses idées une tout autre direction.

— Voyons, s'écria Gaston, veux-tu m'accompagner, oui ou non? Faut-il, pour te décider, te rappeler encore une fois que madame Cambry nous attend?

— Je ne l'ai pas oublié, murmura Nointel. Allons, puisque M. Darcy veut bien le permettre.

L'oncle, le neveu et le capitaine sortirent ensemble. Deux coupés attendaient dans la rue Montaigne. Le juge d'instruction monta dans le sien pour se faire conduire au Palais de justice, et les deux amis filèrent vers l'avenue d'Eylau au grand trot d'un excellent cheval.

— Madame Cambry va me remercier de t'amener; mais quand tu seras parti, j'aurai fort à faire avec elle, dit Gaston. Croirais-tu qu'elle hésite maintenant à épouser mon oncle, et que je vais être obligé de me mettre en frais d'éloquence pour tâcher de la décider à conclure un mariage qui fera deux heureux?

— Deux, c'est beaucoup, murmura Nointel. On n'est jamais sûr de ces choses-là. Quand ont commencé ces hésitations un peu tardives?

— Hier, après la conversation que tu as eue avec elle; mais ce n'est, je pense, qu'un caprice passager. Le crime de l'Opéra et ses suites l'ont bouleversée. Elle craint que l'instruction ne gâte sa lune de miel, et le fait est que mon oncle serait fort distrait de ses devoirs conjugaux par ses devoirs de juge; mais j'ai un excellent argument à faire valoir pour la rassurer. Il vient de me dire qu'il était résolu à donner sa démission.

— Il a là une excellente idée.

— Tu trouves?

— Oui. L'affaire qu'il instruit ne lui causerait que des désagréments.

— Il me semble pourtant qu'elle est en meilleure voie. Cette lettre que tu vas lui remettre l'aidera à découvrir la coupable.

— C'est ce que je ne souhaite pas.

— Que dis-tu là ?

— Mon cher, il y a quelquefois dans la vie des mystères qu'il vaut mieux ne pas éclaircir. La femme qui a tué Julia est évidemment une femme du monde. Si, par hasard, elle était du monde où va ton oncle, s'il la connaissait, il se trouverait dans une situation atroce. Je me souviens de ce que j'ai éprouvé lorsqu'on soupçonnait madame de Barancos. Souviens-toi de ce que l'arrestation de mademoiselle Lestérel t'a fait souffrir.

— Quel rapport vois-tu entre mon cas, le tien et...

— Pour ton oncle, ce serait bien pis. Et je me range à l'avis de madame Cambry, qui voudrait que son futur mari abandonnât cette affaire. Mademoiselle Lestérel et madame de Barancos n'ont plus rien à craindre. Je ne tiens pas du tout à ce que la vindicte publique soit satisfaite, comme disent messieurs du parquet. Est-ce que tu t'en soucies, toi, de la vindicte publique ?

— Pas plus qu'il ne faut ; cependant...

— Bah ! ne prends donc pas fait et cause pour la société. Tu n'es pas encore magistrat.

— Non, mais je vais l'être. Mon oncle le veut.

— Sois-le, mais ne me contredis pas quand tu m'entendras dire à madame Cambry ce que je pense de tout cela.

Darcy n'insista plus. Il ne comprenait rien aux sous-entendus que contenaient les discours de son ami, et il n'y attachait aucune importance. Nointel n'avait pas envie d'en dire davantage, et la conversation tomba tout à coup.

Il était assez naturel que le capitaine gardât le silence. En ce moment même une tempête se déchaînait sous son crâne : il se trouvait en présence du plus menaçant de tous les dilemmes, et il lui restait à peine quelques minutes pour prendre un parti, car l'alezan qui l'emportait vers l'hôtel de madame Cambry filait à raison de six lieues à l'heure.

— De quoi veut me parler ta future tante? demanda brièvement Nointel, au moment où le coupé s'arrêtait devant la grille.

— Mais... de mademoiselle Lestérel, je suppose, répondit Gaston. Du moins, elle le dit dans la lettre que je viens de te montrer.

— L'écriture a été donnée à la femme pour cacher sa pensée, murmura le capitaine.

On les attendait. Un valet de pied les reçut à l'entrée et les conduisit tout droit aux petits appartements où madame Cambry n'était jamais visible que pour ses intimes. Dans l'escalier, ils se croisèrent avec dame Jacinthe, que le capitaine n'avait jamais vue et qu'il regarda avec beaucoup d'attention.

— Quelle est cette vénérable personne? demanda-t-il tout bas.

— Une femme qui, je crois, a été la nourrice de madame Cam ry et qui gouverne maintenant sa maison, répondit Darcy. Elle lui est très-dévouée.

— Je n'en doute pas. J'en doute si peu que, si j'avais l'honneur d'épouser madame Cambry, je congédierais cette duègne le lendemain de mon mariage.

— Est-ce que tu deviens fou?

— Non, je deviens sage.

Ce dialogue bizarre prit rapidement fin. On annonça les deux amis, et la belle veuve vint à leur rencontre avec une grâce empressée.

— Je vous sais un gré infini d'être venu, monsieur, dit-elle à Nointel en lui tendant une main qu'elle retira aussitôt parce qu'elle vit que le capitaine ne faisait pas mine de la prendre.

— Merci, mon cher Gaston, reprit-elle en s'adressant à

Darcy, merci d'avoir accompagné votre ami. J'ai vu ce matin votre chère Berthe, et j'ai mille choses à vous dire. Votre oncle sait-il que je vous ai prié de passer chez moi?

— Oui, madame, nous venons de le quitter. Il allait au Palais.

— Vous a-t-il dit que je lui avais écrit? demanda la veuve en s'asseyant et en invitant les deux visiteurs à prendre place.

— Oui, répondit Gaston d'un air embarrassé; je me propose même de vous parler de certaines idées qui lui sont venues après avoir lu votre lettre et que vous m'aiderez, j'espère, à combattre. Nointel va être obligé d'aller le rejoindre et...

— Vous êtes trop discret, mon cher Gaston. Je n'ai rien à cacher à M. Nointel, et même je tiens beaucoup à lui faire part de la résolution que j'ai prise, car je suis certaine qu'il l'approuvera. Il a, comme moi, horreur de toutes ces lugubres procédures qui absorbent en ce moment votre oncle, et il trouvera que j'ai raison de remettre mon mariage aux vacances.

— Oui, certes, dit vivement le capitaine, et je conçois, madame, qu'il vous répugne d'entendre parler sans cesse de ce crime de l'Opéra. Les journaux en sont pleins. Dans les cercles et dans les salons, on ne s'aborde plus sans se demander si on a enfin trouvé la personne qui a fait un si mauvais usage du poignard japonais. C'est écœurant. Mais je puis vous rassurer. L'instruction touche à son terme.

— M. Darcy l'abandonne?

— Non, mais elle a fait un pas immense. On a découvert... dans le collet d'une pelisse qui avait appartenu à Golymine... c'est presque miraculeux... on a découvert une lettre écrite à ce Polonais par sa troisième maîtresse, celle qui a tué Julia...

— Une lettre... signée?

— Non, mais l'écriture a un caractère si particulier qu'on

finira par la reconnaître... M. Roger Darcy n'en doute pas.

— Et.. la lettre est entre ses mains?

— Pas encore, mais je la lui remettrai dans une heure.

— Vous !

— Oui, madame; c'est à moi qu'est échue l'heureuse fortune de mettre la main sur ce précieux papier. J'ai acheté la pelisse à l'hôtel des ventes. Je l'ai fouillée, et j'en ai tiré trois billets doux que ce Golymine avait mis de côté, probablement pour exploiter un jour les imprudentes qui les ont écrits. L'un est de cette malheureuse madame Crozon, l'autre de madame la marquise de Barancos, l'autre enfin d'une femme très-distinguée et très-adroite qui a pris toutes les précautions imaginables pour qu'on ne la reconnût pas. Seulement, elle a oublié qu'il faut toujours compter avec le hasard. Et le hasard pourrait faire qu'un de ceux qui ont lu ou qui liront sa prose aient déjà vu quelque pièce de son écriture.

Il y eut un silence. Gaston écoutait distraitement et pensait que le capitaine se perdait fort mal à propos dans des digressions inutiles. Madame Cambry était fort attentive, mais elle ne se hâtait point de donner la réplique à Nointel, qui reprit :

— Il est étrange, en vérité, le drame qui va se dénouer d'ici quelques jours, ou d'ici à quelques heures. Ne voyez-vous pas le doigt de Dieu dans ce dénoûment inattendu? Et quelles péripéties bizarres! Une première trouvaille fait qu'on accuse mademoiselle Lestérel... le poignard-éventail. Une seconde trouvaille... le bouton de manchette... fait qu'on accuse madame de Barancos. Deux innocentes. Mais la Providence intervient enfin. On trouve la lettre, et cette fois la coupable est prise... ou du moins elle le sera.

— Prise! dit madame Cambry en se redressant. Qu'en savez-vous?

— Oh! ce n'est plus qu'une question de temps. Et puisque cette histoire paraît vous intéresser, voulez-vous me per-

mettre, madame, d'y joindre le récit des perplexités par
lesquelles je viens de passer? C'est un peu ridicule, car il
s'agit de pures chimères. Mon imagination me joue quelquefois de ces tours-là. Donc, après avoir mis la main sur
cette lettre, je me suis mis à supposer qu'une circonstance
quelconque allait m'apprendre de qui elle était. Pourquoi
pas? Un malheur, dit-on, n'arrive jamais seul. Un hasard
non plus. Et pendant que j'étais en veine de conjectures,
j'ai supposé encore que j'avais rencontré dans le monde la
femme qui l'a écrite, que j'étais en relations suivies avec
elle, qu'elle m'inspirait une très-vive sympathie...

— Supposez tout de suite que vous étiez amoureux d'elle,
dit madame Cambry en riant d'un rire un peu forcé; ce
sera plus émouvant. N'est-ce pas précisément votre cas
avec madame de Barancos?

— Non, car la marquise n'a tué personne. Et puis, cette
fois, il m'est venu d'autres idées. Je me suis rappelé le
Demi-Monde, que vous avez certainement vu jouer aux
Français; je me suis figuré que la dame en question allait
épouser un galant homme de mes amis, et je me suis demandé ce que je ferais en pareille occurrence. Il faut vous
dire que le personnage d'Olivier de Jalin m'a toujours paru
odieux. Il n'est pas l'ami du sot qui veut se marier avec la
baronne d'Ange, et la baronne d'Ange a été sa maîtresse.
La situation que j'inventais n'est pas du tout la même.
Madame d'Ange n'avait à se reprocher que des galanteries,
et la dame a sur la conscience un meurtre très-corsé.
J'admettais qu'elle n'avait jamais eu pour moi de bontés
compromettantes et que son futur époux me touchait de
très-près, qu'il était, si vous voulez, mon proche parent. Et
je me disais : Laissons de côté le devoir social qui m'oblige
à livrer à la justice l'auteur d'un crime. Supposons que je
ne l'accepte pas, ce devoir, que je me refuse à dénoncer
une femme. Restent mes devoirs de parent ou même simplement d'ami. Puis-je permettre qu'on trompe cet honnête homme, qu'il lie sa destinée à celle d'une personne qui

a commis un meurtre... fût-ce un meurtre avec beaucoup de circonstances atténuantes?

— Non, articula péniblement madame Cambry.

— C'est aussi mon avis, madame, reprit Nointel toujours calme, mais c'est ici que se présentent les grosses difficultés. Si j'avertis cet honnête homme du danger qui le menace, la femme est perdue... de réputation d'abord, car le monde savait que le mariage était décidé, et le monde découvrirait les causes de la rupture; mais ce n'est pas tout. J'ai oublié de vous parler d'une autre chimère que je me suis forgée. J'ai supposé que le futur était magistrat, forcé par ses fonctions de poursuivre précisément le crime de l'Opéra. Voyez dans quelle épouvantable situation je le placerais en lui apprenant la vérité. Plus épouvantable cent fois que la mienne, et pourtant je vous jure que si j'étais mis à cette épreuve, je souffrirais tout ce qu'on peut souffrir quand on a du cœur. En vérité, je crois que je finirais par prendre un singulier parti... le parti de consulter la femme dont l'honneur et la vie sont en jeu.

Darcy se demandait par suite de quelle fantaisie saugrenue son ami s'amusait à disserter ainsi, à imaginer des cas de conscience et à les soumettre à madame Cambry. D'ordinaire, Nointel n'était pas si raisonneur, et il parlait aux femmes sur un autre ton. Et Darcy s'étonnait aussi de voir que madame Cambry ne cherchait point à tourner la conversation vers un sujet moins sérieux et plus personnel. Elle écoutait, avec une patience qu'il admirait, des discours qui ne devaient guère l'intéresser, et ses yeux semblaient chercher à lire sur le visage de Nointel pour savoir où il voulait en venir.

— Oui, reprit le capitaine, j'irais trouver l'imprudente qui a écrit cette lettre à Golymine, cette lettre que j'ai là, dans ma poche...

— Comment! interrompit Gaston, tu viens de dire à mon oncle que tu l'avais oubliée chez toi.

— C'est vrai, je lui ai dit cela, mais je me suis trompé. J'ai la lettre sur moi.

Gaston fit un geste qui signifiait : Décidément, il perd l'esprit; mais madame Cambry dit avec une émotion contenue :

— Achevez, monsieur. Que diriez-vous à cette imprudente?

— Je lui dirais : Madame, votre sort est entre mes mains. Il dépend de moi de vous perdre ou de vous épargner. Je sais que vous êtes coupable, j'en ai la preuve; mais je n'ai pas de haine contre vous, et je suis profondément attaché à l'homme que vous allez épouser. Si je ne vous dénonce pas, je me fais votre complice, et je commets une action indigne. C'est comme si je n'arrêtais pas mon meilleur ami au moment où il marche vers un précipice qu'il ne voit pas, et que je vois. Si je vous dénonce, je vous tue et je le déshonore, car le monde sait que son mariage avec vous est décidé. Le scandale sera effroyable, et je le connais, ce galant homme... il n'y survivra pas. Que faire? quel parti prendre? Donnez-moi un conseil, vous qui avez créé cette terrible situation.

Et, comme madame Cambry se taisait, Nointel continua froidement :

— Je suppose, bien entendu, que cette femme n'est pas une créature avilie, qu'une passion fatale l'a entraînée à commettre un meurtre dans un moment d'égarement, mais qu'elle n'a pas l'âme basse, et qu'elle n'a pas conçu l'odieux porjet d'épouser un magistrat pour se soustraire au châtiment qu'elle mérite; je suppose que ce mariage était décidé avant la nuit du crime, et qu'après, elle n'a pas trouvé l'occasion et le moyen de le rompre, je suppose qu'elle s'est repentie et qu'elle n'aspire plus qu'à expier le passé.

— Expier! dit madame Cambry d'une voix sourde; il y a longtemps déjà qu'elle expie.

— Je le crois comme vous, madame. Sa vie a dû être affreuse. Entendre accuser une innocente, savoir qu'elle est en prison, qu'elle sera condamnée, et ne pouvoir la justifier sans se livrer soi-même, c'est un supplice que

Dante a oublié dans son *Enfer*. Et la preuve qu'elle s'est repentie, c'est qu'on l'a vue pleurer sur la tombe de cette fille qu'elle a tuée, c'est qu'elle a voulu payer le terrain où repose sa victime. Reste le meurtre. Mais je suis sûr qu'elle ne l'avait pas prémédité. Je devine tout ce qui s'est passé à ce bal de l'Opéra, où elle était bien forcée de se rendre, sous peine de laisser sa correspondance entre les mains d'une d'Orcival. Je la vois, sortant de la loge, troublée, bouleversée par une entrevue dégradante. Elle compte les lettres qui lui ont coûté si cher... elle en sait le nombre... elle s'aperçoit qu'elles n'y sont pas toutes... elle croit que la d'Orcival en a gardé une pour s'en servir contre elle plus tard, pour la tenir à sa merci... elle revient à la loge... elle y entre... la d'Orcival l'insulte, la menace peut-être... elle lui arrache le poignard... elle frappe...

— Assez ! murmura madame Cambry.

— Quel plaisir peux-tu trouver à ressasser cette lugubre histoire? s'écria Darcy. Ne vois-tu pas l'impression douloureuse que tu produis?

— Madame Cambry m'excusera, je l'espère. Et maintenant c'est à elle que j'ose m'adresser pour résoudre une difficulté qui embarrasserait bien des casuistes. J'ose lui dire : Si mon rêve était une réalité, et si vous étiez à ma place, que feriez-vous?

— Je ne sais ce que je ferais si j'étais à votre place, répondit avec effort la protectrice de Berthe Lestérel; mais si j'étais à la place de la malheureuse femme qui a écrit la lettre que vous possédez, je vous dirais : Ne craignez pas que j'entraîne avec moi dans l'abîme l'homme qui voulait me donner son nom. Je ne l'épouserai pas. Et si vous gardez pour vous le secret que le hasard a mis entre vos mains, cet homme ignorera toujours l'épouvantable danger qu'il a couru.

— Qui me garantirait que cet engagement serait tenu?

— S'il n'était pas tenu, vous frapperiez la parjure, car l'arme restera entre vos mains. Mais je vais, à mon tour, vous poser une question. Si elle disparaissait pour toujours, cette égarée qui comprend à la fin qu'en ce monde il n'y a plus de place pour elle, si vous appreniez qu'elle est allée se cacher dans une solitude lointaine ou s'ensevelir dans un cloître, que feriez-vous?

— On revient des pays les plus transatlantiques, et la loi française ne reconnaît plus les vœux perpétuels, répondit Nointel, après avoir un peu hésité.

— Vous avez raison, monsieur. Il n'y a que les morts qui ne reviennent pas, dit madame Cambry d'une voix sourde.

— Vous ne m'avez pas laissé achever, madame. Je n'exigerais pas tant. Il me suffirait que le mariage projeté fût rompu irrévocablement. Un éclat serait inutile. On trouverait sans peine un prétexte plausible pour expliquer la rupture.

— Et quand cette rupture serait consommée, vous brûleriez la lettre?

— Peut-être. Mais assurément je n'en userais pas pour perdre celle qui l'a écrite.

— Vous oubliez que vous ne pouvez plus la conserver. Vous avez dit à M. Darcy que vous alliez la lui remettre. Il l'attend.

— Je lui dirais que je l'ai perdue ou qu'on me l'a volée. Il me blâmerait sévèrement, et sans doute il penserait de moi beaucoup de mal, mais ma conscience ne me reprocherait rien. Heureusement, du reste, nous raisonnons là sur des hypothèses, et je pense, comme mon ami Gaston, que j'ai dû lasser votre patience en vous les soumettant. Je suis d'autant plus impardonnable que vous aviez, je crois, à m'entretenir de choses moins tristes.

— Moins tristes, mais très-sérieuses pourtant. Je voulais vous parler de ma chère Berthe, vous remercier de tout ce que vous avez fait pour elle, et vous charger d'une négociation délicate. M. Gaston Darcy est intéressé dans la question, et il refuserait la mission que je veux vous confier à vous, monsieur, qui nous avez donné à tous tant de preuves de dévouement. Je désire me dégager d'une promesse que j'ai faite en d'autres temps à M. Roger Darcy, et je vous choisis pour lui exposer les raisons qui me décident à rester veuve.

— Ne craignez-vous pas, madame, qu'il s'étonne de ce choix. Mon ami Gaston serait beaucoup mieux placé que moi pour traiter une affaire si intime.

— Je me récuse, dit vivement Gaston.

— Je m'y attendais, reprit en souriant madame Cambry. Votre oncle a dû vous dire que je lui ai écrit pour lui demander de reculer l'époque de notre mariage ; je suis sûre qu'il a compris mon intention et qu'il a trop de tact pour hésiter à me rendre ma parole. Je suis sûre aussi qu'il a deviné les motifs d'une décision sur laquelle je ne reviendrai pas. Il m'a fait autrefois des confidences que je n'ai pas oubliées. Il m'a avoué qu'il ne se marierait que si son neveu s'obstinait à rester garçon ou se mariait contre son gré. Son rêve était de laisser sa fortune à ce neveu qui se chargerait de perpétuer dignement son nom. Je veux que ce rêve se réalise, je veux que Berthe jouisse de tout le bonheur qu'elle mérite et qu'elle a si chèrement acheté. Soyez certain que M. Roger le veut aussi. Je connais son cœur, et je sais qu'il souhaite ardemment de réparer une erreur judiciaire dont les suites ont été si cruelles.

— Si mademoiselle Lestérel vous entendait, madame, s'écria Gaston, elle joindrait ses prières aux miennes pour vous supplier de ne pas sacrifier votre bonheur à des intérêts dont elle ne s'inquiète pas plus que moi. Que nous importe la fortune de mon oncle? Nous serons toujours assez riches puisque nous nous aimons. Et nous aussi, nous avons notre rêve. Nous rêvons de vivre près de vous, près de mon oncle qui m'a servi de père, de resserrer par votre mariage avec lui les liens qui nous unissent déjà.

— Ce rêve a été le mien, mon cher Gaston, dit madame Cambry en se levant, mais le réveil est venu, et j'ai oublié le rêve. Oubliez-le aussi et soyez heureux. M. Nointel voudra

bien vous épargner la peine d'apprendre à M. Roger Darcy
que je renonce à l'honneur de l'épouser.

Le ton était si ferme, l'attitude si nette, que Gaston, abasourdi, n'osa plus insister et se prépara à prendre congé.
Le capitaine était déjà debout, mais il semblait attendre,
pour se retirer, un dernier mot de madame Cambry

— Je compte sur vous, monsieur, reprit-elle; vous pouvez compter sur moi.

Puis, s'adressant à Gaston :

— Quand vous verrez Berthe, dites-lui que, s'il fallait
que je mourusse pour qu'elle fût heureuse, je mourrais sans
regret.

Et comme Gaston, stupéfait, cherchait une réponse à
cette déclaration fort inattendue, elle ajouta simplement :

— Adieu, messieurs.

— Madame, dit Nointel très-ému, permettez-moi d'espérer que nous nous reverrons, et que nous ne parlerons jamais d'un passé dont je ne veux plus me souvenir.

Et il entraîna son ami qui faisait une singulière figure,
car il ne comprenait rien à tout ce qu'on avait dit devant
lui.

— M'expliqueras-tu l'étrange comédie que tu viens de
jouer? dit Darcy, dès qu'il fut assis dans son coupé à côté
du capitaine.

— Quelle comédie.

— Cette consultation ridicule...

— Mon cher, il m'est venu des scrupules. Je me demande
si j'ai e droit de livrer à la justice une femme qui ne m'a
jamais fait de mal. Madame Cambry est fort intelligente.
J'ai eu l'idée de lui soumettre le cas... en le dramatisant
à ma façon. Et tu as vu qu'elle ne s'est pas offensée de ma
hardiesse. Il se trouve même qu'elle est de mon avis. Elle
pense qu'il vaut mieux laisser la coupable à ses remords.

— Mon oncle ne pensera pas ainsi. Il réclamera ces lettres.
Si tu ne voulais pas les lui remettre, il ne fallait pas lui en
parler.

— C'est vrai, j'ai eu tort. Et je subirai les conséquences de ma légèreté. Mais, si tu m'en crois, tu ne te mêleras plus de cela, et tu laisseras madame Cambry faire à sa guise. Elle est bien libre de ne pas se marier, et je parierais que M. Roger Darcy ne cherchera pas à vaincre son refus. Résigne-toi à hériter de lui un jour, et rappelle-toi que le silence est d'or. Si tu veux m'être agréable, tu ne me parleras jamais et tu ne parleras jamais à personne de ce qui vient de se passer. Occupe-toi de mademoiselle Lestérel et oublie le crime de l'Opéra. L'instruction est close. Et je veux que le diable m'emporte si on me reprend à marcher sur les brisées de Lolif.

Nous voici dans les Champs-Élysées. Fais-moi le plaisir de me déposer au rond-point.

— Tu sais que mon oncle t'attend.

— Parfaitement. Je le verrai, mais il no trouvera pas mauvais que j'aille d'abord prendre des nouvelles de madame de Larancos. J'irai au Palais en passant par l'avenue Ruysdaël.

Darcy se tut. Il était choqué des réponses énigmatiques du capitaine, mais il n'osait pas le presser. Il sentait vaguement que ces réticences cachaient un mystère qu'il valait mieux ne pas chercher à éclaircir. Il laissa descendre son ami qui lui promit de le revoir le lendemain et qui sauta dans un fiacre pour se faire conduire au parc Monceau.

Nointel n'eut pas plus tôt refermé la portière du coupé numéroté qui l'emmenait chez la marquise, qu'il tira de sa poche les fameuses lettres.

— Celle-ci est bien d'elle, dit-il entre ses dents. Il m'a suffi de jeter les yeux sur le billet que Gaston m'a montré pour reconnaître l'écriture. La charmante et vertueuse madame Cambry a été la maîtresse de Golymine et a poignardé Julia d'Orcival. Elle l'a poignardée *virilement de ses propres mains,* comme disait Brantôme en parlant de je ne sais quelle *belle et honneste dame* de son temps qui avait dagué un amant infidèle. De nos jours, ces actions viriles conduisent en cour d'assises celles qui les commettent, et madame Cambry l'a échappé belle. Si j'avais vu une minute plus tard son billet à Gaston, elle était perdue, je livrais au juge d'instruction l'autographe tiré de la pelisse de Golymine.

M. Roger Darcy aussi l'a échappé belle. Il y avait de quoi le tuer net. Et s'il savait qu'il me doit de ne pas s'être trouvé forcé de faire arrêter la femme qu'il allait épouser, il me pardonnerait bien volontiers l'irrégularité que je vais commettre. Car je ne lui remettrai pas la lettre. Le mariage est rompu, c'est tout ce qu'il faut. Si je la lui remettais, j'aurais l'estime des gens qui n'admettent pas qu'on désobéisse à la loi; je n'aurais pas la mienne, car pour atteindre une coupable qui se punira elle-même, je frapperais un innocent.

Oui, mais il ne sait rien, et il prendra fort mal l'histoire que j'inventerai pour expliquer comment je ne possède plus les papiers que je lui ai promis. J'aurai beau dire qu'on me les a volés, il n'en croira pas un mot, et il doit se trouver dans le Code pénal un article applicable à mon cas. Si j'étais en définitive le seul condamné dans cette affaire, ce serait drôle. Eh bien, je m'y résignerais plutôt que de briser le cœur de M. Darcy en lui dénonçant madame Cambry. Et puis... pourquoi ne m'avouerais-je pas à moi-même que cette malheureuse m'inspire de la pitié, presque de l'intérêt? Ce qu'elle a dû souffrir, ce qu'elle souffrira encore rachète en partie son crime. Quelle force de caractère il lui a fallu pour ne pas se trahir tout à l'heure quand je lui ai posé la question! Elle a compris au premier mot, et elle n'a pas faibli. Si j'avais été seul avec elle, je crois que je lui aurais rendu sa lettre. Et de quel air elle m'a dit : Adieu! Je ne serais pas étonné qu'elle disparût pour s'en aller finir ses jours dans quelque couvent. S'il y avait une Chartreuse ou une Trappe pour les femmes, elle courrait s'y enfermer. Provisoirement pourtant, je garderai l'arme que j'ai contre elle, mais je suis à peu près sûr que ce sera une précaution inutile.

Ces réflexions menèrent Nointel jusqu'à la porte de l'hôtel de la marquise. En y arrivant, il vit la grille ouverte et des valets de pied rassemblés dans la cour. Ces gens causaient entre eux avec une animation qui lui parut de mauvais augure. Il descendit en toute hâte et il s'informa. Le concierge lui apprit que madame de Barancos venait de partir en chaise de poste, sans dire où elle allait. Elle avait emmené son majordome et n'avait laissé en partant aucun ordre à ses autres domestiques.

Le capitaine pensa qu'une grande dame dix fois millionnaire ne se sauve pas comme une petite actrice poursuivie par ses créanciers. La marquise ne pouvait pas être encore en route pour l'Amérique, et l'idée vint à Nointel qu'elle devait avoir pris le chemin du château de Sandouville dans l'intention de s'isoler pendant quelques jours.

Il voulait à tout prix la revoir avant qu'elle quittât la France, et il aimait autant ne pas rentrer chez lui ce jour-là, car il craignait que le juge d'instruction ne vînt l'y chercher. Il se fit conduire au chemin de l'Ouest, et il monta dans le premier train qui partit sur la ligne de Rouen.

Quand ce train s'arrêta à la station de Bonnières, la nuit tombait, et il eut quelque peine à trouver une voiture de louage pour se faire conduire au château. Il y parvint pourtant, et, trois quarts d'heure après son arrivée, il roulait en carriole sur ce chemin qu'il avait parcouru peu de jours auparavant, dans un équipage beaucoup plus brillant. L'homme qui le menait ne put lui dire si la marquise était à Sandouville. Elle y venait toujours en poste, et la route ne suit pas la même direction que le chemin de fer. Nointel resta donc jusqu'à la fin du voyage dans une incertitude pénible, et son cœur battit quand il vit briller des lumières au bout de la grande avenue qui précédait la cour d'honneur.

Ces lumières n'étaient point immobiles comme celles qui

éclairent les fenêtres d'une maison habitée. Elles allaient et venaient dans la cour. Le capitaine fit arrêter sa voiture en dehors de la grille, et commanda au conducteur de l'attendre. Il n'était pas certain que la marquise fût arrivée, il ne savait même pas si elle viendrait, et il voulait se renseigner avant de décider de l'emploi qu'il ferait de sa soirée.

Dans la cour, il rencontra des domestiques affairés, qui répondirent à peine aux questions qu'il leur adressa ; mais il finit par trouver près du perron l'intendant de la marquise, un vieux serviteur qu'il connaissait fort bien pour l'avoir vu à l'hôtel et au château. Cet homme ne parut pas trop surpris de l'apparition du capitaine, et ne fit aucune difficulté de lui apprendre que madame de Barancos était arrivée à Sandouville dans la journée, qu'elle y avait passé quelques heures, employées principalement par elle à s'informer des suites de l'enquête ouverte sur la mort accidentelle d'un de ses rabatteurs, et qu'elle venait de partir, toujours en poste, pour une destination inconnue. Le majordome ajouta que madame la marquise avait annoncé à ses gens le projet de quitter la France, et qu'il était chargé, lui personnellement, d'administrer ses propriétés en attendant son retour, dont l'époque paraissait devoir être fort éloignée.

Nointel comprit qu'il serait inutile d'insister pour en savoir davantage, et il reprit tristement le chemin de Bonnières. Il aurait pu rentrer à Paris par un train du soir ou de la nuit, mais il se doutait que les Darcy, oncle et neveu, devaient le chercher, et il aimait tout autant ne les revoir que le lendemain. Il se décida donc à coucher dans une auberge de village où il ne dormit guère. La marquise ne lui sortait pas de l'esprit. Il ne pouvait pas se dissimuler qu'elle était partie subitement, et presque clandestinement, pour éviter une scène d'adieux qu'elle redoutait sans doute, et qu'il ne la reverrait peut-être jamais. Cette pensée l'affligeait d'autant plus que son amour n'avait fait que grandir, et qu'il n'espérait pas que l'absence le guérît. Aussi était-il de fort mauvaise humeur quand il arriva rue d'Anjou, le lendemain de grand matin. Son groom lui apprit que M. Darcy était venu trois fois dans la soirée, et lui remit deux lettres reçues pendant son absence.

L'une était de Gaston, qui lui disait : « Mon oncle t'a attendu toute la journée au Palais. Il est furieux contre toi, et j'ai eu toutes les peines du monde à le calmer. Je te conseille de l'aller voir le plus tôt possible, et j'espère que tu as renoncé à ton extravagante idée de ne pas lui remettre la lettre de cette misérable femme qui a tué Julia. Si tu détruisais ce billet, tu te mettrais dans un très-mauvais cas et tu me ferais beaucoup de peine, car je ne suis pas de ton avis, et je souhaite ardemment que la coupable soit punie. »

— Pardonnez-lui, Seigneur, car il ne sait ce qu'il dit, murmura Nointel. S'il se doutait que la coupable, c'est madame Cambry, il chanterait une autre gamme. Et quant à son oncle, il fera ce qu'il voudra; mais dût-il m'envoyer en police correctionnelle, il n'aura pas le billet de Colymine.

Les idées du capitaine étaient fort arrêtées, mais elles prirent bientôt un autre cours, car la seconde lettre qu'il ouvrit, sans regarder l'écriture de l'adresse, était de madame de Barancos. Elle ne contenait qu'une ligne :

« Je vous aime, je souffre le martyre et je pars. »

C'était presque la répétition d'une phrase historique, celle que dit Marie Mancini à Louis XIV, à l'heure où se rompirent ces royales amours qui avaient failli finir par un mariage; mais on peut croire que ce rapprochement ne vint point à l'esprit de Nointel. Il reçut un coup au cœur et il se mit à commenter, à la façon des amoureux, les laconiques adieux de la marquise. C'étaient bien des adieux; ce n'était pas un congé. Ils ne se terminaient pas par le classique : « Oubliez-moi. » Elle disait : Je pars, sans dire où elle allait, mais elle ne défendait pas au capitaine de chercher à découvrir le pays où elle se retirait; elle ne lui défendait pas de l'y rejoindre. Et il se promettait déjà de ne pas s'en tenir à ce dénoûment écourté.

Il n'eut pas, ce matin-là, le loisir d'y songer longtemps. Son groom entra comme il finissait de lire la lettre de madame de Barancos et lui annonça qu'une femme en deuil demandait à lui parler de la part de madame Cambry. Très-surpris et encore plus intrigué, il donna l'ordre de la faire entrer, et dès qu'elle parut, il reconnut dame Jacinthe.

Elle était vêtue de noir, et elle marchait lentement comme la statue du Commandeur. Sans prononcer une parole et sans attendre que Nointel l'interrogeât, elle lui remit un pli cacheté.

Nointel, un peu troublé par ces façons solennelles, l'ouvrit précipitamment et lut ces mots tracés d'une main ferme par madame Cambry :

« Vous m'avez dit hier : On revient de l'exil, on sort du cloître. Je vous ai répondu : Il n'y a que les morts qui ne reviennent pas. Je vais mourir. Pardonnez-moi comme je vous pardonne et sauvez ma mémoire. Brûlez ma lettre. »

— Morte ! s'écria le capitaine. Elle s'est tuée !

— Cette nuit... à trois heures, dit madame Jacinthe d'une voix sourde.

— Comment ?

— Elle a pris du poison... un poison foudroyant et qui ne laisse pas de traces. Si vous vous taisez, nul ne saura qu'elle s'est tuée.

— Mais... M. Darcy ?

— M. Darcy apprendra dans quelques instants que ma maîtresse est morte de la rupture d'un anévrisme. Il dépend de vous qu'il la pleure ou qu'il la maudisse.

— J'ai promis, je tiendrai ma promesse.

— Tenez-la donc. Qu'attendez-vous ?

Dame Jacinthe en parlant ainsi regardait fixement Nointel, et ses yeux caves brillaient d'un feu sombre.

Nointel comprit. La lettre était à la place où il l'avait

mise la veille, sur sa poitrine. Il la prit, la tendit à Jacinthe et lui dit :

— La reconnaissez-vous?

— Oui.

Une bougie brûlait sur la cheminée. Nointel approcha le papier de la flamme et le tint entre ses doigts jusqu'à ce que la dernière parcelle fût consumée.

— Merci, dit simplement Jacinthe. Et l'autre?

L'autre, c'était le billet que sa maîtresse avait écrit avant de mourir. Le capitaine comprit et le livra aussi au feu de la bougie.

— C'est bien, reprit Jacinthe. Ma mission est terminée. Adieu, monsieur.

Et elle sortit sans que Nointel cherchât à la retenir.

— Pauvre femme! murmura-t-il. Elle s'est fait justice, mais elle méritait un meilleur sort. Julia est trop vengée... et si j'avais pu prévoir que le drame finirait ainsi, j'aurais rendu la lettre hier. Le juge ne saura jamais à quel danger il a échappé, et il est homme à me reprocher encore ma conduite en cette affaire... il faut que je m'explique avec lui sans perdre une minute... à cette heure, il doit être informé de l'événement... c'est le moment de me présenter... il sera trop ému pour me chercher noise.

Le capitaine ne prit pas le temps de changer de toilette. Il envoya son groom lui chercher un fiacre, et il se fit mener rue Rougemont.

Il y arriva juste pour rencontrer dans la cour de l'hôtel l'oncle et le neveu. M. Roger Darcy était très-pâle, et Gaston avait la figure bouleversée.

— Vous voilà, monsieur, s'écria le magistrat. Connaissez-vous l'affreuse nouvelle?

— Je viens de l'apprendre, répondit le capitaine, bien décidé à ne pas dire par quelle voie il l'avait apprise.

— Vous m'excuserez alors de ne pas vous recevoir. Je suis allé trois fois chez vous, hier, et j'ai eu le regret et la surprise de ne pas vous y rencontrer. Vous m'apportez sans doute cette lettre

— Non, monsieur. Je ne l'ai plus. Elle m'a été volée

Le juge fit un haut-le-corps, mais ce fut tout.

— Ces étrangers que je vous ai signalés avaient intérêt à supprimer les preuves de leur complicité avec Golymine, reprit Nointel, qui jugea utile de colorer son mensonge. On s'est introduit chez moi, en mon absence, et les papiers que j'avais trouvés dans la pelisse ont disparu.

M. Darcy regarda le capitaine comme s'il eût cherché à lire au fond de sa pensée, et comme le capitaine ne bronchait pas, il le salua d'une inclination de tête et il passa.

— Ah ! mon ami, quelle épouvantable catastrophe ! dit Gaston qui s'arrêta pour serrer la main de Nointel.

— Épouvantable, en effet, et bien imprévue.

— On eût dit pourtant que madame Cambry la prévoyait, car elle avait fait son testament. Elle me laisse toute sa fortune.

— L'accepteras-tu ?

— Oui, pour la transmettre aux pauvres en son nom.

— Tu feras bien.

M. Darcy était déjà monté dans son coupé qui l'attendait devant la grille. Son neveu courut l'y rejoindre. Le cheval fila vers l'avenue d'Eylau, et Nointel s'éloigna en murmurant :

— Je crois que ce galant homme ne me parlera plus jamais de la lettre. Il a tout deviné.

Nointel se trompait-il ? Il ne le sait pas encore et il ne le saura jamais.

Cinq mois se sont écoulés, et le mystère qui enveloppait le crime de l'Opéra n'a pas été éclairci. L'instruction a été abandonnée. Paris n'y pense plus. Il n'y a que Lolif qui s'en occupe encore, à ses moments perdus. Il a, du reste, d'autres soucis. Les assassins lui ont donné beaucoup de besogne pendant ces derniers mois.

Un jour, cependant, vers la fin d'avril, il a cru que l'affaire du meurtre de la d'Orcival allait prendre une face nouvelle. La *Gazette des Tribunaux* annonçait que le bouton de manchette, l'autre, celui qui complétait la paire, avait été retrouvé dans un égout de l'avenue d'Eylau. C'était une fausse joie. Personne n'a pu dire qui l'avait jeté là, et pas un bijoutier ne l'a reconnu.

La mort de madame Cambry n'a donné lieu à aucun commentaire. Les amis de la charmante veuve l'ont beaucoup regrettée, et mademoiselle Lestérel la pleure encore. Elle la pleurera toujours.

Gaston Darcy a consacré à la fondation d'un hôpital et d'un asile pour les jeunes filles pauvres la fortune que lui a léguée madame Cambry. Le testament assurait une situation indépendante à dame Jacinthe, qui est allée finir de vivre au fond d'une province éloignée.

Gaston Darcy n'est pas encore magistrat. Mais sa nomination est signée, et il se mariera au mois d'octobre. Son oncle a donné sa démission, et il est allé passer l'été au bord de la mer pour se remettre de violentes secousses qui ont gravement altéré sa santé. Il reviendra pour assister au mariage, et il compte voyager ensuite pendant toute une année.

La disparition de la marquise a fait beaucoup de bruit. On l'a expliquée de cent façons. Quelques-uns n'y ont vu qu'un caprice de grande dame. D'autres ont inventé et répandu des histoires malveillantes. Personne n'a deviné la vérité.

On s'est beaucoup inquiété aussi de savoir où madame de Barancos était allée. On a cru d'abord qu'elle était tout simplement retournée à la Havane. Mais on a fini par savoir qu'elle naviguait dans la Méditerranée sur un yacht dont elle a fait l'acquisition en Angleterre. On l'a vue dans les mers du Levant. Elle a passé les fêtes de Pâques à Jérusalem, et elle habitait au mois de mai un kiosque sur le Bosphore. Plus tard, elle s'est rapprochée de la France. Le yacht qui porte ses couleurs a été signalé dans les eaux de la Sicile, et les gens bien informés assurent qu'elle a acheté près de Palerme une délicieuse villa où elle vit indépendante et solitaire. Elle ne reçoit pas les citadins, et les brigands qui tiennent la campagne la respectent.

Nointel, qui était resté à Paris jusqu'à la fin de juillet, vient de partir sans dire où il allait. Son ami Gaston sait seulement qu'il s'est dirigé vers le Midi, et s'étonne un peu de cette fantaisie. Le capitaine s'en va, en pleine canicule, au pays du soleil. Il est vrai qu'il a longtemps fait la guerre en Algérie et au Mexique. Et puis les amoureux ne se préoccupent ni des saisons ni des climats. Nointel serait allé au pôle nord, si la marquise s'était mis en tête de se fixer dans les régions arctiques.

Simancas et Saint-Galmier ont fait voile vers d'autres parages, et il est probable qu'on n'aura jamais de leurs nouvelles. Les deux coquins avaient depuis longtemps préparé leur fuite, et ils ont pris le train en sortant de la salle des ventes.

Claudine Rissler est partie pour la Russie avec Wladimir. Elle a emmené Mariette, et la tombe de Julia d'Orcival serait fort négligée si Berthe Lestérel n'en prenait soin. Elle y porte souvent des fleurs, et elle prie Dieu tous les jours pour la courtisane.

Elle prie aussi pour sa bienfaitrice, pour madame Cambry, dont elle bénit la mémoire, et pour sa malheureuse sœur, dont elle élèvera la fille, comme si cette fille était la sienne.

Elle chante encore quelquefois l'air de Martini, mais elle ne s'attriste plus quand elle arrive à la dernière phrase, car elle ne redoute plus que la prophétie s'accomplisse. Pour elle, *chagrins d'amour* n'ont duré qu'un moment, et elle espère que son bonheur durera autant que sa vie.

Prébord vient de faire une fin. Il épouse les cinq millions de miss Anna Smithson.

Crozon a repris le commandement d'un navire. Les baleines n'ont qu'à bien se tenir

FIN.

PARIS. TYPOGRAPHIE E. PLON, NOURRIT ET Cⁱᵉ, RUE GARANCIÈRE, 8.

www.ingramcontent.com/pod-product-compliance
Lightning Source LLC
Chambersburg PA
CBHW050305030726
47505CB00003B/581